LE CROQUE-MORT
A LA VIE DURE

Hitchcock Sewell travaille dans l'entreprise familiale de pompes funèbres, à Baltimore. 1 mètre 90, cheveux bruns, yeux bleus, «menton ultra-sensuel»: pas du tout une tête de croque-mort. Son oncle Stu et sa tante Billie, les propriétaires de l'établissement, l'ont recueilli quand ses parents – des célébrités de la télévision locale – ont trouvé la mort dans un accident de voiture.

Une vie sans histoires dans une ville banale, un métier routinier, voilà tout ce à quoi aspirait Hitchcock. Quand surgit au beau milieu d'une veillée funèbre une certaine Carolyn James, en jupe de tennis et socquettes blanches, «tenue de rigueur pour une veillée funèbre s'il en est». La jeune fille est tout naturellement venue organiser ses propres funérailles...

Quelques jours après, un nouveau client arrive chez Sewell & fils, les pieds devant: Carolyn James, qui s'est donné la mort... Mais la jeune femme ne ressemble en rien à celle rencontrée quelque temps auparavant. Et le suicide de la pauvre Carolyn a toutes les allures d'un meurtre.

Hitchcock se lance bien malgré lui dans une enquête qui lui fait croiser le chemin de politiciens véreux, d'anciens flics devenus dangereux, d'une séduisante détective, sans oublier son improbable ex-femme, la très provocante, sensuelle et bouddhiste Julia.

La première enquête d'une série policière à la fraîcheur bienvenue, sympathique et sinistrement drôle, où Tim Cockey, en bon scénariste, distribue parfaitement les rôles, et place aux côtés de l'irrésistible Hitchcock, des personnages tout aussi savoureux.

Établi à New-York depuis une dizaine d'années, Tim Cockey est né et a grandi à Baltimore, une ville à laquelle il est resté très attaché. Il est scénariste pour la télévision (ABC, Hallmark Entertainment). Le croque-mort a la vie dure *est le premier titre d'une série, dont le second volet,* Le croque-mort préfère la bière, *a paru en 2004 aux éditions Alvik.*

Tim Cockey

LE CROQUE-MORT
A LA VIE DURE

ROMAN

Traduit de l'anglais (États-Unis)
par Claire Breton

Éditions Alvik

TEXTE INTÉGRAL

TITRE ORIGINAL
The Hearse you came in on
ÉDITEUR ORIGINAL
Hyperion, an imprint Buena Vista Book Publishing, Inc.
© Tim Cockey, 2000

ISBN 2-02-078814-4
(ISBN 2-914833-15-6, 1ʳᵉ publication)

© Éditions Alvik, 2004, pour la traduction française

www.seuil.com

À la mémoire de TEDDY HARTMAN,
qui aurait ri plus fort que tout le monde.

LE CROQUE-MORT A LA VIE DURE

En écrivant ce livre, l'auteur a minutieusement effacé de sa mémoire tout ce qui pouvait concerner la moindre personne qu'il ait jamais connue ou rencontrée. Toute ressemblance avec quiconque foulant cette terre, ne la foulant pas, ou reposant inerte en-dessous est donc purement fortuite.

REMERCIEMENTS

Faut-il voir certaines des personnes dont les noms suivent, convaincues qu'elles étaient que cet ouvrage finirait par être écrit et publié, comme des êtres extraordinairement patients, d'incurables entêtés ou bien de doux rêveurs ? Tout ce que je peux dire, c'est que je suis ravi de leur donner raison (ce qu'ils sont forts !), et que je les remercie pour l'enthousiasme et les nombreux encouragements qu'ils m'ont prodigués au fil des ans : Jim McGreevey ; Ted Manekin et Lisa Hayes ; Aimee-Sawyer Philpott, qui chanterait ces remerciements s'il s'agissait d'un film et non d'un livre ; Kate (La Folle) Horsley, incapable d'écrire mon nom correctement mais qui, à part ça, écrit des merveilles ; Michele Kragalott, Kathleen Kelly, Joanne Bennett (merci d'avoir acheté l'édition reliée, Jo) ; Rick Pantaleoni, Evelyn Rossetti, Clay Squire, Stephen Dixon, Gram Slaton, Paul Bennett, Caroline Davis Chapin, Steve Blizzard, Ricke et Helen Feete ; Judy Scheel et Howard Kogan, pour m'avoir aidé à retrouver mon stylo perdu ; Annette Kramer, Melissa Proctor Carroll, Peter Close, Linda Russell Selway, Rennie Higson, Espen et Patty Brooks, Francine Jones, G2 Toth, Lynn Holst, Regina Porter, Kate Clark, Monica Goldstein ; quarante-quatre hourras à ma maman fidèle et aimante et à son fidèle et aimant Powell ; à la crème de l'Idaho, Jim Cockey, et à sa crème à lui, Bernie Cockey ; Charlie Cockey de *Fantasy, Etc.* à San Francisco (librairie officiellement népotique) ; Chris et Alice Cockey, John, Gloria, Suzie et Ellie Merryman ; Mama Grace et tous les Hartman ; merci à Jennifer Barth, ma chirurgienne du verbe chez Hyperion, si perspicace et incisive ; un remerciement spécial à Marie Edwards, qui a tenu le cap en encourageant votre serviteur ; à l'extraordinaire accoucheuse littéraire qu'est Alice Peck (merci, Alice) ; à mon agent Victoria Sanders, elle-même tueuse au sang froid ; et enfin, la dernière sera la première, merci à la plus entêtée de toutes, Wendy Barrie-Wilson, qui a assez de confiance, de cœur et de ténacité pour embrasser une toute nouvelle religion… merci, homme masqué.

Chapitre 1

Je vivais bien tranquille, accompagnant solennellement les morts à leur dernière demeure et, pour le reste, m'occupant principalement de mes petites affaires, lorsque le joli minois d'une certaine Carolyn James a fait irruption dans ma vie et a tout éparpillé aux quatre vents.

Certes, ainsi va la vie, pas vrai ? Il paraît qu'un truc aussi bête qu'un éternuement bien placé par la bonne personne au bon moment peut changer le cours de l'histoire. Je suis prêt à le croire. La vie est plus drôle comme ça. Mon ex-femme, qui a récemment embrassé le bouddhisme (entre autres attitudes provocantes), compare le cours de la vie à une longue marche semée d'embûches. Pour Julia, la qualité de notre existence dépend de notre adresse à négocier les dix mille obstacles qui parsèment ce chemin sur lequel on avance péniblement. Au terme de la vie, évidemment... on finit *forcément* par se casser la figure. Inévitable. La chute finale. Je ne suis pas sûr que cette théorie soit certifiée bouddhiste, mais on ne va pas couper les cheveux en quatre : elle résume bien le propos.

Et *mon* propos, c'est que je trébuchais tranquillement sur le chemin de ma petite vie lorsque, sans préavis aucun, un obstacle portant jupe de tennis et sweat trop grand a croisé ma route et mis mon adresse à l'épreuve. Ce n'était peut-être pas l'éternuement qui change la

11

face du monde, mais je vous jure que j'ai fait un sacré vol plané.

J'ai trente-quatre ans et je mesure un mètre quatre-vingt-dix. C'est beaucoup trop jeune pour tomber. Et de bien trop haut.

Ce jour-là, celui où je me suis cassé la figure – c'était un mercredi, c'était au mois de mai – tante Billie et moi avions une veillée mortuaire au salon numéro un. L'entreprise de pompes funèbres que je dirige avec ma tante se trouve dans un quartier de Baltimore connu sous le nom de Fells Point. C'est là que j'ai passé l'essentiel de ma jeunesse. Un faubourg principalement ouvrier longeant la rive accidentée du port de Baltimore, à un peu plus d'un kilomètre du centre-ville. Notre établissement lui-même est à quelque distance du port, au-delà de la kyrielle d'échoppes et de bars qui bordent le front de mer. Comme il se trouve toujours un petit malin pour ironiser sur le fait que nous ne soyons qu'à un jet de pierre d'un estaminet nommé le Dead End Saloon[1] – le dernier sur cette pointe de terre – je préfère prendre les devants : non, nous ne sommes pas associés. On était là les premiers. Mon vilain oncle Stu a monté son affaire peu de temps après la Seconde Guerre mondiale, durant laquelle il s'était beaucoup battu, y compris lors de cette horrible invasion de la Normandie. S'il est tentant de conjecturer que devenir croque-mort était une sorte de réaction cathartique à l'horreur de tous ces cadavres, la vérité est bien moins psychologique. D'après la légende familiale, le vilain oncle Stu a pris cette décision après avoir reçu la facture de l'enterrement de son père. Était-ce à titre préventif, pour ne pas avoir à payer ses propres obsèques au prix fort, ou simplement un bon plan pour se faire du fric, la légende ne le dit pas. Bien que sans descendance, mon oncle et ma tante bap-

---

1. *Ndt*. Le « Sans issue ».

tisèrent leur établissement «Pompes Funèbres Sewell & Fils». Une idée de Billie. C'est elle qui apportait à l'entreprise l'indispensable côté «chaleureux et farfelu» qui faisait cruellement défaut à mon oncle.

Nous sommes un établissement remarquablement banal dans un quartier remarquablement banal où s'alignent des rangées de maisons identiques éminemment – si! – banales. Vous pourriez fumer tranquillement votre clope contre le mur de Sewell & Fils sans même vous rendre compte qu'il s'agit d'une entreprise de pompes funèbres. Notre société est modeste, avec deux salons funéraires et deux employés à plein temps – tante Billie et moi. Nous sommes tous deux croque-morts agréés, c'est-à-dire qu'on a le droit de faire aux cadavres tout ce dont la plupart des gens ne veulent pas entendre parler. Réfugiée de l'aristocratie du Vieux Sud, Billie entretient avec la mort l'étrange relation propre à cette caste, relation qui me semble globalement plus sympathique et bienveillante qu'aucune autre. Et comme Billie a joué un grand rôle dans mon éducation, son influence a sérieusement déteint sur moi. C'est ce rapport convivial à la mort qui, je crois, distingue Sewell & Fils de ses concurrents. Ça, plus le fait que Billie offre toujours un cognac à nos invités.

Ce jour-là, notre honorable défunt était un sapeur-pompier retraité de Towson, une petite ville du nord de Baltimore. Il était mort de mort naturelle – si la crise cardiaque peut être considérée comme telle – et sa femme avait prévenu tante Billie qu'il n'attirerait qu'une assistance modeste. Nos deux salons funéraires sont séparés par une cloison de plastique coulissante. Lorsque nous prévoyons une affluence massive, nous l'ouvrons pour obtenir une grande pièce unique. La veillée de mes parents, par exemple: *là*, il y avait eu foule. Impossible de faire asseoir qui que ce fût. Cette fois, ce n'était pas le cas.

C'est tante Billie qui s'occupait de l'enterrement du pompier. On alterne généralement. J'étais dans mon bureau, juste à côté de l'entrée. Les pieds sur la table, je lisais la rubrique nécrologique (je plaisante). Non, en réalité, je lisais *Notre petite ville*, la pièce de Thornton Wilder, et pour des raisons que j'exposerai plus tard, j'étais d'humeur grincheuse. Et agitée. J'avais bien dû prendre et reposer ce foutu bouquin, soupirer et le reprendre (et le reposer et re-soupirer) une bonne douzaine de fois avant de finir par le balancer et d'aller voir ce qui se passait au Salon Un.

La fête battait son plein. La pièce grouillait de personnes du troisième âge et du deuxième un peu avancé (ce qu'on nomme aujourd'hui pudiquement les « seniors ») regroupées çà et là, parlant à voix basse, se serrant la main et évitant soigneusement l'invité d'honneur – M. Weatherby – étendu dans son cercueil (modèle Ambassade : très prisé) à l'autre bout de la pièce, aussi mort qu'un mort puisse l'être. Mon irritation n'étant pas de mise ici, je pris sur moi pour circuler dans la pièce avec sollicitude. Je crois que j'ai déjà mentionné que je suis bel homme. Si ce n'est pas le cas, je le fais maintenant. Cheveux bruns, yeux bleus, menton ultra-sensuel. On m'a déjà dit que je ressemblais à tel médecin de telle série télé qui ne cesse d'avoir des aventures avec ses jeunes et jolies patientes. J'ai une tête formidable pour le métier que je fais. Elle met les gens à l'aise. Si je gagnais cinq cents pour chaque « Vous n'avez pas une tête de croque-mort » que j'ai entendu, je pourrais dire à Bill Gates d'arrêter de cirer mes chaussures et de reprendre ses obscures activités d'avant que je l'embauche.

Je déambulai dans la pièce et serrai quelques mains. On m'assura à chaque fois que le pompier retraité avait été « un brave homme ». C'est assez courant. Il n'y a que de rares illuminés pour venir vous susurrer à l'oreille que le mort était un ignoble fils de pute.

Je repérai Billie en retrait dans un coin avec Mme Weatherby. Ses mains bleutées arrondies sur la patte de la veuve, elle arborait son sourire Helen Hayes [2] le plus éclatant. Je m'approchai pour présenter mes condoléances à la veuve. En me voyant, Billie me gratifia de son expression Boris Karloff – c'est comme ça qu'elle me signale que j'ai l'air trop renfrogné – puis tourna la tête vers le cercueil. Là, à demi cachée par une énorme couronne de glaïeuls (condoléances des anciens de la caserne de Weatherby), se tenait une femme. Pas une senior, plutôt une jeune trentenaire. Elle était grande, un mètre soixante-quinze ou soixante dix-huit. Elle portait un sweat bleu marine trop grand pour elle et une jupe plissée blanche courte-courte-courte d'où émergeait une paire de jambes assorties qui allaient s'enraciner plusieurs kilomètres plus bas dans des tennis toutes blanches. Pointure 40, je dirais. Des socquettes blanches ornées d'un pompon complétaient le tableau. Tenue de rigueur pour une veillée funèbre, s'il en est. Ses cheveux – noirs de jais avec des reflets framboise – tombaient en vagues désordonnées sur ses épaules et dissimulaient son visage. L'une de ses mains reposait légèrement sur le pied du cercueil. L'autre s'approchait de sa face cachée quand un soubresaut l'agita... et qu'elle éternua.

Allergie, devait-elle m'expliquer plus tard. Aux fleurs et à la mort.

Je trébuchai.

Elle leva les yeux à mon approche. Non. Ce n'est pas

---

2. *Ndt.* Actrice étasunienne (1900-1993), Helen Hayes est la grande dame du théâtre étasunien. Sa carrière au cinéma comprend notamment *La faute de Madelon Claudet* (Edgar Seldwyn, 1931), pour lequel elle reçut un Oscar, *Anastasia* (Anatole Litvak, 1956) et *Airport* (George Seaton, 1970), où son rôle de vieille dame fofolle lui valut un nouvel Oscar.

tout à fait ça. En fait, elle a levé la tête en sursaut, comme quelqu'un qui vient d'entendre un coup de feu, et m'a transpercé de la foudre de ses yeux noisette. Je manquai déraper sur un courant d'air. Le regard qu'elle me jetait était à mi-chemin entre celui de la biche dans le viseur et celui du chasseur de l'autre côté. Son visage évoquait un peu la forme d'un cœur, le menton en pointe, une petite bouche bien rouge et un nez aquilin incroyablement sexy. Ses orbites profondes abritaient de grands yeux, méfiants à ce moment-là. Parce que je suis grand et qu'elle était grande, je nous imaginai l'espace d'une nanoseconde mariés et heureux, élevant ensemble une ribambelle d'enfants grands et méfiants. Puis j'allongeai le bras et me présentai.

— Bonjour, je suis Hitchcock Sewell.

Elle me scruta un instant et me tendit sa main. Celle du cercueil, pas celle dans laquelle elle venait d'éternuer.

— C'est un drôle de nom.

Ça, on me l'a déjà dit des milliers de fois.

Ses joues s'empourprèrent un instant, juste sous la surface. Elle vacilla légèrement, me serrant la main une fraction de seconde de trop, pour reprendre son équilibre. La mère de mes futurs enfants grands et méfiants avait bu. Elle lâcha ma main et posa les yeux sur M. Weatherby.

— Vous le connaissiez bien ? demandai-je.

La femme fit non de la tête.

— Je ne l'avais jamais vu de ma vie, annonça-t-elle, avec une touche de défiance dans le ton ainsi que dans sa manière de me faire front. Ses yeux fouillèrent la pièce. C'est sa femme ?

Tante Billie papotait toujours avec Mme Weatherby près de la cloison coulissante. Une autruche agitée portant des lunettes en cul-de-bouteille les avait rejointes. On aurait dit qu'elle sortait dégourdir sa langue.

— Oui, c'est elle.

— Il faut que je dise quelque chose.

— Ce n'est pas nécessaire.

— Bien sûr que si. Je ne peux pas entrer et repartir comme si j'étais chez moi. C'est un enterrement.

— Une veillée.

— Vous voyez ce que je veux dire. Elle regarda vers la porte : Vous pouvez me faire sortir d'ici ?

— Bien sûr.

Elle fit un pas en avant pour recouvrer l'équilibre. Du moins était-ce l'idée. Ce faisant, elle frôla la couronne de fleurs et nous plongeâmes tous deux pour la retenir. Je voulus la prendre par le coude. Instinctivement, elle recula.

— Je ne suis pas une petite vieille.

— Mais vous n'êtes pas très assurée.

Elle voulut me lancer un regard furieux, mais ses réserves de foudre s'épuisaient.

Elle semblait vaincue.

— Je n'ai pas eu une très bonne journée.

— Si ça peut vous consoler, dis-je avec diplomatie, moi non plus. Que diriez-vous de nous éclipser ?

Je lui tendis mon bras. Je l'admets volontiers, j'adore les effets faciles, parfois. Elle hésita.

— C'est un bras, lui fis-je remarquer. Ça ne mord pas.

L'intruse me jeta un regard irrité et glissa son bras sous le mien. Nous nous éloignâmes du cercueil, moi mince et grand dans mon costume sombre, elle mince et grande dans sa jupe courte-courte. Du haut de leur grand âge, des siècles de visages nous contemplèrent traverser la pièce. Lorsque Mme Weatherby posa les yeux sur nous, la femme qui était à mon bras me souffla :

— Qu'est-ce que je dis ?

— Dites-lui que c'était un brave homme, ça semble être l'avis général.

— Sérieusement.

17

— Il était pompier. Dites-lui qu'il y a bien longtemps, il a sauvé votre chat coincé en haut d'un arbre et que vous ne l'avez jamais oublié.

— Vous n'auriez pas quelque chose de plus invraisemblable ?

L'autruche expliquait qu'elle avait récemment été traumatisée par sa moquette. Billie avait l'air reconnaissante de me voir arriver. Ma simple entrée suffit à museler le volatile.

— Mme Weatherby, je suis Hitchock Sewell, le neveu de Billie. Je suis sincèrement désolé de la perte qui vous frappe.

Je poussai mon invitée mystère en avant.

— Je vous présente…

— Carolyn James. Son expression s'adoucit merveilleusement lorsqu'elle prit la main de la veuve. Je suis tellement désolée. Votre mari était… Vous ne me connaissez pas, il… Je… J'avais un chat.

Je vins à son secours.

— Votre époux a sauvé le chat de Mlle James, il y a quelques années. D'en haut d'un arbre. C'était une chatte, elle était enceinte. Mlle James lui en a été si reconnaissante qu'elle a baptisé l'un de ses chatons Weatherby. En son honneur. À mes côtés, la jeune femme se raidit pendant que je poursuivais.

Mlle James a vu l'avis de décès dans le journal cet après-midi, juste après un match de tennis – comme vous pouvez le constater. Elle est venue directement ici pour rendre hommage à votre époux.

La veuve a marmonné une réponse à laquelle je n'ai rien compris du tout. Elle n'avait pas lâché la main de Carolyn James.

Tante Billie l'interrompit.

— C'est une merveilleuse attention, Mlle James.

Billie me lança un regard sors-moi-ça-d'ici-tout-de-suite. J'attirai Carolyn James et la conduisis vers la porte.

— Qu'est-ce que c'était que cette histoire de chatte enceinte ? siffla-t-elle.

Je saluai solennellement un couple spectral qui entrait dans la pièce.

— Ça lui donnera quelque chose à raconter à la table de bridge.

Une fois dans le hall, je demandai à Carolyn James si elle voulait signer le livre d'or. Nous en avons toujours un, sur un guéridon plaqué or, au cas où les gens voudraient écrire quel merveilleux moment ils ont passé. Elle déclina.

— Je crois que je vais me contenter de disparaître discrètement, dit-elle en se dirigeant vers la porte.

Je la suivis. D'un même mouvement, nos bras s'allongèrent vers la poignée. Je l'atteignis le premier et gardai la main dessus.

— Vous ne pensez pas, juste comme ça, que peut-être vous me devez une explication ? Je veux dire, avant de «disparaître discrètement», peut-être que vous aimeriez me dire pourquoi vous êtes entrée, pour commencer ? Nous n'avons pas beaucoup de visites impromptues.

— Je ne préfère pas, dit-elle.

Mais comme je refusais de lâcher la poignée, elle mollit. Elle me fit face, en garde.

— Excusez-moi d'avoir gâché votre fête, M. Sewell.

— Excuses acceptées.

— Ça ne se reproduira pas.

Je haussai légèrement les épaules.

— Vous êtes toujours la bienvenue.

Elle plissa les yeux et m'examina attentivement, un œil à la fois.

— Je suis venue sous le coup d'une impulsion, d'accord ? Je suis passée pour voir… comment organiser un enterrement.

— C'était donc ça ? Pourquoi tant d'histoires ? Mon bureau est juste là, pourquoi ne pas…

— J'ai changé d'avis, dit-elle en me foudroyant du regard. Je peux y aller, maintenant ?

— J'espère que vous n'avez pas changé d'avis à cause de cette stupide histoire de chat. Ma tante peut s'occuper de tout, si vous préférez. Je ne m'en formaliserai pas. En réalité…

— Il n'y aura pas d'enterrement, aboya-t-elle. Des éclairs jaunes battaient dans ses yeux. Elle haussa un sourcil menaçant : C'est bien compris ?

— Oui, m'dame. En lui ouvrant la porte, je m'enquis néanmoins : quand vous parliez d'enterrer quelqu'un, puis-je me permettre de vous demander à qui vous pensiez exactement ?

Dans ses yeux, la foudre reflua.

— Oui, dit-elle. À moi.

Chapitre 2

Avant les nombreux liftings et métamorphoses hautement médiatisés de Baltimore, à la grande époque de
Charm City[3], mes parents étaient des célébrités de la
télévision locale. Mon père travaillait sur Television
Hill, dans les studios de WBAL qui surplombent la vallée de roche grise où s'étend la vieille ville industrielle
de Hampden, de part et d'autre de la Jones Falls River
et de ses chutes, pas précisément majestueuses. Il y était
quelque chose comme factotum, lisant les informations,
faisant la réclame des commerçants de la région, présentant le film du vendredi soir et – coiffé chaque
semaine d'un nouveau chapeau ridicule – les dessins
animés pour enfants du samedi matin. C'était l'époque
où la télévision se faisait à mesure qu'elle émettait ; où
elle «donnait un visage à la radio», comme je l'ai un
jour entendu dire. Le visage de mon père était sympathique et banal. Il se vantait d'être aussi invisible et
omniprésent qu'un bouton de chemise. Drôle de fanfa-
ronnade, quand on y pense.

Ma mère, elle, était un élément exotique importé de
New York, une comédienne qui végétait sur la scène de
l'avant-garde expérimentale. Elle était venue à Baltimore auditionner pour le rôle de Mary Pickersgill dans

---

3. *Ndt*. Surnom donné à Baltimore.

un film de quinze minutes réalisé par le Smithsonian Institute dans le cadre de l'exposition consacrée au drapeau géant de ladite dame – la première bannière étoilée – qui flotta au sommet du Fort McHenry pendant la guerre de 1812 aujourd'hui presque oubliée[4]. Je n'irai pas jusqu'à accuser ma chère maman d'avoir compromis sa vertu pour obtenir le rôle, mais avouez qu'une immigrée italienne de première génération, avec ses longs cheveux noirs, ses yeux olive, un léger accent italien et des hanches en moteur de Vespa ne semble pas représenter le choix le plus flagrant pour interpréter une Mme Pickersgill plus ou moins vieille fille et franchement WASP[5]. Enfin, « d'une manière ou d'une autre », elle a décroché le rôle et débarqué de New York pour le tournage. Mon papa jouait le rôle de Francis Scott Key, garçon de la région et géniteur de l'hymne national. Je ne crois pas que les véritables Pickersgill et Key se soient jamais réellement rencontrés, malgré leurs liens significatifs avec la bannière étoilée. Mais leurs substituts, si – et leur accouplement au deuxième étage de la Flag House[6], sur East Pratt Street, après le départ de l'équipe de tournage, donna naissance à une toute nouvelle histoire. Pour cinq dollars, vous pouvez toujours visiter le musée et voir de vos yeux la pièce où mes parents se sont chahutés et ébattus pour concevoir leur cher petit ange. Quand j'étais adolescent, la Flag House était un endroit incontournable dès que je

---

4. *Ndt*. Mary Pickersgill (1776-1857) a cousu cet immense drapeau de 9 × 12 mètres qui, flottant sur le Fort McHenry lors de la guerre de 1812 contre les Britanniques, inspira à Francis Scott Key le poème qui allait devenir l'hymne national des États-Unis.

5. *Ndt*. *White Anglo-Saxon Protestant* : anglo-saxon blanc et protestant, « modèle » de population valorisé aux États-Unis.

6. *Ndt*. En 1927, la maison où vécut Mary Pickersgill de 1807 jusqu'à sa mort fut transformée en musée, le *Star-splangled banner flag house museum*.

commençais à courtiser un nouveau flirt. Sans jamais vraiment croire que j'aurais la chance d'être la vedette d'un *remake* des rendez-vous coupables de mes parents... c'était une entrée en matière facile pour parler de sexe. Ce qui, tout bien considéré, ne peut pas vraiment faire de mal.

Vous pouvez aussi voir l'endroit où la dame a réalisé le drapeau.

Mes parents étaient tombés immédiatement amoureux, aussi n'ont-ils pas paniqué en apprenant que ma mère était enceinte de moi. Comme de toute façon, elle ne faisait que piétiner sur la scène théâtrale new-yorkaise, elle n'a pas beaucoup hésité à venir s'installer à Baltimore. Ils se sont mariés et, quelques mois après ma naissance, ma mère a commencé à faire des petits boulots à la télé, doublages et autres choses du même acabit. La chaîne programma un jeu, «*Bowling for dollars*», le vendredi soir de sept heures à sept heures et demie, et embaucha mon père pour le présenter. Il convainquit la direction de faire entrer ma mère dans le tableau pour l'aider dans ses petites conversations avec les participants. Ils formaient un couple si charmant et frivole que ces «brefs apartés» finirent par durer presque autant que l'époustouflant bowling. C'est là que j'ai fait ma première apparition télévisée, au fait. Je n'avais pas un an et j'ai fait souffler un vent de scandale sur l'émission en déboutonnant, niché dans les bras de ma mère, le haut de son chemisier, pendant que mon père et elle bavassaient avec un gamin de Dundalk qui espérait gagner quelques sous en culbutant des quilles.

Au bout d'un moment, le jeu s'est arrêté... et mes parents se sont repointés avec un petit talk-show bien à eux, l'un des premiers de ce genre aujourd'hui surabondant. À cette époque-là, beaux-parents travestis et mères couchant avec le copain de leur fille ne se montraient pas trop. Mes parents recevaient des joueurs des

Colts et des Orioles[7], des gens comme tout le monde qui faisaient des choses intéressantes, des chefs cuisiniers régionaux, des directeurs de lycée, enfin, tout ce que vous voulez. Peu importait à qui ou de quoi ils parlaient, tant que tout le monde passait un bon moment. J'apparaissais parfois dans l'émission, lardon télégénique que j'étais. Dieu me tripote, je me suis même retrouvé un beau jour assis sur le plateau en canotier et marinière pendant que mes parents discutaient avec Bing Crosby en personne, qui était en ville pour un spectacle dans le cadre du festival musical de Painters Mill. Bing avait du mal à lâcher ma mère de ses sales yeux. Ces vieux de l'âge d'or d'Hollywood sont de vrais obsédés sexuels ; ils ne pensent qu'à ça. Bing a été envoyé sur les roses aussi vite que possible et mon père s'est personnellement excusé de m'avoir fait paraître attifé de la sorte.

Je ressemble surtout à ma mère – les cheveux noirs, les yeux bleus… mais mon sourire de pirate, lui, je le dois à mon père.

Quant au regard circonspect que je porte sur le monde, imputez-le aux Parques inconséquentes qui n'ont rien trouvé de mieux que d'envoyer un couple aussi merveilleux que mes parents s'écraser à toute allure contre un camion de bière alors qu'ils étaient en route, comble de l'ironie, pour la maternité. Ma mère était enceinte de ma petite sœur. Quand les douleurs de l'accouchement avaient commencé pour de bon, ils m'avaient déposé aux pompes funèbres, chez tante Billie et le vilain oncle Stu. Le chauffeur du camion a déclaré que tout s'était produit en une fraction de seconde. Ils avaient fait un écart. Et voilà. C'est mon vilain oncle Stu qui a pris l'appel. Après quelques mots

7. *Ndt.* Colts : équipe de football américain de Baltimore ; Orioles : équipe de baseball de Baltimore.

lapidaires, il a raccroché le combiné, il a dit: «Ils sont tous morts», il s'est écroulé dans une chaise et il s'est mis à sangloter. La seule et unique fois où je l'ai vu pleurer. Je suis resté dans la pièce, je l'ai regardé pendant plusieurs minutes, je suis monté à l'étage et j'ai défoncé le mur à coups de pied.

Comme je crois l'avoir dit, leur enterrement avait attiré énormément de monde. Le maire en personne était venu. Même sans la cloison entre les deux salons, la foule se répandait dans l'entrée et débordait jusque dans la rue. Je faisais un adorable diablotin dans mon petit costume noir. Douze ans. Les gens m'effleuraient, comme si j'étais un saint. Je me rappelle m'être dit qu'il y avait assez de fleurs pour boucher les égouts et que si Bing Crosby osait montrer sa face de rat, je les lui ferais avaler jusqu'à la dernière. Je me souviens aussi d'avoir pensé, plus tard ce soir-là, en regardant par la fenêtre de ma nouvelle chambre, que j'étais sûr d'au moins une chose: ce que je venais de vivre serait certainement le pire du pire des jours de ma vie. Il ne pouvait pas y avoir de doute là-dessus. Rien que du ciel bleu, après ça.

À ses funérailles le lendemain, M. Weatherby ne nous causa pas d'ennui. Aucun des porteurs n'était trop petit ou trop grand – ce qui pose parfois un problème d'équilibre – et personne ne s'est livré à des manifestations paroxystiques de douleur de nature à interrompre la cérémonie. La veuve sanglotait poliment et ses camarades s'occupaient gentiment d'elle. La météo coopérait: le baromètre était stable, le thermomètre affichait un agréable vingt-deux. Comme nous sortions d'un hiver clément, les bourgeons printaniers étaient déjà là. Les fleurs en boutons qui se trouvaient à l'entrée du cimetière offraient un contraste poignant et fort à propos au fait de planter profondément un Weatherby ratatiné dans le terreau. Le dais disposé au-dessus de la tombe elle-même découpait sur le fond bleu du ciel un triangle d'un blanc éclatant et prodiguait une ombre rafraîchissante à la demi-douzaine de chaises pliantes en plastique installées dessous. Là, sous le soleil, le cercueil de M. Weatherby (modèle Ambassade, l'ai-je précisé ?) montrait vraiment de quel bois il se chauffait. L'acajou est une essence magnifique, même à son état naturel. Vernissez-le et il chantonnerait presque.

C'était l'enterrement de tante Billie, mais comme elle avait attrapé un mauvais rhume, j'avais pris le relais. Je me tenais sur le côté en silence, les mains jointes à l'entrejambe, les yeux sur le cornemuseur qui, planté à cinq mètres de là, se préparait à comprimer sa vessie de vachette. En dépit de ses kilts et de tout son apparat, notre cornemuseur n'est pas plus écossais qu'un ayatollah. C'est un électricien italien du nom de Tony Marino. La triste histoire de Tony est la suivante : une jeunette des Highlands venue à Rome avec sa chorale paroissiale ravit puis brisa son cœur d'adolescent devant le Colisée. Suite à quoi, Tony se lança dans la cornemuse afin de tourmenter plus avant son âme désespérée. L'année suivante, il entreprit même une odyssée en Écosse à la recherche de son amour perdu. Il ne la retrouva pas, mais se satura d'écossitude. Aujourd'hui encore, il attaque ses journées au hareng fumé arrosé d'une lampée de whisky. Il faut le lui reconnaître, Tony Marino est un cornemuseur hors pair. Si les familles endeuillées lui demandent le plus souvent *Amazing grace* et *Danny boy*, Tony compte aussi Verdi et Puccini à son répertoire. Et il est capable de vous bêler un *Ave Maria* à fendre le cœur.

La veuve Weatherby avait choisi *Amazing grace*. À mon signal discret, Tony gonfla son outre et attaqua la mélopée. Quelle douce sonorité… Quand il eut terminé, il baissa son instrument et essuya une authentique larme. Parfois, l'amour, c'est comme une arête en travers de la gorge, je vous jure. Le prêtre laissa tomber ses derniers mots sur M. Weatherby et l'affaire fut réglée. La veuve se tint un moment près du cercueil, avec la tête de celle qui vient de se rappeler le nom du restaurant que son mari lui avait demandé la semaine d'avant et qui n'a plus qu'à le garder pour elle à jamais. Elle posa une main veinée sur le cercueil en murmurant quelque chose que je n'ai pas entendu, puis retourna se fondre dans le troupeau qui se dirigeait vers les voitures en slalomant entre les tombes. Tony, un mètre cinquante huit, basané comme une botte sicilienne, resta droit comme un piquet au passage du cortège.

Je traînai derrière. Mon boulot était terminé. Je n'assiste généralement pas à la sauterie post-inhumatoire. Ma tâche – ou celle de Billie – consiste à emmener les défunts sans encombre jusqu'à ce point, six pieds audessus de leur dernière demeure terrestre. Après quoi, je me retire et cède la place aux fossoyeurs. C'est ce qui s'est passé cette fois-là. Quatre mastards que vous ne laisseriez pas approcher de chez vous débouchèrent de derrière les arbres et, tout en continuant à débattre des douleurs de dos de Cal Ripken[8], déroulèrent les courroies de toile qui retenaient le cercueil. Avant que la boîte ne s'enfonce dans le trou, l'un d'entre eux ôta vivement l'arrangement floral et le jeta sur le côté. Ils les remportent pour les offrir à leur bourgeoise.

— Hé, Fiston, tu files un coup de main ?

C'était le capitaine de l'équipe, un bouledogue mâcheur de cigare aux oreilles comme des huîtres. Il adore m'appeler « Fiston ». J'adore l'appeler « Paps ». Tant d'amour…

— Pas aujourd'hui, Paps. Je me suis cassé un ongle.

Paps décida qu'il n'avait jamais rien entendu d'aussi

_____

8. *Ndt.* Membre de l'équipe de baseball des Orioles de Baltimore.

drôle. Il donna un coup de coude au primate qui se tenait à ses côtés.

— T'as entendu ce qu'il a dit ? Il a dit qu'il s'était cassé un ongle !

Le type fit la moue. Aucun doute, il trouvait ça désopilant.

Je les quittai. À la sortie, Tony rangeait sa cornemuse dans le coffre de sa voiture. Je déclinai sa proposition de me ramener. J'avais envie de marcher. Je voulais réfléchir à certaines choses.

Je passai chez moi – à quatre pâtés de maisons de notre funérarium – et sortis mon chien Alcatraz faire son petit tour et son petit pissou. Il m'en voua une reconnaissance éternelle. Il déposa ses billets doux un peu partout sur sa route, puis je l'emmenai chez tante Billie pour l'apéritif. Alcatraz prit de la soupe. Il adore la soupe.

— Qui c'était, la jeune fille d'hier ? me demanda Billie. Tu sais, l'intruse ?

Je lui répondis que je ne savais pas.

— Elle a dit qu'elle voulait organiser son enterrement.

Billie faisait des cocktails à base de whisky sur le guéridon. Un must *post-mortem.* Elle mélangeait les fruits avec une petite touillette argentée.

— Elle n'est pas un peu jeune pour ça ?

— Il me semble, si.

Billie m'apporta mon verre et alla s'asseoir avec le sien dans son fauteuil préféré. Elle ôta ses chaussures et Alcatraz trotta immédiatement vers elle pour s'affaler à ses pieds. Ma tante posa doucement les pieds sur ses bourrelets moelleux.

— Elle a laissé un acompte ? demanda-t-elle.

— Ce n'est pas allé jusque-là. Elle a changé d'avis.

Billie sourit, portant le verre à ses lèvres.

— Ah, elle a décidé de vivre. C'est bien.

Chapitre 3

Je crois avoir fait allusion au fait que le jour où Carolyn James était entrée et sortie de ma vie aussi sec,
j'étais d'humeur grincheuse. C'est toujours comme ça
quand je dis «oui» alors que je pense «non»: ça me
rend grincheux. Et que mon âme soit vouée à l'enfer
éternel qu'elle mérite, c'était exactement ce que je
venais de faire: accepter de m'affubler d'une moustache grise et d'un chapeau de plouc pour jouer le rôle
du régisseur dans *Notre petite ville*, la prochaine production du Gypsy Players Theater. Dans sa campagne
pour me faire revenir sur mes derniers adieux amateurs
à la scène non professionnelle, Gil Vance avait non seulement souligné ma taille et ma super belle gueule (*sic*),
mais également invoqué la notoriété régionale de mes
défunts parents. Quand il s'acharne sur mon ego, Gil
n'hésite pas à matraquer effrontément la célébrité de
mes parents disparus. Et évidemment, quand on essaie
de convaincre quelqu'un de monter sur les planches,
c'est pile à l'ego qu'on vise.

— Hitch, tu n'imagines pas le nombre d'histrions qui
me courent après pour ce rôle. Le régisseur exige quelqu'un de ta stature, capable de remplir le pacte sacré
entre les comédiens et le public. Je ne peux pas prendre
n'importe quel cabot, Hitch. J'ai besoin de toi. Tu es né
pour ce rôle. C'est dans tes gènes.

« Non » est l'un des mots les plus faciles à prononcer. Quasiment pas un muscle à bouger. Mais, pour des raisons connues des seuls dieux espiègles, je m'étais retrouvé à actionner trop de muscles lors de ma discussion avec Gil au café Jimmy's, et ma dizaine de refus répétés avaient abouti à la promesse de jouer dans ce foutu spectacle. Et moi qui nourrissais l'espoir que mon dernier fiasco au Gypsy – le gros lourdaud suédois d'*Anna Christie*[9] – fût mon chant du cygne...

Bon sang. Le régisseur. Même pas le terne Dr Gibbs. Non. Le *régisseur*. Monsieur Loyal. Tout ce texte ! Toute cette guimauve...

L'époque est depuis longtemps révolue où le grand jeu des étudiants était de voir à combien ils pouvaient s'entasser dans une cabine téléphonique ou dans une Coccinelle. Mais grâce à la scène format timbre-poste du Gypsy Players Theater et à la brillante décision d'y monter une pièce exigeant la présence simultanée de plusieurs douzaines de corps chauds, j'eus le plaisir d'avoir un aperçu de ce vieux passe-temps claustrophobe lors de la première répétition de *Notre petite ville*. Gil Vance a entassé ses acteurs sur la petite scène puis s'est assis en retrait au cinquième rang et nous a demandé de « grouiller ».

On a « grouillé ». On s'est aussi heurté, égratigné, cogné, marché sur les pieds. Ça ne faisait pas du tout ville ; ça faisait plutôt nasse à têtards. Au cours de nos tribulations sur scène, je me retrouvai soudain face à face avec Julia Finney, ma somptueuse, semi-nymphomane, quasi-bouddhiste et éternellement charmante ex-femme. Ce que c'est que de nous...

---

9. *Ndt.* Pièce d'Eugene O'Neill, adaptée à l'écran, entre autres, par Clarence Brown avec Greta Garbo dans le rôle-titre et George F. Marion dans celui de Chris Christofferson, le « gros lourdaud suédois » en question.

— Mais qui vois-je ? Hitchcock Sewell !

— Salut, Julia. Quel bon vent t'amène dans notre petite ville ?

— Très drôle, Hitch. Je vois que Gil t'a entraîné dans ce cirque, toi aussi. Comment il a fait, en triturant ta vanité ?

— C'est à peu près ça.

— Moi aussi, soupira-t-elle. Je suis trop facile à convaincre, je te jure. On n'a rien de mieux à foutre, franchement ?

— J'aurais dit que si, et pourtant on est là.

Julia secoua la tête.

— Toi, je comprends. Tu es entouré de morts toute la journée. Mais moi, qu'est-ce que j'ai comme excuse ?

Je réfléchis à la question.

— Tu te complais dans les complications ? Plus c'est le bordel, plus tu es contente ?

Elle me lança un regard oblique.

— Dis donc, j'ai été mariée à quelqu'un comme toi, non ? Avant que j'aie eu le temps de riposter, elle reprit : On discutera plus tard, il faut que je grouille.

Elle se faufila jusqu'à l'autre bout de la scène – à au moins cinq mètres de là – puis se retourna, haussa les sourcils et me tira malicieusement la langue. Gil finit par battre des mains, façon otarie.

— Très bien, messieurs-dames, trèèès bien. Veuillez vous asseoir, je vous prie. Je veux vous exposer mon concept pour cette production.

Les citoyens de Grover's Corners[10] se regroupèrent. D'après moi, ils n'étaient pas plus de la moitié à prêter attention à ce que disait Gil. Les cinquante pour cent restants ayant déjà vécu ça, nous en profitâmes pour rattraper notre retard de rêveries. Le «concept» de Gil offrait probablement quelques angles intéressants, mais ça n'avait pas vraiment d'importance : il n'arriverait

_____

10. *Ndt. La petite ville* de la pièce de Thornton Wilder.

jamais jusqu'à la scène. Le Gypsy Players a une longue tradition bordélique. Les costumes se déchirent, les humeurs s'échauffent, le décor branle, la console d'éclairage crame, les répétitions s'enlisent sur des vétilles, la grippe du moment se répand dans la troupe juste avant la première... Dans ma longue expérience avec cette équipe, il n'y a jamais eu de temps pour le «concept». Apprendre son texte, le dire dans l'ordre, prier pour avoir un moment ou deux de panache : le voilà, le concept. Quelles que soient les idées brillantes et audacieuses que Gil Vance mitonne dans l'intimité de son crâne, elles s'écoulent entre les lames du parquet. Je suis sûr que ça le frustre horriblement – si toutefois il s'en rend compte – mais c'est ça, le showbiz.

Donc, je me suis débranché pendant que Gil expliquait en détail ce que cette production ne serait jamais. Il ne cessait de faire allusion à «notre régisseur» et de me désigner de la main, une dizaine de têtes consciencieuses suivant à chaque fois son mouvement. En tant que Monsieur Loyal de ce cirque, je jouerais un rôle pivot pour donner vie au concept. Je suppose que j'aurais dû écouter, mais ça m'était tout simplement impossible. J'avais d'autres choses en tête. Au mieux, je pouvais imaginer la scène d'enterrement à la fin de la pièce. Naturellement. Mais dans ma version, étendue là au cimetière au milieu de notre troupe dévouée, jouant la morte, ce n'était pas la douce Emily Gibbs. C'était Carolyn James.

Enterrez-moi.

Julia n'écoutait pas non plus. Elle était assise au bord de la scène, tripotant sa longue tresse noire. Lorsque nos regards se croisèrent, elle la souleva pour me la montrer. Un nœud de pendu. Et pour la deuxième fois en vingt minutes, elle arqua un sourcil à mon intention.

Ah. Je vois. C'est comme ça...

Le studio de Julia se trouve à l'étage d'une ancienne caserne de pompiers ravagée il y a bien longtemps – comble de l'ironie – par un incendie pendant que ses occupants luttaient contre un feu à quelque distance de là. Une nouvelle caserne fut construite ailleurs, l'ancienne restant inoccupée pendant de nombreuses années jusqu'à ce que Julia tire le bon numéro et commence à gagner de gros paquets de fric avec ses œuvres. Elle prit alors atelier et résidence à l'étage de la caserne désaffectée et ouvrit sa galerie en-dessous. Le vieux poteau de descente des pompiers était resté en place, touche décorative et moyen astucieux pour littéralement débouler en bas et jeter un coup d'œil aux clients.

Au fond du studio se trouve la kitchenette et, derrière trois antiques paravents, la chambre, composée d'un lit et d'un peignoir de bain. Le lit a été réalisé par un ami sculpteur. Sa tête est un enchevêtrement de métal noir formant une grande toile d'araignée.

J'avais encore les doigts noués dedans quand Julia revint de la kitchenette avec un plateau. Elle arborait l'autre équipement de la pièce – le peignoir – ainsi qu'un sourire diabolique que je ne savais que trop bien interpréter.

Je t'ai eu.

Julia se lova sur le lit et posa le plateau sur mon ventre.

— Rappelle-moi voir pourquoi on a divorcé ?

— On ne s'entendait pas ? On se disputait ?

— Nos disputes me manquent.

— Pas à moi.

Elle soupira.

— C'est pour ça, alors : on n'est pas en phase.

Le plateau portait deux petites tasses et une cafetière en cuivre. Julia versa deux dés à coudre d'encre, en prit un et en but une gorgée. Elle me fit une grimace de lapin.

— Mais on schtuppait bien, tous les deux. C'est important.

J'étais d'accord avec elle. Je dégageai mes doigts de la tête de lit et me redressai. Elle ôta le plateau de mon bide et le posa sur le lit.

— Tu schtuppes bien avec tout le monde, lui rappelai-je. C'était même l'une des raisons de nos disputes.

— Ce que tu peux être vieux-jeu, Hitch !

La tresse noire de Julia faisait le tour de son cou pour plonger dans le décolleté du peignoir.

— Le libertinage est la dernière grande arme contre la stérilité croissante de notre culture, déclara-t-elle.

— Tu veux dire que tu baises pour le mieux-être de l'humanité ?

— Absolument. (Sourire diabolique). D'ailleurs, tu ne te sens pas mieux ?

Il me fallait bien admettre que si. Le lit d'araignée de Julia avait le don d'inciter ses occupants à se comporter comme s'ils étaient soudain dotés de plusieurs paires de membres supplémentaires. L'heure écoulée avait été si pleine de bras et de jambes s'agitant en tous sens qu'on aurait pu croire que toute de la troupe de *Notre petite ville* avait participé à la bacchanale.

En réalité, la raison pour laquelle Julia et moi avions décidé de nous marier restait un mystère. Pourquoi gâcher une belle histoire ? Le divorce – à peine un an et demi après – nous avait semblé tellement plus logique à tous les deux que nous l'avions consommé ici-même, sur ce terrain de jeu. Depuis lors, je ne m'étais retrouvé qu'occasionnellement attiré jusqu'à la toile. Faire l'amour avec Julia était une habitude difficile à perdre. D'autant plus que j'étais le seul de nous deux à essayer de la perdre.

Je sirotais mon jus. Julia, assise en tailleur en face de moi (si seulement cette foutue tresse pouvait ressortir de son décolleté), me parlait de l'homme avec qui elle sortait.

— Je ne veux pas te dire son nom. Tu hurlerais.

— Je le connais ?

Elle haussa les épaules.

— Pas directement, mais je suis sûre que tu sais qui c'est et que tu désapprouverais.

— C'est sympa d'en tenir compte.

— Bien sûr que j'en tiens compte, Hitch. Tu as de bonnes intuitions sur les gens, et je sais que tu le jugerais durement. Il est tout le contraire de moi. Mais il est génial au pieu.

— Alors il n'est pas tout le contraire de toi.

— C'est gentil, merci.

Julia sortit enfin sa natte du peignoir et se mit à la caresser comme un chat.

— Bon, à toi de me raconter ta vie amoureuse. Tu n'as pas séduit une belle veuve ?

— Je ne fraie pas avec la clientèle.

— M'enfin, Hitch, elles sont si vulnérables !

— Tu n'es qu'une petite perverse, Julia.

— Je suis une artiste. Je vis pour explorer.

Pour le prouver, elle fit glisser le peignoir de ses épaules, se débarrassa du plateau et se lança dans une expédition qui commença à mes cuisses et s'étendit rapidement dans toutes les directions – pour finir en un joyeux tas au pied du lit, Julia ronronnant comme une panthère.

— C'était cool.

Elle jeta un œil à sa montre.

— Il faut que j'y aille.

Elle prit une douche rapide. Pendant que nous nous habillions, je lui racontai l'histoire de Carolyn James. Ça l'intrigua.

— Elle t'a dit pourquoi elle voulait que tu l'enterres ?

— Elle n'a rien expliqué du tout. Elle a juste dit ça et elle est partie.

— Je vois.

— Elle avait bu.

— Hum, soit elle avait fêté quelque chose, soit elle venait s'apitoyer.

— Je penche pour la seconde proposition. Elle avait l'air un tantinet perdue.

— Tu avais donc une jeune femme triste et bourrée sous la main.

Julia ferma sa ceinture d'un coup sec. Elle avait enfilé un pantalon et une chemise blanche. Elle se passa du rouge sur les lèvres.

— Et tu dis qu'elle était séduisante ?

— Elle m'a très vite plu.

Julia se tourna vers moi, se frottant les lèvres l'une sur l'autre pour faire pénétrer le rouge.

— La couleur est bien ?

— Épatante.

— Bref. Alors, tu n'es pas curieux ?

— Si, je suis curieux, mais je ne peux rien faire.

— Tu connais son nom, essaie de la retrouver.

— Comment ? Et puis même si j'y arrivais, qu'est-ce que je pourrais faire ? Lui dire que j'ai une jolie petite concession toute prête pour elle ?

— Ce que tu peux être nul, par moments ! Tu as là une authentique femme mystère. À ta place, je fourrerais mon groin partout jusqu'à la retrouver.

— Ce que tu es raffinée, parfois.

Elle éclata de rire.

— Je m'en fous. Allez, viens, il faut que je file. On se voit à la répétition.

Je couinai. Elle me suivit dans le studio. Il était encombré de toiles. Abstraites, pour la plupart. Des trucs qu'on fait à la maternelle. Julia gagnait bien sa vie. Elle avait été découverte quelques années auparavant par un gros bonnet de la Walters Art Gallery [11]. Ils

_____

11. *Ndt.* L'un des grands musées de Baltimore, présentant des œuvres allant de l'Égypte pré-dynastique jusqu'à l'art contemporain.

avaient eu une brève aventure. Le type avait vanté Julia auprès de ses connaissances, et ses ventes et commandes s'étaient mises à décoller. À présent, elle était exposée partout en ville. Elle était aussi, allez savoir pourquoi, très connue en Scandinavie. Ils l'adoraient, là-bas. Une vraie coqueluche.

D'un coup de pied, Julia ouvrit la trappe du poteau.

— Au fait, tu es qui, dans la pièce ? lui demandai-je en m'agrippant au pilier. Mme Gibbs ?

Elle roula des yeux.

— Je suis Emily. Lolita-reine-des-sodas. Elle me lança un regard de défi : Vas-y. Dis-le.

— Sans vouloir te froisser, tu n'es pas un peu vieille et croulante et défraîchie pour jouer Emily ?

Elle rigola.

— C'est clair. Et toi, tu es un petit peu trop blanc-bec candide pour faire le vieux régisseur plein de sagesse, nan ? Ça fait partie du concept de Gil. Tu ne l'as pas écouté ?

— Non, je flirtais avec mon ex-femme.

Elle sourit.

— Le vieux régisseur et la petite Emily s'envoyant en l'air. *Ça*, c'est du concept !

— La pièce est foutue d'avance.

— Évidemment. Comme d'habitude. C'est ça qui est marrant. Encore un drame du Gypsy Players. Allez, décampe.

Elle me donna une tape au derrière et un bécot sur la joue. J'empoignai le poteau et sautai dans le vide. J'atterris dans la galerie. Il n'y avait personne, que Sue la Chinoise derrière la caisse, feuilletant nonchalamment un magazine. Sue la Chinoise n'est pas vraiment chinoise. Elle vient de Dundalk, qui est à peu près ce qu'on peut trouver de plus prolétaire à Baltimore. Elle porte des vestes de velours, coiffe ses cheveux avec un pétard et vous regarde l'air de n'avoir rien compris à ce que vous venez de dire – et de s'en battre franchement l'œil. Je n'ai pas d'explication à son surnom. Tout le monde l'appelle comme ça. Et donc, elle garde la galerie de Julia. Enfin, à vrai dire, quand j'ai atterri en bas, elle n'a même pas levé le nez.

Finalement, je n'ai pas eu à fourrer mon groin partout pour retrouver Carolyn James. Elle m'attendait au bureau. Tante Billie me tendit les documents à l'instant où je passais la porte.

— Suicide, dit-elle. Par asphyxie. Ça me fend le cœur.

Je courus au sous-sol, là où nous préparons nos clients. Une rousse famélique était étendue devant moi, une expression légèrement angoissée à jamais gravée sur le visage, couvert de taches de rousseur. Juste au-dessus de sa joue gauche, la peau était décolorée, presque verte. Elle avait récemment eu un œil au beurre noir.

Je ne l'avais jamais vue de ma vie.

Chapitre 4

Nous avions très peu de détails sur la morte. Elle avait vécu dans un appartement à Charles Village, non loin de l'université Johns Hopkins, et avait été retrouvée dans un garage de l'allée derrière chez elle, sur le siège avant d'une Honda Civic qui, ronronnant au point mort, avait saturé la pièce de ses gaz mortels. Il ne faisait aucun doute que la mort était intentionnelle : plusieurs serviettes avaient été coincées sous la porte du garage. Et au cas où ça n'aurait pas suffi, le tube de plastique ondulé reliant le pot d'échappement à l'entrebâillement de la vitre du conducteur était plutôt convaincant. Il provenait d'un aspirateur que la police avait trouvé en inspectant l'appartement de Carolyn James. Il est peu probable qu'elle se fût amusée à aspirer l'air. Pour la police, l'affaire était classée avant même d'avoir été ouverte.

Pour la police.

Carloyn James, vingt-sept ans, était assistante chez un traiteur. Le directeur de la société avait déclaré que c'était une employée diligente et responsable, qui faisait ce qu'on lui demandait, ni plus ni moins. Elle avait été engagée environ un an auparavant. Venue de quelque part dans l'ouest, c'était son premier emploi depuis son arrivée à Baltimore. Aucune famille n'avait pu être retrouvée et elle était célibataire, bien qu'il y eût apparemment un homme dans sa vie. La nature exacte de leur relation était un peu floue. Le traiteur m'avait décrit l'homme comme «un putain de connard de fils de pute de première». Si ce traiteur cuisine comme il jure, je veux goûter.

— Il est bel homme, l'archétype du tombeur, avait-il ajouté. C'est pour ça que je n'ai jamais bien compris leur relation. Carolyn était mignonne et tout, mais ce n'était pas vraiment Sophia Loren.

Il mettait la barre un peu haut à mon goût, mais je tins ma langue.

— Je ne la décrirais pas vraiment comme banale, mais elle n'avait pas beaucoup de personnalité. Elle était timide, surtout. Et son mec, là... c'était un vrai Don Juan. Je n'ai jamais compris.

Cette petite discussion avec le traiteur se tenait au Salon Deux, où nous avions étendu sa malheureuse assistante pour sa veillée. Billie en avait une autre au Salon Un, un vieux professeur aimé de tous. Assez populaire pour justifier de rabattre la cloison, si nous n'avions pas joué en double. Carolyn James, elle, attira une assistance dérisoire. Outre le traiteur et quelques collègues, il y avait l'homme qui l'avait découverte dans le garage, un boucher du supermarché où elle faisait ses courses, et son voisin d'en face, un vieux bonhomme du nom de Castlebaum. Ainsi donc, deux personnes brillaient par leur absence. L'une était le putain de connard de fils de pute de première. L'autre était la femme qui avait emprunté le nom de Carolyn James assez longtemps pour m'informer – à sa manière bien à elle – que l'assistante délaissée du traiteur serait bientôt la malheureuse invitée d'honneur du Salon Deux.

On était à Baltimore, pas au Danemark. Mais il y avait quelque chose de pourri quand même.

Par rapport à ce que nous vivions au Salon Deux,

le bourdonnement incessant venant du Un ressemblait au tirage du bingo à la salle des fêtes du quartier. Notre veillée était une petite veillée maussade pour une jeune fille sans amis qui avait décidé d'arrêter le film avant la fin. Tout ça me rendait triste et me mettait en colère. Tante Billie le vit dans mes yeux quand, sortant de son carnaval, elle me trouva assis dans mon bureau, le menton sur les poings.

— Mauvaise veillée ?

— Presque personne.

— C'est trop triste. Elle était si jeune. Ça s'arrangera peut-être demain, à l'enterrement. Tu sais bien que ça arrive, parfois.

Je la regardai, debout dans l'encadrement de la porte. Chère douce maman Ingalls.

— Et pour ton prof, ça s'est bien passé ?

— Délicieusement. Ils ont ri, ils ont pleuré.

Je l'adore, ma tantine.

La fausse Carolyn James ne se montra pas à l'enterrement le lendemain. Je ne m'y attendais pas vraiment, en réalité. Qui que fût cette femme, l'étrange raison qui l'avait poussée à se faire passer pour l'assistante du traiteur et à demander son enterrement à l'avance demeurerait un mystère. J'avais beau passer et repasser au crible mes dix minutes avec elle, je n'en tirais rien. C'était, comme Julia l'avait dit, une Femme Mystère. Une authentique Sœur Secret. Un Visage Sans Nom.

Lady X.

J'eus, en revanche, le plaisir de rencontrer le putain de connard de fils de pute de première. Je connaissais déjà son nom, grâce aux documents que Billie m'avait donnés au retour de mon escapade coquine avec mon ex-femme. Il s'appelait Guy Fellows [12]. Je ne plaisante

---

12. *Ndt.* En anglais, *guy* et *fellow* veulent tous deux dire « type, gars, mec ».

pas. Certains parents n'ont vraiment aucune pitié. M. Fellows avait organisé les funérailles en un temps record et par téléphone. Il avait acheté à Carolyn James le cercueil le moins cher que la loi permette (on l'appelle *la boîte aux pauvres*, dans le métier) et avait laissé à Billie le soin de proposer un cimetière et de trouver l'emplacement. Sa prévenance était touchante, pour le moins.

Guy Fellows se présenta au cimetière vêtu d'un pantalon kaki, d'une veste sport bleu marine et d'une cravate club bordeaux délavée. Il était – comme on me l'avait dit – bel homme. Bronzé et mince. Coiffés à la main, ses cheveux blond-roux formaient à l'avant une coquette houppette qui ajoutait à sa dégaine nonchalante de surfeur un indubitable sex-appeal. Et, comme c'est le cas d'une certaine race de beaux mecs, celui-ci portait son arrogance comme un drapeau. Il s'approcha de la tombe les mains dans les poches, comme s'il posait pour des photos de mode. Je l'observai attentivement lorsqu'il baissa les yeux sur le cercueil. Ce n'était pas de la tristesse qui se lisait dans son regard bleu perçant. C'était de l'irritation. Si le suicide de Carolyn James le chiffonnait un tant soit peu, c'était surtout parce que l'enterrement dérangeait sa journée surchargée. Même son unique geste de tendresse tourna au vinaigre. Après avoir fixé le cercueil une dizaine de secondes, il tendit la main et la posa dessus. Il tapota des doigts plusieurs fois, ôta sa main et heurta l'arrangement floral qui chuta dans la tombe. «Et merde», murmura-t-il avant de reculer sous le dais. Décidément, un garçon tout à fait charmant.

La cérémonie fut brève. Comme la vie de Carolyn James. Lorsque ce fut terminé, Guy Fellows s'en alla. Le prêtre avait l'air un peu perdu de n'avoir personne à consoler. Il agita la main, secoua la tête.

— On aurait pu faire ça par téléphone, non ? C'est

l'enterrement le plus triste que j'aie eu de l'année, Hitch. Elle avait la peste ou quoi ?

Avant que j'aie pu répondre, nous fûmes interrompus par des éclats de voix venant des voitures. Guy Fellows et le voisin de Carolyn James, le vieux M. Castlebaum, avaient entamé un match d'invectives. Je me précipitai.

Castlebaum : *Vous n'êtes qu'un loquedu !*

Fellows : *Fermez-la !*

Castlebaum : *Je ne la fermerai pas ! Vous êtes un loquedu ! Vous avez tué cette enfant !*

Fellows : *Vous dites n'importe quoi, vieux débris !*

Castlebaum : *J'ai entendu comment vous la traitiez ! Ce n'est pas des oreilles, ça ?*

Fellows : *Occupez-vous plutôt de vos putains d'oignons !*

Castlebaum : *Ne dites pas « putain » dans un cimetière, espèce de nazi !*

Fellows : *Allez vous faire foutre !*

C'est là que M. Castlebaum l'a chargé. Le vieil homme a attaqué à la tête. Sa main a fouetté la joue de Guy Fellows en y laissant des traces de griffes. Le plus jeune a réagi instantanément, grondant « sale petite *charogne* ! » tout en balançant un uppercut dans la mâchoire du vieillard. Le vieux petit chevalier s'écroula.

J'accourus. Je cherchai Sam du regard. C'est notre chauffeur de corbillard. Brave gamin. Un vrai mur. Il est aussi videur dans plusieurs boîtes de la ville. Mais je ne le vis nulle part.

Fellows réagit rapidement. À la seconde où j'apparus dans son champ visuel, il tournoya et envoya un nouveau coup de piston, qui atterrit sur mon nez. Le choc se propagea jusque dans mes orteils. En un éclair, je sentis le sang. Puis il me frappa encore, m'atteignant cette fois à la trachée. J'en eus littéralement le souffle coupé. Guy Fellows était maintenant ramassé en position de boxeur, mais il ne lança pas de troisième coup. Le cul par terre, M. Castlebaum essayait de se remettre du choc. Voyant le regard de Fellows retourner vers le vieil homme, je tentai de le prévenir. Mais j'avais encore la gorge nouée et ne réussis à émettre qu'un pauvre chuintement. Puis je mesurai mon avantage en taille sur le connard de première et le plaquai de toutes mes forces. Il s'écrasa sur l'aile du corbillard. Quand il essaya de se redresser, je le plaquai à nouveau, plus fort encore. Pour être honnête, je commençais à y prendre goût. Je connaissais son envergure, maintenant, je savais qu'il ne pouvait pas atteindre mon visage. Il chassa brusquement mes bras.

— Hé, mon pote, lâche-moi ! gueula-t-il. Occupe-toi plutôt de tes affaires !

Je le replaquai et croassai :

— Ce *sont* mes affaires. Je suis chargé de cet enterrement.

Le type ricana. Mais il était toujours collé au corbillard.

— Sympa, comme boulot, mon pote.

Me passant la manche sur le visage, j'obtins une belle trace de sang pour ma peine. Le nez me lançait. M. Castlebaum se relevait lentement. Je me tournai vers lui.

— Vous allez bien ?

Guy Fellows répondit le premier.

— Mais oui, je l'ai à peine touché.

— Ça fait partie de vos passe-temps, de cogner les vieux ? demandai-je.

— Ça, ça me regarde, mon pote.

Je commençais à en avoir marre d'être appelé *mon pote*.

— Vous pourriez vous excuser.

— C'est lui qui a commencé !

— Okay, d'accord. La tension peut monter très vite,

lors d'un enterrement. Je suis sûr que M. Castlebaum ne pensait rien de…

— Tu parles, Charles ! Je pensais tout ce que j'ai dit. Ce type est un *loquedu* !

Fellows donna une grande tape sur le toit du corbillard.

— Hé, vieux débris, je t'emmène faire un tour ?

Ding ! Deuxième round. Le vieil homme plongea sur le jeune et la bagarre reprit. Cette fois, je me glissai entre les deux, repoussai M. Castlebaum dans un coin et agrippai Guy Fellows par le revers de sa veste. Trop c'est trop c'est trop. J'attirai sa tête si près de la mienne que nous aurions pu nous embrasser. Nous nous défiâmes brièvement du regard.

— On peut arrêter, maintenant ?

— Lâchez-moi, siffla-t-il.

— Pas tant que vous ne montrerez pas un peu plus de respect.

— Qu'est-ce que vous êtes, grand chef scout ?

Comme je croyais le tenir fermement par la veste, je le secouai copieusement. Mais il m'échappa et alla donner à nouveau contre le corbillard. Cette fois, sa tête heurta violemment la porte. Il revint en rage.

— Putain de merde !

Il bondit sur moi, frappant et griffant. Finie la boxe. Je reçus quelques coups d'ongles dans la joue. Enfin, Sam apparut. Il se précipita en remontant sa braguette. Sam est un être carré, mi-graisse, mi-muscles. Un brave gamin, même si je lui ai déjà dit plusieurs fois de ne pas pisser au cimetière pendant son service. Il a une vessie format dé à coudre. Sam retira Guy Fellows de moi. Aussi simplement que ça. Fellows se débattit puis recula de quelques pas, les mains en l'air, comme pour montrer qu'il n'était pas armé.

— Okay, c'est bon, ça va. Je suis calme.

— Ça va, M. Sewell ? me demanda Sam.

— Je vais bien, Sam, merci. Je lui fis signe d'escorter M. Castlebaum à sa voiture. Le vieil homme le suivit sans broncher. Enfin, sans *re*broncher. Guy Fellows se calmait. Il redressa son col et sa cravate, recoiffa du bout des doigts sa tignasse canaille. En relevant les yeux vers moi, un long sourire s'afficha peu à peu sur son visage.

— Je vous ai pas raté, hein ?

Il plongea la main dans sa poche et me tendit un mouchoir. Le coin avec lequel je me tamponnai le nez vira rapidement au rouge.

— Vous m'avez eu en traître.

Fellows éclata de rire.

— C'est que vous arriviez en traître !

Il porta ses doigts à la joue pour voir si le vieux l'avait blessé au sang.

— Sale vieux chnoque.

— Il n'a pas l'air de vous porter dans son cœur.

Fellows haussa les épaules.

— Encore un de ces voisins fouineurs. Il se croit le père de tout le monde. Il est bouleversé par... vous savez bien.

— Pas vous ?

Il regarda vers la tombe, par-dessus mon épaule.

— Si, bien sûr. Évidemment que je suis bouleversé. Je veux dire, merde alors ! Qui aurait deviné que cette pauvre fille allait se tuer ?

La question était purement rhétorique. Mais il se trouvait par hasard que j'avais une réponse. Ou une partie de réponse. Je voulus lui demander s'il savait quelque chose d'une femme brune aux jambes jusqu'aux oreilles, mais quelque chose me retint. Au lieu de ça, je lui demandai s'il connaissait bien la défunte. Question anodine.

— Nous étions amis.

— Et vous avez une idée de la raison pour laquelle elle s'est tuée ?

Il haussa les épaules.

— Je suppose qu'elle était malheureuse.

— Quand je suis malheureux, je regarde un film des Marx Brothers ou bien je sors me soûler, dis-je. Je ne vais pas faire une sieste dans un garage fermé en laissant tourner le moteur.

Il plissa les yeux.

— Peut-être qu'elle n'aimait pas les Marx Brothers.

Très drôle. Je n'aimais pas ce type. C'était une ordure. Une belle ordure, une ordure élégante, genre mannequin, mais ça restait une ordure. Il se foutait comme de sa première chemise de son «amie» morte, c'était évident. Je me demandais même pourquoi il était venu à l'enterrement, et plus encore pourquoi il l'avait payé – en supposant que son chèque ne fût pas en bois. Je faillis à nouveau lui parler de la fausse Carolyn James, mais une fois encore, quelque chose m'en empêcha. Pour une raison ou une autre, je refusais d'imaginer qu'elle eût quelque chose à voir avec ce type, même si j'avais le désagréable sentiment que c'était pourtant bien le cas. Et pas qu'un peu. Sentiment qui se vit renforcé dans les vingt secondes suivantes.

— Alors comme ça, vous dirigez le cimetière? demanda Guy Fellows.

— Non, les pompes funèbres.

Il me regarda des pieds à la tête.

— Vous n'avez pas une tête de croque-mort.

— Il paraît, oui. Et vous? Est-ce que vous avez la tête de ce que vous faites?

— Qu'est-ce que j'ai l'air de faire?

Là, il me tendait une perche, mais je l'ignorai et haussai les épaules.

— Surprenez-moi.

— Je suis professeur de tennis au Baltimore Country Club. Vous jouez?

— Je suis connu pour avoir renvoyé plus d'une fois la balle par-dessus le grillage.

Il me jaugea.

— Vous avez un bon physique pour le tennis. Grands bras. Bonne envergure. Si vous êtes rapide, c'est parfait.

Je suis rapide. Mais je ne l'étais pas à ce moment-là. À cet instant précis, je voyais une jupe plissée blanche très courte reliée par de longues jambes à une paire de tennis, courant d'un bout à l'autre d'un court de terre battue pendant que ce faux-cul renvoyait la balle à droite et à gauche sans la moindre goutte de sueur. Je voyais Lady X se sécher après sa leçon, boire quelques verres avec James Dean au bar du club, puis venir jusqu'à mes pompes funèbres semer la zizanie dans ma tête.

Guy Fellows me parlait.

— Il y a beaucoup d'argent là-dedans ?

— Dans quoi ?

Il tendit le bras et pivota de droite à gauche, embrassant le cimetière.

— Oh, ça ! Oui. Le secteur funéraire, c'est stable. Et le tennis ?

Il acquiesça.

— On gagne sa vie.

Il prit la position du boxeur et fit mine de m'envoyer un coup droit, ratant sa cible de cinq mètres.

— Sans rancune, hein ? Il me donna une tape sur le bras. On se recroisera dans le cimetière.

Il éclata de rire puis s'éloigna. Qui l'eût cru si proche de la vérité ?

Chapitre 5

J'emportai mon mystère au Screaming Oyster Saloon[13]. Le SOS est un boui-boui du quartier des docks, une vieille bâtisse délabrée qui donne l'impression de risquer à tout moment de glisser dans le port huileux. Le thème décoratif des lieux est vaguement nautique, en grande partie composé du type de bric-à-brac qu'on s'attend à trouver échoué sur la plage quelques semaines après le naufrage d'un navire. Filets, tonneaux de bois, une sirène de bateau… des vieilleries, quoi. Rouillées par la mer. Le principal élément de la pièce obscure est un vieux canot vermoulu suspendu au-dessus du bar, réceptacle de nombreuses années de bouteilles et de canettes vides envoyées là par les habiles tireurs habitués du SOS. Il n'est pas rare, quand la nuit se prolonge à l'Oyster, que ces tirs perdent de leur adresse. Bouteilles et canettes rebondissent alors sur le bordage et redescendent aussi sec, atterrissant parfois sans dommage, parfois en se fracassant, parfois en ouvrant un front imprévoyant. Venez souvent à l'Oyster et vous apprendrez vite où vous installer. C'est la théorie, en tout cas.

L'Oyster est un bar familial au sens le plus propre du

---

13. *Ndt. Le* Saloon de l'huître hurlante.

terme. Il est tenu par papa et maman Finney. Les parents de Julia. Mes ex-beaux-parents. Ceux qui se souviennent des comptines de la mère l'oie connaissent déjà Frank et Sally. Ils y apparaissent sous le nom de M. et M Jack Sprat[14]. Sally est aussi large qu'un piano à queue, une grosse femme ronde au gros visage rond et rubicond, aux bras courts et aux mains charnues. La voix de Sally est aussi imposante que son corps, ce qui est utile quand on tient un bar comme celui-ci. Je l'ai vue faire cesser une bagarre à l'autre bout de la salle rien qu'en beuglant à ses participants d'aller se battre dehors.

Frank, au contraire, est un long bâton anguleux dont la pomme d'Adam rivalise avec le nez et dont le visage à la Droopy promet d'une minute à l'autre la fin de la vie telle qu'on la connaît. Lorsqu'il pose un verre sur le bar, il y atterrit avec le son lourd d'une fin irrévocable. Si vous êtes de bonne humeur et que ça vous embête, allez voir Frank. Il n'aura pas besoin de parler, à la simple vue de sa mine, vous sombrerez dans le désespoir.

Le SOS présente une autre caractéristique qui mérite d'être mentionnée : une porte noire tout au fond du bar. Pour ne pas se voir obligés à la condamner, Frank et Sally versent aux inspecteurs de la ville un bakchich semestriel. Cette modeste somme prend toute sa valeur, cependant, lorsqu'une querelle amicale menace de déraper : Sally peut alors évacuer les pugilistes non avertis par la porte noire, directement dans le port. Spectacle incroyable, après lequel Sally offre généralement une tournée générale, riant au vent comme une sorcière ren-

---

14. *Ndt.* La comptine donne ceci : *Jack Sprat could eat no fat, his wife could eat no lean ; and so, betwixt them both, they licked the platter clean* (Jack Sprat ne pouvait pas manger de gras, sa femme ne pouvait pas manger de maigre ; alors, à eux deux, ils ont fini-léché le plat.)

fourchant son balai. À l'en croire – ce qui est mon cas – personne ne s'est encore noyé. Dans le port, je veux dire.

En ce début d'après-midi, le SOS était assez peu fréquenté. Frank servant seul au bar, l'ambiance générale était plutôt maussade. Presque morte, en fait. Sur son tabouret habituel à l'extrémité du comptoir, Tony Marino touillait son scotch du bout du petit doigt. Une autre habituée de l'Oyster, Edie Velvet, était garée au milieu du bar et regardait la télévision accrochée en haut dans un coin. À peine plus grande que son tabouret et ne pesant guère plus, Edie avait précédé de beaucoup Frank et Sally Finney au SOS. Son père, un jockey de troisième zone du nom de Bud Velvet, en avait été le propriétaire avant eux, ce qui compensait ses performances invariablement médiocres à Pimlico [15]. Lorsqu'il avait vendu le local aux Finney, sa fille était comme comprise dans la transaction. J'aimais beaucoup la vieille Edie. Il suffisait d'arriver à passer outre la masse de rides et les vêtements mal ajustés pour découvrir au milieu de tout ça des yeux particulièrement doux et amicaux. À mon entrée dans le bar, Edie leva son verre de quelques centimètres en signe de bienvenue et prononça muettement mon nom avant de replonger dans la télé.

C'était un *soap opera*. Des ersatz de Ken et Barbie se bouffaient le nez à l'écran. Je me glissai sur un tabouret et demandai à Frank de me tirer une Guinness. Quand je relevai la tête, le joli couple était déjà en train de s'embrasser. Vache, ils sont rapides à la télé.

— Tu as enterré qui, aujourd'hui, Hitchock ? me demanda Tony.

Il cessa de prendre la température de son verre et en but une gorgée du bout des lèvres.

---

15. *Ndt.* Hippodrome de Baltimore.

— Je t'ai vu partir pour le cimetière. Il n'y avait pas l'air d'avoir grand monde.

— Pas plus d'une demi-douzaine de personnes. Une jeune femme. Suicide.

Il remua tristement la tête.

— Ils ne voulaient pas de cornemuse ?

— Ils voulaient à peine du cercueil. C'était une vraie personne-ne-m'aime, Tony. Pas d'amis, pas de famille.

Tony grimaça.

— Bon sang, c'est terrible.

Je levai à nouveau la tête. À présent, Barbie pleurait et son petit copain avait l'air très mal à l'aise. Frank laissa tomber un sous-bock devant moi.

— Merci, Frank.

Quelque part au fond de sa gorge, un borborygme résonna.

— Julia t'a dit qu'on allait rejouer ensemble dans une pièce du Gypsy ? dis-je avec un enthousiasme excessif, juste histoire de contrebalancer. Ils montent *Notre petite ville*.

D'un coup sec, Frank arracha la serviette posée sur son épaule et en fouetta le comptoir à la poursuite d'une mouche.

— La pute.

Oh-oh, il était dans *cet* état d'esprit. C'était perdu d'avance, mais je répondis tout de même :

— Tu ne devrais pas la juger si durement, Frank. Julia est un esprit libre. Il faut de tout pour faire un monde.

Comme je m'y attendais, Frank ne fut absolument pas convaincu par mon petit plaidoyer en faveur de sa fille. J'imagine que certains pères ont du mal à voir leur fille se transformer en merveilleuse diablesse.

— Julia sort avec qui, en ce moment ? demanda Tony.

Frank se tourna vers lui et compta en silence sur ses longs doigts osseux – un, deux, trois, quatre – puis me regarda de ses yeux délavés. Oui, la réponse l'intéressait.

— En fait, je ne sais pas. Elle m'a dit qu'elle voyait un type très bien, mais elle a refusé de me dire son nom.

— Tu aurais dû te cramponner à cette femme, Hitchcock, dit Tony.

— Essaie donc de te cramponner à la queue d'une tornade ! répondis-je.

Je crois qu'Edie a souri à ces mots, mais son grand verre dissimulait sa petite tête. Frank déposa ma Guinness sur le comptoir. J'en bus une gorgée. Elle était tiède, parfaite. Dieu aime les Irlandais.

Mis à part le son de la télé, le silence s'installa dans le bar. Là-haut, Ken partait en claquant la porte. Barbie tremblait en gros plan au moment où l'écran devint noir. Un spot publicitaire prit le relais. Edie fit glisser son verre vide sur le comptoir pour l'échanger contre un plein.

Après ma seconde Guinness, je passai au bourbon et me retrouvai encore à penser à la femme que je venais d'enterrer. À cet instant-même, elle était là-bas, sombrant déjà dans l'oubli de la poignée de gens qui s'était donné la peine de venir lui rendre un dernier hommage. J'aurais dû être en train de me détacher ; avoir remisé les cordages et regarder le petit navire voguer vers le lointain. Mais non. La fausse Carolyn James – Lady X – avait enroulé à ma cheville un filin qui m'entraînait au fond de mon verre. Je regardai le miroir derrière le comptoir et imaginai que je l'y voyais. Elle se faufilait sur le siège voisin du mien, désignait mon verre et disait à Frank qu'elle prendrait la même chose. Elle se tournait vers moi sur son tabouret, portait le verre à ses lèvres, me tuait à nouveau du regard. *Alors… ?*

Je commandai à Frank un autre bourbon et jetai un œil furieux au miroir. J'étais conscient, à présent, que le bourbon réfléchissait beaucoup à ma place. Mais bon, c'était le but de la manœuvre.

Chapitre 6

Le lendemain, tout en soignant ma citrouille en coton triple-épaisseur héritée des méditations de la veille à l'Oyster, je conduisis ma Chevrolet Quedalle jusqu'à l'appartement de Carolyn James à Charles Village – un quartier de Baltimore qui doit son nom à Charles Carroll of Carrollton, riche propriétaire de la région, aristocrate du Nouveau-Monde et signataire de la Déclaration d'Indépendance. Carolyn James avait vécu sur Calvert Street (Lord Calvert, un pote à Charlie), à mi-chemin entre l'université Johns Hopkins et le stade Memorial aujourd'hui désaffecté. M. Castlebaum m'ouvrit en frétillant.

— Un croque-mort qui fait des visites à domicile... dois-je m'inquiéter ?

Pas mal.

— Oui, je me suis dit que j'allais passer prendre vos mesures.

Il me fit entrer et m'offrit une tasse de thé.

— Ce n'est que du thé, me dit-il tandis que je matais ses meubles anciens. Rien de ces gadgets à la mode. Juste du thé.

Je choisis un fauteuil moelleux.

— Juste du thé, c'est juste ce qu'il me faut, lui assurai-je.

M. Castlebaum continua à me parler en trifouillant dans sa cuisine.

— Voyons, laissez-moi deviner. Vous voulez en savoir plus au sujet de ma voisine. Vous êtes bouleversé qu'une jeune femme s'ôte la vie comme ça et ça vous travaille depuis l'enterrement. Vous n'arrivez pas à comprendre. J'ai raison, jusqu'ici ?

Dans l'ensemble, il avait raison et je le lui dis. J'avisai un grand chat noir aux yeux kaki qui me fixait du rebord de la fenêtre. Il n'avait pas l'air particulièrement ému de ma présence. Un deuxième chat m'apparut, sur le divan. Puis deux autres près du radiateur. La pièce commençait à ronronner de façon inquiétante. M. Castlebaum farfouillait dans la cuisine pour rassembler l'attirail à thé.

— Donc, vous n'arrivez pas à vous l'ôter de la tête et vous avez l'impression d'être en train de tomber amoureux d'elle. Ça devient une obsession. J'ai toujours raison ?

Bien que respectant son imagination, j'estimais qu'il valait mieux le détromper.

— À vrai dire, M. Castlebaum, je suis surtout curieux de sa relation avec Guy Fellows.

J'entendis la déception dans sa voix.

— Ah. Le loquedu.

— Oui. Le loquedu.

M. Castlebaum passa la tête par la porte de la cuisine.

— Sucre ? Citron ? J'ajoute un peu de rhum et de miel à mon thé, quand je suis enrhumé. Vous êtes malade ?

— Du sucre, ce sera parfait. Et du lait.

Le chat noir bougea, me lorgnant d'un œil soupçonneux. Je ponctionnais sa ration de lait.

M. Castlebaum reparut avec un plateau, qu'il posa sur la table basse au-dessus d'une pile de vieux numéros de *Look Magazine*.

Le thé était infect.

— C'est un sale type, dit M. Castlebaum en prenant place sur le divan. Je l'ai souvent entendu, vous savez.

Crier. Il était méchant avec elle. Il allait et venait à n'importe quelle heure du jour et de la nuit. Il claquait les portes, il se fichait qu'il y ait d'autres gens dans l'immeuble. Et il la battait.

— Il la battait ?

— C'est ce que j'ai dit. Je la croisais de temps en temps dans l'entrée ou dehors, dans la rue. Je voyais les bleus. Parfois, elle portait des lunettes de soleil alors qu'il n'y avait pas de soleil. D'après vous, qu'est-ce que ça signifie ? Je vous le dis, ça ne signifie pas que c'était une star de cinéma. Ça signifie qu'elle avait les yeux au beurre noir. Vous l'avez vu. Vous avez vu comment il s'est comporté à l'enterrement. Il m'a frappé.

— Il m'a frappé aussi.

— Il frappe tout le monde. Il se prend pour Cassius Clay. C'est un tyran, voilà ce que c'est. Et il l'a tuée.

— Qu'entendez-vous par là, M. Castlebaum ? Vous ne voulez pas dire littéralement qu'il l'a tuée ?

— Qu'est-ce que ça change ? Ce n'est pas lui qui a démarré la voiture, d'accord. Mais c'était une jeune fille triste et il n'a fait que lui fournir encore plus de raisons de l'être. L'espoir fait vivre, non ? Comment avoir de l'espoir quand quelqu'un passe vous taper dessus à trois heures du matin ? Ça vous en donnerait, à vous ?

Je l'assurai du contraire. Il regarda ma tasse.

— Buvez donc, votre thé va être froid.

Je bus donc.

Je posai encore quelques questions sur Guy Fellows. Il vitupéra copieusement, mais ne m'apprit pas grand-chose de plus. Je décidai de changer d'angle d'attaque.

— Castlebaum, avez-vous jamais vu une femme rendre visite à votre voisine ? Plutôt grande ? Cheveux noirs ?

Il opina du chef.

— Je l'ai vue.

— C'est vrai ? Mon soubresaut fit sursauter le chat

56

noir, qui descendit d'un bond du rebord de la fenêtre. Vous êtes sûr ? Yeux noisette ? Bouche plutôt petite ?

— Vous croyez que je lui ai demandé de poser pour prendre sa photo ? Trois, peut-être quatre fois, j'ai remarqué un visiteur qui n'était pas le loquedu. C'était une grande femme brune. Pour la bouche, je ne sais pas.

Lady X.

— Vous n'auriez pas entendu son nom, par hasard ?

M. Castlebaum but une gorgée de thé. Il fit une grimace.

— Le thé est infect. Je m'excuse.

— Son nom ?

Il s'enfonça dans le divan et me regarda avec un léger sourire. Super. Il avait vraiment passé trop de temps avec ses chats. J'allais lui servir de souris, maintenant.

— Cette femme vous intéresse ?

J'acquiesçai.

— Alors, ce n'est pas ma voisine qui vous intéresse ?

— Votre voisine est morte, lui rappelai-je.

— Oui, c'est vous qui l'avez enterrée, répliqua-t-il du tac au tac.

J'insistai :

— Cette femme, pouvez-vous me dire quoi que ce soit à son sujet ? Lui est-il arrivé de se trouver ici en même temps que Guy Fellows ?

Il plissa les yeux, soupçonneux.

— Je ne passe pas mes journées à regarder par le judas, si c'est ce que vous insinuez.

— Pas du tout.

Un chat tricolore strabique sauta sur le divan à côté de M. Castlebaum. Le vieil homme lui couvrit la tête de sa main osseuse et l'animal s'affaissa en silence.

— Une fois, je les ai presque vus ensemble. Ce devait être à peu près une semaine avant qu'on ne retrouve la pauvre enfant dans la voiture.

— Vous les avez *presque* vus ensemble ?

— En passant devant ma porte, j'entends le loquedu de l'autre côté. Il crie. Quelque chose se casse. Quoi ? Une lampe ? Je ne sais pas. Un objet dur frappe le mur. Le loquedu crie toujours. Quelque chose me pousse à regarder par le judas. Il y a quelqu'un, mais je ne vois que son dos. La personne se tient debout devant la porte. Soudain, le dos disparaît et la porte de l'appartement s'ouvre. C'est le loquedu. Il est en colère, mais ce n'est pas une grande nouvelle. C'est comme si j'annonçais que le pape est catholique. Et il s'en va. Vous voyez ? Il va et vient comme s'il était chez lui. Il claque la porte, donc. Il s'en va. J'ouvre la mienne et je sors. Et là, dans l'escalier, tapie dans l'ombre, il y a la femme.

— La grande brune ?

— Oui, oui, elle. La bouche, les yeux. Elle se cache. Ça me semble évident. Elle s'est précipitée dans l'ombre pour que le loquedu ne la voie pas.

— Elle a dit quelque chose ?

— Moi, j'ai parlé. J'ai dit : « Bonjour, qu'est-ce que vous faites ici ? » Il faut être prudent, de nos jours.

— Et ?

— Et rien. Elle s'avance et frappe à la porte. J'entraperçois la jeune femme quand elle lui ouvre. Elle pleure, la jeune femme. Elle a du sang sur le visage. Avant que j'aie le temps de voir autre chose, l'autre est entrée et la porte s'est refermée.

— Et vous avez eu l'impression formelle qu'elle se cachait de Guy Fellows ?

— Je vous dis ce que j'ai vu. Est-ce que je suis médium ?

Je répondis intérieurement qu'il était surtout un vieil homme usant qui devrait aérer son appartement. Il claqua des mains sur ses genoux cagneux. Fin de l'histoire. Ce n'était pas grand-chose. Je le remerciai pour le thé et pour son temps. Il agita les bras avec impatience.

— Oubliez le thé. Il était infect.

À la porte, il hésita.

— Je peux vous dire une dernière chose. Quand cette jeune femme meurt, on la retrouve dans sa voiture, dans le garage. La police vient me demander qui est le propriétaire pour pouvoir l'avertir. Il se trouve que c'est moi, le propriétaire. Cet endroit m'appartient. Je prends la clef et les fais entrer dans l'appartement. C'est le bazar complet. Mais je ne veux pas dire qu'elle était désordonnée, cette pauvre jeune fille morte. Je veux dire qu'une tornade est passée par là. Les tiroirs sont ouverts, les oreillers et les vêtements gisent à terre. Les livres. La vaisselle. Une lampe est cassée. Un vrai capharnaüm.

— Comme si quelqu'un avait cherché quelque chose ? Ce genre de bazar ?

Il acquiesça :

— Possible.

— Ses affaires sont toujours là ? demandai-je.

— Non. Le loquedu est passé le lendemain. Il a quasiment tout entassé dans des cartons et m'a demandé d'appeler les bonnes œuvres. Je lui ai dit de les appeler lui-même, non mais, pour qui me prend-on ? L'appartement est à louer dès maintenant. Vous connaissez des gens ?

Je fixais la cage d'escalier, dans le coin sombre où la fausse Carolyn James s'était dérobée à la vue de Guy Fellows. D'après M. Castlebaum, Guy Fellows accédait comme il voulait à cet appartement, allant et venant à sa guise et battant la pauvre Carolyn James par-dessus le marché. Que se serait-il passé s'il avait repéré la fausse Carolyn dissimulée dans l'escalier ?

M. Castlebaum attendait une réponse à sa question.

— Non, dis-je d'un ton absent. Je ne connais personne.

Chapitre 7

Je pris la voie express Jones Falls vers le nord, jusqu'à la sortie Falls Road, puis vers le nord encore, à
droite après Seminary Road, à gauche après telle ou
telle rue, puis nord-est, sud, ouest et re-nord… sur une
petite route tortueuse qui me mena enfin jusqu'aux
vastes hectares très soignés du Baltimore Country Club.
J'entrai dans le large terrain jouxtant l'imposant manoir
géorgien du club, faufilant ma Chevrolet Quedalle entre
les BMW 750 et les Mercedes SL. C'était une belle
journée de printemps. Les jardiniers du Country Club
avaient fait du bon boulot. Jonquilles, tulipes et anco-
lies fleurissaient partout au milieu de grands massifs
ouvragés de myrte.

Je repérai un mini-tracteur conduit par un petit
homme maigre et énergique. Une casquette de baseball
repoussée sur l'arrière du crâne, il donnait des ordres à
une paire d'empotés habillés de la même salopette verte
et munis de râteaux. À mon approche, les deux types
s'égaillèrent. Le patron resta sur sa selle. Accroché à sa
salopette, un petit ovale blanc m'apprit qu'il se nom-
mait Rudy. La casquette laissait entendre qu'il aimait le
Pepsi, bien qu'il fût à l'évidence d'une autre génération.
Ses bottes étaient bistre.

Je le saluai façon *Notre petite ville*.

— Bien le bonjour !

Je reçus la même en retour :

— Bien le bonjour.

— Rudy, 'ce-pas ? Je tendis la main. Pourquoi je la jouais si rustique, je ne sais pas trop. En tout état de cause, je me sentis comme un imbécile : la main de Rudy ressemblait à du verre finement dépoli dans un gant de baseball.

— Qu'est-ce qu'y a pour vot'service ? couina-t-il.

J'étais pratiquement sûr qu'il se moquait de moi.

— Je m'appelle Hitchcock Sewell.

— Sacré nom.

— C'est de famille.

— J'imagine.

— On m'appelle Hitch.

— Je m'en serais douté.

Ses yeux brillaient.

— On m'appelle Rudy.

— C'est ce que dit votre badge.

— Qu'est-ce qu'y a pour vot'service, Hitch ? répéta-t-il – cette fois, avec un sourire non dissimulé.

— Je cherche Guy Fellows. Je me suis laissé dire qu'il enseigne le tennis ici.

Rudy acquiesça.

— Vous voulez prendre des cours ?

— Non, en réalité, je voulais juste lui parler.

Rudy me regarda de la tête aux pieds.

— Vous êtes marié ?

— Pardon ?

— Est-ce que vous êtes marié ? Casé. Maqué. En ménage ? Z'êtes pris ? Fiancé ?

Je regardai le lutin d'un air interrogateur.

— Vous me proposez un rendez-vous, Rudy ?

Il éclata de rire.

— Je crains d'être déjà pris. Non, c'est simplement que... vous ne venez pas prendre des cours et si vous n'êtes pas là pour dire à Fellows de rester au large de votre petite amie, ça suffit à faire de vous un farfelu.

Du bout du doigt, il repoussa encore la visière de sa casquette à l'arrière de son crâne.

— Il est là ?

Rudy jeta un coup d'œil par-dessus son épaule, vers les courts de tennis. Je ne voyais que des éclairs blancs qui filaient au *boïng* irrégulier de la balle.

— C'est bizarre, mais non. Sa première leçon était à dix heures. Il est déjà plus de treize heures et il n'est toujours pas arrivé.

Le petit homme s'esclaffa :

— Depuis l'âge de douze ans, personne n'a plus posé de lapin à ces dames. Vous voulez voir un vrai feu d'artifice ? Passez par ici quand elles vont lui tomber dessus.

À cet instant précis, une BMW rouge vint se garer dans le parking et un sosie de Grace Kelly en émergea. Bien roulée, parfaite dans son attitude «on touche avec les yeux». L'air s'ouvrit pour la laisser passer, talons aiguilles claquant dans l'allée menant à la villa. Rudy et moi suspendîmes toute conversation, comme le font généralement les hommes lorsqu'une femme splendide passe à, disons, une cinquantaine de mètres de nous. La simili-Grace Kelly entra tranquillement par la grande porte de chêne du manoir, comme si nous n'étions pas là.

— En voilà une, marmonna Rudy.

— Une quoi ?

— Une ancienne élève de votre prof de tennis. Rudy me lança un bon gros clin d'œil des familles. Ils ont joué en double comme partenaires attitrés pendant un moment, si vous voyez ce que je veux dire.

Je voyais ce qu'il voulait dire.

— Apprécié, le bonhomme ?

— Fellows ? Bah, ce n'est pas mon type.

— Rudy, vous sauriez quelque chose de sa petite amie, par hasard ?

— Vous pourriez être un peu plus précis ?

— Est-ce que vous savez s'il a une petite amie ? Fixe, je veux dire.

— Eh ben, si c'est le cas, il est assez malin pour qu'elle ne mette jamais les pieds ici.

— Ça paraît logique.

Rudy et moi discutâmes encore un peu. Je le complimentai pour les aménagements paysagers. Il m'expliqua qu'il avait une équipe de quatre hommes sous ses ordres. Il me raconta le grand projet de réaménagement général. Il me parla de son incapable de gendre, qu'il avait engagé pour le dépanner puis viré parce qu'il faisait l'imbécile dans les voiturettes de golf. Il me montra une photo de sa petite-fille – la seule bonne chose que son incapable de gendre eût jamais produit – qui, devais-je comprendre, était peut-être un véritable génie mathématique. Elle allait passer des tests à ce sujet dans le courant du mois. Il me parla d'un ouragan et des problèmes d'installation électrique de la maison qu'il possédait avec sa femme – autre photo – à Bethany Beach. Rudy était charmant, mais totalement imperméable au langage corporel. J'étais vrillé à quarante-cinq degrés vers le parking depuis ce qui me semblait être une dizaine d'années lorsque je finis par imposer une poignée de main au milieu de son laïus en le remerciant pour tout. Abandonnant mon petit Shéhérazade nerveux au sommet de son mini-tracteur, je m'en retournai vers mon auto.

Juste quand j'allais monter dans ma Quedalle, une voiture de police arriva, conduite par un flic en uniforme. Son passager en descendit. Pas d'uniforme, mais une pauvre veste de tweed sur une chemise blanche et une cravate vert morve. Il était tout petit – format Napoléon – et trapu. Un physique de catcheur. Il avait de petites oreilles, le visage rose, et ses cheveux jaunes étaient soit coupés en épouvantail, soit la perruque la plus craignos du monde. Il me jeta le regard que beaucoup de petits m'adressent, celui qui veut dire : « Je pourrais te défoncer la tête, grande perche, si je voulais. » Je résistai à la violente envie de lui tapoter le crâne et attendis qu'il eût claqué sa portière pour monter dans ma voiture et tourner la clef. Un nuage de gaz bleuté vomit sur ses genoux quand il passa derrière ma Quedalle. J'aperçus son rictus dans le rétroviseur. Le flic en uniforme se curait les dents et regardait droit devant lui, mais je suis presque sûr de l'avoir vu pouffer.

En démarrant, je vis le propriétaire des cheveux jaunes s'approcher de Rudy. Rudy repoussa sa casquette en arrière et frotta sa mâchoire éculée.

Qu'est-ce qu'y a pour vot'service ?

Deux heures plus tard, Billie venait me chercher pendant une veillée au Salon Deux. Elle fronçait les sourcils.

— Un homme demande à te voir.

C'était le type aux cheveux jaunes. Il était debout à la porte. Il ne marqua aucun signe de reconnaissance, aussi fis-je de même.

— Vous êtes Hitchcock Sewell ?

— Oui.

— Je suis le détective John Kruk. Il me présenta furtivement son badge. J'aimerais vous parler.

— À quel sujet ?

— J'aimerais vous parler.

— Vous l'avez déjà dit. Je suis en pleine veillée.

— C'est important.

Des gens arrivaient encore. J'en vis plusieurs lorgner sur la voiture de police garée dans la rue, à la perpendiculaire du corbillard, comme si celui-ci l'avait arrêté pour excès de vitesse.

— Est-ce que ça peut attendre ? demandai-je.

— Pas vraiment.

— Bon, alors est-ce que vous pourriez au moins déplacer votre voiture ? Il tapotait impatiemment son crayon sur son bloc-notes, sans répondre. Il y a des gens en deuil, ici. Une voiture de police peut les inquiéter.

— C'est drôle, j'ai toujours cru que les voitures de police rassuraient, plutôt.

— Pas pour les enterrements.

Il me visa de son crayon.

— Vous voulez dire les veillées.

Je n'étais pas d'humeur.

— Pourriez-vous juste me dire de quoi il s'agit ?

— C'était bien vous, cet après-midi, au Country Club, non ?

— Si. Et alors, vous m'avez suivi jusqu'ici ?

— Vous étiez déjà allé au club avant aujourd'hui, M. Sewell ?

— Au Country Club ? Mais bien sûr. Je suis une vraie star, là-bas.

— Seriez-vous sarcastique, M. Sewell ?

Avant que j'aie pu lui répondre (sarcastiquement, j'en mettrais ma main au feu), tante Billie était derrière moi.

— Bonjour. Il y a un problème ?

— Pas de problème, dis-je.

— Vous ne devriez pas rester dans l'entrée, tous les deux, poursuivit-elle.

— J'essaie de le convaincre de déplacer sa voiture.

Kruk intervint :

— Oubliez la voiture. En l'occurrence, elle n'a aucune importance, M. Sewell.

J'aboyai :

— Alors virez-moi cette saloperie ! Il y a un mort, ici, détective. Voilà ce qui est important. Les gens sont là pour lui faire leurs adieux. On ne vous donne pas de cours de tact, à l'école de police ?

Tante Billie prit une profonde inspiration. Elle déteste quand je deviens agressif.

Kruk passa ses pouces dans sa ceinture et se balança sur les talons. Cabotinage classique.

— Eh bien, vous savez quoi, M. Sewell? Nous aussi, on a un mort. Sauf que personne n'est passé lui faire ses adieux, au nôtre. Le nôtre, il a un couteau dans les tripes.

Tante Billie suffoquait.

— Quel mort? De quoi vous parlez? dis-je.

Kruk continuait à tapoter son crayon. Je me demandais si c'était censé m'ébranler.

— Si la vue d'une voiture de police devant chez vous vous perturbe tant, M. Sewell, peut-être que vous devriez m'accompagner au poste où c'est parfaitement banal.

Je demandai à nouveau:

— Qui est mort?

Le détective jeta un coup d'œil sur son bloc-notes.

— Un dénommé Guy Fellows.

— Guy Fellows? Le prof de tennis?

— Vous le connaissez?

— Vous savez bien que je le connais. Du moins, je sais qui c'est. C'est pour ça que vous êtes ici?

Kruk recommença à se balancer d'avant en arrière.

— Exact. Il consulta à nouveau son bloc-notes. Je me suis laissé dire que M. Fellows et vous vous étiez battus. Pas plus tard qu'hier, je crois.

— Vous avez bien fait vos devoirs.

— Il vous a frappé.

— Et?

— Et quelquefois, ça fout les gens en rogne. Ça me foutrait en rogne, moi. Il se tourna vers Billie. Excusez-moi, m'dame.

— Ça *m'a* foutu en rogne. Mais est-ce que vous insinuez que je l'aurais poignardé pour ça? En général, je ne m'amuse pas à suriner tous les gens qui m'emmerdent.

Il me regarda sévèrement :

— *En général* ?

— C'était de l'humour, détective.

— Parce que vous trouvez ça drôle ? Vous trouvez qu'un type qu'on retrouve mort avec un couteau dans le bide, c'est une bonne blague ?

— Pas pour lui, non.

— Pour moi non plus. Kruk referma son bloc-notes. Bon, c'est décidé, on va faire ça en ville. Je ne veux pas déranger ces gens plus longtemps. Montez donc dans la grande méchante voiture, M. Sewell.

Je le regardai comme s'il était fou.

— Vous plaisantez, pas vrai ?

— Tout de suite !

Tante Billie me fit oust ! de la main.

— Vas-y, Hitchcock. Le lieutenant ne souffrira pas de refus. N'est-ce pas ?

— Détective, grommela Kruk.

Billie roula des yeux.

Vingt minutes plus tard, j'étais sur la chaise électrique au commissariat central de police. En dépit de toute leur bonne volonté, l'endroit n'était pas exactement comme on le voit toujours à la télévision. Pas de pute photogénique, pas d'échevelé hurlant son innocence les yeux au ciel, pas de jeune fugueur tout juste retrouvé écoutant sur un banc la leçon de vie de Capitaine Bienveillant. En revanche, il semblait bel et bien y avoir un téléphone qui sonnait à l'infini quelque part dans le lointain. Et le café était proprement toxique.

L'inspecteur Harry m'a frappé à coups de tuyau en plastique jusqu'à ce que je craque et que je lui dise où était planqué le butin. Après quoi, nous sommes passés à l'affaire Guy Fellows.

On m'assura que je n'étais pas suspect. Puis on me posa plusieurs dizaines de questions sur ma bagarre avec feu le Don Juan tennisman, le tout me faisant me *sentir* suspect. Apparemment, M. Castlebaum avait déjà été cuisiné. C'est lui qui m'avait balancé.

— Qui a frappé qui le premier ? demanda Kruk.

— Lui. Mais je ne l'ai pas frappé, je l'ai plaqué.

— Pourquoi ?

— Parce qu'il m'avait frappé.

— Et pourquoi vous avait-il frappé ?

— Parce que j'interrompais sa bagarre avec M. Castlebaum.

— Nous avons la déposition de M. Castlebaum.

— Alors vous savez déjà tout ça.

L'entrevue se déroulait dans le bureau de Kruk. La grande table grise derrière laquelle il était assis faisait paraître le détective encore plus minuscule. J'étais sur l'unique autre meuble de la pièce, une petite chaise fragile que *je* faisais paraître minuscule. Sincèrement, on aurait dû échanger nos places. La couche de crasse des vitres du bureau, derrière Kruk, anéantissait tout espoir que le soleil vînt jamais égayer les lieux. La pièce sentait vaguement le gaz. En fin de compte, l'endroit seyait à Kruk aussi parfaitement qu'un costume mal ajusté.

— M. Castlebaum a déclaré que vous aviez frappé Fellows.

— M. Castlebaum s'est trompé.

— Vous dites qu'il ment ?

— Je dis qu'il se trompe. Il était à terre, après tout.

— Redites-moi pourquoi ?

— Parce que Guy Fellows venait de le frapper.

— C'était avant ou après que vous le frappiez ?

— Je n'ai frappé personne. Je l'ai plaqué.

Je finissais par avoir sérieusement envie de montrer au petit détective comment j'avais fait. Kruk jeta un œil à son foutu bloc-notes. À force, je commençais à soupçonner qu'il ne comportât que des parties de morpion. Ou des gribouillis obscènes.

— M. Castlebaum n'a absolument pas parlé de plaquer.
Je soupirai.

— Je n'y peux rien. Je l'ai plaqué. Je vous le dis maintenant. Notez-le dans votre bloc. Suspect a plaqué victime. Victime encore vivante à ce moment-là.

— Vous n'êtes pas suspect, M. Sewell.

— C'est ce que vous m'avez dit.

— Du moins, pas un très bon suspect.

Je levai les bras au ciel.

— Désolé, détective. J'essaierai de faire mieux la prochaine fois.

Kruk esquissa un sourire. Calé au fond de sa chaise grinçante, il croisa les bras (qu'il avait courts) sur la poitrine.

— Pourquoi étiez-vous au Country Club, aujourd'hui ?

— C'est un crime ?

— Je n'ai pas dit ça. Je suis simplement curieux de connaître la suite d'événements qui vous a mené à vous battre avec Guy Fellows hier et à vous balader en posant plein de questions sur lui aujourd'hui pendant que, quelque part au milieu de tout ça, quelqu'un lui plante un couteau dans le ventre. Kruk étendit les mains. Vous voyez pourquoi je suis curieux ?

Évidemment, que je voyais. Mais je ne pensais pas qu'il pût se satisfaire d'aucune de mes explications. La Femme Mystère – absente, comme par hasard. Ça ferait l'effet d'un piètre mensonge, et par un piètre menteur.

— Je n'ai pas tué Guy Fellows, dis-je.

Autant qu'il le note.

Le détective Kruk croisa les doigts et fit craquer ses articulations. Apparemment, cet homme-là était un catalogue inépuisable de poncifs gestuels. Je hochai lentement la tête. Mais qu'est-ce que je foutais là ?

— Kruk, c'est quoi ? Finnois ?

— Néerlandais. Il se pencha sur son bureau. Voyez-vous qui aurait pu vouloir tuer Guy Fellows ?

— Comme je vous l'ai dit… dix fois, je ne l'avais jamais vu avant hier, à l'enterrement.

— Bon, par contre, vous êtes tenu par la loi de me communiquer toute information pertinente pour l'enquête si vous en avez, M. Sewell. Vous en avez ?

— Non, mentis-je. Et on dit en revanche.

— Quoi ?

— Rien, laissez tomber.

— Bon. Je suppose que ce sera tout pour l'instant. Il ramassa quelques papiers sur son bureau.

— C'est tout ? Est-ce que vous allez me demander de rester en ville pendant les jours qui viennent ?

— Vous projetiez un voyage ?

— Non, je me disais juste…

Téléphone.

— Oui. Han-han. D'accord. Je te l'envoie. Il raccrocha. Vous m'avez tout l'air d'avoir un sacré succès, M. Sewell. Avant de partir, le détective Zabriskie veut vous voir.

— Qui est le détective Zabriskie ?

Kruk m'opposa un visage impassible.

— La personne qui veut vous voir. Prenez tout de suite à gauche, au fond du couloir, dernière porte à droite. J'allais sortir de son bureau quand il ajouta : Oh, et… j'aimerais que vous restiez en ville pendant les jours qui viennent.

Je m'arrêtai et me retournai. Kruk farfouillait dans ses papiers. Il leva la tête. J'imagine que le truc qu'il faisait avec sa bouche était un sourire.

Un vrai clown. Je le laissai ruminer notre conversation et suivis ses indications pour me rendre au bureau du fond du couloir. J'entrai. Un instant, je le crus vide : personne derrière le bureau. Soudain, la porte se referma derrière moi. Je me retournai pour voir une paire d'yeux noisette et une petite bouche familières, le tout relié à une jolie paire de longues jambes.

— M. Sewell. Je suis le détective Kate Zabriskie. Contente de vous revoir.

Lady X me fit signe de prendre un siège :

— Je crois que nous avons à parler.

Chapitre 8

Le détective Kate Zabriskie ne me quittait pas des yeux tout en parlant au téléphone, qui avait sonné à l'instant même où je m'asseyais. Ses interventions étaient minimales et laconiques. Elle agitait surtout la tête.

— Non… han-han… d'accord.

Et pendant tout ce temps, elle me retenait dans le faisceau de son regard, comme si j'allais m'échapper à la seconde où elle le poserait ailleurs.

Aucun risque.

La conversation terminée, elle raccrocha.

— Comment allez-vous, M. Sewell ?

— Voyons voir… ça va, et vous ?

Elle s'enfonça dans sa chaise et croisa les bras.

— J'imagine que ça dépend.

— De quoi ?

— De vous.

Qu'est-ce que je me sentais grand et puissant. Je me penchai en avant et posai les bras sur le bureau du détective Zabriskie. Je lui fis signe de s'approcher comme si j'avais un secret à partager et que je voulais que nul autre ne l'entende. Elle s'approcha. Je chuintai :

— Qu'est-ce que c'est que ce *bordel* ?

Elle sursauta, mais se recomposa instantanément.

— Bonne question. Voyons si je peux vous répondre.

Elle se recala au fond de sa chaise et prit un instant pour

s'éclaircir les idées. Pour commencer, je ne suis pas Carolyn James, je suppose que vous avez au moins compris ça.

— Une jeune femme morte me l'a dit.

— J'en suis tout à fait désolée. C'était idiot de ma part. C'était irresponsable. J'étais… un peu déboussolée, ce jour-là.

— Se faire passer pour quelqu'un qui va se suicider, ça peut sérieusement secouer. Du moins, il paraît. Je n'ai jamais essayé.

— Vous êtes en colère après moi.

Fait beau, aujourd'hui, non ?

—Oui, je crois qu'on peut dire que je suis un peu de mauvais poil, mademoiselle… – je revérifiai la plaque sur son bureau – mademoiselle Zabriskie. À moins que le verso n'indique autre chose ?

— Non, c'est ça, Kate Zabriskie. Je peux vous montrer mon permis de conduire, si vous voulez.

— Je vais vous croire, dis-je. Encore une fois.

Elle fit une tente de ses doigts et la porta à ses lèvres. Elle avait le regard intense, rivé sur moi. Plus précisément, elle me fixait comme on fixe un puzzle à moitié terminé. C'était déconcertant, pour le moins.

— Ça vous ennuierait de ne pas me fixer comme ça ?

Elle cligna des yeux, émergeant brusquement.

— Excusez-moi, j'étais… je réfléchissais.

— Et qu'est-ce que vous diriez de parler ? Enfin, ça m'embête de dire que vous me devez une explication, etc., etc., mais vous me devez une explication.

— Vous avez raison.

— Alors, qu'est-ce que c'est que ce bazar ? Pourquoi m'avez-vous dit que vous étiez Carolyn James ? Pourquoi êtes-vous venue vous renseigner pour organiser un enterrement ? Comment saviez-vous qu'elle allait se tuer ? Qu'est-ce que… ?

Je m'interrompis. Je me suis laissé dire que l'intelligence pouvait se mesurer au temps nécessaire à l'étincelle synaptique pour relier deux pensées apparemment indépendantes. Je me sentis soudain terriblement mis au défi par mes synapses.

— Carolyn James ne s'est pas tuée, dis-je.

— Qu'est-ce qui vous fait dire ça ?

— Vous *saviez* qu'elle allait mourir. À moins de tenir une putain de *hotline* extralucide à vos heures perdues, la seule possibilité que vous sachiez un truc pareil, c'est que vous ayez su qu'on allait la tuer.

— Vous insinuez que j'ai tué Carolyn ? répliqua le détective.

Je ne relevai pas l'expression impassible qui l'accompagnait : cette question était la bonne question.

— Je ne sais pas ce que j'insinue, dis-je prudemment. Mais vous pourriez ne pas être étrangère à tout ça.

Le détective Zabriskie replia sa tente de doigts. Son visage s'adoucit. Sa voix aussi.

— J'essayais de sauver Carolyn James, M. Sewell.

— Du suicide ?

— De l'assassinat.

— Quelqu'un voulait la tuer ?

Elle acquiesça en silence. Lorsqu'elle parla, sa voix était empreinte d'une tristesse sincère.

— Ils n'ont pas eu le temps. Carolyn a réglé le problème avant eux.

Le détective reporta son regard sur une tache au plafond, évoquant vaguement l'Amérique du Sud. Ou l'Afrique à l'envers. Par la fenêtre, juste derrière la tête de Kate Zabriskie, je voyais se hisser un panneau lumineux affichant, dans une police de caractères ridicule, «*ELLE SE SENT COUPABLE*». Je clignai des yeux, il avait disparu.

J'interrompis sa rêverie :

— Est-ce que vous allez m'expliquer ?

— C'est compliqué.

J'éclatai d'un rire tonitruant. C'était plus fort que moi. Le détective Zabriskie se glaça.

— J'ai dit « compliqué », pas « drôle ».

— Je sais que ce n'est pas drôle. Deux personnes que je ne connaissais pas sont mortes et votre pote Napoléon, là-bas, m'a traîné ici pour essayer de me planter deux-trois aiguilles dans la peau. Alors je sais bien qu'on ne baigne pas dans la franche hilarité. Le sale petit numéro que vous m'avez joué, il n'était pas drôle du tout. Mais maintenant, vous dites que c'est compliqué, et *ça*, ça mérite une bonne rigolade. Ça a *intérêt* à être compliqué, détective. Ce que j'aimerais, c'est que vous me décompliquiez les choses.

— Vous ne voudriez pas laisser tomber, tout simplement ?

— Comment ça, laisser tomber ? Vous voulez dire, laisser tomber comme « laisser tomber » ?

— Je veux dire tout oublier. Lâcher l'affaire. Mettre le tout sur le compte d'une étrange semaine. D'une *drôle* de semaine, si vous préférez. Je vous suggère de reléguer ça dans les dossiers de quelqu'un d'autre, M. Sewell, et de continuer votre vie.

Je hochai lentement la tête de droite à gauche.

— Je ne peux pas, détective.

— Vous devriez.

— Disons que je suis particulièrement curieux.

— Disons que vous êtes imprudemment curieux.

— D'accord, Athanor. Disons ça, très bien. Mais imprudent ou non, je reste curieux. Et vous me devez toujours une explication.

— J'essaie de vous éviter de vous retrouver mêlé à une affaire déplaisante, dit-elle d'un trait.

— Vous auriez dû y penser avant de vous introduire sur mon lieu de travail en me demandant de vous enterrer sous le faux nom d'une personne qui allait mourir.

— Je sais, bordel ! J'étais dans un *mauvais jour*. Vous savez ce que c'est ?

— J'ai dû lire quelque chose là-dessus, oui.

Elle tapa des mains sur son bureau.

— Pourquoi tous ces sarcasmes ?

— Pourquoi tous ces secrets ?

— Je suis flic ! Ça fait partie de mon boulot !

— Je croyais que votre boulot consistait à protéger et servir.

En un éclair, elle était debout, s'emparait d'une agrafeuse et la jetait violemment contre le mur. Son teint était cramoisi. Un indicateur du téléphone s'alluma et elle saisit le combiné.

— Non, aucun problème, merci.

Elle raccrocha violemment et me jeta un regard furieux. Je la bouclai. Après tout, quelque part dans ce bureau, cette femme avait une arme. Kate Zabriskie attendit une bonne dizaine de secondes, peut-être plus, puis s'exprima posément :

— C'*est* mon boulot, M. Sewell. C'est exactement ce que je fais. Et j'ai complètement foiré la protection de Carolyn James, d'accord ? Et je n'en suis pas très fière, d'accord ? Je le vis même franchement mal, à vrai dire. Et maintenant, j'essaie de vous protéger et vous ne me laissez pas faire.

— Je ne suis pas en danger.

— C'est exact. Vous ne l'êtes pas. Alors pourquoi ne pas en rester là ? Si vous me laissiez protéger et servir ?

Nous nous affrontâmes à nouveau en silence pendant une dizaine de minutes. Elle parla la première :

— Vous allez laisser tomber, M. Sewell ?

— Non.

Elle poussa un soupir profondément attristé :

– Alors il faut qu'on parle.

J'ouvris les mains. *Voilà*[16].

---

16. *Ndt.* En français dans le texte.

— Pas ici. Je préférerais que nous discutions ailleurs. Est-ce que vous pouvez me retrouver... Elle consulta son agenda de bureau. Demain soir ? Six heures ?

— Six heures.

— Au musée des Beaux-Arts ? Il reste ouvert tard, le lundi.

— C'est un rencard culturel ?

Elle me regarda froidement.

— Ce n'est pas un *rencard*, M. Sewell. Vous tenez à votre explication, c'est ce que vous aurez. Vous connaissez la collection Cone ?

J'acquiesçai.

— Retrouvons-nous là-bas, près du grand Matisse bleu.

— Le grand Matisse bleu, à six heures. En me levant, une question me vint à l'esprit : Le détective Kruk sait que vous êtes passée chez Sewell et Fils ?

Son visage était sans expression.

— On en parlera plus tard.

Je me dirigeai vers la porte. Elle lança :

— Vous le lui avez dit ?

Je m'arrêtai et me retournai.

— Je ne savais pas que c'était vous, vous vous souvenez ?

Elle avait à nouveau mis ses doigts en tente.

— Mais est-ce que vous lui avez parlé d'une femme qui se faisait passer pour Carolyn James ?

J'ouvris la porte.

— On en parlera plus tard.

— Hitch !

Je n'étais pas encore arrivé sur le trottoir. Je me retournai en entendant mon nom. Un homme vêtu d'un élégant trench-coat ouvert et battant au vent descendait les marches en sautillant à ma rencontre. Grand sourire. C'était Joel Hutchinson.

Après de grandes tapes dans le dos et une poignée de main chaleureuse, nous reculâmes d'un pas pour observer sur chacun les ravages du temps.

— Tu as une mine affreuse !

— La tienne est pire !

Re-tapes dans le dos.

— Qu'est-ce qui t'amène ici ? demanda Hutch. Tu avoues enfin le coup du zébu au bowling ?

— Hé, c'était toi, ça ! Je t'ai juste aidé à le pousser dans le monte-charge, si tu te souviens bien. Merci, monsieur Casse-Cou.

— Je nie tout !

— Arrête, Hutch, tu n'as jamais *rien* nié.

— J'ai changé, mon vieux. Maintenant, je nie tout. Je suis dans la politique.

Je lui redonnai une tape sur l'épaule. Nous, les hommes, on adore ces démonstrations fraternelles.

— Oh, sacrée rupture, Hutch. Je peux faire quelque chose pour t'aider ?

— Très drôle, Sewell, très drôle. Et toi, alors, comment tu vas ? Il paraît que tu enterres les morts, maintenant ?

— C'est ce qui s'enterre le mieux, ha ha.

— Et tu t'es marié, non ? Une artiste, quelque chose comme ça ?

— Le crash-test a fait long feu, on s'est arrêtés au bout d'un an. Et toi ? La femme est-elle née qui peut mater l'indomptable Joel Hutchinson ?

— Tu ne vas pas me croire, mais oui.

— Tu rigoles.

— Non. Elle s'appelle Christy. Elle m'a mise à sa botte, Hitch, et j'adore ça. Un emprunt immobilier, deux voitures, deux virgule cinq enfants et un golden retriever nommé Max. C'est Bonne-journée-mon-chéri et Je-suis-rentré-ma-douce. La petite maison dans sa putain de prairie !

— On vit dans l'ère des miracles, Hutch. Je l'ai entendu dire à droite à gauche.

— Ça doit être ça, dit-il en riant.

Cette petite joute verbale se poursuivit un moment. J'avais connu Joel Hutchinson à l'université de Frostburg, petit établissement grisâtre d'enseignement supérieur et de beuverie avancée, encaissé dans les montagnes de l'ouest du Maryland. Chaque faculté a son chien fou ; Hutch avait été le nôtre. Il était toujours prêt à tout. Et comme il était également brillant, ses frasques nuisaient rarement à ses études. Hutch était de ces gens qu'on imagine finir mort, en prison, ou bien dirigeant une multinationale tentaculaire depuis sa plage sur quelque île privée. J'étais un peu déçu d'apprendre qu'il s'était fait attaché de presse d'un homme politique.

Hutch m'expliqua qu'il était le directeur de campagne d'Alan Stuart, le commissaire divisionnaire de Baltimore. L'actuel gouverneur du Maryland déclinait dans le crépuscule politique, et j'avais entendu des rumeurs selon lesquelles le superflic de la ville envisageait de se présenter. Hutch confirma.

— Demain, Alan annonce sa candidature au poste de gouverneur.

Alan Stuart était du type cartésien intraitable, un inébranlable partisan de la loi et de l'ordre. C'est à peu près tout ce que j'en savais. Maintenant, je savais en outre que Joel Hutchinson s'occuperait de coordonner sa campagne. Donc, soit il remporterait la partie d'une victoire écrasante, soit il serait anéanti par un scandale dévastateur. Hutch ne donnait pas dans la demi-mesure, et j'étais prêt à parier que son candidat non plus.

— Écoute, dit Hutch. Il faut qu'on se revoie, un de ces jours… même si sincèrement, je ne sais pas trop quand. Je sens que cette campagne va me submerger.

— Je viendrai peut-être lécher des enveloppes pour toi.

Hutch rigola :

— Attention, je pourrais te prendre au mot ! Il me serra deux fois le bras. Mais au fait, qu'est-ce que tu fais ici ?

— Oh, rien... Je lui expliquai succinctement que j'avais eu récemment quelques contacts avec un type qu'on avait retrouvé assassiné chez lui ce matin. Enfin, vous voyez, quoi. Hutch opina du chef d'un air songeur.

— Ce ne serait pas Guy Fellows, quand même ?

— Euh, si. Ce serait exactement lui. Comment tu sais ça ?

— Simple supposition. J'ai entendu des bribes de conversation, au commissariat. C'est mon boulot de fouiner. Un tennisman, non ? M. Étalon ?

— C'est bien lui.

— Et quel est le lien entre vous, tu disais ?

— Aucun, en fait. Je veux dire, je ne le connaissais pas. Il est venu à un enterrement hier et on s'est légèrement accrochés. C'était un nerveux. Bref, la police voulait entendre ma version des faits. Fellows n'avait rien dit. Forcément.

Hutch passa totalement à côté de ma blague. Il sortit un bidule électronique de sa poche intérieure et l'ouvrit. Je m'apprêtai à être téléporté, mais ce ne fut pas le cas.

— Tu es libre demain matin, Hitch ? J'aimerais vraiment rattraper le temps perdu. Il appuya sur quelques touches minuscules et pinça les lèvres en consultant son machin. Dix heures et demie ?

N'ayant pas de bidule à consulter, je me frottai le menton.

— D'accord.

— Tu es libre ?

— Si personne ne meurt, oui.

Il me jeta un regard louche, puis comprit.

— Okay. Bon, tu connais Sammy's ? Un petit café, à deux pas du palais de justice ?

— Je trouverai.

— On se retrouve à dix heures et demie. On pourra discuter un peu plus longuement. Après, je t'emmènerai à un authentique événement politique. Tu crois que tu supporteras l'excitation ?

— Je vais me coucher tôt.

Hutch me tapa sur l'épaule.

— À demain, alors.

— À demain. Je tapai la sienne en retour.

Hutch reprit sa descente de l'escalier. Ce faisant, il tira un petit téléphone noir de sa poche et l'ouvrit. Pas à tortiller, Hutch était vraiment ultra-moderne. Lorsqu'il traversa la rue et disparut au coin, il était déjà en pleine conversation.

J'avais donc deux rendez-vous pour le lendemain : Sammy's et le grand Matisse bleu.

J'hésitai un instant à retourner au commissariat pour demander à Kruk s'ils avaient déjà choisi un établissement pour l'enterrement de Guy Fellows. Mais ça risquait de paraître d'assez mauvais goût.

Chapitre 9

L'orage couvait dans *Notre petite ville*. Il revêtait la forme de l'ancestral et vénérable triangle du bonheur et du malheur amoureux. Dans le cas présent, l'affaire était même en train de se distordre en quelque chose qui s'apparentait de plus en plus à un losange.

Personne ne s'étonnera que mon ex-femme fût au centre de tout ça. Michael Goldfarb, le gentil garçon juif qui jouait le rôle de George Gibbs, était amoureux. Michael avait déjà participé à plusieurs productions du Gypsy. N'importe qui d'habitué au jeu rigoureux mais désespérément emprunté de Michael avait pu repérer la profondeur de son engouement dès la première lecture de la scène de la buvette à sodas. Cette scène est celle du coup de foudre – et Michael Goldfarb l'a jouée du feu de dieu. Ou du moins était-il, lui, en feu. Julia, assise au centre de la scène avec ses nattes à la Pocahontas, les coudes sur un établi représentant le comptoir de la buvette, aspirait de l'air à la paille tandis que Michael Goldfarb se liquéfiait littéralement devant elle. Julia refusait fermement tout contact visuel avec le jeune énamouré, ce qui ne faisait qu'attiser sa flamme. Plus les yeux de Julia se posaient, indifférents, là où Michael ne regardait pas, plus il mettait de ferveur à s'agiter et à se tortiller pour tenter de piéger son regard. Résultat : un ballet très étrange, duel d'exubérance et de faux-fuyants, qui a complètement fait foirer la scène. Il n'est pas censé être question de désir. Mais bien entendu, notre metteur en scène Zen n'est pas intervenu. Pourquoi l'aurait-il fait ? Il était amoureux aussi. Pas de Julia, mais de son Roméo anachronique.

— Il est merveilleux, n'est-ce pas ? haleta Gil depuis son poste de metteur en scène au neuvième rang. Vous avez déjà vu quelqu'un sentimentaliser à ce point ?

La réponse était oui, et le quelqu'un en question était assis au poste de metteur en scène au neuvième rang, au bord de l'extase.

Pour compléter notre funeste losange, il devenait de plus en plus clair que Libby Maslin, la secrétaire médicale qui jouait la mère de George Gibbs, avait elle aussi franchi la limite et bavait devant le jeune homme qui interprétait son fils. Ah, le théâtre. Quand les hormones s'en mêlent…

— Qu'est-ce qu'il a de plus que moi ? ai-je demandé à Julia pendant une pause.

Sa réponse a été extraordinairement directe :

— Sa virginité.

— *Quoi* ? Comment tu sais ça ?

Julia me toisa du regard :

— Crois-moi. Je les reconnais au premier coup d'œil.

— Alors il a hâte de la perdre.

Elle soupira.

— Eh oui. Je sais.

— Jules, tu as l'air triste. Je croyais que tu aimais ce genre de chose. En fait, je *sais* que tu aimes ça.

— Je ne peux pas, en ce moment, Hitch. Elle était visiblement frustrée.

Je sais que ça fait cul par-dessus tête, mais je n'ai tout simplement pas l'énergie ni le temps de m'asseoir sur mon piédestal pendant que Michael Goldfarb me vénère par tous les saints de l'enfer. Tu imagines ce que le pauvre garçon ferait de simagrées à mes pieds si je le déniaisais ? Fleurs, coups de fils, poèmes à deux balles et gestes de tendresse toutes les cinq minutes.

— Je n'ai jamais rien fait de tout ça.

— Non, tu es un romantique pragmatique.

— Ce qui ne veut rien dire.

— Exact, mais c'est ce que tu es. Ou du moins, ce que tu étais. J'ai l'impression qu'un nouveau toi est en gestation. J'attends de voir.

Juste à ce moment-là, Libby Maslin traversa la scène, une tasse en carton dans chaque main. Elle trouva Gil et Michael assis au bord de la scène, discutant probablement des motivations du personnage de Michael. Libby resta là comme un chien fidèle jusqu'à ce que Michael finisse par la remarquer. Elle lui tendit l'une des tasses. Gil lui jeta un regard de pruneau frelaté.

— Je reste en dehors de tout ça, dit Julia. Ce n'est plus de mon âge. Franchement, je regrette de ne pas avoir dit non à Gil dès le départ.

— On est boulimiques d'ego, Julia, admets-le.

— Je sais, mais je ne comprends pas pourquoi le sexe ne suffit pas à régler la question.

— C'est trop privé. Trop un-à-un. Tu as besoin de ta cour d'adorateurs. D'ailleurs, à propos...

Michael Goldfarb avait fini son brin de causette avec Gil Vance et s'approchait de nous. Il s'arrêta devant Julia. Il ne dit rien. Il resta là, à la regarder. Si je dis qu'il était flippant, ce n'est que la stricte vérité. Julia se tourna vers moi, son expression *pfff-regarde-moi-ça* peinte sur le visage. Elle était ridiculement sexy, avec ses nattes.

— Pour moi, ce gamin se jetterait du haut d'une falaise. Puis à Michael, jovialement : Michael ? Hello mon chou. Tu me suivrais en haut d'une falaise ?

Il ne dit pas non, il ne dit pas oui. De son dos surgit une boîte de chocolats.

— Ils sont casher.

Julia haussa les sourcils.

— C'est-à-dire ?

— Ils ont été bénis par un rabbin.

Elle ouvrit la boîte et me la tendit.

— Tu en veux un, Hitch ? Ils ont été bénis par un rabbin.

Je choisis un chocolat et le fis tourner dans mes mains. Quelque part, il y a un rabbin qui s'amuse à bénir des boîtes de chocolat. C'est presque trop. Dieu que ce monde est grand et beau. Des fois.

Je tombai du lit, promenai Alcatraz autour et alentour du pâté de maisons, puis descendis en ville.

Le café Sammy's, sur Calvert Street, se foutait royalement de la fin du vingtième siècle. Il faisait tout particulièrement la nique à ses dissolvants industriels et produits d'entretien, qui auraient peut-être réussi à venir à bout des décennies de gravillons et de suie incrustés dans le lino et les petits dessus-de-table à l'immuable patine « lave-vaisselle mort ». Apparemment, Sammy confine aussi ses serveurs dans un coffre-fort temporel : choucroutes tenues par des filets à cheveux, lunettes à chaîne et visages ressemblant à ceux de ces ignobles petites poupées-trolls si inexplicablement en vogue à une certaine époque. C'est Sammy en personne qui sert au comptoir, désagréable petit vieux inséparable de son cure-dent. Punaisées un peu partout sur les murs, des photos en noir et blanc en présentent une version plus jeune, mâchouillant apparemment le même cure-dent et posant avec les multiples célébrités, politicards et truands venus ici jour après jour flirter avec l'ulcère à l'estomac.

Hutch me désigna la photo du commissaire divisionnaire Alan Stuart. Elle était accrochée sur l'un des murs latéraux.

— Quand il aura gagné l'élection, Sammy la rapprochera de la caisse. C'est la place d'honneur.

— Juste à côté de Cher, dis-je. Ce serait top.

Nous étions assis à une petite table. En me penchant pour la caler avec une pochette d'allumettes, j'avais découvert sous l'un des pieds une autre pochette déjà en place. *Pep Boys Manny, Moe & Jack. Tous vos accessoires automobiles* [17]. Mon père avait enregistré quelques spots publicitaires pour eux, à l'époque. Notre serveuse vint prendre les commandes. Petit-déjeuner tardif pour tous les deux. Elle alla chercher une cafetière qui n'avait pas dû quitter le brûleur depuis le gouvernement Hoover [18] et remplit nos tasses. J'en bus une gorgée et demandai à Hutch ce qui le rendait si sûr que son poulain remporterait l'élection.

— C'est l'homme de la situation, répondit-il. Il n'y a pas d'alternative. Tu as vu qui ont choisi les démocrates ? Spencer Davis.

— Le bluesman ?

— Ce Spencer Davis-là serait un meilleur choix. Au moins, il saurait trouver le ton. Nan, ce type est un benêt. C'est le district attorney [19]. Il souffre d'un léger complexe kennedien.

— Tu veux dire que les membres de sa famille tombent comme des mouches entre deux scandales sexuels ?

Hutch éclata de rire.

— Pas tout à fait. Mais il vient de ce genre de milieu. Il dépense toute son énergie à secourir les pauvres. Il se prend pour le nouveau Bobby Kennedy. Je sais, ça a l'air plutôt bien. Mais on n'élit pas un travailleur social, on élit un gouverneur. Davis est monomaniaque : pour rétablir l'équilibre, il suffit de transférer le pouvoir de

---

17. *Ndt.* Cette entreprise de vente de pièces détachées existe toujours aujourd'hui.

18. *Ndt.* Herbert Clark Hoover (1874-1964), président des États-Unis de 1929 à 1933.

19. *Ndt.* Fonction grosso modo équivalente à celle de procureur de la République.

ceux qui ont de l'argent à ceux qui en ont moins. C'est son seul et unique programme. Ce n'est pas de la justice, c'est de la vindicte politique. Deux injustices pour en réparer une. Sauf que c'est faux. On apprend ça à la maternelle. Pas besoin d'en savoir plus, non ? Spencer Davis est beau gosse, il est riche, c'est le pote de tout le monde. Pour lui, le comportement politique le plus noble est dans l'engagement social. Je suis désolé, mais en politique surtout, je ne gobe pas les bons sentiments. Il prétend être ce qu'il n'est pas. Peu importe comment tu l'enrobes : pour moi, ça reste malhonnête.

C'était un assez joli discours, sauf qu'il n'expliquait toujours pas pourquoi la merde d'Alan Stuart, elle, ne puait pas.

— Et ton homme ? demandai-je. Il a inventé le fil à couper le beurre ?

— Mon homme a inventé les moyens de le protéger. Ce qui, au final, est tout aussi important. Écoute, Alan Stuart est un putain d'enfoiré intraitable et nerveux, je ne prétendrai pas le contraire. Il peut passer en mode charme quand il veut, comme Spencer Davis, mais il en éprouve rarement le besoin. Alan aime désorienter les gens. Il marche au coup de boule. À la différence de Davis, on ne sait jamais sur quelles têtes il va taper d'un jour sur l'autre. C'est ce qui le rend si efficace. Il est multidimensionnel. Il veut résoudre les problèmes, point. Il ne cherche pas à faire ami-ami, il veut juste résoudre les problèmes. Tu as vu ce qu'il a fait en tant que divisionnaire. Il te veut, il te coince. C'est assez basique. Et il insuffle cette éthique à ses soldats. Les gens se méfient d'Alan. Ils savent qu'il vaut mieux être réglo, dans ses parages, parce qu'il se balade toujours avec son gourdin. Spencer Davis est invité à dîner ; Alan Stuart a tué le bœuf. Voilà la différence.

Notre commande arriva. Mes deux petits œufs-saucisses semblaient un peu dérisoires face au bœuf que le divisionnaire Stuart venait de tuer. Mais je ne briguais pas le poste de gouverneur, moi. Hutch était en train de vider une bouteille de ketchup sur ses frites maison. Sans lever la tête, il changea de sujet.

— Alors, qu'est-ce que c'est que cette histoire entre toi et ce Guy Fellows, encore ?

J'enfournai un bout de saucisse et me brûlai la langue.

— Ce n'est rien, comme je t'ai dit. Il s'est montré un peu turbulent à l'enterrement de son amie et je me suis retrouvé en travers de son poing.

— Il t'a frappé ?

— Je l'ai maîtrisé.

— Et le lendemain, tu es allé lui régler son compte, hein ?

— Tu sais tout.

— Sérieusement, la police ne pense pas que tu aies quoi que ce soit à voir dans cette affaire, dis-moi ?

— Ils ne font que leur boulot. Ils m'ont posé mille questions. Enfin, une dizaine de questions une centaine de fois.

— C'était l'enterrement de qui ?

— Une amie à lui. Apparemment, il avait beaucoup d'amies.

— C'est vrai ?

— C'est ce que j'ai cru comprendre.

— Cru comprendre ? De qui ?

Hutch n'avait pas touché à sa nourriture, il avait juste massacré ses frites. Il balançait sa fourchette de la main comme un pendule.

— Un jardinier du Country Club, si tu veux savoir. Mais puisque tu veux savoir, pourquoi tu veux savoir ? Pourquoi ça t'intéresse tant que ça, Hutch ?

Il haussa les épaules, puis recommença à triturer ses frites.

— Je ne sais pas, ça m'intrigue que tu te battes avec quelqu'un que tu n'as soi-disant jamais vu.

— *Soi-disant*? Tu ne me crois pas?

— Je te crois. Désolé, je me suis mal exprimé. Je crois que je suis un peu nerveux. C'est le grand jour. Changeons de sujet.

La serveuse nous apporta l'addition. Hutch tendit la main par-dessus la table pour m'empêcher de payer.

— Note de frais, dit-il en sortant son portefeuille.

— Je ne sais pas, Hutch. Est-ce que ça n'impliquerait pas une approbation tacite de ton candidat de ma part?

— Si je pouvais acheter une voix pour deux œufs et un café, j'atteindrais l'objectif bieeeen en dessous du budget.

— J'ai aussi pris deux saucisses, lui rappelai-je.

— Du porc. Le pot-de-vin du politicien.

Hutch et moi nous dirigeâmes vers la place de l'hôtel de ville. Au coin de la rue, un clochard était appuyé à un réverbère. Je ne savais pas que ça se faisait encore. Je lui donnai un dollar.

— Pourquoi tu fais ça? demanda Hutch alors que nous traversions en dehors du passage. Tu ne crois pas à l'évolution?

— Bien sûr que si. Nous descendons tous du poisson, mais quel rapport?

— Je parle du fait que les plus forts survivent. Relever les défis. Et ne pas se nourrir sur le dos de ceux qui ont réussi.

— Hutch, j'ai donné un peu de fric à un clodo. Ça ne me nuit pas et ça peut lui être utile. Si Darwin traversait une mauvaise passe, je lui filerais un biffeton aussi. Il avait l'air de crever de faim, ce type.

— Tu crois qu'il va acheter un sandwich avec ton dollar?

— C'est le sien, maintenant. Je ne vais pas lui dire quoi en faire. Je ne suis pas ministre des Affaires étrangères.

— Je suis las de ces gens.

Nous étions arrivés de l'autre côté de la rue. Devant

nous s'étendait la place de l'hôtel de ville. Et nous n'étions pas seuls. Des camionnettes de télévision stationnaient illégalement à de drôles d'endroits, leurs antennes paraboliques pointant sur le toit comme... euh, comme des antennes paraboliques. Plusieurs centaines de personnes étaient soit regroupées, soit affairées, comment on voit les choses. C'était l'heure du déjeuner. Le temps était parfait : le ciel d'un bleu profond parfait, moucheté d'une demi-douzaine de nuages parfaits, et une température à se promener en bras de chemise. Une douce brise circulait dans la foule, comme pour chauffer l'assistance.

Hutch me fit faire le tour de la place jusqu'aux marches de l'hôtel de ville. C'est là que le discours serait prononcé. Les équipes de télévision et les journalistes étaient déjà en place, jouissant d'un point de vue privilégié grâce aux barricades bleues des policiers. Je me postai devant ces dernières tandis que Hutch s'en allait baratiner les journaleux et distribuer ce que je supposai être des copies du discours à venir. Hutch bavarda quelques minutes avec une jolie petite femme. C'était l'une des dernières recrues du journal télévisé de Baltimore, Mimi Wigg. Elle était arrivée de Cleveland environ un an auparavant, et j'ai cru comprendre que Cleveland ne s'en était toujours pas remis. D'après ce que je sais, Mimi Wigg était pressentie pour partager l'écran avec Jeff Simons, et très probablement lui succéder lorsque ce dernier prendrait sa retraite. Simons était notre vénérable journaliste télé – et le plus populaire d'entre tous. Il lisait le prompteur aux citoyens de Baltimore depuis près de vingt années. Il n'avait pas soixante ans, mais semblait avoir connu quelques ennuis de santé au cours des derniers mois. Et puis il y avait son récent lifting (entrepris contre l'avis de la direction de la chaîne) qui, associé à son épi caractéristique, l'avait tout à coup fait ressembler à une marionnette de ventriloque. La gêne du public s'en ressentait dans l'audimat, qui ne cessait de s'effriter depuis que la nouvelle tête chirurgiplastifiée de Simons avait fait son apparition. Mimi Wigg, elle, avait trente ans de moins et la peau encore souple. Si elle paraissant petite à la télévision, elle était franchement racho dans la réalité. Ses épaules ne faisaient pas plus d'une mesure de fil dentaire. Sa chevelure – d'une teinte étrange, sorte de mélange airelle-mûre – semblait être la partie la plus lourde de son corps. Sauf le respect que je lui dois, sa tête était sérieusement disproportionnée par rapport au gabarit d'oiseau qui la portait. C'était peut-être ce qui la rendait si parfaite pour le journal télé. Elle avait d'autres atouts, comme ce large sourire emprunté dont elle matraquait impitoyablement Hutch lorsqu'il vint joyeusement lui faire la bise devant sa camionnette.

Quand Hutch eut enfin terminé ses petites corvées pépères, il revint vers moi. Il me tendit une copie du discours.

— Tu as l'air en bons termes avec la presse.

— Assez bons, oui, dans l'ensemble. On se nourrit les uns les autres. Ou sur le dos des uns des autres, si tu es cynique. Mais je vais te dire, c'est assez volatil, tout ça. Le copain d'aujourd'hui est l'enfoiré de demain. S'ils flairent ne serait-ce que le vague relent d'un truc qui ne sent pas très bon, ils le déballent à l'antenne dans la seconde en se bouchant le nez et en disant «pouah, ça *pue*».

Je fis remarquer que d'aucuns appelleraient ça du journalisme. Hutch réfuta cette idée d'un haussement d'épaules.

— Le concept d'objectivité est une mascarade.

— C'est une vision drôlement sévère.

— Je n'ai aucune illusion, Hitch. Seuls les saints et les martyrs sont réellement objectifs. Regarde-moi tous ces journaleux : tu y vois des saints ou des martyrs ?

Certes non, pas le moindre. Je voyais de grands

balaises portant leur caméra comme un bazooka et des reporters amidonnés en train de se pomponner pour faire leur numéro. Hissée sur la pointe des pieds, Mimi Wigg se mirait dans le rétroviseur de la camionnette et plantait ses ongles dans ses cheveux comme dans un ballon qu'elle essaierait de crever.

— On est tous dans le même bateau, poursuivit Hutch. Tout dépend qui croit tenir la barre.

Mimi Wigg descendit de ses orteils. Se tournant vers son caméraman, elle renversa la tête et fit glisser ses petites mains à l'arrière de sa jupe, sur son croupion joli.

— Celle-ci croit décidément qu'elle mène la danse, remarqua Hutch. Il jeta un œil sur le discours qu'il tenait à la main. Écoute, j'ai deux-trois petites choses à voir avec Alan. Tu peux rester là, d'accord ?

— Okay.

— Super. Je te retrouve tout à l'heure.

Il décolla. Quelques minutes plus tard, plusieurs douzaines de policiers et de policières vinrent se poster au milieu de l'escalier de l'hôtel de ville. Ils formaient une ligne bleue compacte de part et d'autre d'un podium et se tenaient droits comme des i, fixant l'horizon. Payés moitié plus pour service spécial. Si on ajoute à ça les œufs et les saucisses, la campagne de Stuart semblait déjà un peu limite, fiscalement parlant. Et il ne s'était même pas encore présenté officiellement.

Enfin, Alan Stuart apparut sur le podium et annonça sa candidature. Je l'avais déjà vu, à la télévision, se tenant au chevet de policiers blessés ou sur les lieux d'une fusillade, baigné de la lumière des minicams. Contrairement à beaucoup de gens que l'on voit à la télévision, il avait l'air plus grand dans la réalité, bien que l'emplacement du podium, plusieurs marches au-dessus de la phalange d'officiers de police, y fût peut-être pour quelque chose. Quoi qu'il en soit, le bonhomme savait remplir un costume. Et faire un discours.

Il faisait très peu «politicien aguerri» et très beaucoup «citoyen qui en a légèrement plein le dos». Sans pour autant donner dans le populisme – Spencer Davis occupait déjà ce créneau, Alan Stuart se présentait comme un homme solide et puissant qui en avait assez d'attendre que les autres fassent ce qu'il faut.

Tout bon discours politique comporte une petite phrase accrocheuse que le candidat peut répéter à l'envi. Il (ou elle) a besoin d'un endroit où il (ou elle) peut taper du poing dans l'air et sur le podium. Le slogan d'Alan Stuart était éloquent et univoque : *Trop, c'est trop !* Je voyais déjà les autocollants. Je veux dire que je les voyais déjà *littéralement*. Des sous-fifres de Hutch couraient dans la foule en distribuant des autocollants rouges, blancs et bleus disant exactement ça. *Trop, c'est trop ! / Stuart gouverneur*. Le candidat, debout sur les marches de l'hôtel de ville, flanqué de son impressionnant déploiement de loi et d'ordre, se proposait de réaliser ce putain de boulot. *Trop, c'est trop !* beuglait-il. Après quelques reprises, il commença à recevoir des réponses affirmatives de certaines personnes de l'assistance – mais ce pouvaient être des complices. C'était la rengaine parfaite. La petite phrase était dans la boîte. Hutch pouvait être fier de lui.

Politiquement parlant, je suis soit blasé soit apathique, si tant est que ça fasse encore une différence. À environ la moitié du discours, *je* trouvais que c'en était trop. Ce type était un bel homme massif et à la mâchoire carrée, assez viril pour se permettre de chausser des lunettes en demi-lune pour lire son discours. Alan Stuart était bien parti pour devenir William Holden[20]. Sauf que quelque

---

20. *Ndt.* Acteur étasunien (1918-1981), connu notamment pour *Sunset Boulevard* (Billy Wilder, 1950), *Sabrina* (Billy Wilder, 1954), *Le Pont de la rivière Kwaï* (David Lean, 1957) ou *La Horde sauvage* (Sam Peckinpah, 1969).

chose en lui m'irritait (William Holden ne m'irritait jamais, à part dans *Sabrina*). Peut-être était-ce lié à Hutch et au mépris qu'il semblait éprouver envers le peuple et les petites gens etc. Oui. Je décidai que c'était ça. Hutch et son candidat livraient tous deux un message clair comme de l'eau de roche. Et ce message était que leur bulldozer moral était déjà en marche, qu'ils n'avaient plus qu'à enfiler leur casque et se mettre au volant. *On vous aura prévenus.*

Je fis un avion du discours d'Alan Stuart et le lançai sur la foule en délire.

Bon sang, il plana merveilleusement bien. J'en conclus que je devais être devant le prochain gouverneur.

Chapitre 10

J'arrivai en retard à mon rendez-vous avec le détective Zabriskie devant le grand Matisse bleu. Une urgence au bureau. Enfin, pas une urgence en fait. Un mort. Plutôt embarrassant, à vrai dire. Une de ces cas d'onanisme où des cordes et des sacs-plastique sont censés produire des sensations incroyables. Ça marche peut-être, mais en l'occurrence, ça avait surtout produit un manque d'oxygène fatal et du coup, je vous le demande : est-ce que ça avait vraiment été si bien que ça ? Bref, j'avais dû m'occuper des arrangements préliminaires avec les parents du type (vous imaginez à quel point la situation pouvait être confortable), et j'avais donc pris du retard.

Kate était assise dans une ottomane géante au centre de la galerie, feuilletant la brochure du musée sur les sœurs Cone [21]. Elle leva les yeux à mon approche. Elle avait l'air déçue.

— J'espérais que vous ne viendriez pas.

— C'est original, ça. Une fille qui veut qu'on lui pose

---

21. *Ndt.* Claribel (1864-1929) et Etta (1870-1949) Cone. Ces deux sœurs d'une grande famille de Baltimore ont acquis, entre 1898 et 1949, plus de 3 000 objets d'art dont 500 œuvres de Matisse et 113 de Picasso. Toute une aile du musée des Beaux-Arts de Baltimore est consacrée à cette collection.

un lapin. Vous pourriez vous faire expulser du MLF, si ça se savait.

— J'espérais que vous changiez d'avis, c'est tout.

— Pour le remplacer par quoi ? plaisantai-je.

Kate Zabriskie me montra un espace d'un centimètre entre le pouce et l'index.

— Voilà toute la patience dont je dispose actuellement pour vos blagues.

Elle se leva et m'agita le livret sous le nez.

— Vous connaissez ces femmes ? Elles sont fascinantes.

— Les sœurs Cone ? Oui, je les connais par cœur. Mon ex-femme est peintre. Elle m'a obligé à m'agenouiller devant l'autel des Cone. De vraies bonnes fées.

Je lui pris le livret des mains et y jetai un œil. On y voyait Etta Cone assise sur un éléphant, complètement ridicule.

— Il n'y a pas un truc avec une femme et un casque colonial ?

L'ex-Lady X désigna le grand Matisse.

— Qu'est-ce que vous pensez de ça ?

C'était une grande toile de plus d'un mètre carré, remplie à quatre-vingt-dix pour cent d'un bleu uniforme. Deux lignes noires ondulaient à la verticale, parvenant à suggérer sans équivoque une femme dansant une ronde jubilatoire. Une chose qui ressemblait fort à un œuf au plat semblait tenir lieu de fleur. Je dis à la dame que j'étais dûment impressionné.

— Je venais très souvent ici, quand j'étais petite, dit Kate avec mélancolie, les yeux toujours rivés sur la toile. J'ai grandi à Hampden, alors ce n'était pas loin. Vous connaissez Hampden, non ? C'est un autre monde, par rapport à ici.

Petites maisons carrées, nains de jardin bordant l'allée, bière au réfrigérateur, grand-mère fumant des cigarettes à la table pliante de l'arrière-cour. Oui, je connaissais Hampden.

— C'est pas mal, Hampden, dis-je. Sauf pour les snobs. Vous n'êtes pas snob, détective, hein ?

— Vous pouvez m'appeler Kate. Et non, je ne suis pas snob. Je ne vois pas ce qui pourrait me rendre snob. Je suis une juive polonaise de première génération issue d'un milieu foncièrement ouvrier. J'ai un nom que les gens sont soit incapables d'écrire, soit incapables d'entendre sans éclater de rire, soit les deux à la fois. Mon père était champion international catégorie alcooliques et ma mère, championne internationale catégorie victimes. Professionnellement, je passe la moitié de mon temps avec des criminels, des voyous et des avocats, si vous arrivez à les distinguer les uns des autres. Dites-moi comment oublier tout ça et trouver le culot d'être snob, je vous offre cinq dollars et je vous taille une pipe. Elle ajouta précipitamment : expression de flic, M. Sewell, n'allez pas vous faire des idées.

Mon sourire, j'en suis sûr, devait me fendre littéralement le visage.

— Eh bien, vous allez être *obligée* de m'appeler Hitch.

Kate me remit en place de son regard noisette brûlant.

— Je ne suis pas ici pour parler de moi.

Je m'approchai pour brosser sur son épaule une peluche inexistante.

— Madame, permettez-moi de ne pas partager cet avis.

Nous abandonnâmes le grand Matisse bleu et parcourûmes lentement le reste des acquisitions modernistes des sœurs Cone : la *Femme à la mangue* de Gauguin, une ballerine de bronze de Degas, plusieurs portraits difformes de Picasso... les visiteurs du lundi soir étaient assez clairsemés. Quelques étudiants des Beaux-Arts étaient assis en tailleur devant les études de cathédrales de Monet, qu'ils croquaient dans leur carnet ; des couples faisaient lentement le tour des salles en parlant à voix basse ; un homme incolore en costume gris semblait avoir été riveté devant l'un des tableaux tahitiens de Gauguin. Les salles étaient climatisées, totalement dénuées d'ombres et hermétiquement silencieuses. Les surveillants se balançaient sur leurs talons, le regard perdu à mi-distance.

Kate et moi flottions de salle en salle, nous arrêtant au hasard devant les tableaux. Lorsqu'elle examinait une œuvre, Kate pliait le bras pour poser le menton dans sa main. Moi aussi, j'aime bien l'art, mais je préférais reculer d'un grand pas pour épier l'ex-fausse Carolyn James de Cracovie via Hampden. Ma jolie détective était décidément en civil ce soir. Elle portait un tailleur pied-de-poule vert cendré dont la veste, cintrée, était tout à la fois chic et guillerette ; une chemise crème fermée par de petits boutons discrets en forme de téléviseur ; et des chaussures à talons, quoique seulement mi-hauts. Pas tout à fait la tenue appropriée pour courir après les voleurs. Avec la rougeur tenace de ses joues et toute sorte de choses intéressantes autour des yeux, il était évident que Kate Zabriskie s'était livrée à quelques exercices de peinture avant de venir jouer avec moi.

— Vous allez quelque part, après ? lui demandai-je après que nous eûmes absorbé un champ de fleurs pendant plusieurs minutes. Elle se tourna et me lança un de ces regards difficiles à lire. Le regard secret des femmes.

— Pourquoi cette question ?

— Vous êtes trop belle pour perdre votre temps avec quelques peintures. Ou avec moi, en l'occurrence.

— Eh bien, merci !

Comme elle était pré-rougie, impossible de dire si mon compliment avait suscité un surplus de couleur ou non.

— En réalité, je dois me rendre quelque part, après. Une obligation.

— Mon Dieu, j'espère que ce n'est pas un rendez-vous galant, vu le terme employé.

— Non, rien de tel, croyez-moi. C'est une collecte de fonds. Mon patron se présente au poste de gouverneur. Ce soir, c'est la soirée de lancement. Toutes les troupes sont attendues. Ils veulent beaucoup de monde. Pour ainsi dire.

— Alan Stuart, pas vrai ? Ça alors… J'y étais, cet après-midi, quand il a fait sa grande annonce.

— Vraiment ? À l'hôtel de ville ?

— Voui m'dame. J'agitai un doigt devant elle. *Trop, c'est trop !*

Kate roula des yeux.

— À qui le dites-vous !

Nous reprîmes la visite. Nous finîmes par repasser deux, trois fois devant les mêmes toiles et les mêmes bustes et les mêmes sculptures. L'homme riveté au sol était parti. De même que les Rembrandt en herbe des Beaux-Arts. Kate et moi nous retrouvâmes devant un Cézanne : une vue vaporeuse, presque blême, d'un village toscan lové au flanc d'une colline. Quelques pins élancés au premier plan. Un ciel d'une teinte brumeuse. Charmant. Le genre d'endroit où je me trouverais volontiers. Je m'imaginai sur la colline d'en face, celle qui dominait la scène. Je m'y tenais debout, en compagnie de… eh bien oui, pourquoi pas ? De Kate Zabriskie. Dans nos costumes paysans poussiéreux, des moucherons voletant de tous côtés, le craquètement de cigales invisibles dans la chaleur.

— On m'a confié l'affaire Guy Fellows.

J'atterris violemment à Baltimore. Kate regardait toujours la toile droit devant elle, bien qu'elle ne fût visiblement pas envoûtée par le grésillement craquelant du soleil de Cézanne.

— Je ne connais pas votre métier. C'est une bonne ou une mauvaise nouvelle ?

— Honnêtement, je n'en sais encore trop rien. Kruk a été dessaisi de l'affaire, ça ne le rend pas jouasse.

— Pourquoi l'a-t-on écarté ?

Kate haussa les épaules.

— Chaque bureau a sa politique. On lui a confié une autre affaire. Il n'y a pas pénurie de meurtres, c'est sûr. Mais c'est dégueulasse de l'avoir dessaisi. Ce genre de chose est toujours dégueulasse, en fait.

— Alors c'est vous le chef ? Ils doivent avoir confiance en vous.

— Qu'est-ce que vous entendez par là ?

— Simplement que… eh bien, qu'ils pensent que vous pouvez résoudre l'affaire.

— Évidemment, qu'ils le pensent. Je ne serais pas dans la police, sinon. Elle se retourna pour me faire face. Écoutez, que je remplace Kruk ne veut pas dire qu'ils n'ont pas confiance en lui. C'est de la politique interne. John Kruk est un excellent flic. Il prend parfois les gens à rebrousse-poil, mais notre boulot n'est pas un concours de gentillesse.

— Je suis toujours suspect ?

— Franchement, vous êtes nul comme suspect.

— C'est ce qu'on m'a dit. Pas que ça me dérange le moins du monde, d'ailleurs. Alors c'est qui ? Le bon suspect, je veux dire.

— Je préférerais ne pas poursuivre pour l'instant.

— D'accord.

Kate s'approcha d'un Picasso.

— Une question. Vous étiez à l'hôtel de ville aujourd'hui quand Alan a annoncé sa candidature. C'était un hasard ?

Je lui narrai ma rencontre avec mon vieux pote sur les marches du commissariat.

— Alors comme ça, vous connaissez Joel Hutchinson ?

— Je pourrais vous en raconter de belles.

— Je n'en doute pas. Allez, sortons d'ici.

Sur le chemin de la sortie, j'abordai le sujet que nous avions évité jusque-là.

— À propos de raconter, je croyais que vous alliez me dire quelque chose, ce soir. Sur la raison pour laquelle vous vous êtes fait passer pour Carolyn James.

— Je sais. Simplement… je ne sais pas bien par où commencer.

— Puis-je suggérer «par le début»?

Kate s'arrêta net. Elle se retourna et me dévisagea. Intensément.

— C'est ce que je commence à me dire, répondit-elle enfin.

Aussi soudainement qu'elle s'était arrêtée, elle repartit et sortit de l'édifice. Je m'attardai un instant – je voulais regarder ses jambes évoluer – puis la suivis.

Je la rattrapai en haut des marches. À mi-chemin, *le penseur* pensait toujours. Les lions de pierre flanquant l'escalier du musée continuaient à rugir en silence. Plus loin, contre le marbre frais du *Neptune*, un sans-abri se nichait sous sa couverture de journaux, rêvant sans aucun doute de poissons. Le soleil était presque couché, maintenant – seule subsistait une mince ligne de ciel à l'éclat d'orange. Un rat traversa la rue en direction de Wyman Park sous le clignotement des réverbères qui s'allumaient. Un lundi soir à Charm City.

Kate me prit par le bras:

— Allons-y.

Chapitre 11

La bibliothèque du conservatoire Peabody est un endroit stupéfiant. Une pièce rectangulaire douillette qui monte haut, très haut, si haut avec, à chaque étage, de magnifiques encorbellements de fer forgé reliés aux rayonnages de livres par des passages exigus. Au faîte vertigineux de cette élévation se déploie le plafond de verre coloré, embrasement lunaire octogonal composé d'éblouissantes paillettes irisées émeraude, azur et incarnat, le tout scellé par des entrelacs de métal noir d'ébène. Avec quelques verres dans le nez et l'œil embrumé, on imagine sans peine ces encorbellements peuplés d'un quartier entier de la Nouvelle-Orléans, les femmes portant madras et larges robes de coton appuyées sur les noires balustrades, s'appelant d'un côté à l'autre de la pièce ou désignant du doigt quelque chicane imbécile en contrebas ; un cochon courant après un chien ou un flic après un chat ; ou peut-être simplement le soleil torride pourchassant les ombres jusque dans le moindre recoin. Ne connaissant absolument rien à la musique – et le conservatoire Peabody est un endroit qui vit de la fabrication de musiciens – je n'ai pas la moindre idée du genre de bouquins rangés là-haut dans ces rayonnages infinis. Mais c'est une putain de salle, et elle ajoute une sacrée touche de classe aux manifestations qui s'y déroulent. Rien à voir avec un pauvre salon de réception d'hôtel, je peux vous le dire.

C'est là que Joel Hutchinson avait choisi d'organiser la soirée de lancement d'Alan Stuart.

— Pas de merdouille populiste ici, hein, Hitch?

Hutch et moi nous tenions juste derrière l'entrée. L'endroit grouillait de fidèles d'Alan Stuart: hommes et femmes arborant leur plus belle peau. Tout le monde souriait et jasait et évoluait dans la pièce le verre à la main. Parmi les célébrités, je reconnus Harlan Stillman, le grand sénateur de la côte Est, un diable d'homme politique. Parlant lentement et pensant vite, il était sénateur de l'État depuis à peu près cent cinquante ans, plus ou moins des poussières. Définitivement vieille école. Mais le sénateur Stillman restait un acteur habile et puissant. Son influence était aussi profonde que les racines d'un séquoia. Le genre de politicien capable de faire voter les morts. Si Alan Stuart avait Harlan Stillman à ses côtés, Spencer Davis n'avait plus qu'à pointer à l'ANPE. L'élection était jouée d'avance.

Je regardai le grand vieillard bourrer lentement sa pipe et l'allumer. Le monde d'aujourd'hui est une zone non-fumeurs, mais personne n'irait le rappeler à Harlan Stillman. La bombe blonde qui l'accompagnait pouvait être sa copine ou sa petite-fille. Je n'aurais pas osé parier. Je complimentai Hutch sur le quatuor à cordes qui, parqué dans un coin de la pièce, apportait à la soirée un petit fond sonore tout ce qu'il y a de plus classieux.

— C'est compris dans la location, dit-il. C'est leur manière de se faire de la pub.

Hutch n'avait pas été aussi surpris de me voir que je l'aurais cru. Sans effusion particulière, il m'avait serré la main à mon arrivée.

— Content de te revoir, Hitch. Tu veux encore des saucisses gratuites?

103

Je répondis d'un ha ha, mais il était déjà tout absorbé par la superbe femme qui m'accompagnait.

— Bonjour, Kate.

— Comment va, Joel?

— Je ne suis pas payé pour me plaindre. Et toi?

— À part la main qu'on a forcé pour que je vienne, ça va.

— Tu devrais considérer ça comme un petit plus.

Elle se tourna vers moi.

— Moi, j'aurai juste une réduction sur mon cercueil quand l'heure sera venue, voilà tout, observai-je.

Hutch sourit à Kate.

— Tu vois, ce petit bonus-ci ne te semble pas mieux, tout de suite?

— Oui, Joel, ta soirée est mieux qu'un enterrement, dit-elle froidement. Je n'argumenterai pas avec toi.

Hutch jubilait.

— Vas-y, Kate, argumente. C'est ce que tu fais le mieux. Enfin, je veux dire, c'est l'une des choses que tu fais le mieux.

— Va te faire foutre, Joel.

Et là-dessus, Kate partit comme une flèche. C'est à ce moment-là que Hutch m'avait dit: «Pas de merdouille populiste ici, hein, Hitch?»

Je suivis Kate du regard. Elle fonçait droit sur le bar. Je dis à Hutch:

— J'en conclus que vous vous connaissez.

Hutch s'esclaffa en roulant des yeux.

— Kate Zabriskie ne peut pas me blairer.

— C'était un peu mon impression.

— Depuis le début.

— C'est souvent le cas, avec le non-blairage.

— Il y a un truc que Kate n'a jamais pu digérer. Hutch salua de la main quelqu'un dans la salle, je n'ai pas repéré qui. Je ne sais pas si tu suis les infos de près, mais elle a eu son quart d'heure de gloire il y a cinq, six mois.

Je hochai la tête. Pas du tout au courant.

— En bref, elle a fait quelques gros titres. Fliquesse héroïque, dans ce goût-là. Elle l'a mal vécu. Raisons compréhensibles. Mais c'est son problème. Enfin, depuis qu'Alan m'a embauché, j'essaie de la convaincre de tourner quelques spots. Télé. Peut-être un peu de presse écrite. Ce serait un vrai plus.

— Ah bon ?

— Tu m'étonnes. Les femmes l'admirent. Et les hommes veulent se la sauter.

— J'apprécie ta précision dans le choix des mots.

— Hé, te vexe pas, Hitch. Tu sais bien ce que je veux dire.

— Tu viens de le dire, ce que tu voulais dire.

— Exact. Le fait est que je pourrais tirer beaucoup de cette histoire de fliquesse héroïque. C'est un bon angle. Mais Kate ne veut pas en entendre parler.

— Peut-être qu'elle ne soutient pas Stuart.

— Mon cul. Elle *adore* Alan Stuart. C'est simplement que toute cette affaire l'a défrisée. Il s'interrompit pour serrer la main à quelqu'un, puis reprit. Enfin, c'est presque de l'histoire ancienne, maintenant. Alan a mis le holà. Il m'a rappelé qu'elle était détective, maintenant, et non plus simple flic. Sa tête ne doit pas être placardée partout, blablabla.

— Ça paraît logique.

— Ça l'est. Je n'ai pas discuté. Mais n'empêche… je ne suis vraiment pas en odeur de sainteté auprès de la dame.

— Elle est juive.

— Peu importe, tu me comprends. L'alchimie ne passe pas.

— C'est bien triste.

Hutch serra une autre patte nantie, la guida vers le bar, puis se retourna vers moi d'un air interrogateur.

— Mais au fait, qu'est-ce que tu fais ici avec Kate Zabriskie ?

Je le gratifiai de mon plus beau sourire.

— Je l'admire.

Hutch hennit.

— Okay. D'accord.

Je repérai Alan Stuart à l'autre bout de la salle. Il travaillait son auditoire, écoutant avec attention une minute, explosant d'un rire tonitruant la suivante.

Je demandai à Hutch :

— Ce type a été simple flic ? Je veux dire, ils montent vraiment les échelons comme ça ? Va savoir pourquoi, je n'arrive pas à me l'imaginer en uniforme bleu et la matraque à la main.

— Mais si. Alan a été flic de base. Il a commencé au carrefour. Il s'est frayé un chemin à coups de matraque jusqu'au sommet. Tu as devant toi un *self-made man*. Et ne va pas croire que le poste de gouverneur du Maryland est la fin de sa route. Depuis Annapolis[22], on peut pratiquement voir la Maison Blanche. C'est juste de l'autre côté du fleuve. Le moment est particulièrement favorable pour un type comme Alan Stuart. Ce poste pourrait être pile ce qu'il lui faut pour le mettre dans les rangs de la grande course.

— Hutch, sans vouloir jouer les trouble-fêtes, il ne ferait pas un peu d'hyperventilation, ton chef de la police municipale de Baltimore ? Attends, il vient à peine d'annoncer sa candidature que tu es déjà en train de choisir les nouveaux rideaux du bureau ovale ?

— Hitch, réponds-moi. Nixon, il avait pris qui, déjà, comme vice-pé ? Un gouverneur inconnu de... bon sang, c'était pas du Maryland ?

— Tu parles du type qui ne payait pas ses impôts et a été expulsé à grand bruit et dans la honte[23] ?

_____

22. *Ndt*. Capitale administrative du Maryland et, par conséquent, ville où siège le gouverneur de l'État.

23. *Ndt*. Spiro Agnew, gouverneur du Maryland, a été le vice-

— Alan paie ses impôts. J'ai vérifié. Hutch me donna une tape dans le dos. Écoute, il faut que j'aille lécher quelques culs. Le bar est là. Rien que du premier choix. Amuse-toi. Je te retrouve plus tard. Je suis content que tu aies pu venir.

Il me pressa encore une fois la main et se fraya un chemin dans la foule. Je vis Jeff Simons, debout à côté d'un buste de Mozart, un demi-cercle d'admirateurs déployé devant lui. C'est vrai, il n'avait pas sa mine télé brillante. Son épi caractéristique et son bronzage permanent se portaient à merveille, mais il avait l'œil un peu aqueux, loin de la lueur confiante et joviale qui lui valait sa place dans le cœur de Baltimore depuis près de deux décennies. Je l'avais rencontré plusieurs fois. Sa mère et ma tante sont de vieilles amies, et d'incurables joueuses de cribbage [24]. Elles se retrouvent une fois par semaine pour se poursuivre tout autour du plateau. Nous jouons aussi ensemble, Billie et moi. En général, c'est comme ça qu'on décide qui s'occupera du prochain enterrement.

Je repérai enfin Kate, qui revenait vers moi. J'allai la rejoindre à mi-chemin. Elle me tendit un verre.

— Vous aimez le bourbon ?

— Voilà du putain de boulot de détective. Comment vous avez deviné ?

— Je n'ai pas deviné. C'est ce que j'aime. Je bois par procuration.

Kate tenait une flûte qui pétillait de bulles ambrées.

— Champagne ? demandai-je.

---

président de Richard Nixon pendant son second mandat. Il démissionna le 10 octobre 1973, en plein scandale du Watergate, accusé de fraude fiscale et de concussion.

24. *Ndt.* Jeu de cartes dont le but est de marquer des points par combinaisons de cartes en avançant ses chevilles sur une planchette perforée de 121 trous.

— Canada Dry.

Elle me surprit à ne pas poser la question qui flottait entre nous. Elle trinqua avec moi.

— C'est l'une de mes règles. Ne jamais boire en public.

— Voilà qui fait de vous tout le contraire d'une alcoolique mondaine.

Sans me quitter des yeux, elle trempa les lèvres dans son verre.

— Voilà qui est tout à fait exact.

Le message était plus clair que son soda. Sujet clos.

Nous nous mêlâmes à la foule. À part quelques collègues, Kate ne semblait pas connaître beaucoup plus de monde que moi. Elle reçut quelques «content de te revoir» de ses camarades.

— J'étais en congé exceptionnel, expliqua-t-elle sans plus de détails.

En levant la tête, j'aperçus le détective Kruk debout près d'un rayonnage. Il contemplait l'assemblée, une cigarette non allumée à la bouche. D'où je me tenais, on aurait dit qu'il avait repassé ses rides. En revanche, il n'y avait apparemment rien à faire avec ses cheveux. Peut-être bien qu'il nous regardait, Kate et moi. Impossible à dire.

— Joel vous a expliqué pourquoi je me suis montrée si chaleureuse envers lui, tout à l'heure?

— Pardon? Oh, euh… non. Enfin, il m'a dit que vous refusiez de coopérer pour la campagne de Stuart.

Nous nous étions imperceptiblement rapprochés du quatuor. Je n'avais pas la moindre idée de ce qu'ils pouvaient bien jouer. Tout ce que je savais, c'est que j'étais incapable de taper du pied en rythme dessus.

— Il vous a dit *ça*?

— Oui. Pourquoi? Ce n'est pas vrai?

— Si, c'est tout à fait vrai. Mais ce n'est pour ça qu'on ne s'entend pas. Elle but une gorgée. Joel Hutchinson est jaloux, c'est aussi simple que ça... Alan m'a prise sous son aile, si on peut dire. Ce qu'on entend, c'est que je suis «montée vite». C'est une longue histoire. Bref, en gros, le fait est que votre copain d'études est un malade du pouvoir. Il veut Alan rien que pour lui et pour une raison ou une autre, je représente une menace.

Elle avala une autre gorgée.

— Ça, plus le fait qu'il m'a fait du gringue et que je l'ai envoyé bouler.

— Hutch vous a fait du gringue?

— À plusieurs reprises. Les hommes ne rebondissent pas toujours si bien que ça quand on les a jetés. Vous avez remarqué?

— Qui a dit que je m'étais fait jeter?

— Qui a dit que c'est ce que je disais? Je vous demandais juste si vous aviez remarqué.

Elle me lança l'un de ces regards... de défi. Ou du moins, c'est comme ça que le bourbon en moi l'interprétait. Mais peut-être n'était-ce pas du tout un regard de défi. Peut-être, pensai-je, est-ce une mise en garde. Peut-être m'avertissait-elle de ne pas lui faire de gringue. Dommage. La perspective de gringuer cette détective en dehors de ses heures de service me semblait une merveilleuse idée. Certes, je ne savais même pas si elle était mariée ou avait déjà un jules. Pas d'alliance – j'avais vérifié un peu plus tôt – mais de nos jours, ça ne veut pas forcément dire grand-chose. Quoi qu'il en soit, je zappai le gringue.

— Vous êtes en train de me dire que Hutch-le-bon-père-de-famille n'est qu'une mascarade?

— Comme quatre-vingt-dix pour cent des hommes de cette espèce. Les hommes sont génétiquement programmés pour papillonner. Et tromper. Et mentir. Et...

— Hé, ho, ce sont mes frères singes que vous calomniez, là. Je suis tenu par loi tribale de défendre les miens.

109

— Inutile de gaspiller votre salive.

— Bon Dieu, détective, ne me dites pas que vous êtes de ces femmes superbes qui détestent les hommes ! Ce sont les filles comme ça qui foutent la merde.

— Non, ce sont les types comme Joel Hutchinson. Le premier péché mortel devrait être l'arrogance. Tous les autres découlent de ça.

— Vous n'avez pas répondu à ma question. Est-ce que vous êtes une belle misandre ?

Un soupçon lui plissa les yeux. Mais en même temps, le rouge lui monta aux joues.

— Vous me faites du gringue ?

— Je ne suis qu'un singe arrogant et queutard. Programmé pour mentir, tromper, etc., etc., etc.

— Vous n'avez pas répondu à ma question.

— Ni vous à la mienne.

— Match nul.

Nous trinquâmes. Bon sang, ça devenait vraiment trop mignon.

Deux surprises m'attendaient à la fête. La surprise numéro un apparut environ une demi-heure après ce petit échange de vues sur les transgressions et transparences de tous les hommes. Ayant descendu trois bourbons, accompagnés seulement de quelques amuse-gueules chichiteux, ma soirée commençait à se teinter d'un flou chaleureux. Les femmes devenaient de plus en plus jolies et les hommes, de moins en moins beaux et charmants que moi.

Sur ce, entra un type à peu près aussi beau et charmant que moi. Je le reconnus vaguement, comme on reconnaît une célébrité dans la rue pour quelqu'un de familier mais sans pouvoir mettre un nom dessus. Ce gars-là avait à peu près mon âge, peut-être quelques années de moins. Et environ quinze millions de dollars de plus. C'était un M. Belle-Gueule au sourire décontracté. Ben tiens. Donnez-moi quinze millions de dollars et je suis sûr que mon sourire sera décontracté aussi. Dans son smoking il était aussi fringant que James Bond en personne. Je chuchotai à Kate :

— Attention, son nœud pap est un appareil photo.

Elle me regarda de biais, comme si j'étais fou.

— Qui c'est ? demandai-je.

— Peter Morgan.

Bien sûr ! Peter Morgan, des Morgan du comté de Baltimore. Les Morgan des chevaux de course. Les Morgan du nouvel opéra. Les Morgan du chemin de fer. La ville dégoulinait de Morgan. Grand-papa Morgan a été le dernier de la famille à devoir remonter ses manches et gagner sa vie à la sueur de son front. C'est au début du siècle qu'il s'était constitué son magot, en travaillant sur les voies ferrées toute la sainte journée. Depuis lors, sa réussite avait permis à la plupart des Morgan suivants de ne rien faire de leurs dix doigts millionnaires. Je me souvenais pourtant d'avoir entendu ou lu quelque part que ce Morgan-là, l'espèce de dandy qui venait d'arriver, participait encore concrètement aux affaires familiales. Quand la plupart d'entre nous faisions gentiment tourner notre petit train électrique autour du sapin de Noël, Peter Morgan faisait tourner les siens dans tout le pays – ou presque. Transport de biens entre États. Ça peut rapporter quelques pépettes. Et en plus, il était beau mec. Mazette. Peter Morgan était un homme du monde très en vue. Connu pour être une sorte de mangeur de femmes, son bras était du sur-mesure pour ceindre la taille des belles dames.

Et ce soir-là, ce bras ceignait justement une très belle dame. Elle portait une robe bustier qui moulait sa silhouette de rêve depuis sa poitrine plantureuse jusqu'aux genoux, une fente latérale offrant un généreux aperçu sur une cuisse de bon aloi. La robe était de couleur bleu-vert, imprimée de grands poissons et d'hippocampes nageant au petit bonheur. Sur ses cheveux tirés en chignon trônait un petit diadème ridicule, visiblement en verroterie massive. À ses oreilles pendouillaient de longues boucles étincelantes qui avaient bien dû lui coûter cinq dollars cinquante. Et elle était nu-pieds. Un gars rigola à son sujet alors que le couple avançait dans la pièce.

— On dirait que Peter s'est dégoté une cinglée anticonformiste.

Je donnai un petit coup de coude dans les côtes du type.

— Faites gaffe. C'est de ma cinglée anticonformiste d'ex-femme que vous parlez.

Julia était venue au bal.

Le couple fit sa petite sensation. Combien de chuchotements étaient dus à la seule présence de Morgan et combien à la bohémienne aux pieds nus qui l'accompagnait, difficile à dire. Mais la combinaison était mortelle. L'art et l'argent. Il y a quelque chose d'indéniablement puissant, là-dedans.

Julia fut aussi surprise de tomber sur moi que moi sur elle. Elle me jeta un rapide coup d'œil à la Mae West.

— Joli costume.

— Voilà donc l'homme dont tu m'as si peu parlé.

Elle me présenta à Peter Morgan. Elle faisait des mystères de vous, dis-je au millionnaire.

Julia piqua un fard calculé.

— Tu sais, je n'aime pas me vanter. À mon oreille, elle murmura en aparté théâtral de façon à ce que tout le monde entende : *Il est plein aux as !*

Je serrai la main à l'homme plein aux as. Poigne solide. Il me regarda droit dans les yeux. Plutôt sympathique. Il ne me plaisait pas.

— Enchanté, Hitchcock.

— Je vous en prie, dis-je, façon femme fatale. Appelez-moi Hitchcock.

Julia roula des yeux.

— Hitch et moi avons été brièvement mariés. Ça nuisait terriblement à notre amitié, alors on en est sortis vite fait.

Elle releva la tête et m'offrit son sourire Audrey Hepburn. Tout sauf les cils qui frisent.

— Merci de nous avoir raconté cette charmante histoire.

Je présentai Julia et Peter Morgan à Kate.

— Comme Zabriskie Point, observa Morgan.

Un éclair passa dans les yeux de Julia. Il était évident qu'elle s'amusait.

— Oh, vous êtes des Zabriskie de la vallée de la Mort ?

— De Cracovie, répondit Kate, parfaitement de marbre. Via Hampden. Elle se tourna vers Morgan : Sang bleu, col bleu, nous sommes de milieux assez différents, non ?

Incroyable, mais Morgan a rougi à ces mots. J'en conclus que c'était son petit point sensible, le fait d'être bourré de fric et socialement supérieur. Qui l'eût cru ?

— Où sont tes chaussures, Julia ? dis-je en désignant ses orteils. On ne sait pas depuis quand ils n'ont pas nettoyé par terre.

Morgan répondit à sa place :

— Elles sont dans la voiture.

— Tu verrais cette caisse, Hitch. Elle est aussi grande qu'un petit pays. Elle toucha son diadème du bout des doigts. Tu aimes ?

— C'est joli. Tu te la joues intégralement Cendrillon-va-t-au-bal, là. Sauf que tu as perdu tes deux pantoufles.

— Très drôle. Tu ne trouves pas ma robe géniale ? Elle vient de ce vieux boui-boui d'Aliceianna Street. J'ai eu le coup de foudre.

— Je la trouve jolie, intervint Kate. Julia sourit.

— Merci. La vôtre aussi.

Pour ne pas être de reste, je dis à Morgan :

— Hé, vous êtes drôlement élégant aussi.

Morgan répondit par une sorte de rictus latéral. Il attrapa le bras de Julia.

— Enchanté d'avoir fait votre connaissance. On va circuler un peu.

— *Grouiller*, corrigea Julia avec une énorme grimace.

Elle ne put résister à nous faire des adieux grotesques par-dessus son épaule quand Morgan l'entraîna. Un hippocampe frétilla sur les fesses de mon ex-femme quand elle s'éloigna d'un pas léger. Alan Stuart les avait aperçus et venait vers eux.

— Ça vous ennuie si on y va maintenant ? Je commence à me voir en train de balancer des gens par-dessus les balustrades. Kate me regarda brusquement : C'est le signal qu'on ne s'amuse plus, vous ne croyez pas ?

Pendant que nous nous frayions un chemin vers la sortie, la surprise numéro deux fit son apparition. Elle entra dans la pièce et fila directement sur Alan Stuart, qui la prit immédiatement sous son bras en embrassant la joue qu'elle lui tendait. Elle était blonde. Une blonde extrêmement jolie. Pas une débutante. Dents parfaites. Maintien parfait.

— Elle me dit quelque chose, observai-je.

— C'est la femme d'Alan. Une autre Morgan. Amanda Morgan. Amanda Morgan Stuart. La sœur jumelle de Peter Morgan.

— Le monde est petit.

Amanda Stuart jouait de toute la grâce et de tout le charme qu'on pouvait attendre d'elle dans son rôle d'aspirante au poste de première dame du Maryland.

— Elle ne ressemble pas à son frère. Sauf peut-être au niveau des dents, constatai-je.

— Les jumeaux mâle/femelle ne sont pas de vrais jumeaux.

— Mais elle me dit quelque chose, répétai-je pour la

114

seconde fois. J'étais certain de l'avoir déjà vue, mais incapable de situer où.

— Elle a des faux airs de Grace Kelly, non? C'est peut-être ça.

Amanda Stuart riait à quelque plaisanterie de son mari. Même à l'autre bout de la pièce, j'entendais son rire pareil au tintement du cristal qui éclate.

C'était exactement ça. Grace Kelly. Traversant devant moi pour disparaître dans le manoir du Baltimore Country Club. Un éclat de glace dans une chaude journée. La moitié d'une ancienne équipe de double attitrée.

Pas la moitié qui venait d'être poignardée.

Chapitre 12

Kate Zabriskie avait décidé de devenir flic à huit ans, un soir de juillet. C'était un de ces mois de juillet typiques à Baltimore, chargés d'une humidité suffocante, épaisse et pâteuse, qui vous prend la gorge à la minute où vous tombez du lit et perdure jusqu'à ce que vous retourniez vous y écrouler le soir.

À Hampden, les maisons sont si proches les unes des autres que n'importe quel voisin peut avoir appelé la police pour se plaindre du tapage d'à côté. De nature soupe au lait, Len Zabriskie fusait comme les pétards chinois dans l'insupportable touffeur de juillet. Kate était incapable de dire quel événement avait déclenché la colère de son père, ce soir-là. Len Zabriskie était apparemment un homme simple, à peu près aussi complexe qu'un cube. Pas de chemins tortueux de cause à effet. Enfant stupide, il avait grandi borné et sa conception de la vie – notamment de ses obstacles et contrariétés – était restée primaire. Traduction : il battait sa femme et sa fille à leur tanner la peau si elles osaient ne serait-ce qu'éternuer bizarrement.

Kate ne m'a pas donné beaucoup de détails, aussi ne le ferai-je pas non plus. Lorsque la police a débarqué dans la petite maison ce soir-là – ce n'était pas leur première visite – la mère de Kate gisait à terre, inconsciente, un léger filet rouge serpentant de la vilaine cou-

116

pure qu'elle avait à la tête jusqu'à une mare en formation sur la moquette. Écroulé sur une chaise dans la petite cuisine en lino, Len Zabriskie, pleurait tout son soûl et refusait d'abandonner à la police la fillette de huit ans aux cheveux de jais qu'il serrait si fort qu'elle pouvait à peine respirer.

— C'était sa façon d'être tendre, dit Kate d'un air contrit. Il me serrait si fort qu'il m'a littéralement cassé une côte. Je l'ai entendue craquer. Lui aussi. Ça ne l'a poussé qu'à resserrer encore son étreinte.

Bafouillant et pleurant comme un veau, Len Zabriskie n'avait aucune intention de libérer sa fille. Kate le supplia de la lâcher et implora le secours des deux policiers. C'est lorsqu'ils l'avaient attrapé par le bras que le mastodonte avait renforcé sa prise sur sa fille et cassé sa petite côte. L'impasse. Le plus vieux des deux flics était retourné soigner la mère de Kate pendant que le plus jeune, tirant une chaise, l'installait à un bon mètre de Len Zabriskie et commençait à l'insulter. D'une voix calme et monotone, le jeune officier avait égrené tout un chapelet d'injures, comme s'il lisait le catalogue exhaustif des noms d'oiseau. À un rythme régulier, il débina tour à tour le caractère, la race, la nationalité, les penchants sexuels, les sept péchés capitaux et plus encore. Était-ce ce martelage acharné lui-même ou bien une insulte particulière qui avait fait sortir Len Zabriskie de ses gonds, Kate l'ignorait. Ce qu'elle sait, c'est qu'elle s'est soudain retrouvée par terre et que son père était sur le flic, une main sur la gorge, l'autre le frappant violemment au visage. « Cours ! » avait réussi à gargouiller le jeune homme, mais Kate était restée exactement où elle était tombée, pétrifiée et horrifiée que cet étranger se soit offert pour servir de viande rouge à son chien enragé de père.

Len Zabriskie eut le temps de coller une assez copieuse raclée au jeune policier avant que son partenaire n'arrive en courant et ne calme le pachyderme à coups de matraque. Après encore quelques mauvais pas de danse à trois, Len Zabriskie se retrouva enfin face au sol, les mains menottées dans le dos. Le visage du jeune flic était tuméfié. Il avait la bouche pleine de sang. Tel un magicien, il y porta la main et en ressortit une grande dent brillante, qu'il leva pour la montrer à Kate.

— Qu'est-ce que tu crois que la petite souris va m'apporter ? lui demanda-t-il avec un grand sourire sanguinolent.

Kate bondit par-dessus son père et, ignorant sa propre côte cassée, se jeta dans les bras du jeune héros.

Et voilà, entre autres, comment naissent les flics.

Kate me racontait son histoire au SOS. Après avoir quitté le raout d'Alan Stuart à la bibliothèque du Peabody, je l'avais attaquée de front sur le perron.

— Il y a quelque chose de pas casher à Mysteryville. Vous allez m'expliquer ce qui s'est passé ou je dois vous le faire avouer à coups de poings ?

Expression plutôt mal choisie, me direz-vous. Mais je ne le savais pas encore, à ce moment-là. Kate m'avait suivi dans sa voiture jusqu'au Screaming Oyster.

Le saloon était plein d'habitués. Tony Marino retenait son tabouret du bout du bar de partir à la dérive. Edie Velvet était garée sous le canot suspendu. Sally et Frank s'agitaient derrière le comptoir. La télé était allumée, le juke-box braillait, le flipper planté derrière la porte cliquait et sonnait comme un robot spasmophile. À leur table habituelle, librairie-Bill et vidéo-Al – deux autres habitués de l'Oyster – se disputaient comme toujours. Le jour où ces deux-là arrêteront de se quereller sur tout, la Terre aura atteint son point de non-retour, j'en suis sûr. Une bière et une limonade à la main, j'avais conduit Kate à une table au fond du bar. Une fois assis, le nuage de bruit était resté coincé juste au-dessus de nos têtes, nous permettant de discuter sans trop avoir à crier.

Kate avait beaucoup de mal à extirper son histoire de sa gorge serrée. Je la soupçonnais de ne pas l'exposer très souvent. Elle décrivit les manières brusques et violentes de son père d'une voix basse et monocorde. Quand elle arriva au passage de la petite Kate bondissant par-dessus papa Zabriskie pour se jeter dans les bras de son héros, à ce moment où, hors de portée de toute connaissance consciente, elle avait décidé, quand elle serait grande, de faire un travail comme celui-là, Kate se laissa aller au fond de sa chaise et passa la main dans ses cheveux. Elle écrasa sa énième cigarette et repoussa le cendrier qui débordait.

— Un de ces quatre, je vais arrêter.

— Tuez le tabac ou c'est lui qui vous tuera.

Kate fronça les sourcils.

— Je ne parlais pas du tabac. Je parlais de mon boulot.

— Quoi ? Vous quitteriez la police ?

— J'ai perdu mon enthousiasme. Je suis devenue flic parce qu'un flic m'a sauvée de mon père. C'était tellement… comment dire, tellement noble. « Ne la frappez pas, frappez-moi, moi. » C'est comme ça qu'il a procédé. Bon sang, quel héros, vous comprenez ? Et je me suis dit, voilà ce dont le monde a besoin : davantage de gens comme ça. Davantage de gens qui vont se mouiller pour les autres. C'est dingue, non ?

— Qu'est-ce qui est dingue ?

— De vouloir se porter volontaire pour recevoir les coups d'un autre. Vous ne trouvez pas ça un peu tordu, comme raisonnement ?

— C'est très Jésus-Christesque.

— Je suis juive.

— Jésus l'était aussi.

Elle tira une autre cigarette.

— Vous voulez d'autres histoires ?

119

— Vous en connaissez pour s'endormir ?

Elle alluma sa cigarette et laissa tomber l'allumette par terre. Elle souffla la fumée juste au-dessus de ma tête.

— Seulement si vous voulez faire des cauchemars.

Quand Kate Zabriskie avait rencontré Charley Russell, il était déjà détective. Kate était toujours simple flic.

— Je patrouillais. Je faisais la circulation. Je distribuais des PV pour stationnement interdit et excès de vitesse. J'allais faire baisser la musique aux étudiants de l'université Johns Hopkins. Dans toutes ces sensations fortes, j'avais aussi ma part de méchants. Principalement des agresseurs et des voleurs à la petite semaine. De temps à autre, un meurtrier. J'ordonnais à des hommes deux fois plus grands que moi de mettre leurs mains sur le capot et je les fouillais. Bref silence. Vous ne relevez pas ?

Je haussai les épaules. Trop facile. Elle reprit. Elle me raconta qu'elle avait arrêté des gens, témoigné au tribunal, apporté sa petite contribution au tas d'ordures qui croupissait déjà derrière les barreaux.

Elle avait aussi pu réaliser son rêve. Débarquant dans des maisons et des appartements de l'agglomération de Baltimore, elle avait joué les héros pour des femmes et des enfants battus par leur mari et papa.

— C'était une sensation extraordinaire, au début. Juste et noble et puissante.

Mais comme les appels pour troubles domestiques se poursuivaient, devenaient même un peu trop fréquents, Kate comprit qu'elle aurait beau intervenir, il se trouverait toujours une autre brute quelque part pour persécuter ses soi-disant êtres chers. Au mieux, elle servait de pansement. Elle tenta de se rappeler que son travail devait être pris au jour le jour. « Interpose-toi entre un seul de ces fous furieux et son punching-ball humain et tu auras fait quelque chose de bien. J'en étais consciente.» Elle savait que le jeune flic qui avait planté sa chaise dans la cage à fauves de son père et attiré sur lui toute sa rage avait fait quelque chose de bien, quelque chose d'extra-ordinairement bien. Peut-être lui avait-il même sauvé la vie. Et pourtant, Kate se sentait de plus en plus décou-ragée.

— Je ne voulais plus être la cavalerie. Venir à la res-cousse, c'était bien, mais c'était trop peu et trop tard. Du nettoyage après la bataille. Je voyais l'expression de ces femmes et de ces enfants, c'était toujours la même. De la gratitude, oui. Mais il y avait surtout le regard effrayé, traumatisé, qui disait: «Où est-ce que vous étiez, tout ce temps?» et «Merci, mais le mal est fait.» Et je le comprenais. En menottant ces enculés, j'aurais aimé l'avoir fait *avant*. Hier ou l'an dernier, avant même que les problèmes n'aient commencé. Avant les coups – ou pire encore.

Kate termina sa limonade et fit glisser son verre de l'autre côté de la table avec impatience.

— On ne peut pas arrêter un type qui persécute ou humilie sa femme ou sa copine, voilà le problème. C'est *là* que je voulais les arrêter. Pas *après* les bleus. Quelque part, j'aurais aimé pouvoir repérer ces gars-là dans la rue juste avant qu'ils rencontrent leur future compagne. Leur coller mon flingue dans la figure et leur dire «n'y pense même pas, vieux». C'est absurde. Je sais. Mais j'ai fini par en avoir vraiment assez de traiter le pro-blème par l'autre bout. Ça ne me suffisait pas.

Puis j'ai rencontré Charley et on a commencé à sortir ensemble. Il était détective. Il avait commencé en bas, comme moi, et gravi les échelons petit à petit. Il me racontait son boulot et ça semblait beaucoup mieux que le mien. Le détective identifie un problème et remonte jusqu'à sa source. Il ne coffre pas un gamin pour avoir fumé de l'herbe dans un coin. Il saisit la marchandise sur les docks et traîne M. Gros-bonnet les menottes aux poignets. Et une fois arrivé au commissariat, il le balance par terre. Le genre de truc qui nous vaut des médailles. Alors, j'ai décidé de devenir détective. Bien sûr, ça n'avait pas vraiment de rapport et ne me permettait pas plus de calmer le type qui bat sa femme ou s'en prend à ses enfants. Mais ça semblait plus gratifiant dans l'ensemble, d'essayer de tuer l'œuf dans le nid, quel qu'il soit, plutôt que de taper sur les vipères une par une à coups de matraque.

Quelques tables plus loin, deux garçons et une filles se levèrent et commencèrent à jouer aux fléchettes. Des gamins de banlieue. Kate leur jeta un coup d'œil puis reprit.

— J'ai fait des heures sup. Je me suis intéressée aux enquêtes des autres. Je me suis rendue disponible pour faire le guet et servir de renfort. C'est comme ça qu'on grimpe. Et devenir détective, c'est une vraie grimpette.

Kate a donc grimpé. Elle savait que ça prendrait plusieurs années, mais ça ne la dérangeait pas. Charley et elle emménagèrent ensemble.

— À peu près à cette époque l'an dernier. Mai. On s'est mariés à la fin de l'été. Il a fallu reporter notre lune de miel. Charley venait d'attaquer une enquête. Une sombre histoire de déchets industriels. «De la merde pour du fric», il l'appelait. Il pensait que ça lui prendrait plusieurs mois. Mais on avait prévu le voyage : au Mexique. Ça ne coûte pas cher et on voulait juste aller s'affaler sur une plage n'importe où. On avait des brochures, on les regardait plusieurs fois par semaine.

C'est environ un mois après notre mariage que Charley a dû poursuivre en sous-marin. Il a refusé de me donner trop de détails sur les tenants et les aboutissants de l'affaire. Choix intelligent quand deux flics partagent le même toit. Le service encourage ce genre de démarcation chez ses couples mariés. Tout ce que je savais, c'est que Charley devait se faire passer pour un ouvrier. Au début, ça le mettait complètement KO. Il rentrait à la maison lessivé. Il m'assurait que ce qu'il faisait n'était pas dangereux. Je me gardais bien de le croire. Pourtant, il disait qu'il maîtrisait parfaitement la situation.

Kate avait les yeux mouillés de larmes. Elles étaient arrivées sans préavis. Elle sembla elle-même surprise, se mordit la lèvre et regarda ailleurs. Je commençai à parler mais elle leva la main.

— On m'a appelée en renfort un soir, à Sparrows Point. Une descente dans un entrepôt qui avait mal tourné. Deux détectives étaient coincés. Mon partenaire et moi nous sommes précipités là-bas. Vous le connaissez : c'était Kruk.

— L'homme aux cheveux d'or ? Vous avez fait équipe ?

— Pas longtemps. Bref. C'était la pagaille complète. L'un des détectives – un certain Connolly – avait reçu une balle à la jambe. Quand Kruk et moi sommes arrivés, Connolly venait de sortir de l'entrepôt. Il allait bien. Kruk s'est occupé de lui, lui a mis un garrot. Moi, j'ai dégainé mon flingue et je suis entrée. J'ai trouvé Lou, l'autre détective. Lou m'a fait signe de me planquer. Il y avait un type dans un échafaudage, à une dizaine de mètres au-dessus de nous. Planqué derrière un tonneau ou quelque chose comme ça. Lou ne pouvait pas l'atteindre de là où il était. En gros, c'était un jeu de cache-cache à la vie à la mort.

Tout à coup, les joueurs de fléchettes se mirent à hurler à chaque tir. Kate garda les yeux rivés sur eux tout en poursuivant. Tête immobile, mais ses yeux suivaient chaque fléchette jusqu'à la cible de liège.

— Soudain, à environ six mètres de moi, quelqu'un est sorti de l'ombre.

— Il y avait deux hommes ?

— Oui. Et celui-là m'avait dans sa ligne de mire. J'ai vu son bras se lever et je savais qu'il pouvait m'avoir. Je me suis retournée. D'un coup, j'ai reconnu son visage. Mais avant d'avoir pu dire quoi que ce soit… un coup de feu a retenti. Il est tombé.

Du côté des fléchettes, on entonnait un chant. C'était au tour de la fille de tirer. Je me penchai sur la table pour entendre la fin de l'histoire de Kate.

— Je me suis retournée pour voir d'où le coup était parti. Au même moment, Lou tirait sur le type en haut. Un tir parfait. Il l'a abattu.

— Attendez, je m'y perds. Le type par terre, celui qui allait vous tirer dessus… qui l'a tué ?

— Apparemment, celui de l'échafaudage.

— Ça n'a aucun sens. Ils n'étaient pas ensemble, tous les deux ?

— Ça paraîtrait logique, hein ? Même si à ce moment-là, je n'avais pas les idées très claires. – Les yeux de Kate suivirent une fléchette qui fendait l'air, dévia vers la gauche et rata le mille de dix mètres. – J'étais trop occupée à pleurer.

— À pleurer ?

— Le type au sol. Je pleurais, je hurlais, je suppliais qu'il bouge. C'était Charley. En sous-marin. C'était mon mari. Je m'époumonais désespérément pour qu'il fasse un geste. Qu'il me montre qu'il n'était pas mort.

Des cris de joie s'élevèrent dans le coin des joueurs de fléchettes. *En plein dans le mille*. La fille faisait des bonds comme un gagnant de jeu télévisé. Kate lança un regard furieux au groupe en liesse, puis revint à moi. Dans ses yeux, toute trace de vie avait disparu.

— Je gaspillais ma salive.

Chapitre 13

L'un de nos principaux fournisseurs de cercueils, basé au Nebraska, lançait plusieurs nouveaux modèles. Il essayait depuis un moment de me joindre par téléphone pour m'en vanter les mérites. Je suis le premier à l'admettre, j'ai la dent dure. Je ne suis pas un puriste de la boîte en pin, attention, mais il me semble que si les réalités fondamentales de la mort n'ont pas beaucoup changé au cours de l'histoire de l'humanité, alors le besoin de moderniser sans cesse l'enterrement ne peut guère se justifier que par le profit. Sous-entendre que l'on se trompe depuis maintenant plus de mille ans… à vrai dire, j'ai plutôt du mal à l'avaler. Donnez-moi une boîte robuste, un oreiller moelleux, et l'affaire est faite.

J'évitai les appels du fournisseur toute la journée.

Le soir, j'allai vendre un lutrin à Gil Vance. L'idée m'était venue en traversant le square pour me rendre au Gypsy.

— Les spectateurs sont des voyeurs, Gil, pas vrai ? Ils sont assis là, cachés dans l'obscurité, à regarder ce qui se passe, à épier. Notre petite ville est un bocal à poissons rouges.

Les yeux de Gil devinrent fous. Dieu me tripote, il voyait *vraiment* un bocal sur la scène. J'allais jouer mon rôle grimé en commandant Cousteau.

— Bien. Alors écoute-moi, Gil. Pour l'instant, le régis-

125

seur se promène là-dedans, invisible des autres personnages qui sont sur scène, mais parfaitement tangible aux yeux du public, avec qui il converse. Mais le régisseur qui se baguenaude en lisière de l'action comme ça… ça fout un peu le bordel, tu ne trouves pas?

Gil écoutait en hochant la tête avec grand sérieux. Ce qui voulait dire qu'il ne comprenait rien à rien de ce que je lui racontais.

— Comment ça fout le bordel? me demanda-t-il.

— Le régisseur est… dans leurs pattes. Il est devant l'action. Est-ce qu'il fait partie de la pièce ou bien du public?

— Les deux, dit Gil.

— Et voilà: c'est le bordel.

— Hitch, si tu me disais directement ce que tu as en tête?

Je me jetai à ses pieds:

— Donne-moi un lutrin, Gil. On en a un joli aux pompes funèbres que je peux adapter, si tu veux. Plante-moi sur le côté. Que je lise mon texte comme si je donnais une conférence. Ou faisais un sermon. Ou… ou comme un anthropologue montrant des diapos! Voilà. *Voilà* ce que je veux dire, Gil. Le régisseur est un anthropologue. Il lit ses notes en donnant une conférence sur les mœurs alimentaires et reproductives des WASP de Nouvelle-Angleterre, aux alentours de blabla. Ça tombe sous le sens. Je pris une profonde inspiration:

— Donne-moi un casque colonial.

— Tu veux un lutrin et un casque colonial?

— Oui, et un pointeur laser! Pourquoi pas? Colle-moi une veste en tweed et un nœud papillon, comme le père d'Indiana Jones.

Gil secouait la tête.

— Le casque colonial ne va pas avec la veste en tweed.

— Laisse tomber le casque. D'une chiquenaude du poignet, j'éjectai le casque imaginaire de la conversa-

126

tion. Professeur régisseur, voilà l'idée. On me poste dans un coin, côté jardin…

— Je pensais côté cour…

— Côté cour, c'est parfait ! C'est toi qui as l'œil pour ça, Gil. C'est toi le metteur en scène. Tu veux peut-être me refiler une paire de lunettes à la Teddy Roosevelt ? J'en rajoutais, maintenant. Je pourrais les mettre et les enlever. Sur le nez pendant que je lis…

— Que tu lis ?

— Mes notes.

— Oui, c'est vrai, les notes.

Gil avait le regard perdu dans l'obscurité. La mécanique était en marche. Nœud papillon, lunettes et pointeur passaient au crible de ses rouages internes et en ressortaient de l'autre côté, indemnes. Je restai assis en silence pendant que Gil réinventait la roue.

Il réfléchissait.

— On peut peut-être même garder le casque colonial, Hitch. Peut-être qu'à chaque fois que tu *ôtes* tes lunettes pour regarder ce qui se passe, tu pourrais *mettre* le casque. Comme « retour sur le terrain », pour ainsi dire.

J'aurais l'air du dernier idiot du village si je faisais ça, m'emmêlant les pinceaux entre les lunettes et le casque colonial toutes les vingt secondes. Mais qu'est-ce que ça pouvait bien faire ? J'avais réussi mon essai. Laissant Gil savourer son nouveau concept, je trouvai Julia au dernier rang. Sa gueule de bois n'avait d'égale que ma jubilation.

— Je suis un homme libre, annonçai-je en me glissant sur le siège voisin du sien, balançant, comme elle, mes longues jambes par-dessus le dossier de celui de devant.

— Ne me dis pas que tu as démissionné. Si tu fais ça, je te tue.

— Ce n'est pas mon genre, Mme ex-Sewell. Je suis toujours dans la pièce. Mais je n'ai plus à apprendre mon texte. Je le lirai, perché sur un lutrin.

— Tu vas *lire* ton putain de texte ?

— Vi, m'dame. C'est un concept.

— Espèce d'enfoiré. Moi aussi, je veux un concept comme ça.

— Oh, pourquoi, Jules ? J'aime bien ceux auxquels tu travailles.

Elle me jeta un regard suspicieux.

— C'est-à-dire ?

— La petite Emily débauchée, immorale, bourrée.

Elle se prit la tête dans les mains.

— Emily la pute municipale, gémit-elle.

— On pourrait remplacer tes milk-shakes par des daiquiris.

— La détresse aime être accompagnée, Hitch. Tu es foutrement trop léger pour moi ce matin. Va-t'en.

— Excuse-moi, ma chérie. J'arrête de crier victoire. C'est assez agaçant, je sais. Alors, on a trop bu à l'œil hier soir ? Soirée sympa ?

— Je supporte l'alcool quand je peux le cuver dans les bras de Morphée, dit Julia. Elle pivota tendrement la tête dans ma direction et m'offrit le plus beau sourire dont elle était capable. Mais je n'ai pas dormi de la nuit. Et toi, tombeur ? Rien de moins que la fameuse Lady X, hein ? Et elle est flic, qui plus est. Elle avait apporté ses menottes ?

— Malheureusement, non.

— Dommage. Elle t'a dit pourquoi elle joue à se faire passer pour une morte ? C'est un hobby à elle ?

— On n'est pas allés jusque-là.

— Ne le prends pas mal, Roméo, mais on dirait que vous n'êtes allés nulle part.

— Toi, en revanche, tu avais l'air plutôt câline avec ton millionnaire.

Julia passa une main dans ses cheveux.

— Il veut que je l'épouse. Il est complètement fou de moi.

— Ou tout simplement complètement fou.

— Tu ne crois pas que je ferais une bonne épouse ?

— Tu dois réfléchir au choc «esprit libre / monogamie». Sans parler du fait que tu l'aimes ou non.

— J'ai une grande capacité d'amour.

— D'où le choc.

Gil appelait ses acteurs sur scène. *Clap clap clap*. Julia tituba jusqu'au bord de la scène. Michael Goldfarb se fraya un chemin et vint s'affaler à côté d'elle. La Walkyrie et son toutou.

Gil s'adressa à sa troupe :

— Chers amis, aujourd'hui, nous allons introduire un nouveau concept. Je veux que tous, sauf Hitchcock, vous commenciez à vous voir comme les personnages d'une projection de diapositives *live*. Je veux que vous considériez notre décor comme l'écran de... de la salle de conférences d'un vieil internat pour garçons.

Vache, Gil est un rapide. Julia me jeta un coup d'œil en arrière et articula en silence : «C'est quoi ce bordel ? » Je suis sûr que j'avais l'air d'une tomate essayant de ne pas exploser. Je n'ai pas osé éclater de rire.

Gil exultait :

— Ce sera bon. Très bon, promit-il. À son accessoiriste, il cria : Vois si tu peux me trouver une paire de lunettes à monture métallique. Du style de celles de Teddy Roosevelt.

Chapitre 14

Hutch avait raison. Spencer Davis – l'adversaire d'Alan Stuart pour le poste de gouverneur – se la joue vraiment Kennedy. Il a les dents de Kennedy, une éblouissante rangée de ratiches qui scintillent quand il sourit. Un sourire charmant, d'ailleurs, attaché à un visage vibrant de sincérité et pavé de bonnes intentions. Dommage que ce gars soit dans la politique. On ne saura jamais vraiment ce qu'il en est.

Je regardais le district attorney Spencer Davis, là-haut dans le téléviseur, au Screaming Oyster. Le son était coupé, je n'entendais donc pas les platitudes qu'il débitait. Le journal couvrait une visite du candidat l'après-midi même dans un foyer d'accueil pour femmes des minorités sans-abri qui ont des enfants malades du SIDA et atteints de troubles de l'apprentissage dus à des fuites toxiques dans la plomberie de leur centre de méthadone dont la fermeture subséquente n'avait fait qu'augmenter le nombre des chômeurs... ou quelque chose comme ça. Comme je l'ai dit, le son était coupé, alors les points de détails restaient nébuleux. Mais en gros, le candidat Davis et son sourire gigawatt trouvaient qu'il y avait des choses à améliorer dans notre bon vieux monde. Et il avait probablement raison. L'utopie est toujours au coin de la rue, là où on ne l'attendait plus.

Sous couvert d'équité dans les reportages, le journal poursuivait ensuite avec Alan Stuart en montrant des images de la petite sauterie de la veille à la bibliothèque du Peabody. Pas de bébés drogués, là, mesdames et messieurs. Je désignai le téléviseur.

— Hé, Sally, c'est le truc dont je t'ai parlé. Le machin. Ce politicien «quelque chose».

Parfois, l'étendue de mon vocabulaire m'étonne moi-même.

— Oooh! Tu crois que ma puce va être à la télé?

Frank – assez près pour nous avoir entendus – faisait mine de ne pas prêter attention à la télévision. Mais il s'y prenait tellement mal que ça se voyait comme le nez au milieu de la figure.

— C'est-y pas mignon? me souffla Sally. Ce vieux chnoque est hyper inquiet. À sa manière de vieux chnoque.

Julia ne passa pas aux infos. Amanda Stuart, en revanche, si. La caméra s'attarda sur son visage sculpté dans la glace pendant une dizaine de secondes, autrement dit une vraie éternité, en temps télé. Elle arborait son plus beau sourire *votez-pour-mon-mari*.

— C'est sa femme? grimaça Sally.

— Exact.

— Elle me rappelle quelqu'un.

— Grace Kelly, dis-je.

— Grace Kelly. En voilà une qui était belle. Une vraie beauté fatale.

Sally longea le comptoir pour aller réveiller l'un de ses clients.

La caméra zooma sur Amanda Stuart, qui sembla ne la remarquer qu'à ce moment-là. Ses yeux lancèrent un infinitésimal poignard – au fil acéré – avant que le visage chirurgiplastifié de Jeff Simons n'apparaisse soudain à l'écran, s'adressant un instant à la mauvaise caméra.

131

Jusque-là, j'étais à la bière ; je passai au bourbon. Le premier était bon. Le deuxième, meilleur. Le troisième fut jaloux des deux premiers. Ça peut devenir compliqué.

Beauté fatale…

Je jetai les mots dans mon verre et les remuai du petit doigt.

Une beauté qui tue…

Oui, la beauté peut tuer.

Mais les personnes, aussi, peuvent tuer.

Alors une personne, belle de surcroît…

Damned, Holmes lui-même aurait eu toutes les peines du monde à garder une longueur d'avance face à une telle acuité de déduction. J'avais interdit à cette pensée de prendre forme la veille au soir. Mais elle prenait forme maintenant. Pendant que le journal télé scintillait sur des images de Cal Ripken et d'un lanceur adverse vert de rage, l'idée devint parfaitement claire.

Amanda Stuart avait tué Guy Fellows.

Cela se manifesta par un « *ouah* » suivit d'un « *merde !* ».

Bon Dieu, où va le monde. Je me jetai un autre verre dans le gosier. D'accord. Fais de ton pire, sérum de vérité. Montre à ce vieil Hitchcock la petite lumière dans le brouillard.

Je ne me souviens plus pourquoi j'avais fini par choisir l'université d'État de Frostburg pour approfondir mes connaissances. Peut-être simplement parce que c'était le premier établissement à m'accepter et que je voulais leur témoigner ma gratitude. Ce devait être dans ce goût-là.

Comme je l'ai déjà dit, c'est à Frostburg que j'ai rencontré Joel Hutchinson. Hutch était aussi brillant étudiant que glorieux fauteur de troubles. Il était également ce que j'en vins à considérer comme « agressivement » fidèle. Une fois qu'il avait jeté son dévolu sur quelqu'un, il le soignait comme on astique un trophée négligé retrouvé dans un coin du grenier. Hutch semblait n'être jamais aussi bon que lorsqu'il encourageait les autres à dépasser ce qu'ils considéraient comme leurs limites. C'était un repousseur de frontières. Les frontières des autres.

Pour être plus précis, c'était un charmant despote.

Ma véritable amitié avec Hutch avait atteint son paroxysme le soir où nous avions laissé un zébu déverser ses tas de merde fumante sur le bois verni de la piste de bowling de l'association d'étudiants du quatrième étage. Vous imaginez bien qu'on s'est senti invincibles. Il avait fallu un sacré travail d'équipe pour faire sortir l'animal de son enclos, le pousser dans la camionnette que Hutch avait empruntée au service d'hygiène de la fac, le fourrer dans le monte-charge de l'association et le promener dans les couloirs, le tout à trois heures du matin. Pourquoi nous nous étions donné cette peine ? Peu importe. C'était comme lancer une fusée, soulever une montagne. L'occasion fait le larron. Brièvement, ça avait fait de nous des frères de sang. Batman et Robin. Butch Cassidy et le Kid. Humpty et Dumpty. Hitch et Hutch.

Ensuite, Hutch a kidnappé le professeur Smollett, et ça a sonné le début de la fin de notre amitié.

Jeune quinquagénaire, le professeur Alfred Smollett était considéré un peu comme un gourou dans le département de sociologie de Frostburg. Le fait est que six ou sept ans auparavant, il avait publié un livre qui avait brièvement retenu l'attention du pays. Intitulé *Elle chante, il brame*, l'ouvrage défendait la théorie de deux évolutions différentes pour le mâle humain et la femelle humaine, avec comme prémisse principale que la femelle a parcouru plus de chemin depuis ses ancêtres singes que nous les frustes mâles. Le livre s'ouvre par un prologue sur les poils, chapitre totalement absurde qui sert de base à la démonstration. Comme thèse de départ d'une prétendue réflexion universitaire, c'est assez dément. Mais la démence vend, et *Elle chante, il brame* alla caracoler jusque dans la liste des meilleures ventes du *New York Times*. Le professeur Smollett sillonna tout le pays lors de la tournée de promotion de son livre, au cours de laquelle il semble avoir découvert le statut de rock-star quelquefois concédé à l'auteur publié – en l'occurrence, le fait que l'ouvrage porte la femme aux nues tout en dénigrant l'homme ne nuisait pas précisément à son succès. En d'autres termes, ce type a baisé *un max*. À son retour, il a divorcé de sa femme darwinement supérieure et s'est offert une affreuse perruque. Au bout de quelques mois, le livre a quitté la liste des best-sellers et le professeur Alfred Smollett a entamé une carrière consistant à faire ses choux gras d'étudiantes de première année, pour qui *Elle chante, il brame* était bien évidemment au programme des lectures obligatoires pour l'UV de sociologie générale.

J'étais fâché avec le professeur Smollett. En tant que singe inférieur moi-même, je trouvais ça parfaitement injuste : alors que je devais me pavaner et cabrioler et me répandre en compliments, en amabilités et en cajoleries pour attirer une épisodique étudiante de Frostburg dans mon lit, Alfred Smollett, avec sa perruque en paille de riz, n'avait qu'à s'asseoir dans son petit bureau poussiéreux en brandissant sa renommée de sorcier malfaisant pour obtenir, avec beaucoup moins d'efforts, considérablement plus de succès. Attention, je n'accuse pas toutes les femmes de Frostburg d'être entrées au pas de l'oie dans le lit de ce sale type. Mais les étudiantes novices sont des proies faciles pour des peigne-culs comme Smollett. C'était un jeu, pour lui. Il les tirait comme des lapins.

Ça m'avait tout particulièrement contrarié de le voir

pointer sa vieille pétoire dégoûtante sur Angela Poe. Voilà pourquoi j'étais fâché avec lui. Angela Poe était la plus douce, la plus timide des femmes-enfants aux yeux doux pour laquelle on pût avoir un petit faible. Elle assistait à l'un des cours de Smollett avec moi. Deuxième année. Je ne m'avancerais pas pour les poissons, les koalas ou les atèles, mais je peux vous assurer que les hommes fantasment. Et ça n'implique pas toujours des fouets et des chaînes. Mes fantasmes sur Angela Poe étaient de l'eau pure dont on fait les nuages. Angela Poe ne savait pas même à quel point elle était jolie – ni combien sa douce voix, ses grands yeux noirs et son sourire nerveux me donnaient envie de dresser des barricades autour de sa table afin d'empêcher quiconque de s'en approcher, veuillez circuler, laissez-la passer au travers des gouttes. Des fantasmes, comme je vous disais. On en a tous. Angela Poe était la vierge parfaite et moi, imbécile hautain et présomptueux que j'étais, je voulais qu'elle le restât. La différence entre Alfred Smollett et moi, c'est que lui, il ne le voulait pas.

Et elle ne l'est pas restée. D'où ma hargne.

Le jour où j'ai vu Angela Poe assise en classe, son joli minois voilé d'une lointaine expression de choc et de honte, j'ai su que quelque chose de terriblement abrupt et bouleversant s'était produit. Je craignais d'en connaître l'origine. En voyant les œillades échangées entre Angela et le grand professeur à son entrée dans la pièce… j'ai su ce qui lui était arrivé. Et avec qui.

Ce jour-là, c'était à *moi* de réagir, si je le décidais. Pas à Hutch.

Mais c'est Hutch, le loyal Hutch, qui a barboté la même camionnette avec laquelle nous avions trimballé le zébu. C'est Hutch qui a chopé Alfred Smollett par derrière, lui a bandé les yeux et l'a poussé dans l'habitacle. Et c'est Hutch qui a fait tourner le vieux cochon

135

en rond pendant des heures, le sermonnant avec un mégaphone – emprunté au département d'athlétisme. «Vous les baisez, c'est *moi* qui vais vous baiser! » Le mégaphone, aidé d'un léger accent allemand, suffisait à déguiser sa voix. Alfred Smollett était assis en boule à l'arrière du véhicule, impuissant. Hutch n'a pas cité une seule fois le nom d'Angela Poe, mais Smollett a dû saisir l'idée. Pendant plusieurs heures, Hutch fit retentir sa voix amplifiée dans le fin caisson métallique de la camionnette, fustigeant Alfred Smollett de tous côtés parce qu'il mettait de jeunes étudiantes dans son lit. Il ballottait furieusement le véhicule, propulsant désespérément son captif d'un côté à l'autre de l'habitacle.

Hutch me faisait tenir les comptes sur un bout de papier. Il voulait exactement cent «je regrette» de la part d'Alfred Smollett avant de le relâcher. Les vingt premiers furent arrogants et hargneux. Mais Hutch jouait du mégaphone à merveille. Il lui a fait peur. Il a fini par faire paniquer le vieux professeur. Au soixante-dixième «je regrette», des larmes coulaient sous son bandeau. Au quatre-vingt-dixième, il pleurait comme un veau. Quand il atteignit les cent, j'étais au bord de la nausée. Hutch gara la camionnette devant le pavillon des étudiantes et balança le vieux bouc sur le trottoir. Je l'observai dans le rétroviseur pendant que nous repartions.

— Alors, heureux? me demanda Hutch, un sourire rayonnant lui fendant le visage jusqu'aux oreilles. Il t'avait vraiment fait chier, pas vrai? Tu te sens mieux, maintenant? Hein?

Tu parles que je me sentais mieux. J'avais envie de vomir. Je peux me passer de ce genre de loyauté.

Sally agitait quelque chose devant mes yeux. C'était sa main.

— Terre à Hitchcock, tu es là?

Il m'a fallu quelques longues secondes pour revenir du campus de Frostburg d'alors au Screaming Oyster bruyant d'aujourd'hui. Quelques tabourets de bar plus bas, Edie Velvet lança nonchalamment une canette de bière vide dans le vieux canot suspendu. Une autre bouteille fusa du bateau, loba et atterrit en un *pop*, le verre vert volant partout en éclats.

— Oui, Sally, je suis là.

— Et où diable étais-tu donc, à l'instant?

— Dans mes pensées.

Sally s'ébroua. Elle allongea la main sous le bar et en remonta une poignée de fléchettes qu'elle posa bruyamment sur la table.

— Va jouer aux fléchettes, fiston. Détends-toi. Tu te perdras dans tes pensées ailleurs.

Le conseil était judicieux. Je pris les fléchettes et me dirigeai vers la cible. Je m'en voulais d'avoir ressuscité le souvenir de Hutch et du «service» démesuré qu'il m'avait rendu. Je me rappelais la honte que j'avais éprouvée le lendemain rien qu'en regardant Angela Poe. D'autant qu'évidemment, les dieux espiègles étant incapables de résister à la tentation de rigoler, c'est précisément ce jour-là qu'elle était venue me parler avec une sorte de question sur un examen imminent. Question bidon, simple prétexte pour entrer en conversation avec moi. Elle m'aimait bien. Et je n'ai été capable que de marmonner une réponse foireuse et de me défiler.

Pan. Pan. Pan.

Je tirai quelques fléchettes. Aucune dans le mille. Une espèce de motard à la moustache en broussaille gueula depuis sa table:

— Tu pues, mec!

— J'essaie de rater le petit rond du milieu, répondis-je. C'est pas si facile.

L'homme tira sur un des côtés de sa moustache.

— Dans ce cas, t'es plutôt bon, vieux!

Je ne suivais pas complètement le conseil de Sally. J'étais encore dans mes pensées. Et je me foutais de savoir où ça me mènerait. Plus j'envisageais la possibilité qu'Amanda Stuart ait tué Guy Fellows, plus il me semblait improbable que Joel Hutchinson ne fût pas au courant. Si *moi*, je le savais… ou avais, du moins, de bonnes raisons de spéculer, alors il était parfaitement impossible que Hutch ne se soit pas gratté le menton sur la même question. Il s'agissait tout de même de la femme du candidat. Et Hutch était le directeur de campagne du candidat.

Mais il y avait quelque chose d'encore plus troublant dans l'idée que peut-être, Amanda Stuart avait du sang sur les mains ou que Hutch l'eût aidée à le nettoyer. Je voyais encore le sourire du jeune Hutch appuyant sur l'accélérateur. « Alors, heureux ? Tu te sens mieux, maintenant ? »

Monsieur J'arrange-tout. Je n'en avais rien à foutre.

Je passai la fléchette dans l'autre main et la lançai. Sans même regarder la cible. Mais les dieux espiègles veillaient : en plein dans le mille.

L'espèce de grizzly riait si fort qu'il en eut une quinte de toux. Mais avant, il avait mugi :

— Putain, mec : Là, tu pues *vraiment* !

Chapitre 15

La vie continue. La mort aussi.

Nous enterrâmes le type qui s'était trop amusé tout seul. Au lieu des variations habituelles sur le thème «C'était vraiment quelqu'un de bien», le Salon Deux était rempli des copains du mort hennissant entre eux «Quel pauvre type».

Il y avait vraiment de quoi compatir avec les parents.

Quel pauvre type.

Après l'enterrement, puisque j'étais dans le coin, je m'arrêtai sur la tombe de Carolyn James. Guy Fellows le pingre avait pris la plus petite des stèles, un simple rectangle planté dans la terre. Pas de dalle. Le gazon était encore jaune. Dans une semaine ou deux, trois maximum, il aurait perdu son éclat de jeune pousse et Paps et compagnie le tondraient. Alors, la tombe de Carolyn James ne serait plus qu'une parmi des milliers d'autres.

Je retournai à l'emplacement mortuaire du «sexolique». Pops et ses gars descendaient le cercueil dans la Terre Mère. J'intervins lorsque l'un des gars voulut chiper le bouquet du cercueil. Je l'emportai sur la tombe de Carolyn James et le posai sur sa petite pierre. Vingt-sept ans. Qu'est-ce qui pousse une personne qui n'a vécu que vingt-sept ans à éteindre la lumière ? Comment le grand néant peut-il être envisagé comme une alternative viable à la vie ? Je ne suis pas le roi des philosophes, je savais que je n'irais pas bien loin à essayer de cueillir dans l'air des réponses à ce genre de question. Et puis de toute façon, parfois, la généralisation ne paie pas. Les raisons de Carolyn James lui étaient personnelles. Elle n'avait plus d'autre possibilité, ou du moins, plus la capacité d'en reconnaître d'autres. Alors elle avait sauté dans sa voiture, tourné la clé et démarré pour nulle part. Terminus.

Je me rendis au bassin de retenue de Loch Raven, à environ une demi-heure de voiture, me garai à un embranchement de la route, marchai quatre cents mètres vers les falaises, ôtai mon boxer et plongeai. Dans mon imagination, c'était un plongeon tarzanesque parfait, puissant, droit et souple. Plus objectivement, je devais avoir l'air d'une grosse grenouille catapultée du haut de la falaise. Dans l'eau, ne trouvant aucun alligator avec qui lutter, je nageai jusqu'au milieu du bassin et retour. Ça me prit une quarantaine de minutes. Exténué et content, je me hissai sur l'un des gros rochers du bord de l'eau, m'étendis dessus et laissai les nuages me distraire un moment. Un faucon tournoyait au-dessus de moi. Un écureuil trottinait alentour. Le vent me rafraîchissait ; le soleil me réchauffait. J'étais sur le point de connaître l'Instant Parfait lorsqu'un flic en hors-bord vira dans ma petite crique et me débita l'article de loi stipulant qu'il était interdit de nager dans l'étang. Il se montra plutôt sympa. Jeune, avec des cicatrices d'acné. Je remontai sur la falaise, retrouvai ma voiture et rentrai en ville. À la sortie de la voie express, un véhicule devant moi se mit à dériver dangereusement dans ma file. J'écrasai méchamment le klaxon.

Bienvenue chez toi, vieux.

Chapitre 16

Kate et moi nous retrouvâmes chez Haussner, un restaurant d'Eastern Boulevard. Haussner est un établissement gigantesque – deux salles immenses – qui réussit pourtant à vous insuffler une sensation d'intimité grâce à ses murs intégralement recouverts de peintures. Avec jusqu'à neuf ou dix tableaux empilés sur une hauteur, Haussner offre une galerie remarquable de toiles parfaitement dans le ton, rois et aristocrates oubliés, terriens ou débauchés, paysans hagards, vallées bucoliques, marines, natures mortes en tous genres, de la corbeille de fruits aux lapins morts suspendus par leurs pattes ensanglantées. Bizarrement, le grand charme de l'endroit vient pourtant de l'impression de légèreté qui s'en dégage. Les serveuses et serveurs sont à peu près aussi prétentieux qu'une bouteille de bière. Le fait est que Baltimore joue mieux la bonhomie que l'arrogance, et Haussner en est le parfait exemple. Sa carte est aussi fournie que sa collection de toiles : deux pages entières de petits plats dactylographiées sur carton rose, pas moins de cinquante menus au choix, tous copieux et apparemment exquis.

Je pris le haddock. Je prends toujours le haddock – au bas de la page de droite. Mon regard s'est spontanément posé dessus la première fois que j'ai mangé ici, je l'ai commandé, je l'ai aimé, et n'en ai plus changé depuis.

Kate choisit le vivaneau [25].

— Je me suis toujours demandé ce qu'il valait, mentis-je.

Kate semblait plus détendue que lors de nos précédentes rencontres. Elle désigna le portrait d'un petit garçon à la peau crayeuse habillé en clown et tirant un petit bateau de bois accroché à une ficelle. Une chose ressemblant à un médecine-ball était posée dans un coin, près d'un lion en peluche.

— Comment on peut peindre un truc pareil ? Ça fait froid dans le dos. Ses yeux quittèrent la toile et trouvèrent les miens. À propos, comment vous êtes entré dans la carrière funéraire ?

J'avais posé le poivrier sur les dents de ma fourchette, dont le manche s'inclinait donc à quarante-cinq degrés. En pesant d'un coup dessus, le poivrier aurait valsé, peut-être jusqu'à la table voisine où un couple âgé lichait sa soupe en silence. Je ne le fis pas. Je démilitarisai le poivrier. Kate attendait ma réponse. Je n'étais pas d'humeur à raconter l'histoire de mes parents et du camion de bière. Il me semblait que Kate et moi n'avions jusqu'à présent parlé que de ceux qui n'étaient plus avec nous. Je voulais laisser mes parents hors de tout ça.

— C'est une affaire de famille, dis-je enfin.

— Est-ce que ça vous ennuie, parfois ? Je veux dire, ce serait normal.

— Pourquoi ? Les croque-morts font partie des trois plus vieux métiers du monde, avec les avocats et les prostituées. Et *nous*, on n'a pas besoin de racoler.

Kate rit. Je n'en suis pas sûr, mais je crois bien que c'était la première fois que je la voyais rire. Je veux dire, vraiment, sans cette prudence qui la caractérise et

---

25. *Ndt*. Poisson de récifs assez commun sur les tables étasuniennes.

dont j'avais d'ores et déjà remarqué qu'elle la rappelait instantanément.

— Vous avez un joli rire, observai-je.

— Merci. Vous aussi, à vrai dire.

Joli ? Eh ben, on ne m'avait jamais dit ça.

— Parlez-moi de votre mariage, dit Kate. Excusez-moi, c'est un peu direct. Je veux dire, de…

Elle était toute rouge.

— De quoi ? De mon divorce ?

— Oubliez ce que j'ai dit. Vraiment. Ça ne me regarde absolument pas.

— Voilà ce qu'on va faire. Vous pouvez me poser toutes les questions que vous voulez, absolument toutes…

Kate avait saisi mon intonation.

— Mais… ?

— Mais d'abord, il faut évacuer l'éléphant. Je veux savoir pour Carolyn James. Je veux savoir pourquoi vous vous êtes fait passer pour elle. Je veux savoir pourquoi elle s'est tuée. Je veux savoir pourquoi vous avez essayé d'organiser son enterrement avant même qu'elle soit morte.

Kate me regarda d'un air triste.

— Autre chose pour votre service, monsieur ?

— Je vais y réfléchir.

Kate tripotait ses couverts.

— D'accord. À votre première question… Carolyn avait peur pour sa vie. Elle crevait de trouille. Littéralement, vu la suite.

— Elle avait peur de qui ? Fellows ?

— Elle n'avait pas peur que Guy la tue, si c'est ce que vous voulez dire. Mais il la battait, ça oui. Beaucoup. Il était vraiment odieux avec elle. Et elle était incapable de se détacher de lui. C'est… malheureusement, c'est souvent comme ça.

— Mais si elle craignait qu'on la tue et que ce n'était pas Guy Fellows, alors qui ?

143

— Ceux-là mêmes qui ont tué Fellows.

— Ceux ?

— Celui. Peu importe. Carolyn était paniquée. Je le voyais. Bon sang, elle était toute seule. Pas de famille, pas de vrais amis. La seule personne qui comptait vraiment, c'était Guy, et elle lui servait de punching-ball. Et c'est horriblement vicieux. On pourrait croire qu'il suffit de s'en aller. Dire : «Maintenant, c'est fini» et partir. Mais la mentalité de victime, c'est insidieux. Et dans le cas de Carolyn, il y avait autre chose.

— Autre chose ? Quoi d'autre ?

— En plus de la battre, Guy l'avait impliquée dans… il l'avait impliquée dans une histoire qui – je l'ai déjà dit – la terrorisait. Je voulais la sauver. Vous comprenez ça ? Je voulais la sauver.

Je voyais la jeune femme assise en face de moi comme une petite fille, bondissant par-dessus le corps de son père menotté pour se jeter dans les bras de son sauveur, du flic héros.

— Je comprends.

Nos entrées étaient arrivées. Aucun de nous n'y toucha.

— Mais alors, pourquoi vous ne l'avez pas simplement éloignée de Fellows ? demandai-je. Qu'elle quitte la ville, carrément.

Kate secouait la tête.

— Inutile. Carolyn n'était pas juste en proie à la paranoïa. Elle *était* en danger. Elle aurait été pistée. En réalité, elle ne pouvait pas vraiment se cacher. C'était ça, le problème. Il n'y avait pas vraiment d'issue.

C'est là que j'ai compris. Du moins, en partie.

— Vous vouliez un faux enterrement. Voilà ce que vous cherchiez, ce jour-là, pas vrai ? Vous vouliez faire croire que Carolyn James était morte pour que non seulement elle puisse disparaître, mais que personne ne lui coure après.

Kate pointa sa fourchette sur moi :

— C'est exactement l'idée débile que j'ai eue.

— Je ne sais pas, Kate, ça me semble inspiré.

— Est-ce que j'aurais réussi ?

— J'en doute sérieusement.

— Donc, c'était débile.

Elle farfouilla dans sa salade. En sortit une tomate cerise.

— C'était une idée impulsive, Hitch. Quand je suis venue chez vous, je… j'avais besoin de réfléchir. Je n'avais pas eu une super journée. J'essayais de résoudre un certain nombre de choses. Je suis passée dans votre coin et en voyant les gens entrer à cet enterrement, j'ai eu cette idée folle : et si on faisait croire au suicide de Carolyn ? Ce n'était pas du tout inimaginable, nous en avons eu confirmation. Après, tout ce que je sais, c'est que je me tenais debout derrière une botte de fleurs, à regarder un homme étendu dans un cercueil.

— Qui voulait la tuer ? Qui aurait-elle dû fuir ? Vous êtes flic. Pourquoi elle ne vous a pas simplement demandé de l'aider ?

— Carolyn ne savait pas que j'étais flic.

— Elle vous prenait pour quoi ?

Kate baissa les yeux.

— Elle croyait que j'étais la maîtresse de Guy Fellows. Ou, pour être plus précise, *l'une* de ses maîtresses.

— C'était le cas ?

Nos plats arrivèrent à cet instant précis. Mon haddock était entouré de volutes de purée à l'ail et d'un petit chapelet de brocolis et de carottes. Comme toujours. Le vivaneau de Kate avait l'air délicieux. Étendu sur toute la longueur de l'assiette, il était décortiqué et ouvert comme une veste. Chacun de nous eut droit à une petite assiette de tranches de citron. Et à un thé glacé. Le poisson de Kate était accompagné de riz. Chez Haussner, on ne vient pas moudre le poivre au-dessus de votre assiette. On estime que les clients sont assez grands pour s'en charger eux-mêmes.

Les senteurs montaient à nos narines ; Kate me regarda et répondit :

— Oui.

Je me rappelle avoir mâché mon haddock. Impossible de me souvenir du goût qu'il avait.

Kate refusa de discuter plus avant de Guy Fellows ou de Carolyn James pendant le dîner.

— Hitch, j'ai besoin d'une pause. Est-ce qu'on pourrait faire comme si ce dîner était un vrai rendez-vous ?

— Vous voulez dire, que je paie tout et que je vous embrasse à votre porte pour vous souhaiter bonne nuit ?

— C'est exactement ce que je veux dire. Avec plein de discussions insignifiantes entre les deux. Je sais, c'est jouer à faire semblant, mais je suis fatiguée de la réalité. J'ai juste besoin d'un break.

— Je ne suis sans doute pas le meilleur cheval, alors. Je fourmille de questions à vous poser.

— Je sais. Je comprends. Seulement, je… Hitch, je nage dans des eaux horriblement troubles. Il se passe de vilaines choses. Je ne veux pas que vous vous retrouviez impliqué.

— Quel genre de vilaines choses ?

Elle supplia :

— Un petit dîner normal ? S'il vous plaît ? Comme deux personnes ordinaires avec leurs petits problèmes ordinaires. Juste pour ce soir ? Je vous promets de foutre votre vie en l'air aussi vite que possible, après. Mais pas ce soir.

— Ça, c'est de la proposition.

— Vous voyez ce que je veux dire. Pas de policiers et de voleurs. J'imagine que je ne suis pas aussi faite pour ce boulot que je le croyais. Ou que je l'ai été. Je veux une soirée parfaitement quelconque. Vous voulez bien être mon falot de service ?

L'offre était étrangement séduisante.

— D'accord, gente dame, vendu. Juste pour cette fois, je serai le plus falot des hommes. Maintenant, avalez votre vivaneau avant qu'il soit froid.

On a mangé notre poisson. On a discuté encore un peu des toiles. Je lui ai parlé du travail de Julia et raconté comment elle était devenue la coqueluche du milieu artistique local, ainsi qu'une vraie star en Scandinavie.

— C'est bizarre, observa Kate.

Je haussai les épaules. La France adore Jerry Lewis ; la Scandinavie s'est entichée de mon ex-femme.

— Elle est très jolie, dit Kate. Je parie que plus d'un homme a eu le torticolis après la fête de l'autre soir.

— C'est une fille extra. Simplement, pas le genre de cheval à qui on met une selle.

— Donc, vous ne la voyez pas épouser Peter Morgan ? S'il le lui demande, je veux dire.

— C'est déjà fait. Et je ne sais pas. Julia est boulimique de nouvelles expériences. J'aurais tendance à penser qu'épouser un millionnaire peut présenter un attrait.

Kate fit la moue.

— Vous voulez dire qu'il y a des femmes qui se marient uniquement pour l'argent ?

— Je sais, ça vous choque.

Nous devisâmes vivement sur la question. Kate avait demandé du rasoir. Difficile de faire plus rasoir qu'une discussion sur une ex, non ?

Nous échangeâmes d'anodines anecdotes enfantines. Je lui parlai de mes parents, de leurs jeunes années de célébrités locales. Elle me raconta ses vacances d'été en camping à Deep Creek, dans l'ouest du Maryland. Je lui narrai le match de baseball où une balle mal embouchée m'avait assommé et comment, après avoir recouvré mes esprits, j'avais été persuadé pendant plusieurs minutes de m'appeler Ralph.

Le dessert était bon. Trois cents tartes au choix. J'ai payé l'addition. Kate m'a dit : «Merci, Ralph». Notre rendez-vous banal devenait vraiment mignon tout plein.

À Inner Harbor, nous avons loué un pédalo, une espèce d'embarcation en plastique moulé qui, entre autres, n'est pas prévue pour accueillir confortablement quiconque mesure son mètre quatre-vingt dix. J'écoutai mes genoux monter et descendre à mes oreilles. Je me faisais l'effet d'une sauterelle géante. Le crépuscule de fin d'été révolu, les lueurs des boutiques et des restaurants du port blanchissaient encore assez le ciel nocturne pour éviter tout risque de collision entre pédalos. Au bout d'une heure de ce traitement, le capitaine Kate et moi-même rentrâmes à terre. Flânant le long des embarcadères en contrebas de Federal Hill, on a bien ri au nom de certains navires. Kate s'en paya une bonne tranche avec *Ode Vessel*. Elle me demanda si j'avais une idée pour un bateau à elle.

— Facile ! *Zabresquif*.

Arrivés au sommet de Federal Hill, on s'est assis sur les canons dirigés vers le port. Je lui confiai que j'avais été conçu dans la Flag House. Je lui montrai l'autre côté du port, à l'est.

— Juste là-bas. Près de Shot Tower. Je vous y emmènerai peut-être, un de ces jours.

Kate se laissa glisser au bas de son canon et s'approcha du mien. Dans la pénombre, son visage était un cœur blanc perle bordé des volutes de ses cheveux d'ébène.

— Merci pour le dîner, Hitch, dit-elle doucement.

— C'était un plaisir.

Nous nous embrassâmes. Cinq secondes, pas plus. Je me tordais en avant depuis mon canon-perchoir. Kate effleura ma joue du dos de ses doigts.

— Vous seriez bien inspiré de m'oublier tout de suite, murmura-t-elle. Je le pense vraiment.

— Je sais, répondis-je. Mais je crains d'être un incurable idiot.

Dans le lointain, quelqu'un lança un pétard. Kate était toujours tournée vers moi.

— Alors embrasse-moi encore, idiot.

Ce que je fis. Ce baiser-là dura quinze secondes. Mais ce n'était encore que la moitié du suivant, qui me fit descendre de mon canon pour pouvoir l'enlacer.

— Je n'avais jamais embrassé de flic, confessai-je.

— Je n'avais jamais embrassé de croque-mort.

— Une soirée de premières fois.

Kate se pencha à mon oreille et en mordilla doucement le lobe. Ce qu'elle chuchota laissait entendre que la nuit ne faisait que commencer.

— En faisant vite, on aura le temps de passer aux deuxièmes.

Chapitre 17

Les chemises d'hommes ont été créées pour les femmes. Il n'y a pas à tortiller. L'inverse ne fonctionne pas. Un homme vêtu seulement d'une robe qui apporte deux tasses de café ne fait pas du tout le même effet qu'une femme portant les deux mêmes tasses avec pour tout vêtement une chemise d'homme à boutons (partiellement boutonnée). Voyez-y un stéréotype de fantasme masculin si ça vous chante, peu m'importe. Je suis humain. Humain mâle. Et comme je me redressais fissa sur les oreillers pour laisser place à Kate Zabriskie, je n'arrivais pas à décider par quel compliment commencer : l'arôme du café ou comme elle était belle dans ma chemise. Je tentai le deux en un.

— Tu es aussi belle que le café sent bon.

— Je parie que tu dis ça à toutes les femmes qui t'apportent le café au lit, fainéant.

— Je le ferais sans doute, tu as raison. Mais avec elles, ce ne serait que pour essayer de marquer des points. Avec toi, je le pense sincèrement. Tu es belle à en boire.

Elle me tendit une tasse :

— Commence plutôt par ça.

Nous bûmes à petites gorgées. Kate porta sa tasse au menton et laissa la fumée lui embuer le visage. Elle m'offrit un sourire au milieu de la buée.

— Vous avez l'air niais, M. Sewell.

— Je suis un sentimental post-coïtal. J'ai bien envie de verrouiller les portes pour préserver ce moment à jamais.

— C'est mignon. Je pourrais te mener par le bout du nez.

Je lui tapotai la cuisse.

— Je préférerais par là.

— Ne vas pas te faire pas une fausse idée de moi sous prétexte que j'embrasse au premier rendez-vous.

— Mon idée ne vient pas précisément du baiser, dis-je.

— C'est entièrement ta faute, de toute façon.

— Comment ça ?

— Le canon. T'asseoir sur le canon. Super provocant.

— C'est sûr.

Kate posa sa tasse par terre.

— Hum, cet air sentimental niais est déjà parti. C'est tout pour le je-sais-plus-quoi post-coïtal ?

— Sentimentalisme.

— C'est fini ?

— Oui. Je sens monter un gargouillis fermement pré-coïtal.

— Un gargouillis ?

— Oui.

— Tu es sûr que ce n'est pas ton estomac ? Je peux te donner à manger.

Je posai à mon tour ma tasse de café.

— Je suis sûr que tu peux.

— Je te dis ce qu'il y a à la carte ?

— Je crois que j'en ai déjà eu un aperçu.

— D'accord.

Kate mâchonna un stylo imaginaire et le posa sur un bloc-notes imaginaire.

— Feu.

Je me réveillai tard dans la matinée. Une boucle de cheveux de Kate me chatouillait le nez et j'avais le bras

151

droit – coincé sous son dos – tout engourdi et plein de fourmis. Il fallait que j'aille aux toilettes. De toute urgence. Étirant précautionneusement la jambe gauche, je stoppai sur-le-champ : une crampe menaçait mon mollet. Le coude me démangeait. Celui qui était coincé. Kate ronflait tout doucement. J'étais nez à nez avec un minuscule grain de beauté de sa nuque, que je n'avais pas remarqué avant. On aurait dit une coccinelle. Elle portait une petite cicatrice froncée à l'épaule gauche. Rien à signaler sur le papier peint de sa chambre. J'étais affamé, maintenant, pour de bon. Je repérai ma chemise au sol. Une grande tache de café prenait ses aises dans les fibres.

La perfection n'a qu'un temps. Nos ébats de la veille et nos petits jeux du matin avaient déjà viré au sépia. Ils seraient bientôt bons à encadrer pour les souvenirs. Mais tout de suite, il fallait que je pisse.

J'éternuai, la crampe attaqua.

— Aïe !

Kate se redressa en sursaut quand je basculai d'un coup pour attraper mon mollet. Mon bras mort partit alors à l'aveuglette et alla cogner dans son dos.

— Hé, qu'est-ce que tu fais ?

— Rien.

— Putain…

Si quelqu'un a un chronomètre à portée de main, je serais curieux de savoir en combien de temps la lune de miel a été finie.

— J'ai envie de pisser.

Ceci avait été dit à l'unisson.

— Toi d'abord.

J'avais fini par le dire.

— Merci, dit Kate, d'un ton qui ne signifiait pas vraiment merci. En se levant, elle shoota dans la tasse de café. Et me lança un regard furieux.

— Quoi ?

— Rien.

Elle claudiqua jusqu'aux toilettes, foudroyant ma chemise du regard en passant devant.

Et on se demande pourquoi je vis seul.

Le ciel avait disparu derrière d'épais nuages gris-mauves. Une brise frisquette soulevait les rideaux blancs des fenêtres du salon de Kate, ainsi suspendus dans les airs lorsqu'un grondement se fit entendre. Immédiatement suivi d'un soudain *badaboum*... puis du flic-flac régulier de la pluie.

Kate et moi étions habillés. Après nos douches séparées et un petit-déjeuner embarrassé, nous avions recouvré notre équilibre. J'avais proposé de partir, mais Kate insistait.

— Je t'en prie, reste. Il faut qu'on parle.

Je téléphonai à tante Billie pour voir si j'avais un mort à mitonner. Non. J'appelai Gil Vance et tombai sur son répondeur. Une fausse Bette Davis laissait entendre que Gil était actuellement indisponible car occupé à quelque distraction grivoise et demandait de bien vouloir laisser un message «*après le... putain de... bip*». Je chargeai Bette de prévenir Gil que mon avion venait de s'écraser dans les Andes. Les ânes dépêchés pour nous porter secours étant en route, je devrais être rentré pour la répétition de demain, mais je raterais celle d'aujourd'hui.

— Qu'est-ce que c'était que cette histoire?

— Je participe à une production de *Notre petite ville* par un théâtre associatif. Je joue le régisseur. J'ai réussi à éviter d'apprendre mon texte, alors ils n'auront pas vraiment besoin de moi pour les répétitions, de toute façon.

— Tu es acteur? Acteur et croque-mort?

— Je joue de l'harmonica, aussi. Un vrai homme-orchestre.

— Peut-être pas tant que ça.

La pluie continuait à tomber comme vache qui pisse à seaux et à verse. C'était un vrai déluge, dehors. Kate avait allumé une petite lampe près du sofa. La pièce était baignée d'une teinte beurre. Très apaisant, tout ça.

Elle régla la radio sur une station de musique classique, mais laissa le volume assez bas. On entendait toujours la pluie ainsi que le *plic plic plic* régulier du débordement d'une gouttière engorgée juste au-dessus de la fenêtre. Je m'étendis sur le sofa et feuilletai un magazine sur les îles tropicales. Kate était agitée. Je finis par baisser le magazine et lui demander si elle voulait qu'on parle de la nuit écoulée. Elle me sourit chaleureusement.

— C'est inutile.

— Du réveil ?

— Encore plus inutile.

— D'accord. Alors si vraiment tu veux parler de quelque chose, tu peux me joindre ici, à Tahiti.

Je retournai à mon magazine. Toujours la même eau bleue. Le même sable blanc. Les mêmes pubs pour du rhum. Un morceau de violon passait à la radio. Impérieux et doux à la fois. L'averse continuait. Je tournai une page.

— Hitch, j'ai besoin de parler.

Kate s'était levée. Elle s'approcha de la fenêtre, regarda tomber la pluie, puis alla s'affaler dans son fauteuil. Je me redressai et lançai le magazine sur la table basse.

— Il faut que je t'explique ce qui se passe, dit-elle en tripotant une petite peau autour d'un ongle. Tu veux savoir, pas vrai ?

— Je dois savoir. J'ai un pied dedans et un pied dehors. Je vais bientôt manquer de pieds.

Kate se taisait. Puis, silencieusement, elle se mit à pleurer. Elle ne sanglotait pas ; simplement, les larmes coulaient sur son visage.

— Je suis désolée, dit-elle, une main levée pour me faire taire. Attends. Juste une minute.

Ce que je fis, et quelques secondes plus tard, elle parvint à fermer le robinet. Un grondement de tonnerre résonna alors qu'elle reniflait ses dernières larmes.

— Je suis censée me sentir mieux après ça, dit-elle.

— Et tu te sens mieux ?

Elle se releva.

— Non, je me sens toujours comme une merde.

Mais elle avait la voix plus vaillante. Elle se dirigea vers la bibliothèque. Il devait y avoir une bonne douzaine de cassettes vidéo alignées sur l'une des étagères. Elle en prit une.

— Tu es prêt à te retrouver plongé dans une histoire très désagréable et très dangereuse ?

J'aperçus le titre sur la boîte de la VHS.

— Je crois que tu surestimes le pouvoir de *Pinocchio*. Il risque gros dans la séquence de la baleine, mais tout se termine bien.

— Ce n'est pas *Pinocchio*, dit-elle platement. Je la garde dans sa boîte, c'est tout.

Elle glissa la cassette dans le scope et saisit la télécommande.

— Okay. Installe-toi. Mais ne t'attends pas à une bonne rigolade.

Elle appuya sur la télécommande. L'écran de la télé vacilla plusieurs fois, puis devint tout noir. Kate coupa le son.

— Il n'y a pas de son ? demandai-je.

— Si, mais je ne le supporte pas.

Le noir disparut d'un coup pour laisser place à une chambre. C'était à l'évidence une vidéo amateur. La date et l'heure étaient incrustées en bas à gauche de l'écran, les chiffres défilant seconde après seconde.

— C'est un lit, dis-je.

— Oui.

— Très subtil, la façon dont il est posé là.

— Tais-toi.

Un mouvement. La caméra fit soudain un panoramique saccadé sur la gauche. Deux personnes entraient dans la pièce, un homme et une femme. La femme baissait la tête, prenant appui d'un bras sur l'épaule de l'homme pendant qu'elle sautillait sur un pied et déchaussait l'autre. L'homme regardait droit dans la caméra. Il avait l'air de savoir qu'elle était là et que la scène était filmée. Il passa rapidement ses doigts dans sa tignasse canaille.

— Guy Fellows, dis-je. Qui est la femme ?

— Regarde.

La caméra revint en tremblotant à sa position originale, cadrant le lit. Guy Fellows et la femme dont je n'arrivais toujours pas à discerner le visage avaient atteint le lit. Fellows, de dos, éclipsait sa partenaire. Ils s'embrassèrent. Les bras de la femme apparurent, l'un derrière Fellows, l'autre plié pour lui caresser les cheveux. Lui devait être en train de déboutonner sa chemise, car il l'ouvrit soudain et la femme l'aida à s'en défaire, sans cesser de l'embrasser. Elle lui planta les ongles dans l'épaule.

— Putain, grommela Kate d'un ton dégoûté.

La caméra zooma, le dos de Guy Fellows finissant par emplir pratiquement tout l'écran.

— Le caméraman est nul, dis-je.

— Ce n'est pas un homme. C'est Carolyn James.

La grosse tête de Guy Fellows se pencha sur la droite pour goûter le cou de la femme. Elle était arc-boutée en arrière, comme pour lui montrer sa gorge. Ce faisant, elle offrait une chouette première prise de vue de son visage. Prêt pour le gros plan. Bouche entrouverte et yeux fermés, elle réagissait à ce que Guy Fellows faisait à son cou – réagissait passionnément. Elle rouvrit les yeux. Face caméra.

156

— Elle ne sait pas qu'elle est filmée, dis-je.

Kate confirma :

— Non, monsieur, elle ne le sait pas.

Kate se leva tout à coup.

— Je reviens dans une minute. Je n'ai vraiment pas envie de revoir ça. Tu peux arrêter quand tu en auras vu assez. Je comprendrais que tu regardes tout. C'est ce que j'ai fait, la première fois. Super sexy, comme équipée sauvage.

Elle me frôla l'épaule en passant devant moi pour rejoindre la chambre. Je me calai au fond du fauteuil pour regarder le triste spectacle. Aucune surprise, en fait. Je vous dirai simplement que les deux vedettes de la vidéo étaient dotées d'un puissant appétit sexuel. La caméra n'arrivait pas à saisir tous les détails : les contorsions des membres ne laissaient parfois paraître qu'un flanc ou une cuisse au milieu de l'écran. Mais lorsqu'elle s'éloignait, le visage de la femme – plus souvent que celui de Guy – réapparaissait et à chaque fois il affichait une expression que je traduirais au mieux par «douleur exquise». Je fus tenté de remettre le son, mais j'avais une assez bonne idée de ce que ça pouvait donner, et je ne voulais pas que Kate, qui attendait dans sa chambre, l'entende.

Au bout d'une dizaine de minutes, j'appuyai sur pause. L'image se figea. La femme était sur Guy. Son buste en violoncelle était au centre de l'écran.

— J'ai mis sur pause ! criai-je.

Kate apparut dans l'encadrement de la porte.

— Ça dure combien de temps ?

— Cet épisode-ci ? Encore à peu près cinq minutes.

— Il y en a d'autres ?

— Oh que oui ! Une demi-douzaine rien que sur cette cassette.

— Tu veux dire qu'il y a d'autres cassettes ?

— Il paraît.

157

— Même chose?

— Même chose.

— Ça me semble un peu exagéré.

— À moi aussi. Kate marqua une pause. Tu veux continuer à regarder?

— Non, je crois que j'ai saisi les thèmes principaux. Garçon rencontre fille. La baise dans toutes les positions. Fin.

— Tu reconnais la «fille»?

— Oh, oui, je la reconnais. Elle a droit à plus de gros plans que Dan Rather[26].

— Évidemment, c'était le but: il fallait qu'on la reconnaisse.

Je plaçai mon pouce sur le bouton pause de la télécommande et le pressai par intermittence. À l'écran, le buste de la femme sauta un peu puis s'agita progressivement, quelques millimètres à chaque nouvelle pression. Tout à l'heure, avant que je ne gèle l'image, sa tête balançait de droite et de gauche. À présent, elle continuait, mais au ralenti. Clic, clic, clic, j'appuyai jusqu'à ce qu'à ce qu'elle se tienne à peu près droite. Ses cheveux étaient figés dans les airs, comme les rideaux de Kate lorsque l'orage avait commencé. Le profil était net: petit nez, pommettes hautes, regard perçant du renard dans des yeux à demi-clos. Il me vint à l'esprit que la dernière fois que j'avais vu ce visage, c'était aussi à la télévision. Cette fois, pourtant, pas la moindre mauvaise humeur dans l'expression de la femme du divisionnaire de police. Amanda Stuart se faisait ramoner par le prof de tennis du Country club. Apparemment, il faisait ça bien et Mme Stuart en goûtait chaque seconde.

— Jolie, hein? dit Kate. Elle a un faux air de Grace Kelly.

---

26. *Ndt.* Journaliste vedette de la chaîne CBS.

— C'est ce que tout le monde dit. Un peu plus large des hanches, d'après moi.

— Je parlais de son visage.

— Je suppute que cette vidéo n'a pas été réalisée uniquement pour révéler au monde les hanches d'enfer d'Amanda Stuart.

— Non. Par contre, pour ce qu'elle fait avec. Et avec qui.

— En revanche.

— Putain, Hitch, on s'en fout ! Tu chipotes !

Guy Fellows avait essayé de faire chanter Alan Stuart. Un matin, il y avait plusieurs mois de ça, une douzaine de photos extraites de la vidéo étaient arrivées au courrier, au bureau du divisionnaire. Le tirage papier avait rendu les images un peu floues, mais elles étaient encore assez nettes pour garantir à Alan Stuart de faire le plein de voix côté vive-les-scandales-sexuels-sordides – à tout le moins. Fellows exigeait la modeste somme de cent mille dollars, en échange de quoi Stuart recevrait la vidéo complète des escapades de son insatiable épouse. Un chantage sans suite. L'argent contre la cassette. Ou *les* cassettes, d'après Kate. L'original était en possession de Fellows et la réalisatrice récalcitrante, Carolyn James, en gardait une copie de sécurité. C'était celle de Kate.

Mais Alan Stuart n'avait pas marché, pas même une fraction de seconde. Les grands hommes écrasent les petites bêtes, et non l'inverse. Guy Fellows était beau et sexy. Apparemment, il était doté d'un service imparable à l'accompagnement tout aussi efficace. Mais monter au filet face à des gens comme Alan Stuart prouvait qu'en dépit de tout ça, il était aussi passablement idiot. La preuve, c'est qu'il était mort. Alan Stuart, lui, était toujours debout et en bonne santé, se préparant à gouverner l'État du Maryland. Et pour des raisons que l'on ne pouvait décemment pas imaginer étrangères à cette tentative de chantage, Guy Fellows pourrissait sous terre. Et ça, ça ne pouvait pas faire partie de son plan. Sauf s'il était *parfaitement* crétin.

Kate n'avait pas été introduite dans la partie au tout début – elle n'était qu'un fidèle soldat d'Alan Stuart parmi d'autres ; elle pouvait néanmoins reconstituer grossièrement l'enchaînement des événements.

Alan Stuart n'allait pas gaspiller un sou de sa poche – ou de sa campagne – pour Guy Fellows. Telle avait été la première décision, la plus facile à prendre. Il semblait presque évident qu'une autre copie avait été réalisée, en vue de futures extorsions si, par exemple, Alan Stuart gagnait les élections (ou même plus tard, s'il visait encore plus haut). Il était tout simplement impossible de garantir que, d'ici le jour du Jugement Dernier (qui ne cesse d'être repoussé, vous avez remarqué ?), Guy Fellows ne reviendrait pas asticoter Alan Stuart avec les photos cochonnes de la jolie Amanda. Et un homme comme Stuart n'allait pas se laisser dicter par des types comme Guy Fellows quand et à quelle hauteur il devait sauter. Pas maintenant. Ni jamais.

D'après Kate, toute l'affaire de la cassette vidéo était restée secrète ; Alan Stuart et Joel Hutchinson s'en étaient chargés seuls. Mon vieux pote Hutch. On aurait dit qu'il était né pour ce genre de chose. Je le voyais très bien, dans le bureau d'Alan Stuart, cravate desserrée, manches remontées jusqu'aux coudes, pieds sur la table basse, formulant ses hypothèses : « Bon, et si… Peut-être que si on essayait ça… » pendant que son candidat allait et venait, échafaudant tranquillement des stratégies puis agonissant sa femme et Guy Fellows d'injures la minute suivante.

Mais, est-ce que Hutch aurait dit : « Et si on le tuait, tout simplement ? » Son sourire hyperbolique ressurgit à ma mémoire. *Alors, heureux ? Tu te sens mieux, maintenant ?*

160

Hutch était-il fêlé *à ce point* ?

Guy Fellows n'avait pas cherché à cacher son identité sur les photos. L'eût-il fait, deux-trois secousses et une bonne gifle auraient suffi à ce qu'Amanda Stuart lâche son nom. D'après Kate, c'était Hutch qui avait souligné ce point et c'était aussi lui qui en avait tiré la conclusion que Guy Fellows disposait d'un complice. À l'évidence, les photos qui avaient atterri sur le bureau d'Alan Stuart émanaient d'une cassette vidéo. Qui plus est, vu les divers angles et gros plans qu'elles présentaient, ces images ne pouvaient pas provenir d'une caméra fixe cachée quelque part dans la pièce. Quelqu'un avait manipulé la caméra, s'assurant que le visage d'Amanda Stuart fût bien exposé. Ainsi que le reste de son corps. Et ça – je vois parfaitement Hutch se frottant le menton d'un air grave à ce moment-là – *ça*, c'était un problème.

Guy Fellows était au centre de leur ligne de mire. Il faudrait décider quoi faire de lui précisément. Et si, et si, et si...

Mais son complice... ça, c'était un vrai problème.

— Joel a commencé à parler du partenaire de Guy comme d'une assurance, m'expliqua Kate. C'est ce qu'il disait : « On ne peut pas lever le petit doigt sur Guy Fellows tant qu'on n'a pas aussi coincé Assurance ». C'est comme ça qu'il parlait.

C'était bien là le hic. Guy Fellows n'avait même pas eu besoin de recourir à la poste pour livrer ses photos obscènes. Il aurait très bien pu se pointer tranquillement dans le bureau d'Alan Stuart dans son plus beau costume et balancer sa sale marchandise sur la table. « Je m'appelle Guy Fellows. Je suis ici parce que votre femme et moi avons joué à saute-lapin. Voilà les photos qui le prouvent. J'ai la version vidéo amateur chez moi, je vous la cède pour dix-neuf dollars quatre-vingt-dix-neuf, plus quatre-vingt-dix-neuf mille et des bananes pour frais de traitement et d'expédition. Et au fait, si vous touchez à un seul fil de mon superbe costume, mon complice se fera une joie d'offrir un os à ronger au journal de onze heures.» Il aurait pu prendre une poignée de cigares dans l'humidificateur de Stuart (si tant est qu'il en ait un), en allumer un et *moonwalker* tout autour de la pièce en agitant son chapeau façon Fred Astaire.

Un idiot qui a des couilles, c'est parfois bien frustrant, comme combinaison.

L'orage de l'après-midi enfin terminé, il laissait derrière lui un ciel grisâtre et creux, une étrange immobilité dans l'air. Je crois que Kate et moi, enfermés chez elle depuis maintenant plus de vingt heures d'affilée, commencions à éprouver les premiers symptômes de claustrophobie. La fin du déluge apporta avec elle une boule d'air chaud et moite. Apparemment, Kate n'avait ni climatisation ni ventilateur. Nous étions loin l'un de l'autre pendant qu'elle me racontait son histoire. J'étais toujours sur le canapé. Elle était assise en face de moi dans un grand fauteuil, les jambes repliées sous elle. Elle mâchonnait distraitement une paille en parlant.

— J'ai reçu un coup de fil d'Alan il y a quelques mois, me demandant d'aller le voir. L'appel venait directement de lui, et non de sa secrétaire. On s'est vus à la fin de la journée de travail. À la fin de *sa* journée de travail, je devrais dire. Dans la police, on ne fait pas franchement du neuf heures – cinq heures. Alan m'a offert un verre et j'ai su tout de suite qu'il y avait un problème.

— Parce que les flics ne boivent pas en service ?

J'ai vu tous les *Starsky et Hutch*, je connais ce genre de truc. Elle secoua la tête.

— Parce que j'avais développé une relation un peu limite avec l'alcool au cours des mois précédents, et qu'Alan le savait.

162

— Ah.

— Il ne le savait même que trop bien. Alors quand il m'a offert un verre, mon radar s'est immédiatement mis en marche. Alan est un type intelligent. Quoi qu'on pense de lui ou de ses idées politiques, il faut lui reconnaître son intelligence. Il savait que je flairerais le danger et que je passerais immédiatement en mode autoprotection automatique. Il le *savait*.

— Attends. Je ne comprends pas tout. Il jouait les gentils ou les méchants ? Je m'y perds.

— Les méchants. N'aie aucun doute là-dessus.

— Alors pourquoi t'offrir un verre, s'il savait que ça te mettrait sur tes gardes ?

— C'est sa façon de faire semblant d'aplanir le terrain. Un jeu d'esprit. Alan adore mettre toutes les cartes sur la table. Exposer sa tactique. Il va droit au but et te dit : «Voilà, maintenant, je vais essayer de trouver un moyen de te faire longer cette falaise, là-bas. Tu ne me crois pas ?»

— Il m'a vraiment l'air d'un infâme salopard.

— Tu connais des salopards qui ne sont pas infâmes ?
Kate se déplia et alla rejoindre la fenêtre.

— Donc, il m'a immédiatement mise en alerte. Il voulait toute mon attention. Que je sache que l'affaire pour laquelle il m'avait convoquée dans son bureau était sérieuse. Et il voulait que je sois vulnérable. C'était l'objectif principal.

— Tu as décliné le verre.

— Je lui ai dit : «Tu sais très bien que je n'en veux pas.» Il m'a répondu avec son plus beau sourire : «Oui, je sais.» Il jouait au chat et à la souris et me faisait savoir quels étaient nos rôles respectifs. Alan m'a demandé de prendre un congé exceptionnel. Ce n'était pas mon premier. J'en avais pris un après la mort de mon mari. En fait, je n'étais rentrée que depuis un peu plus d'un mois.

163

— Pourquoi voulait-il que tu reprennes un congé ?

— Il m'a montré les photos. Il m'a dit les choses très simplement. Sans la moindre émotion. Sa femme avait l'air d'une putain de star du porno et lui, il était tranquillement assis à son bureau à me regarder feuilleter les photos. Les hommes politiques sont capables d'empêcher leur cœur de battre. Littéralement, je veux dire. Je te jure. Enfin, bref, il m'a donné le nom de l'homme qui était sur les photos. Guy Fellows. Il a ajouté : «Je crois que tu as déjà rencontré ma charmante épouse.» Il m'a dit que Guy Fellows était prof de tennis au Country Club, que sa femme prenait des cours auprès de lui et que – à l'évidence – ils avaient eu une liaison. Il m'a expliqué que Fellows essayait de le faire chanter, qu'il avait toute une collection de vidéos en sa possession. Alan avait besoin de mon aide. Il y avait un complice. La personne qui avait tenu la caméra. Tant qu'ils n'avaient pas l'identité de ce complice, ils ne pouvaient rien entreprendre contre Guy.

— «Entreprendre.» Tu crois que ça voulait dire tuer ?

Kate pinça les lèvres.

— Je ne crois pas. Ou du moins, je ne le croyais absolument pas à ce moment-là. Le divisionnaire ne va pas convoquer l'un de ses fantassins dans son bureau pour programmer un assassinat. Il n'a pas dit ce qu'il entendait par là. Il ne le savait probablement pas encore lui-même. Il savait juste qu'avant de pouvoir faire quoi que ce soit, il fallait que l'autre personne soit à portée de main.

— Ton travail était donc de trouver le complice.

— Oui.

— Mais pourquoi le congé ? C'était une mission professionnelle, non ?

— Il y a mission secrète et mission secrète. Alan ne pouvait pas se permettre la moindre paperasse sur la question. Or, une mission secrète officielle aurait impliqué un dossier. Des rapports. Les photos auraient dû y

164

être consignées, ainsi que le simple fait que la femme du superflic baise avec son prof de tennis. Dans des circonstances normales, la chose aurait déjà été un peu dure pour M. Stuart, alors à l'aube d'une campagne électorale, la question ne se posait même pas. Il n'y aurait pas de dossier. Rien qui puisse arriver aux oreilles de la presse ou de ses adversaires politiques. Tout devrait être réglé officieusement. Et le seul moyen de le faire, c'était que je prenne un congé exceptionnel. Ce que j'ai fait. J'ai accédé à la demande de mon chef. Je suis allée m'acheter une jolie garde-robe Country Club. En coulisses, Alan a tout arrangé avec le club. Je n'ai pas la moindre idée de ce qu'il leur a dit, mais *voilà*[27]. Membre d'office. Pas de vérification de pedigree dûment Mayflowerien. Rien. Kate Zabriskie, Hampden trente-huitième rue, membre respectable du Country Club de Baltimore. Mon père en aurait fait un de ces cacas nerveux ! J'en aurais presque souhaité qu'il soit encore en vie, rien que pour voir ça.

Je remarquai le « presque » de cette dernière phrase. Je crois qu'elle a remarqué que je le remarquais. Nous n'en avons pas parlé. Elle poursuivit :

— La suite est assez simple et, honnêtement, ça ne te regarde pas. J'ai fait mon boulot. Je me suis infiltrée. Je suis entrée en contact avec ma cible. C'est notre jargon. Je dois avouer que la partie prise de contact a été super facile. Guy était un cavaleur incontinent. Il avait tout une cour dans ce club, crois-moi.

— Alors Amanda Stuart n'était pas sa seule élève, euh… parascolaire ?

— Hitch, quel cave tu fais ! Non, ce n'était pas la seule. Il fricotait avec des tas de femmes. Certaines n'étant pas mariées, on peut les écarter. Ou du moins, les reléguer en fin de liste.

_____

27. *Ndt.* En français dans le texte.

— De quelle liste tu parles ?

— De celle des suspects.

— Suspects ?

— De meurtre, Hitch ! Tu oublies qu'on parle d'un homme qui a été assassiné ?

Bon sang de bois, et moi qui ai toujours cru être un petit malin. Il ne m'avait pas même effleuré l'esprit que quelqu'un de totalement indépendant d'Alan et d'Amanda Stuart pût avoir contre Guy Fellows une dent assassine. D'autres maîtresses. D'autres maris en pétard.

Kate continuait.

— Puisqu'il couchait avec plein d'autres femmes, il aurait tout aussi bien pu les faire chanter aussi. Qui sait ? Ça faisait partie de mon enquête. Qu'est-ce que tu croyais, que ma tâche se résumait à aller au pieu avec ce type et à lui soutirer le nom de son complice ? Je ne voudrais pas avoir l'air vexée, Hitch, mais je le suis. Je suis détective.

Je marmonnai des excuses. Tout en me demandant pourquoi, exactement.

— Récapitulons : Alan Stuart, ton patron et très probablement futur gouverneur de cet État, te fait appeler pour te dire qu'un prof de tennis hâbleur baise sa femme et menace de montrer ses vidéos trouduculières sur la place publique. Ce même Stuart te demande de monter au créneau et de te glisser entre Guy et sa couette, dans le cadre de ton *travail* ? Ça fait partie de tes attributions contractuelles ? Servir le café, séduire les suspects ?

— Je ne sers pas le café, répondit froidement Kate.

— Excuse-moi, mais est-ce que je suis dans l'erreur quand je trouve que quelque chose là-dedans pourrait peut-être, juste *peut-être*, montrer Alan Stuart sous un jour quelque peu défavorable ?

— Est-ce que j'ai dit que ça me plaisait ?

— Je veux juste…

— Ça ne me plaisait pas à l'époque et ça ne me plaît toujours pas. J'apprécierais que tu ne restes pas affalé sur mon canapé à me tirer mesquinement dessus à boulets rouges.

— Je te demande pardon, Kate, telle n'est pas mon intention. Simplement, je ne vois pas pourquoi ce type aurait le droit de t'envoyer coucher avec un maître-chanteur.

Kate inspira profondément et regarda par la fenêtre. J'y avais regardé auparavant, il n'y a rien à voir. Une rue. Des voitures qui passent. Une rangée de bâtiments identiques.

Kate se retourna. Sa colère avait disparu. Elle était pâle et indécise.

— Il n'a pas le *droit*, Hitch. Le règlement interdit strictement ce genre de chose.

— Alors comment… je m'interrompis moi-même. Elle allait me le dire. Inutile de la harceler.

— Ce n'était pas une enquête officielle, dit-elle lentement. C'était totalement officieux. Il n'y avait pas de règlement à suivre. Je devais avoir toute liberté pour approcher Guy Fellows comme j'en avais besoin.

Elle s'éloigna de la fenêtre.

— Ce n'était pas une enquête officielle, répéta-t-elle. Pas de paperasse. Alan m'a fait appeler dans son bureau, il m'a mise dans la confidence et m'a demandé de m'attaquer à Guy Fellows et de dénicher tout ce que je pouvais. Elle soupira. Et il me l'a demandé comme un service personnel.

— Kate… J'hésitai, voyant la tristesse sur son visage. Oh, Kate… Est-ce que ce n'est pas un service franchement démesuré ?

Elle soupira.

— Si.

— Tu ne pouvais pas te contenter de dire non ?

Elle baissa les yeux. J'entendis à peine sa réponse.

— Je lui étais redevable.

Je me levai – enfin – du sofa et m'approchai d'elle. Je lui frôlai le bras et elle me regarda dans les yeux. Dieu qu'elle avait l'air lasse…

— Tu lui étais *redevable*? Mais de quoi? Tu lui devais un service? Kate, jusqu'où peut-on être redevable à quelqu'un?

Elle fouillait mon visage, mais n'y trouvait visiblement pas ce qu'elle cherchait. Elle passa derrière moi et disparut dans la cuisine. J'entendis une porte de placard se fermer. Elle revint avec une bouteille de Wild Turkey et deux verres.

— Tu veux bien faire les honneurs?

Je ne bougeai pas.

— Qu'est-ce que tu fais? demandai-je.

— Je te demande de me servir un verre. Je suis chez moi, bordel de merde!

— Tu es sûre?

— Hitch, je ne suis sûre de rien, d'accord? C'est même le fond du problème. Mais peut-être que si j'arrive à tout déballer, je parviendrai à faire un peu le tri. Je suis désolée… Je suis désolée si ce truc m'aide à le faire, mais tout de suite, là, c'est le cas. Alors, tu préfères me faire la leçon ou être mon ami?

Je n'étais pas convaincu que cette alternative fût la seule possible. Elle n'attendit pas ma réponse.

— Peu importe. Je peux me servir. Elle s'assit sur le sofa et versa cinq centimètres dans un verre. Puis, levant les yeux vers moi: Je t'en supplie, ne me laisse pas boire toute seule. S'il te plaît.

Je lui fis signe de verser un autre verre, ce qu'elle fit. Je le pris. Elle saisit le sien et le tint juste sous son menton. Les mots avaient du mal à sortir.

— Le… le service que je devais à Alan. La raison… pour laquelle il pouvait me demander sans crainte de…

de faire son sale boulot à sa place… Elle but une gorgée du bout des lèvres. Je t'ai menti, Hitch. Je t'ai menti, l'autre soir. Au sujet de mon mari.

— La fusillade ?

— Cette partie-là était vraie. La fusillade a bien eu lieu. La descente foirée, tout ça était vrai. Simplement, ça ne s'est pas passé exactement comme je te l'ai raconté. Le type dans l'échafaudage, tu sais ? Celui dont je t'ai dit qu'il avait tué Charley ?

J'acquiesçai.

— Ce n'est pas sur Charley qu'il a tiré. C'est sur moi. Il m'a touchée à l'épaule. La cicatrice que tu as eu la délicatesse de ne pas relever hier soir…

C'était ce matin, mais je n'allais pas chipoter.

— D'accord. Donc, il a tiré sur toi. Et ton… machin-chose, l'autre flic…

— Lou. Lou Bowman.

— Bowman. Il a tiré sur le type en haut, c'était vrai, ça ?

— C'était vrai.

— Alors qu'est-ce qu'il me manque, Kate ?

— Charley, voilà ce qu'il te manque. Il te manque mon mari qui gît à terre et se vide de son sang.

— Tu viens de me dire que le type de l'escalier ne lui avait pas tiré dessus.

Kate tint son verre à bout de bras :

— Tu vois comme je suis stable ? Tu vois comme le verre ne bouge pas d'un pouce ? On est entraînés à ça. Des heures et des heures d'entraînement au tir pour que le moment venu, on brandisse nos armes aussi ferme-ment que je tiens ce verre. Et pan, pan, pan.

Elle avait entièrement raison. Le verre était aussi fixe qu'il pouvait l'être. Elle le vida, puis le reposa sur la table.

— Le type de l'escalier n'a pas tué mon mari, dit Kate. Il n'a pas tiré sur Charley. Elle murmura: C'est moi.

169

D'un mouvement si rapide que j'eus à peine le temps de le voir, Kate saisit son verre et le pointa sur moi comme une arme.

— Pan.

Chapitre 18

Bon sang, quel bordel affligeant. Je ne parle pas de mon appartement, mais de Kate Zabriskie et de l'embrouillamini de pressions auxquelles elle était soumise. Mon appartement *était* en bordel, même si, comme d'habitude, j'en rejetais la faute sur mon adorable Clydesdale pataud d'Alcatraz. Il me faudrait un appartement plus grand ou un chien plus petit. Mais comme je suis content des deux, je fais avec.

Après sa révélation, Kate m'avait prié de partir. Quand je lui avais demandé si ça irait, elle m'avait répondu : « Non, mais je me sentirai encore plus mal si tu restes là à essayer d'être gentil avec moi. C'est le bordel, Hitch. Et tu n'en connais pas la moitié. »

Du tiroir d'un joli petit bureau à cylindre, elle avait sorti une épaisse enveloppe qu'elle m'avait tendue.

— C'est l'autre moitié ?

— Je ne peux plus parler de tout ça aujourd'hui. Ce soir. Enfin bref. Je suis épuisée. Lis ça. C'est grandement romancé, mais ça te donnera une idée de… enfin, lis-le.

L'enveloppe était pleine de coupures de journaux. Je les étendis sur mon lit et m'assis en bouddha sur un oreiller pour les parcourir. Elles dataient toutes de l'automne précédent. Je le triai par date et tentai de garder à l'esprit ce que Kate m'avait dit : grandement romancé.

FUSILLADE DANS UN ENTREPÔT : DEUX MORTS
La descente de police tourne au massacre

UN POLICIER INFILTRÉ EST TUÉ DANS UNE FUSILLADE
La police enquête sur une éventuelle trahison

LA FEMME DU POLICIER TUE L'ASSASSIN DE SON MARI
*Quelques secondes après le coup fatal, la détective
ôte la vie au meurtrier de son cher et tendre*

JUSTICE BIEN AMÈRE POUR LA VEUVE
Le commissaire divisionnaire Stuart qualifie la détective Zabriskie de héros ; funérailles prévues pour demain

LA VEUVE HÉROÏQUE FAIT SES ADIEUX À SON HÉROÏQUE ÉPOUX
*La foule est venue rendre hommage au détective Ch.
Russel Katherine Zabriskie blanchie du meurtre de
l'assassin de son mari*

Lorsque j'eus fini de lire toutes les coupures, une fine ligne rouge fendait l'horizon. Les travailleurs de l'aube incandescente étaient déjà passés, emportant à grand bruit les poubelles du quartier dans leur gros camion. Les mouettes étaient éveillées, leur rire retentissait dans le ciel. Partout à Baltimore, rasoirs et grille-pains étaient à l'œuvre.

Kate m'avait dit qu'elle avait elle-même tiré et tué son mari. Involontairement, évidemment. Par quelque erreur d'aiguillage, imprécision et Dieu sait quoi d'autre encore, Charley Russell s'était retrouvé du mauvais côté d'une descente de police. Et, plus cruel

172

encore, sa jeune épouse était de l'autre côté, arme au poing, stable comme une montagne – entraînée – et n'avait tiré qu'un seul et unique coup une fraction de seconde avant de reconnaître sa cible comme étant son propre époux bien-aimé. C'est ce qu'elle m'avait dit, rien de plus que ça : « J'ai vu un homme sortir avec une arme et j'ai tiré. Il est tombé tout de suite. Une seconde plus tard, le type en haut de l'escalier m'a touchée d'une balle dans l'épaule. Lou – le détective qui était avec moi – l'a eu. Et ç'a été la fin de la vérité. »

La presse publiait une photo d'identité de l'école de police de Katherine Zabriskie, photo remarquablement terne à mes yeux, un visage au sourire sérieux comme tant d'autres, sous une casquette de police légèrement trop grande. Il y avait également une photo de son mari : très bel homme, avec une petite moustache de policier bien proprette. Deux enfants amoureux. Ça fendait le cœur.

Il m'apparut enfin que j'avais vraiment besoin d'un peu de sommeil. Je n'éteignis la lumière que pour me rendre compte qu'elle ne servait plus à rien depuis une bonne heure. Le jour était levé. Je me collai un oreiller sur la tête et m'endormis par asphyxie.

Chapitre 19

J'avais un enterrement dans la matinée. L'enterrement Webster. Sauf qu'à mon arrivée au bureau, je constatai que la paperasse le concernant mentionnait l'enterrement Weber. Faute de frappe. Bon sang, pourvu que la pierre tombale soit bonne. On ne peut rien faire d'une pierre tombale gravée Weber par erreur, si ce n'est la mettre de côté et attendre de voir si quelqu'un du nom de Weber casse sa pipe. J'ai bien pensé appeler un type que j'avais connu qui s'appelait Weber pour lui demander s'il était intéressé, mais bon. On avait été bons amis, mais on était brouillés depuis quelques années pour une raison ridicule et mesquine. J'ai dans l'idée que lui passer un coup de fil pour lui proposer une pierre tombale erronée portant son nom n'aiderait pas particulièrement à faire fondre la glace entre nous.

Pure hypothèse de toute façon. Quand je suis arrivé au cimetière, la pierre indiquait bien Webster et non Weber. L'enterrement se déroula sans anicroche. Je serrai une demi-douzaine de mains Webster et offris mon mouchoir à la veuve. En quittant le cimetière, je vis l'un des invités, un homme trapu et dégarni avec une épaisse barbe viking, tirer une pipe de sa poche, la bourrer et l'allumer. Après avoir tiré quelques bouffées, il la tapota contre le cercueil puis la remit dans sa poche. Hommage de cendre à cendre. Vous seriez surpris du nombre de gens qui ont leur petit rituel personnel. L'homme est retourné auprès de sa femme, qui lui a tapoté amoureusement le bide. Ils ont regagné leur voiture bras-dessus bras-dessous.

Au retour de l'enterrement, je suis allé faire un tour jusqu'au bout de la jetée qui s'étend au-delà du Screaming Oyster et j'ai plongé mon regard dans l'horizon du port. Je fais ça depuis que je suis tout petit. La vue n'a rien d'extraordinaire, mais pour une raison ou une autre, elle a toujours été mon lieu de prédilection pour réfléchir profondément. Le monde agité du commerce était en action : de l'autre côté du port, une longue barge s'éloignait lentement de l'aciérie Bethlehem, dont les hautes cheminées du début du siècle vomissaient leur vapeur dans le ciel. Quand j'étais petit, ma mère essayait de me faire croire que c'était là qu'on fabriquait les nuages. *Tu vois, Hitchcock? Tu vois? Les voilà, regarde! Tout neufs!* Juste derrière l'aciérie, «Domino Sugar» s'affiche au néon rose sur un énorme rectangle de métal. Plus loin encore se dressent les grêles grues de chargement de Sparrows Point. Quelque part par là-bas, Kate Zabriskie avait tué son mari.

Je m'étais rendu sur la jetée dans l'espoir de démêler l'inextricable écheveau des morts qui semblaient s'accumuler autour de Kate Zabriskie. Alors même qu'elles en masquaient énormément, les fictions chroniquées dans les journaux avaient finalement révélé beaucoup de choses. Tout d'abord, Alan Stuart était un maître manipulateur, même à l'aune des hommes politiques les plus consommés. Pour mettre en scène un tel spectacle de marionnettes autour de la mort de Charley Russell, il ne suffisait pas de tirer délicatement quelques ficelles. Il avait réussi à déplacer la responsabilité de la mort de Charley Russell, rien de moins. Je ne suis pas dans le secret de tout ce qu'il peut falloir déployer pour étouffer la tragédie d'un flic qui en abat accidentellement un autre, mais je dois bien supposer qu'Alan Stuart a agi aussi habilement que prestement pour y parvenir. Sans tenir compte du fait que le rapport du médecin légiste devait forcément distinguer le type de balle qui avait tué le détective Russell, restait le problème des autres flics sur les lieux. Ils savaient, et de première main, ce qui s'était passé. Il avait donc fallu faire cadrer leur témoignage avec la toute nouvelle vérité. Comment Alan Stuart avait-il réussi à coordonner si parfaitement tous ces pantins ?

Un remorqueur laissa échapper trois coups distincts.

Non. Je posais la mauvaise question : *comment* n'était qu'une question de logistique. De logistique colossale, en l'occurrence, mais apparemment faisable. La fiction des journaux prouvait au moins ça.

La véritable question était : *pourquoi ?* Pourquoi Alan Stuart se donnerait-il tant de mal pour une histoire pareille ? Je formai un disque imaginaire du mot « chevalerie » et le lançai dans l'eau. Il coula immédiatement. Impossible. Kate Zabriskie était un flic foutu. Un commissaire divisionnaire de la police municipale ne risque pas toute sa carrière pour redorer le blason d'un officier perdu, jambes sexy ou non.

Je quittai la jetée pour filer directement au commissariat.

Kate n'était pas là, mais le détective John Kruk, si. M'apercevant à l'accueil, il m'invita à le rejoindre dans son bureau.

— Asseyez-vous, M. Sewell. Je m'exécutai.

Il alla droit au but :

— M. Sewell, auriez-vous l'obligeance de me redire où vous étiez samedi soir dernier ?

— M'enfin, encore ?

— Vous répondez à ma question par une question. Je n'aime pas ça.

— Ah oui ?

Je ne pouvais pas résister. Le détective attendait. Son expression me disait qu'il pouvait patienter toute la journée. Je repris :

— Voyons si j'ai bien compris. Je ne suis pas suspecté de ce meurtre, mais vous aimeriez entendre mon alibi quand même, c'est ça ?

— C'est ça, oui.

— Et si je n'en ai pas ?

— Vous posez encore des questions.

J'agitai théâtralement mon poing dans les airs.

— Eh bien, je suis désolé, détective. Mais je veux des réponses, bon sang !

Une fois, il y a bien longtemps, dans le passé préhistorique du clan Kruk, un léger sourire a peut-être été esquissé. Si tel est le cas, l'auteur de cet affront a immédiatement été matraqué à mort et le gène dévoyé, éliminé à jamais.

Le détective se pencha en avant et croisa les mains sur le bureau.

— Je vais être clair avec vous, M. Sewell. Le meurtre d'un prof de tennis excité n'est pas le genre de crime qui m'empêche de dormir. Je ne le connaissais pas et, d'après ce qu'on m'en a dit, je ne l'aurais pas aimé. C'est un peu comme votre boulot. Vous n'avez pas à vous attacher d'une manière ou d'une autre aux gens que vous mettez en terre, pas vrai ? Vous le faites, un point c'est tout. C'est ce que à quoi vous avez été formé, c'est ce pour quoi on vous paie.

Joli petit speech. Mais où diable voulait-il en venir ?

— Je suis sûr que vous savez que je ne suis même plus sur cette affaire, continua Kruk. Elle a été confiée au détective Zabriskie.

— Elle me l'a dit.

Kruk détacha ses mains et se renfonça dans sa chaise.

— Je vous ai vus tous les deux, l'autre soir, à la soirée de collecte de fonds. Ce n'est pas très professionnel de sa part, de vous voir en dehors du service. Suspect ou pas. Pas tant que l'affaire n'est pas close. Et le détective Zabriskie le sait très bien.

— Ce n'est pas avec elle que vous devriez avoir cette discussion, plutôt ?

— En effet, et je le ferai. Mais elle n'est pas venue de la journée. Vous ne sauriez pas pourquoi, par le plus grand des hasards ?

J'imaginai la jolie détective chez elle, la tête dans l'oreiller, pleurant à s'en noyer les yeux. *Pan.*

— Nan.

— Eh bien, je vous ai aperçu à l'entrée, errant comme une âme en peine et l'air un peu perdu, alors j'ai pensé vous inviter à discuter un peu.

— Délicate attention, dis-je avec un sourire assez large pour montrer que je ne le pensais pas.

Il étendit les mains béatement.

— Je suis un fonctionnaire public, M. Sewell.

— Écoutez, détective. Est-il abusif de ma part de vous demander si ma vie sociale, ou celle du détective Zabriskie en l'occurrence, vous regarde le moins du monde ? Ou bien quelque chose m'échappe ?

— Rien ne vous échappe, M. Sewell. Vous avez raison. Techniquement, ça ne me regarde absolument pas. Ce n'est pas mon enquête et je ne suis pas le chaperon du détective Zabriskie.

— Ni le mien.

— Ni le vôtre, c'est exact. Pourquoi ne pas considérer ça comme ma bonne action du jour, tout simplement ?

Il fit une pause. Pas de connerie de « fonctionnaire public », cette fois. Kruk me transperça de ses petits yeux :

— Ça va être le souk, par ici, M. Sewell. J'essaie simplement de repousser les figurants hors du champ. Pour leur propre bien ainsi que pour le mien. Vous pourriez me montrer que vous saisissez bien les allusions ?

J'avais le sentiment que quel que soit le « souk » dont il parlait, il ne le partagerait pas avec moi. Juste à ce moment-là, une clameur s'éleva du hall jouxtant le bureau de Kruk. Il regarda derrière moi pour voir de quoi il retournait.

— Je peux y aller, maintenant ?

Il agita la main dans les airs. *Allez.*

Je quittai ma chaise et m'arrêtai sur le pas de la porte. Le brouhaha venait de l'autre côté de la grande pièce. On aurait dit une sorte de rassemblement : un homme trapu, en civil, était entouré de flics qui lui tapaient dans le dos, lui frappaient le bras et autres marques d'affection viriles d'usage. Le type n'avait d'ailleurs pas l'air très à l'aise avec tout ça. Un sourire dur était agrafé sur son visage. Le gaillard était costaud. Tête carrée. Petits yeux noirs. Cheveux noirs en boucles denses, dégarnis sur le haut de son large front. Il ressemblait à Tony Bennett, mais un Tony Bennett qui aurait pris une pilule qui rend méchant.

Les flics avaient l'air de scander « Vous ! Vous ! Vous ! », mais je compris ensuite qu'en fait, ils scandaient le nom du type : « Lou ! Lou ! Lou ! »

Kruk vint se poster à côté de moi et regarda la petite scène sans vraiment chercher à dissimuler son dégoût.

— Qui est M. Populaire ? demandai-je.

— Lou Bowman, répondit Kruk comme pour lui-même. Qu'est-ce que vous dites de ça ? Ce putain de Loterie Lou.

— Loterie Lou ? Il ne distribuerait pas des billets gagnants, par hasard ?

Vu la façon dont tout le monde le bichonnait, ça en donnait vraiment l'impression. Kruk grogna :

— Ne rêvez pas. Bowman travaillait ici, il était détective. Il jouait à la loterie chaque semaine. Jamais raté un tirage.

— Et ? Il a touché le gros lot ?

179

Kruk croisa les bras sur la poitrine, une main émergeant pour accueillir son menton. Il plissa les yeux en observant l'agitation à l'autre bout de la pièce.

— Mieux que ça. Visez un peu : il ne gagne jamais rien, pas même quatre numéros. Mais voilà qu'une riche tante décède. Et lègue à Lou toute sa putain de fortune. Tout à coup, son salaire de flic n'est plus que de la petite monnaie.

— Il a démissionné ?

Kruk tirait sur une barbichette inexistante :

— Sans même nous laisser le temps de dire au revoir à son cul bordé de nouilles. Il est parti s'installer dans le Maine.

— Pourquoi le Maine ?

Le détective laissa échapper un léger grognement :

— Parce que ce n'est pas ici.

Il tourna les talons et rentra dans son bureau. Apparemment, Kruk n'était pas de ceux qui tapent dans le dos. Je regardai la scène. Loterie Lou n'avait pas l'air d'être de ceux-là non plus. Il faisait l'effet d'un bouledogue qu'on obligeait à rester là et à se faire cajoler par une bande d'adorateurs de caniches.

En partant, j'aperçus quelqu'un d'autre qui observait la petite réunion. Il se tenait debout, à demi-caché dans l'encadrement d'une porte au loin à gauche, pratiquement dans la cage d'escalier. Au début, les gars qui se livraient à leur grande démonstration d'amitié ne l'avaient pas remarqué. Malgré la distance, la colère froide qui luisait dans ses yeux m'était palpable. C'était le commissaire divisionnaire Stuart. Revenant à l'attroupement, je me rendis compte que quelqu'un d'autre – Lou Bowman en personne – avait aussi remarqué la présence de son ancien patron. Le regard que jetait l'ex-flic trapu vers la porte n'était guère affectueux, lui non plus. Lorsque je relevai les yeux, Stuart avait disparu. Je n'entraperçus que l'ombre de ses larges épaules descendant l'escalier.

Avant de quitter le poste, j'écrivis un petit mot à Kate au verso d'une affiche «Recherché» que j'avais trouvée flottant en haut de la poubelle. Ils avaient dû coincer le type. Ou finir par laisser tomber. Je pliai mon petit mot, demandai une enveloppe au flic de l'accueil et y écrivis : «Kate Zabriskie / Personnel.»

— Pourriez-vous transmettre ce mot au détective Zabriskie ? demandai-je au planton.

Il regarda l'enveloppe :

— C'est personnel ?

— C'est ce qui est écrit.

— Je le lui transmettrai.

— Merci.

— Ne me remerciez pas.

— Trop tard.

Je partis. Finalement, mon message n'était peut-être pas si personnel que ça. Il disait : «Appelle-moi. H. »

Un petit mot trônait sur mon pare-brise. Mazette, c'était la journée des petits mots. Le mien venait de la police de Baltimore. Elle n'aimait pas l'endroit où j'avais décidé de garer ma voiture. Pour quatre-vingt-cinq dollars, cependant, elle se ferait une joie de tout oublier.

J'entrai dans ma voiture et essayai de m'arracher. Les Chevrolet Quedalle ne s'arrachent pas. Je grillai deux feux rouges et tournai à gauche depuis la file de droite. Autant en avoir pour mon argent.

Chapitre 20

Gil Vance insistait lourdement pour que j'assiste à la répétition, je m'y suis donc rendu. Mon casque colonial et mes lunettes Teddy Roosevelt m'attendaient, ainsi qu'un lutrin en bois déniché par l'accessoiriste. Celui des pompes funèbres, plaqué-or, avait été jugé trop chargé. Betty l'accessoiriste m'avait également tendu une longue chenille en feutre.

— Qu'est-ce que c'est ?

— Ta moustache.

— Je suis censé porter *ça* ?

— Voilà la colle, répondit Betty, ignorant mon objection. Les accessoiristes n'ont pas le choix : elles passent les trois quarts de leur temps à passer outre les objections désobligeantes de comédiens snobinards.

— Je ne peux pas porter ça, je vais avoir l'air ridicule ! postillonnai-je.

Betty me lança son regard «atterris ! ». J'avais déjà à la main un casque colonial et des lunettes Teddy Roosevelt. Dieu me garde d'avoir l'air ridicule en ajoutant un nouvel accessoire au mélange ! Je posai la chose sur ma lèvre supérieure. Elle sentait la poussière et me démangeait affreusement.

— C'est parfait, dit Betty, sans même se donner la peine d'avoir l'air de le penser.

Elle s'en alla décevoir quelqu'un d'autre. Je déposai

un filet de colle sur le feutre rêche et l'accrochai à l'entrejambe d'une Vénus de Milo en plâtre campée sur une étagère. Ça lui allait beaucoup mieux à elle, je suis sûr.

Sue la Chinoise avait prévenu Gil que Julia n'assisterait pas à la répétition. Foutu pour ma camarade de jeux de la soirée. Gil décida qu'il se chargerait de lire les répliques de Julia. Nous devions répéter la scène de la buvette. Michael Goldfarb et Gil Vance allaient s'asseoir au comptoir et se regarder avec des airs de merlan frit en sirotant un grand verre de faux lait malté. Libby Maslin s'était portée volontaire pour tenir le rôle d'Emily, mais Gil y avait mis son veto :

— Tu es la mère du petit. On ne peut pas l'embrouiller comme ça.

Ah, d'accord… Pas *comme ça*.

En cours de répétition, Betty l'accessoiriste refit surface avec dans la main quelque chose qui ressemblait à un lacet couleur réglisse. C'était une autre moustache, un truc noir et ciré. Salvador Dalí. Ça me plaisait bien.

Gil n'était pas convaincu.

— Ça te donne l'air méchant.

— Gil, le côté « brave régisseur rustique » a été usé jusqu'à la corde. Il y a de la noirceur dans cette pièce. On ne pourrait pas imaginer quelque chose dans le style de… disons *Cabaret*? « Bonzoir mesdames et mezzieurs, *Willkommen* tans nodre bétite ville. Addenzion où fous meddez les bieds, ché fous brie. »

Gil tripotait distraitement la paille de son lait malté. Il loucha vers les rampes d'éclairage, tentant de faire apparaître la vision.

— *Willkommen*, dit-il, timidement d'abord, puis avec entrain. *Willkommen!* Oui, je le vois! On peut essayer. Puis, sourcils froncés : Mais qu'est-ce qu'on fait pour le casque colonial? Tu es toujours anthropologue?

Au secours, mon Dieu, j'allais perdre mon lutrin!

— Absolument. Ce n'est qu'une facette du régisseur. Ce type a besoin de facettes, façonnons-les-lui.

— Alors on garde le casque et les lunettes cerclées et on y ajoute la moustache diabolique, c'est ça ?

— Tu tiens un show d'enfer, là, Gil, dis-je en enfonçant le casque sur mon crâne d'une petite tape enjouée.

Gil se tourna vers Michael.

— Qu'est-ce que tu en penses, Michael ?

La réponse du jeune homme me sembla faire preuve d'un sens parfait de l'à-propos.

— Eh bien... Tu sais... Je voulais justement te parler de ma kippa...

Gil tiqua :

— Quel est le problème ?

— Je veux la porter pendant le spectacle.

Gil n'était pas complètement débile. Il ne pouvait pas m'autoriser la moustache cirée et empêcher Michael Goldfarb de porter sa kippa.

— Bien sûr. Évidemment, tu peux la porter.

Libby Maslin, à peine arrivée sur la scène, vint se planter là et s'adressa à Gil avec une passion peu commune :

— S'il en porte une, j'en porte une.

— Mais... mais Libby, tu n'es même pas juive !

— Peu importe. C'est mon fils, quel effet ça ferait ?

Quel effet ? Ridicule. Les femmes ne portent pas de kippa, de toute façon. Même moi, je savais ça. Et Michael Goldfarb aussi, mais il ne mouftait pas. Gil avait l'air au bord de la nausée. Il mit une main en visière et appela dans le noir :

— Betty ! Trouve-moi deux kippas, s'il te plaît !

— J'ai la mienne, dit sèchement Michael. Et je peux en trouver une pour mademoiselle Maslin.

Libby Maslin aurait voulu serrer le garçon contre sa poitrine de vieille fille.

— Appelle-moi Libby.

Cette maudite répétition n'avait pas encore commencé que déjà, elle échappait aux mains tremblantes de Gil. J'étais hyper impatient de raconter ça à Julia. Je me demandais bien où elle pouvait être.

Le message sur mon répondeur disait: «Je suis là», suivi d'un brouhaha familier mêlé de voix, de musiques métalliques, quelques clics et clacs, un rire féminin que je connaissais...

Je trouvai Kate discutant au comptoir avec Sally.

– J'espère que vous parlez de moi, toutes les deux, dis-je en me glissant sur un tabouret.

Sally répondit:

— Vous êtes... ?

Kate buvait du jus d'airelle. Je désignai son verre:

— Je vais prendre la même chose.

Kate tendit la main sur le bras de Sally:

— Qu'est-ce qu'il prend, d'habitude?

— Whisky.

— Donnez-lui en un.

Sally m'apporta mon verre. Kate et moi nous repliâmes à une table du fond.

À peine assis, Kate prit la parole:

— Une chose, Hitch. Je t'en prie, ne joue pas le paternalisme. Pour la boisson. En ce moment, j'ai un petit problème avec l'alcool. Pas toi. J'apprécie, mais ce n'est pas la bonne manière d'être gentil.

Ting! fit mon verre de whisky contre son verre d'airelle. «Marché conclu.»

Kate me demanda si j'avais lu ses coupures de presse. *La veuve héroïque tue l'assassin de son mari* etc. Je lui dis que oui.

— Qu'est-ce que tu en as pensé?

Je ne savais pas trop par où commencer.

— Il me semble qu'il s'est passé quelque chose de très étrange, mais je ne sais pas quoi. Je n'ai pas arrêté

185

de me demander pourquoi Alan Stuart aurait fait tout ça. Parce que c'est bien lui, non ? qui a lancé cette histoire ?

Kate acquiesça.

— Oui, c'est lui. Il était déjà sur place quand Charley est arrivé à l'hôpital. Charley était… Il a été déclaré mort à l'arrivée.

— Kate, je suis vraiment désolé.

— J'apprécie, mais écoute : je ne peux pas revenir à l'époque « désolé ». Vraiment pas. Profond soupir. Alan a réquisitionné un bureau à l'hôpital. Il m'y a amenée. Tu peux imaginer que j'étais sous le choc. Rien n'était réel. Je savais que Charley était mort. Je savais que je l'avais tué. Mais je ne le ressentais pas. C'est assez commun.

— Traumatisme.

— Exactement.

Elle but une gorgée de son jus d'airelle.

— À ce moment-là, Alan a fait quelque chose de terriblement vicieux. Le premier coup bas d'une longue série. Il m'a harcelée pour m'arracher à mon traumatisme. Je l'ai compris plus tard. Il avait besoin de m'extirper de cette bulle exclusive au plus vite. Tant que j'étais sous le choc, je n'aurais pas compris un traître mot de ce qu'il me disait. Alors, insidieusement, il m'a conditionnée. « Charley est mort. On ne peut rien y changer. Ce sont les risques du métier. Tu l'as toujours su. Il est mort. Je suis désolé. Mais maintenant, tu dois m'écouter. Tu comprends ? Tu dois m'écouter attentivement. » Et ainsi de suite. Il m'a vraiment manipulée, Hitch.

— Charmant bonhomme.

— Adorable.

— Et quel était le but ?

— Simple. Il voulait entrer dans ma tête pour pouvoir réarranger les faits. Je te jure, Hitch, c'était comme un hypnotiseur. Et j'avalais. Je veux dire, j'étais vide. Putain, je voulais être morte, *moi* ! Je venais de tuer mon mari. Alan m'a conseillé de ne raconter à personne ce qui s'était passé. À personne. Puis il a commencé à me parler de l'homme de l'échafaudage, celui que Lou avait tué.

— Lou ? Attends, Loterie Lou ?

Kate était surprise.

— Comment tu sais ça ?

Je l'informai de ma visite au commissariat, où j'avais vu ce gars accueilli avec les honneurs dus à tout fils prodigue.

— Kruk l'a appelé « Loterie Lou ».

— C'est lui. Lou Bowman, le détective qui a tué le type d'en haut.

— Celui qu'on a attribué à ton mérite.

Kate grimaça à ce mot :

— *Mérite*. Exact. Elle soupira. Bref, ce gus que Lou a descendu, Alan n'a pas arrêté de me répéter que je le haïssais. « Tu le détestes, Kate. Tu l'abomines, tu l'exècres. C'est lui le responsable de tout ça. Tu le hais… » Et ainsi de suite. À un moment, je l'ai entendu dire : « Tu l'as tué. Tu as tué cet homme. » J'ai dit : « Non, j'ai tué Charley. » Mais Alan secouait la tête : « Écoute-moi, tu as tué ce type, Kate. Tu l'as tué. Il avait descendu Charley. C'est mieux comme ça. C'était une ordure. C'est comme ça que ça s'est passé. Écoute-moi. Tu as essayé de sauver Charley. » Il a martelé, sans arrêt. J'étais assise là, en état de choc ou pas, je n'en sais foutre rien. Alan a ouvert ma tête et a tout déversé dedans. Il n'essayait même pas de me *convaincre* de tout ça. Il ne pouvait pas. Mais il a fait entrer la nouvelle version dans ma tête. C'est ce qu'il voulait. Alan est puissant. Je le respectais incroyablement. Il était debout là, dans ce bureau à l'hôpital, et il m'a mise dans sa poche. « Ça doit rester dans la famille », il m'a dit.

Kate tira une cigarette puis la jeta sur la table :

— Bon Dieu, Hitch, il m'a fait un blabla que tu ne croirais même pas. Il m'a dit qu'il avait déjà parlé à Lou, que Lou marchait, que je n'avais qu'à écouter ce qu'il disait. « C'est pour ton bien, Kate », il répétait. Des heures et des heures durant. Je ne sais pas comment, il a réussi à me faire sortir de cet hôpital sans que personne me voie ou me parle. Il m'a emmenée chez lui. C'était surréaliste. Je me suis réveillée dans une de ses chambres d'amis pour découvrir que mon mari était mort, tué en service. Et que j'étais le *héros malgré lui*. C'est *moi* qui avais tué le type qui avait prétendument abattu Charley, pas Lou. *Moi*. L'histoire s'étalait là sous mes yeux. L'affaire était déjà faite, à ce moment-là. Alan m'avait totalement manipulée. Je te jure, c'était comme s'il m'avait regardée grandir et savait exactement sur quels boutons appuyer. Cacher la vérité. Vivre avec le mensonge. Boire la honte. Cette saloperie de « ça doit rester dans la famille ». C'était pile ce qu'il fallait me dire. Il a mis son doigt sur ce gros bouton et a appuyé, appuyé, sans relâche. Je ne peux même pas te parler des jours qui ont suivi, Hitch. Alan a insisté pour que je reste chez lui et sa femme jusqu'à l'enterrement. Je me souviens à peine de tout ça. Je vois dans le journal cette photo de moi au cimetière, recevant le drapeau des mains d'Alan et je ne me souviens même pas que ça a eu lieu. Je me rappelle, ça oui, avoir brûlé toutes les cartes de condoléances, les lettres et les fleurs que j'ai reçues. Je m'en souviens bien. Pour moi, ce n'étaient pas des condoléances, mais des accusations. C'était la punition qu'on ne me permettrait même pas de recevoir. J'avais tué mon mari et je n'allais même pas en souffrir. Voilà ce qu'Alan Stuart m'a fait.

Kate allongea le bras sur la table et la tapota du bout de l'ongle.

— J'ai un peu perdu les pédales quand tout ça est arrivé.

Sa voix était à peine plus qu'un murmure.

— En fait… je les ai perdues de chez perdu.

Elle prit ma main et la porta à ses lèvres, où elle la garda quelques secondes, me fixant du regard.

— Il faut que je sorte d'ici, dit-elle brusquement.

Elle se leva. Je n'avais pas encore retrouvé mes pieds qu'elle était déjà à mi-chemin de la porte. Du coin de l'œil, je vis la déception de Sally. Ça devait ressembler à une dispute.

Dehors, je demandai à Kate si elle voulait rentrer chez elle.

— Seule, je veux dire. Ou pas.

C'était à elle de décider. Je savais que je tournais autour d'un animal sauvage.

— Je dois finir mon histoire, dit-elle.

Je savais exactement où.

De l'autre côté du port, les usines désaffectées brisaient la ligne d'horizon nocturne comme de silencieuses montagnes bleues. Loin, au sud-ouest, se dressait Federal Hill où, à peine quelques nuits auparavant, Kate et moi avions scellé notre aventure surannée par quelques baisers en surplomb du port. Nous étions à présent assis sans nous toucher au bout de la jetée. La nuit d'encre aidait Kate, j'en suis sûr, à raconter le reste de son histoire : elle s'adressa à l'eau qui s'agitait sous ses pieds. Ou peut-être se confiait-elle à mon sombre reflet. Quoi qu'il en soit, j'écoutai.

Moins d'une semaine après les funérailles de Charley Russel, Alan Stuart avait convoqué Kate dans son bureau. Il lui avait rappelé une fois encore combien ce qu'elle faisait était courageux. Même s'il s'agissait d'un terrible accident – un flic descendu par un autre – le service n'avait pas besoin de ce genre de scandale. Pas plus qu'Alan Stuart lui-même n'avait besoin de ça, politiquement parlant. Il lui rappela – encore – comment un événement triste, tragique même, avait été transformé en quelque chose de positif. Tout le monde faisait preuve de bonne volonté. Les journaux – ils étaient tous là, ouverts, sur le bureau de Stuart – étaient soudain les meilleurs amis de la police. C'était une bonne chose, lui rappela-t-il. Tout cela était très, très bien.

Il y avait pourtant un point dont ils devaient discuter. Et c'était, ajouta-t-il, assez délicat. Cela ne pouvait en aucun cas sortir de cette pièce. Stuart surprit Kate, à ce moment-là, en reconnaissant qu'il l'avait mise dans une position pénible. Il lui dit qu'il comprenait bien à quel point elle devait être réticente face à toute la sollicitude et l'admiration qu'elle recevait pour avoir vengé son mari alors qu'en réalité, c'était elle qui l'avait tué. Il reconnut l'ironie de la situation et s'excusa du poids que cela lui faisait porter.

Autrement dit, il la préparait à plus.

Il pensait qu'elle devait être informée de quelque chose. Quelque chose, avait-il dit, qu'elle n'aurait pas particulièrement envie d'entendre. Il laissa supposer que dans une petite, toute petite mesure, cela la soulagerait peut-être en partie de ce qui s'était produit – réellement – dans cet entrepôt une semaine auparavant. Kate se souvenait d'avoir pensé qu'il était salement gonflé d'oser dire ça. Mais elle savait déjà – et ne tarderait pas à le savoir plus encore – qu'Alan Stuart était un enfoiré salement gonflé.

Charley était corrompu. Voilà ce que Stuart lui dit. Un ripou. Charley avait retourné sa veste. C'est le plus grand risque des missions en sous-marin, notamment lorsque de grosses sommes d'argent flottent autour. Sans rien dire, Kate avait écouté Alan Stuart esquisser les détails. Elle n'arrivait pas à faire le tri. Elle voyait la bouche de Stuart bouger, et comme dans un film mal doublé, elle entendait les mots se promener aux alentours de ses lèvres. *Décharge illégale... Dépôts secrets... Déchets chimiques...* Stuart lui montrait des papiers. Les mots dans l'air disaient «Charley» et «argent»; ils auraient aussi bien pu dire «fromage» et «bonhomme de neige». Elle n'entendait pas.

Charley était un ripou. Voilà ce qu'Alan Stuart disait à Kate et lui demandait de ne pas l'emporter quand elle quitterait son bureau. Il précisa que le service avait des soupçons, était même sur le point de lancer une enquête interne. Charley allait être ramené à la surface et dessaisi de sa mission dès que ç'aurait été techniquement faisable. Comble de l'ironie – comble du tragique – il était prévu de le faire revenir dans les jours qui suivaient. Il aurait été sain et sauf – et dans de très vilains draps.

Alan Stuart avait alors tiré une chaise et pris les mains de Kate. L'ayant obligée à le regarder dans les yeux, il avait commencé à remuer le couteau. Le service avait des raisons de penser que la couverture de Charley était déjà éventée, que les gens sur lesquels il enquêtait et dont il profitait voulaient sa peau. Stuart pensait aussi que Charley savait qu'on avait ouvert une enquête interne sur ses faits et gestes. Il était repéré des deux côtés. Pas de petit coin pépère où se retourner.

C'est là que Stuart lui avait serré les mains. Fort. Et que ses doigts – comme il serrait – s'étaient lentement glissés, le long de ses mains, jusqu'aux poignets qu'ils avaient pressés doucement, sans lâcher prise. Ça donnait la chair de poule. C'était intime. Kate avait l'impression qu'on la menottait.

— Il a dit que Charley s'était coincé tout seul. Qu'il avait mis le pied dans un piège et que le piège était en train de se refermer. Il a dit que les mâchoires étaient sur le point de le choper quand je l'avais tué.

Le regard de Kate se perdait dans l'eau. Au bout d'un moment, elle rejeta la tête en arrière pour dégager les cheveux de son visage, et me fixa durement:

— Il m'a embrassée. L'enculé.

Comme répondant à un signal, un remorqueur laissa échapper un long chuintement lugubre. L'ébauche d'un sourire se dessina sur le visage de Kate. Il avait déjà disparu quand le son s'arrêta.

Au cours de la seule semaine qu'elle racontait, Kate s'était détachée d'un monde qu'elle avait cru comprendre. Pendant ces sept jours, elle avait tué son mari, reçu à tort la compassion des citoyens de Baltimore, découvert que son mari n'était pas celui qu'elle croyait, et démarré une liaison avec son patron. Elle avait rendu le baiser.

— Je ne touchais pas terre, m'expliqua-t-elle, balançant des pieds à contretemps. Je ne comprenais pas le sens des conversations que j'avais. Quand rien ne semble réel, rien n'a vraiment d'importance. Bizarrement, le fait que mon mari ait soudain disparu de cette terre et que je couche avec un autre me paraissait anodin. Je n'avais qu'une pensée en tête, à propos de Charley… enfin, deux, en fait : la première, c'était que s'il avait vécu, peut-être qu'avec les années, il serait devenu aussi puissant et protecteur qu'Alan Stuart. Qu'il m'aurait protégée et rendue follement heureuse. L'autre, c'était que je le détestais. Il m'avait laissée tomber. Il m'avait menti. Il nous avait menti à tous. Et qu'ensuite, plutôt que d'affronter la situation comme un homme, il m'avait laissée le tuer. Mais en réalité, je ne faisais que cultiver ma haine envers moi-même. Pendant les quelques mois qui ont suivi, à chaque fois que j'ai permis à Alan Stuart de se glisser dans mon lit, je me détestais. Je recevais la punition que je méritais. Le prix à payer pour avoir tué mon mari et m'en tirer : poupée gonflable pour mon putain de patron. Et plus Alan me faisait du bien au lit, plus je me haïssais. C'est comme ça que ça marche. C'est pathétique, mais c'est comme ça. On déteste toujours la mauvaise personne. Toujours. Et cette personne, en général, c'est soi-même.

Leur aventure avait duré plusieurs mois. Kate reprit le travail, mais c'était un robot. Ce n'était pas juste.

— Je n'étais bonne à rien, comme flic. Pas comme ça. Les nuits où Alan ne se servait pas de moi… c'est là que ma petite relation avec la picole a commencé à devenir incontrôlable. Super, non ? Une liaison avec mon patron et une liaison avec la bouteille. Mais au moins, la bouteille, tu peux toujours la coller sur une étagère à hauteur où tu as plus de mal à l'attraper. Alors que l'autre, il entre par la porte et te prend.

Kate s'appuya en arrière sur les mains et regarda le ciel. C'était une nuit sans nuage avec une douzaine d'étoiles. Pas grand-chose à contempler, sincèrement.

— Alan a fini par me suggérer de prendre des vacances. Il avait vu les brochures que Charley et moi avions engrangées pour notre lune de miel ajournée. Il m'a conseillé d'aller au Mexique. D'accord, le Mexique. Ça paraît sympa. De toute façon, qu'est-ce que ça change ? Alors je suis allée au Mexique. Je me suis assise sur la plage. J'ai regardé la mer. J'ai regardé des ruines mayas. Je maudissais la lune toutes les nuits. J'y suis restée trois semaines. J'ai eu une aventure de deux soirs avec un serveur, putain… un Mexicain adorable. C'était horrible. Je ne savais ni qui j'étais ni ce que je faisais. Ce qui était très bien. Tout ce que je voulais, c'était oublier. Tout oublier. Puis Alan est venu, après la deuxième semaine. Il est venu, il a joué au docteur avec moi pendant plusieurs jours et avant de partir, il m'a dit qu'il fallait qu'on arrête. Il a été très ferme et très professionnel. Il m'a ordonné de dessoûler et de me remettre au boulot. Il m'a dit qu'il serait toujours là pour moi mais qu'on devait cesser cette relation ici et maintenant. Il était d'une suffisance ! J'ai fait un commentaire acerbe sur la délicatesse dont il avait fait preuve en me culbutant pendant trois jours avant de me dire que c'était fini. Il m'a frappée et il est parti.

Kate fixait l'horizon. Son regard se perdait dans la direction du «Domino Sugar». Je la soupçonnais de ne même pas le voir.

— C'est quand il m'a frappée que j'ai dessoûlé. Même si je ne veux jamais qu'il l'apprenne. *Jamais*. Je refuse de le lui devoir. J'ai nagé, je me suis assise au soleil et je me suis promenée sur la plage jusqu'à la fin de la semaine. Je faisais ma putain de lune de miel toute seule. De retour à Baltimore, j'ai commencé ma nouvelle vie. On m'a promue détective. Lou venait d'hériter de sa petite fortune et quittait la police : il y avait une place, Alan me l'a donnée. La promotion la plus éhontée de l'histoire de la police, mais je l'ai acceptée. Je m'en foutais. Tout le monde a pensé que c'était une marque de compassion de la part d'Alan. J'en avais marre de la compassion. Et je savais parfaitement de quoi il retournait. Ce n'était pas du tout ça. Quand je l'ai su, je suis allée voir Alan dans son bureau et lui ai demandé cash : «C'est parce que tu m'as baisée pendant trois mois ? C'est une sorte de règlement pour avoir abusé de moi comme ça ?» Écoute bien ce qu'il a répondu, Hitch. Je l'ai retenu, mot pour moi. Je ne l'oublierai jamais. Il m'a dit : «Tu sais où tu serais, en ce moment même, sans moi ? Tu ne serais plus flic et tu croupirais en prison. Maintenant, tu es une putain de détective. Je recevrai tes remerciements sous la forme d'un travail efficace et solide, *détective*. Maintenant, déguerpis et va te mettre au boulot.»

Kate me regarda :

— Comme tu vois, c'est un homme charmant.

— Il a tué Guy Fellows, non ?

Elle prit sa respiration. Le remorqueur sonna encore une fois.

— Je crois que oui, Hitch. Je crois vraiment que c'est lui.

Chapitre 21

Kate est venue chez moi ce soir-là. Nous n'avons pas fait l'amour ; elle se sentait trop comme un vieux chiffon usé jusqu'à la corde.

— Un très joli vieux chiffon, alors, lui dis-je.

— Je dois te dire merci pour ça ?

— Non.

— Tant mieux.

Elle fit la connaissance d'Alcatraz avec plaisir. Et comme c'était une dame qui avait du pouls, Alcatraz se montra lui aussi heureux de la rencontrer.

— Il est affectueux.

— C'est une pute.

— Il est magnifique.

— Oui. Et fidèle. Et il empêche le plancher de partir à la dérive. Et il est aussi débile qu'un paquet de nouilles. Regarde ça. Je frappai dans mes mains. Alcatraz ! Assis ! Couché ! Roulé-boulé ! Parle ! Donne-moi la patte ! Je me tournai vers Kate. Tu vois ? Les cinq ordres de base, et rien.

— Je le trouve adorable.

— Mais il *est* adorable. Simplement, il ne répond pas à mes besoins maître-esclave. Il est plus décoratif que je ne le pensais quand je l'ai pris. Peut-être qu'une plante verte aurait mieux fait l'affaire.

Alcatraz leva sa grosse vieille tête carrée et laissa échapper un *ouaf* poitrinaire.

195

— À ton avis, qu'est-ce qu'il a dit ? demandai-je.

— Je dirais : *Va te faire foutre pour le coup de la plante verte*.

Je cherchai la truffe humide d'Alcatraz.

— C'est ce que tu as dit, mon gros ? Hein ? Elle a raison, la dame ? Il aboya à nouveau.

Kate se bidonnait :

— C'est un *oui*.

Nous nous couchâmes et Kate se glissa entre mes bras.

— Ça fait quoi, de gagner sa vie en enterrant des gens ? me demanda-t-elle après nous être bécotés quelques minutes.

— Bon sang, Kate, tu devrais réviser tes sujets de confidences sur l'oreiller.

— Je suis sérieuse. Comment est-ce que ça peut ne pas être déprimant ? Tous ces gens en deuil. Qui s'occupe de l'embaumement ?

— Ma tante et moi, on alterne.

Elle frissonna.

— Tu crois que tu aurais quand même été croquemort si tes parents n'avaient pas été tués ? Si tu n'étais pas allé vivre avec ton oncle et ta tante ?

— Je ne crois pas. J'envisageais plus ou moins une carrière d'espion international, quand j'étais petit. Même si ma mère disait que j'étais trop beau pour devenir espion. Que tous les autres espions seraient jaloux.

— C'est bien une réflexion de maman.

Kate nicha sa tête plus près de ma poitrine. Après un court silence, elle soupira.

— Bon Dieu… les putains de bagages que je trimballe…

Je l'embrassai sur le front.

— J'ai toujours pensé que quelqu'un qui n'a pas de bagages, ça veut dire qu'il n'est allé nulle part. Arrête de te flageller.

196

Nous nous tûmes pendant quelques minutes. Je commençais à me dire qu'elle s'était endormie dans mes bras. Puis je sentis ses lèvres bouger.

— Alan Stuart m'a quasiment détruite.

— Je sais, dis-je doucement. Mais tu as fait front.

— J'ai la tête dure.

Me tournant, je trouvai sur elle un endroit qui n'était pas si dur.

— Non... Sa voix était étonnamment fluette. Je t'en prie.

Je me réveillai au milieu de la nuit. De l'autre côté de la pièce, un mouvement attira mon attention. La silhouette de Kate se découpait joliment, dans l'embrasure de la fenêtre, sur le pâle clair de lune bleuté. Je m'accoudai sur mon oreiller.

— Ça va?

Kate ne répondit pas tout de suite. Quand elle le fit, je me rendis compte qu'elle avait pleuré.

— Je n'en avais jamais parlé à personne avant. De ce qui s'est passé. Je pensais... Je pensais que j'allais me sentir mieux, en ôtant ce poids de ma poitrine. Mais...

Elle se pencha pour poser la tête sur la fenêtre. Elle mit une main sur la vitre et, après quelques secondes, tapota légèrement des doigts.

— J'ai honte de moi, Hitch.

— Chut. Tu es humaine. Reviens te coucher.

— Non. Je ne parle pas de ce que j'ai fait avec Alan. J'ai honte d'avoir enterré si vite mon mari.

— Je ne te suis pas.

Elle se tourna vers moi, bien qu'il lui fût impossible de me discerner dans l'obscurité.

— Je n'ai jamais essayé de découvrir en quoi consistait son enquête. Pourquoi il était dans cet entrepôt ce soir-là. On s'était mis d'accord pour ne pas parler de ce qu'il cherchait. Mais après... quand Alan m'a fait appeler et m'a dit que Charley avait retourné sa veste, je me suis contentée de mettre tout ça de côté. En plus de tout le reste, c'était tout simplement trop. Je suppose… d'une certaine façon, ça me facilitait un peu les choses. Que Charley soit un ripou, c'est… ça le rend abstrait. Comme si je n'avais pas vraiment tué mon Charley, mais une copie. Le bon Charley est toujours là quelque part.

— Tu crois que Stuart mentait ?

— Non. Je… Je ne sais pas du tout. Le fait est que… je n'ai jamais vérifié. Alan m'a servi cette histoire et je l'ai acceptée parce que ça rendait *effectivement* les choses un peu plus faciles. Ce n'est qu'en te la racontant ce soir, en l'entendant à voix haute, que soudain, j'ai eu l'impression que ça ne collait pas. Enfin, peut-être que tout est vrai. Je n'en sais rien. Je n'ai plus aucun recul sur rien. Mais ce qui ne va pas, de toute façon, c'est que je n'aie rien vérifié. Quel genre d'épouse je suis ?

Je ne suggérai pas de réponse. À la fenêtre, la silhouette de Kate s'estompa et s'évanouit. Un instant plus tard, elle était revenue sous les draps.

— Je vais ressortir le dossier de l'enquête de Charley. Je vais trouver ce que mon mari trafiquait avant que je le tue. Elle prit une brusque inspiration : C'est bien le moins que je puisse faire.

Chapitre 22

Au réveil, je fis cramer quelques gaufres précuites que j'offris à Alcatraz, puis produisis péniblement une liasse de rectangles bruns et dorés, parfaits pour Kate et moi, que j'empilai sur une assiette. Crachotant et toussotant comme une Ford T, ma cafetière finit par laisser dégoutter son jus de chaussette dans le pot. Kate ne parla pas de sa décision de se pencher sur la dernière affaire de son mari. Moi non plus. Au lieu de ça, il y avait quelques questions que je m'étais retenu de poser la veille au soir. Elles concernaient le meurtre de Guy Fellows.

— Quelque chose m'intrigue. On t'a bien confié l'affaire Guy Fellows ?

Je fis glisser quelques gaufres sur une assiette et la posai devant elle.

— Exact.

— Mais avant, elle avait incombé au sémillant Kruk.

— John Kruk est un excellent détective, dit Kate, un peu sur la défensive.

— Je n'en doute pas. Je dirais même que c'est en partie la raison de ma curiosité. Pourquoi évincer Kruk ? Tous les deux, vous me l'avez expliqué par des raisons de politique interne, mais je ne comprends toujours pas.

Kate gratouillait la tête et le cou d'Alcatraz. Elle stoppa net.

— Il t'en a parlé ? Quand ? Quand est-ce que tu as parlé à Kruk ?

Je fis à Kate un résumé détaillé de ma rencontre fortuite de la veille avec le détective. Je lui dis qu'il m'avait mis en garde contre le fait qu'elle et moi, nous nous voyions. Kate se montra particulièrement intéressée par le passage où Kruk avait déclaré que ça allait « être le souk, par ici ».

— Il a précisé ce qu'il entendait par là ?

— Non. D'après toi ? Il est sur les talons d'Alan Stuart ?

Kate versait du sirop sur ses gaufres. Elle semblait beaucoup plus concentrée que ne l'exigeait cette simple tâche.

— Je ne sais pas. Kruk cache son jeu.

— Il est au courant pour la vidéo ?

— Non ! Tu plaisantes ? Hitch, je n'ai parlé de ça à personne, sauf à toi. Je n'aurais vraiment pas dû, d'ailleurs. Je fais de la rétention de preuves, tu sais. Je pourrais me faire sérieusement emmerder, pour ça. Elle reposa le sirop. Mais évidemment, s'il s'avère qu'Alan n'est pas impliqué dans le meurtre de Guy Fellows et que je livre la cassette, je suis coincée aussi.

Je me levai de la table, pris un biscuit pour chien et le lançai à Alcatraz. Il s'ébroua et disparut. Je m'accoudai au bar.

— Tu ne peux pas tout simplement demander à Kruk de quel « souk » il parlait ? C'était ton partenaire, après tout. J'ai vu des séries policières. Vous n'êtes pas censés être frères de sang ?

Kate enroula sa main autour de sa tasse à café et la fixa du regard.

— Kruk était mon partenaire et mon supérieur. On n'a pas travaillé longtemps ensemble. Sa promotion au poste de détective avait déjà été validée, il attendait juste son affectation. Kruk n'a jamais été emballé de devoir faire équipe avec une femme. Il a toujours eu du mal avec les femmes en uniforme. Elle leva les yeux vers moi. Ce n'est pas ce que tu crois. Ce n'est pas un cochon phallocrate. C'est un cochon chevaleresque, en fait. Quand on fait équipe, on doit se protéger mutuellement. Ça va de soi. Kruk râlait parce que sa préoccupation naturelle pour la sécurité de son équipier décuplait s'il faisait équipe avec une femme. On se protège, certes, mais ça ne doit pas devenir une obsession. Il faut faire confiance à l'autre pour prendre soin de lui-même. Ou d'elle-même. Et avec moi, Kruk n'y arrivait pas. Il a essayé, je dois le reconnaître. Mais il ne pouvait vraiment pas.

— Tu veux dire que le petit bonhomme bourru est un tendre ?

Kate avait trouvé une miette dans sa tasse et essayait de l'attraper du bout de l'ongle.

— Kruk a été totalement anéanti par ce qui s'est passé à l'entrepôt le soir où j'ai tué Charley. Il a l'impression qu'il a failli à sa tâche, qu'il n'aurait pas dû me laisser entrer dans l'entrepôt. Que c'est moi qui aurais dû rester dehors pour soigner Connolly.

Je retournai à table et m'assis en face d'elle.

— Anticipation rétrospective, Kate. Exercice inutile. Mais en quoi ça t'empêche de lui demander tout simplement de quel « souk » il parlait ?

Kate prit quelques secondes pour formuler sa réponse.

— Kruk et moi ne… euh… on ne communique pas très bien, ces temps-ci. Ma promotion… Comme je te l'ai dit, elle est arrivée assez vite. Personne ne m'a jamais rien dit ouvertement au sujet de mon aventure avec Alan, mais soyons réalistes, ces gars sont des détectives, bordel ! Tu crois qu'ils ne sont pas au courant ? Je crois bien qu'au poste, je passe pour de la marchandise frelatée.

— Pourquoi est-ce qu'on t'a confié l'affaire Fellows ?

Kate sourit d'un air narquois :

— C'est une bonne question.

— Stuart ne peut décemment pas vouloir que tu déterres quoi que ce soit. Enfin, pas s'il est impliqué dans le meurtre. Même si en réalité, c'est déjà fait.

— La vidéo.

— Où est-ce que tu as déniché ce gentil petit souvenir, au fait ?

— Chez Carolyn. C'est une copie.

— Tu crois que Stuart a l'original ?

Kate haussa les épaules.

— S'il l'a, il ne va certainement pas me le dire. Je ne peux que supposer que la personne qui a tué Guy Fellows est en possession de la cassette. Ça paraît logique.

— Et nous supposons que cette personne est Stuart. Ou du moins, quelqu'un qui défend ses intérêts.

— Joel Hutchinson ?

— Je ne sais pas. Il est évident qu'il est capable de, euh... réactions excessives. Tout est possible. Je voyais flotter l'image d'Alfred Smollett avec son bandeau sur les yeux. Mais attends. Voilà la vraie question : est-ce que ton patron sait que tu as la cassette ?

Kate mordit enfin dans sa gaufre maintenant froide. En mâchant, elle fit non de la tête.

— Impossible. Tu te souviens ? Je ne lui ai jamais parlé de Carolyn. C'est ça qui l'a rendu dingue. Il croit *toujours* que le complice est quelque part.

— Mais alors... qu'est-ce que c'est que cette enquête criminelle ? Si Alan Stuart est impliqué d'une manière ou d'une autre dans le meurtre de Guy Fellows, tu es censée rechercher qui, toi ?

— À l'origine, ma mission pour le compte d'Alan... mon « service », si tu te rappelles, c'était d'identifier le partenaire de Guy Fellows. De repérer Assurance, comme disait toujours ton vieux pote.

— Ce que tu as fait.

— Ce que j'ai fait. J'ai repéré Carolyn assez facilement. Mais comme je te l'ai dit, il était hors de question que j'arrache cette pauvre gamine des griffes de Guy Fellows pour la coller dans celles d'Alan. Je sais reconnaître une victime quand j'en vois une. Le fait est que je l'ai perdue quand même. Mais au moins, j'ai essayé. Je ne l'ai pas livrée aux loups.

Quelque chose continuait à me chiffonner.

— Mais ils devaient le savoir. Ils ont dû le comprendre. Tu l'as dit, ils n'auraient pas osé s'en prendre à Fellows tant qu'Assurance était toujours en vie. Or, à peine Carolyn James se tue… bye-bye Guy Fellows. Sa police d'Assurance était arrivée à expiration.

— C'est ça qui est bizarre, Hitch. Quelqu'un doit avoir paniqué. Parce que je ne leur ai jamais révélé que Carolyn était la complice de Guy.

— Alors ils ont trouvé ça tout seuls. Est-ce que c'était vraiment difficile ? Ils auront appris que Guy Fellows avait payé – si chichement que ce soit – l'enterrement de quelqu'un. Ça ne devait pas être trop compliqué à découvrir. Ils ont dû comprendre que Carolyn James tenait la caméra et, tout contents qu'elle se soit si opportunément tuée toute seule, ils se sont occupés de Fellows. Affaire classée. Pourquoi tu dis que quelqu'un a paniqué ? Pour moi, c'est une réaction impitoyable, mais pas affolée.

— Je ne sais pas, Hitch. Peut-être que tu as raison. Peut-être qu'ils n'ont pas paniqué sur le moment.

Elle avait empalé une autre bouchée de gaufre sur sa fourchette. Elle la tint de côté, s'en servant pour accentuer son propos.

— Mais ils paniquent *maintenant*.

Elle enfourna son bout de gaufre et s'adossa à sa chaise.

— Mlle Zabriskie, y a-t-il quelque chose dont vous souhaiteriez informer l'assistance ?

— Alan est toujours rançonné. Une nouvelle enveloppe de photos a été livrée. Pas de mot. Pas de demande d'argent. C'était il y a quelques jours à peine. Alan m'a fait appeler. Joel Hutchinson était là. Alan voulait savoir si j'avais des pistes sur le complice de Fellows.

— Ta piste mange les pissenlits par la racine.

— J'ai omis de le lui dire. Après, il m'a montré le nouveau jeu de photos qu'il venait de recevoir. Il était furieux. Alan a horreur qu'on le mène en bateau. Ça le rend dingue.

— Mais putain, qui peut avoir envoyé ces photos ?

— Alan et Joel pensent que Guy et son complice se sont disputés, chez Guy, sans doute au sujet de l'argent ou de ce qu'ils allaient en faire ensuite. La dispute se serait envenimée et le complice y aurait mis un terme à coups de couteau de cuisine.

— C'est insensé. Il n'y avait *plus* de complice, à ce moment-là. Carolyn James était déjà morte. Ils ont inventé tout ça. Pourquoi ? Ils essaient de te lancer sur une fausse piste ?

— Il y a une autre possibilité. Peut-être que Joel Hutchinson et Alan ne partagent pas tous leurs petits secrets. L'un des deux pourrait vouloir mettre *l'autre* sur une mauvaise piste.

— Genre, Amanda Stuart a tué Guy Fellows et son mari envoie les gens dans la direction opposée ?

— Possible. Ou encore, comme tu te le demandes toi-même, peut-être que Joel a fait un peu trop de zèle et maintenant, il a besoin que le mystérieux complice continue à exister.

— C'est ridicule. Il y a quelqu'un qui bluffe. Cette pseudo-nouvelle lettre de chantage, c'est de la pure foutaise.

— Tu as raison. C'est de la connerie. Ça ne fait aucun doute. Mais je peux t'assurer que ces gars-là veulent tous les deux que je cherche ce complice comme une folle. C'est pour ça qu'on m'a chargée de l'affaire et que Kruk en a été dessaisi. Personne ne me l'a dit clairement, évidemment. Mais si Alan est impliqué, il ne peut pas se permettre que Kruk mette la main au collet d'un type qui déballerait des histoires. C'est à *moi* de retrouver le complice de Guy. Et je suppose que j'aurai l'ordre d'utiliser tous les moyens nécessaires, lorsque je l'aurai trouvé.

— Mais le partenaire est *déjà* mort.

— Hitch… *je* le sais. Et *tu* le sais. Mais pas Alan. Tu ne saisis pas? Moins d'une semaine après l'assassinat de Guy Fellows, Alan reçoit une livraison toute fraîche de photos pornos de sa femme. Déposée à l'accueil, et non pas postée. Alors ça ne pouvait pas être Guy depuis le boulevard des allongés. Ni Carolyn non plus. Tu aurais dû voir comme ils étaient mal à l'aise, tous les deux. Alan a la peur au ventre. Cette affaire sonnerait le glas de sa carrière.

— Donc, l'un des deux, Stuart ou Hutch, tire les ficelles. Ou alors, Fellows avait réellement un autre complice depuis le début. En plus de Carolyn James. C'est ça?

Kate faisait non de la tête.

— Mais alors, qui a déposé ces photos, bordel?

Kate pointa sa fourchette sur moi.

— Cet enfoiré me doit une fière chandelle.

Elle transperça un autre morceau de gaufre froide et l'enfourna. Furieusement. Triomphalement. Je ne lui avais pas encore posé la question que déjà, elle opinait du chef.

Ce devait être un oui.

Chapitre 23

Comme je l'ai déjà dit, grâce au poteau de pompiers, on peut littéralement «débouler» dans la galerie de Julia – quand on est déjà dans le studio à l'étage. Je n'y étais pas. J'entrai par la porte.

Derrière la caisse, Sue la Chinoise lisait un numéro de *Village Voice*. Elle abaissa le magazine juste sous son nez et dit :

— Pas là.

Depuis des années que Sue la Chinoise monte la garde à la galerie de Julia, je ne l'ai jamais entendue proférer plus de deux syllabes à la fois. Au début, j'avais essayé de la pousser dans ses retranchements en lui posant des questions tendancieuses, mais Sue la Chinoise ne se laisse pas avoir comme ça. Il y a belle lurette que j'ai laissé tomber.

— Tu ne saurais pas où elle est ?

— Non.

— Ni quand elle va rentrer ?

— Sais pas.

— Elle est partie depuis longtemps ?

— Non.

Je déambulai quelques minutes dans la galerie, regardant le travail de Julia. Un jour, elle m'avait dit qu'en général, quand elle commençait une toile, elle ne savait pas ce qu'elle peignait et que, la moitié du temps, elle ne savait toujours pas ce que c'était une fois la toile terminée. Elle baptisait ces œuvres-là de titres choisis totalement au hasard. M. *Vert mange son vélo* ou *Crêpe tunisienne, deuxième partie*. Julia maîtrise parfaitement ses couleurs, ses formes, ses coups de pinceau et pour moi, ses plus belles œuvres sont certains de ces tableaux impénétrables aux noms ridicules. (Quelque part en ville, il y a un collectionneur qui n'a de cesse de rechercher frénétiquement *Crêpe tunisienne, première partie* : Julia a omis de l'informer qu'il n'existait pas.) Pourtant, ce sont ses autres toiles qui se vendent le mieux. Beaucoup sont ce qu'on pourrait appeler des « rêveries juxtaposées » : un homme avec une poule pour oreille ; une chute d'eau cascadant du sommet d'un immeuble de bureaux ; une famille de cigares passant une journée à la plage.

Je demandai à Sue la Chinoise ce qu'elle lisait. Une fois encore, le magazine descendit au niveau de son nez. « D'la merde » fut sa réponse. Et le journal de remonter. Et Hitch de reprendre la porte.

Tante Billie m'avait demandé de l'aider pour la veillée de l'après-midi. C'était une de ces situations déplorables où le mort – en l'occurrence, une femme âgée – oblige deux factions rivales d'une famille à déposer leurs armes et à essayer de s'entendre sous un même toit – le nôtre – pendant une heure. Vous n'imaginez pas à quel point c'est fréquent. Dans ces cas-là, ma tâche consiste généralement moins à assister la douleur, comme je le fais d'habitude, qu'à créer une zone tampon. Avec le temps, j'ai appris que c'est à proximité du cercueil que les échanges les plus instables sont susceptibles de se produire. À savoir que c'est là que les cris – voire les coups – ont le plus de chances de survenir. Le pauvre mort étendu dans sa boîte n'a plus qu'à attendre que ça passe. Dans ces circonstances adverses, Billie et moi travaillons parfois de conserve, et il nous arrive de nous épuiser à quadriller sans fin la pièce pour nous interposer entre les antagonistes.

La réunion fielleuse de tante Billie se révéla relativement maîtrisable. Pas de combat ouvert. Il fallut certes éteindre quelques feux de paille, mais l'un dans l'autre, l'affaire resta assez tranquille. Edie Velvet nous accorda même l'honneur d'une visite surprise. Edie faisait ça de temps en temps : parer ses quarante kilos de dix livres de bijoux et se pointer sur scène comme Norma Desmond [28] cherchant son gros plan. Parfois, ça déconcertait un peu les endeuillés ; Edie est un tantinet trop gothique au goût de certains. Mais dans des cas comme celui-ci, où la mélancolie ne battait de toute façon pas son plein, la visite d'une Mlle Velvet embijoutée ne dérangerait personne. Edie se faufila jusqu'au cercueil, admira le cadavre, serra quelques mains, recueillit quelques regards confondus, puis ressortit de la pièce. Elle signa le livre d'or à sa manière habituelle – *E. Velvet/E. Baltimore*, récupéra ses sacs et retourna arpenter les rues.

— C'était sympa de revoir Edie, non ? remarqua tante Billie lors de notre *post-mortem* chez elle. Elle avait l'air en forme.

Billie et moi étions postés devant le téléviseur. Ma tante se laissait aller à l'un de ses vilains petits penchants secrets : les feuilletons à l'eau de rose. Elle est accro. Meurtres, viols, incestes, avortements en pagaille, infidélités zizanitrices : Billie n'en a jamais assez. Afin d'essayer de déguiser ce qu'elle reconnaît volontiers comme une inclination sordide, elle agrémente quelquefois sa séance de l'après-midi d'un thé sur un plateau d'argent, complété de petits gâteaux ou de pâtisseries

---

28. *Ndt.* L'un des principaux personnages de *Sunset Boulevard*, (celui de l'ancienne vedette du cinéma muet) interprété par Gloria Swanson.

dispendieuses et trop élaborées. Assise là avec sa porcelaine, pouffant devant la dépravation feuilletonnesque,
elle fait l'effet d'une duchesse dans une maison de
passe.

Billie venait de me mettre au courant des derniers
développements de l'une des intrigues («La folie temporaire de Dimitri est un stratagème pour reprendre sa
demi-sœur à son demi-frère amnésique») quand le programme fut interrompu par un flash d'information. La
grosse tête de Mimi Wigg remplit soudain l'écran. Avec
un sérieux mortel, elle annonça d'un ton angoissé et
monocorde que Jeff Simons venait d'être emmené à
l'hôpital Johns Hopkins suite à une crise cardiaque. On
ne connaissait pas encore, précisait-elle emphatique-
ment, l'état de santé du bien-aimé journaliste, même
si le bruit courait – mais c'était parfaitement officieux – qu'il avait cessé de respirer.

— Ça s'appelle mort, ça, dit Billie. Pauvre Helen…

Helen est la mère de Jeff. Je remarquai la table de
bridge dressée, le plateau de cribbage prêt à l'emploi.

À l'écran, Mimi Wigg avalait lentement mais sûre-
ment la scène – le décor – et demandait aux citoyens de
Baltimore de prier pour Jeff Simons. Elle-même avait
déjà joint ses petites mains, pour ceux qui auraient
oublié comment on fait.

— Bien entendu, nous… vous tiendrons au courant.

L'image de Mimi Wigg s'évanouit et à sa place, réap-
parut Dimitri, toujours momentanément fou. Sur un
genou, le bras levé, il implorait une plante en pot posée
tout en haut d'une bibliothèque. Une asperge blonde
l'épiait depuis la porte.

— C'est Gloria, me chuchota Billie d'un ton de
conspirateur en se servant une tasse de thé. Je crois
qu'elle a tué le maire, l'année dernière. Ou qu'elle a eu
un enfant de lui, je ne me souviens jamais.

Chapitre 24

Kate se tenait debout devant ma porte. Elle portait une fine robe bleue et un grand saladier en bois.

— Couscous, dit-elle.

— Couscous à toi aussi. Dans mon pays, on dit *Aloha*. Entre.

Kate tira un dossier marron de son sac et le laissa tomber sur ma table basse avant d'entreprendre de servir le couscous. Le dossier resta là, à nous narguer, pendant toute la durée du repas. Je lui fis compliment de la nourriture :

— C'est sympa.

Après m'être resservi dans la dune de semoule, j'abordai enfin le sujet du dossier :

— Charley ?

Elle acquiesça.

— Il y a un dossier comme ça pour toutes les enquêtes ? C'est comme ça que ça marche ?

— Oui, tout y est consigné. Il faut signer un registre pour pouvoir l'emprunter.

— Depuis combien de temps ton mari travaillait sur cette affaire ?

— Plusieurs mois. Quatre, cinq… Je crois que je t'ai dit, Charley ne s'est pas infiltré tout de suite. Il a commencé par mener une enquête de routine sur le terrain. Mais fureter et poser des questions trop ouvertement, ça finit par mettre la puce à l'oreille des gens qu'on a précisément besoin de faire parler. On peut couler une enquête en laissant voir aux mauvaises personnes qu'on farfouille dans leurs affaires.

Elle lorgnait le dossier, partagée entre savoir et ne pas savoir… et n'arrivant pas à décider laquelle des deux options était la meilleure.

— Je suis idiote, hein ?

— Non, tu as peur. Et je ne peux pas te le reprocher.

Kate secoua brusquement la tête.

— Okay. Réglons ça.

Nous prîmes place sur le canapé. Kate inspira un grand coup et se pencha pour ouvrir le dossier.

Apparemment, tout avait commencé quand les roues s'étaient dissociées du chariot. Enfin, dans ce cas, le chariot était un train, qui avait déraillé. Mais vous voyez ce que je veux dire.

Ça s'était passé en Indiana. Le train était parti de Baltimore à destination de l'Iowa. D'après le premier rapport, ce déraillement ne présentait rien de particulièrement notable. Ça arrive beaucoup plus souvent que ne le croit le *Fugitif*. Comme ce sont les convois de marchandises, et non de voyageurs, qui sont particulièrement touchés, on n'en parle généralement pas aux infos. C'était le cas de ce déraillement-là. Le train a eu un accroc à son entrée sur le pont de la Wabash River, juste après Terre Haute : quatre wagons ont déraillé et chaviré. Sur les quatre, trois transportaient du matériel stéréo bon marché. De gros radiocassettes vendus une centaine de dollars au détail. Rien de bien grave. L'acheteur refuserait la livraison et les appareils seraient fourgués à une chaîne de braderies.

Le quatrième wagon suscitait plus de curiosité. Il contenait plusieurs centaines de cylindres d'acier étiquetés « gel de silice ». Le gel de silice n'est pas du tout du gel, ça ressemble plus à de la poudre. Ou mieux encore, à du gros sel. La caractéristique la plus remarquable de cette matière est qu'elle absorbe l'humidité de tout ce qui l'entoure – si humidité il y a, évidemment. La relation la plus commune que les gens ont avec le gel de silice vient du matériel électronique : c'est ce qu'on trouve dans ces petits sachets apparentés à des poches de sucre, placés là pour absorber l'humidité ambiante de la boîte. Je me suis laissé dire que ça pouvait aussi servir pour faire sécher des fleurs.

Lors de l'accident, pas moins d'une bonne trentaine de ces tambours s'étaient ouverts en dégringolant sur les rails. Mais ce qui en est sorti en masse et a lentement coulé vers la rivière, ce n'était pas des grains de silice. Ce qui s'est répandu, c'était de la bouillasse. Ou plus précisément, de la fange. Noire, gluante, très humide et, semble-t-il, atrocement nauséabonde.

En toute logique, la première chose à faire était de contacter soit l'expéditeur, soit le destinataire, pour l'informer du déraillement et déterminer quoi faire de la centaine de fûts marqués « gel de silice », dont trois douzaines étaient remplies de ce margouillis visqueux. C'est alors que l'on avait découvert que les barils ne portaient aucune information d'origine du prétendu gel de silice et n'affichaient pour tout destinataire qu'un entrepôt de la gare de marchandises à la sortie de Des Moines [29]. Les étiquettes n'indiquaient aucun nom, ni de personne ni de société. C'était un problème. Un problème qui suintait lentement dans la Wabash River. D'autant que les tests réalisés déterminèrent que la bouillasse qui s'échappait de ces cylindres était toxique.

Et *ça*, c'est un crime.

Kate leva la tête du dossier.

— Charley va entrer en scène.

Le train venant de Baltimore, on en informa la police

---

29. *Ndt.* Capitale de l'Iowa.

municipale. C'est le détective Charles Russell qui prit l'appel. Cela devint son affaire. Russell remplit ses rapports. Outre les faits tangibles qu'il rassemblait, le détective consignait également dans ses rapports ses propres hypothèses et spéculations, brutes de décoffrage. Suivant l'une de ces hypothèses, Russell se rendit à Des Moines. On l'accompagna jusqu'à l'entrepôt où auraient dû aboutir les fâcheux tonneaux… et ce qu'il y trouva, ce n'est pas cent, ni même deux cents, mais plus de *quatre cents* tambours d'acier portant exactement la même étiquette que le faux gel de silice qui était en train de contaminer les espèces benthiques de la Wabash. Charley n'eut même pas besoin de soulever le couvercle des barils pour déterminer qu'ils contenaient la même gadoue poisseuse. Une centaine de barils étaient empilés dans l'enclos jouxtant l'entrepôt ; les forces de la nature avaient fait leur œuvre sur nombre d'entre eux, maintenant gonflés, rouillés et fissurés. Le contenu en exsudait. Selon les termes simples mais clairs du détective Russell : « On le sentait dans l'air. »

Charley Russell inspecta les registres, les bordereaux, les inventaires, etc. : il n'y avait pratiquement rien concernant les mystérieux tambours de Baltimore. Origine inconnue. De même, l'ordre de déchargement à Des Moines ne portait aucune indication de propriété. Si les barils devaient être acheminés vers une autre destination après leur séjour dans l'enclos de la compagnie ferroviaire, Charley Russell n'en trouva pas la moindre trace. C'est donc à ce moment que le détective commença à projeter de continuer son enquête en sous-marin.

Kate se leva, étira les jambes et fit les cent pas en lisant les raisons exposées par son mari pour s'infiltrer. Je suppose que quelque part, elle espérait pouvoir en conclure que sa décision était la seule envisageable. Car après tout, c'était suite à cette décision qu'il devait se retrouver dans l'entrepôt ce soir-là, émergeant de derrière une pile de fûts d'acier.

Kate lut :

— *Ai déterminé que l'entrepôt de destination appartient à B&O. Responsables du chemin de fer à Des Moines n'en savent presque rien. D'après registres, inutilisé depuis plus d'un an. Vrai ? Origine des cargaisons inconnue. Baltimore. Reste que : wagons ne se remplissent pas tout seuls. Ne s'accrochent pas d'eux-mêmes aux trains. Différé entretiens avec B&O à Baltimore pendant enquête sous-marine. Contacté transporteurs pour « embauche » immédiate, dépôt B&O, Sparrows Point.*

Elle baissa le rapport :

— Il ne voulait rencontrer personne des chemins de fer. Ils n'auraient fait que mentir et commencer à couvrir leur cul. La piste aurait été froide avant même qu'il ne la repère.

— Si on part du principe que les gens des chemins de fer sont responsables.

— C'est eux, c'est sûr. Charley avait vu juste, sur ce coup-là. Il fallait bien que quelqu'un charge ces tonneaux. Et que quelqu'un détourne le regard pendant ce temps-là.

Nous reprîmes le rapport. Charley Russell avait continué à le remplir religieusement, une fois par semaine. Par quelque mystérieuse connexion entre la police et les transporteurs, Russell avait immédiatement trouvé un job de manutentionnaire au dépôt. Il gardait les yeux et les oreilles grands ouverts. Au bout d'un moment, il avait commencé à laisser entendre à qui de droit qu'il était disposé à travailler en « équipe de nuit » le cas échéant. Au début, ça ne lui avait rapporté que des propositions pour faire des doubles journées. Ce qu'il fit – se plaignant à Kate que toutes ses heures supplémentaires étaient renvoyées sur un compte bloqué de la ville, pour être, à terme, rendues à son employeur. Mais il s'accrocha, affichant qu'il ferait volontiers quelques extras payés cash et qu'il était prêt, dans ce but, à contourner quelques lois si nécessaire. Il finit par être contacté par un type nommé Earl DeLorenzo. Je reconnus le nom : je l'avais vu dans les coupures de presse de Kate.

— L'homme de l'échafaudage.

Kate confirma.

— DeLorenzo. C'est l'homme que j'ai soi-disant tué. Celui qu'Alan a présenté comme l'assassin de Charley.

DeLorenzo proposa à Charley un autre boulot de nuit. Mais celui-là n'était pas officiel. C'était assez simple. DeLorenzo conduisit Charley à un entrepôt de Sparrows Point. Vide. Charley reçut l'ordre d'y revenir deux jours plus tard à minuit. Lorsque Charley se présenta, un camion à plateforme était garé sur le quai de chargement, contenant près d'une centaine de tambours d'acier. Charley, DeLorenzo et le chauffeur du véhicule les déchargèrent dans l'entrepôt. Avec de simples chariots à roulettes. Pas de transpalette, pas de grue. D'après son rapport, Charley avait essayé de poser quelques questions « innocentes » sur les tambours, leur contenu et leur provenance, mais DeLorenzo lui avait fait clairement comprendre qu'il était payé pour travailler, pas pour fourrer son nez partout. Deux jours plus tard, Charley fut à nouveau appelé à l'entrepôt où, avec DeLorenzo et le chauffeur, ils collèrent des étiquettes sur les barils. « Gel de silice. » Les trois hommes chargèrent ensuite les tambours – toujours à la main – dans un wagon couvert garé sur la voie, devant le quai de chargement. Lorsque les barils furent tous dans le wagon, Earl DeLorenzo tendit aux deux hommes dix billets de cent dollars chacun, leur rappela que rien de tout cela n'était jamais arrivé et leur souhaita une bonne journée.

Kate se rassit sur le canapé. Pendant près d'une minute, elle garda le silence, les yeux rivés au plancher. Elle sondait le passé. Elle fixait les mille dollars en liquide tendus à son mari. À l'évidence, elle scrutait son regard, essayant de déchiffrer ce qui aurait bien pu s'y trouver.

Enfin, elle prit la parole :

— C'est assez ?

— Qu'est-ce que tu veux dire ?

— Je veux dire, c'est assez ? Mille dollars, ça suffit pour un boulot pareil ? Pour deux nuits blanches, un job manifestement illégal ? Mille dollars, c'est assez ?

J'étais désorienté.

— Qu'est-ce que tu veux savoir, au juste ?

— Je veux savoir si Charley ment dans son rapport. Je veux savoir si Earl DeLorenzo ne lui a pas donné le double. Ou le triple. Charley m'a fait plusieurs fois la réflexion, sur le fait que son salaire et ses heures sup atterrissaient directement sur le compte bloqué. Si Alan m'a dit la vérité, si Charley avait retourné sa veste, c'est *là*, Hitch. C'est là que ça se serait produit. Earl DeLorenzo tend à Charley, je ne sais pas, peut-être trois mille dollars ? Cinq mille ? Charley note mille, les verse sur le compte bloqué et empoche le reste. Personne n'y perd, pas vrai ? Il se crève le cul et tire sur son salaire de détective, qui n'est pas précisément celui d'un Crésus, crois-moi. De l'argent sale te tombe dans les mains, tu fais quoi ? Voilà ce que je veux savoir. Est-ce que mille dollars suffisent ? Ça te paraît réglo ?

— Kate, ne te fais pas…

— Ne cherche pas à me calmer ! trancha-t-elle. C'est pour ça qu'on fait tout ça, bordel ! C'est pour ça qu'on est ici. Elle inspira profondément. J'ai sorti ce putain de dossier pour arriver à déterminer, dans un sens ou dans l'autre, si mon mari était un ripou. Point. Si oui, ainsi soit-il. J'ai déjà une telle blessure que ça ne peut pas être pire. Il faut que je sache. Alors s'il te plaît, ne me materne pas, Hitch. Aide-moi, tu veux ?

J'acquiesçai.

— Alors, d'après toi ? Est-ce que c'est assez, mille dollars ? Ça te semble correct ou un peu chiche ?

— Tu as raison. Je ne peux que supposer, mais ça me semble bien. C'est un chiffre rond. Mille dollars pile. Hors taxe. Ça paraît réglo.

— Tu es sûr que tu n'es pas encore en train de me jouer le Monsieur Gentil ?

— Tu me poses une question dont j'ignore la réponse.

— Ça aurait pu être deux mille. C'est un chiffre rond aussi. Mille par nuit, Hitch. Ce n'est pas rond aussi, comme chiffre ?

— Kate…

Je ne savais pas quoi dire. L'homme qui avait distribué l'argent et celui qui l'avait reçu étant morts, comment pourrait-elle jamais connaître la vérité sur ce point ? Elle le savait parfaitement, elle aussi : je le voyais dans ses yeux. Elle saisit le rapport, puis le laissa retomber sur la table avec impatience.

— Ce truc ne m'apprend que dalle ! Putain, Hitch, peau de balle ! Comment est-ce que je peux savoir si mon mari a carotté quelques milliers de dollars ou non ? Ça ne risque pas d'apparaître dans le rapport, bordel ! « Oh et, au fait, j'ai escamoté une brique ou deux sur le tout. J'espère que ça ne vous dérange pas trop. » Comment je peux savoir, merde ! ?

La question n'attendant pas de réponse, je n'ai même pas essayé d'en proposer une. Au lieu de ça, j'ai dit :

— Lisons la suite. Peut-être qu'il va se présenter quelque chose.

— Oui, dit-elle amèrement. Moi. Avec un flingue.

Kate repoussa ses cheveux sur ses épaules et se pencha une dernière fois pour finir la lecture des derniers jours de son mari.

217

— Je déteste ça.

Elle me lança un regard d'avertissement.

— Je bois un verre, après. Je te préviens tout de suite.

— C'est de bonne guerre.

— Non. *Plus* que de bonne guerre, corrigea-t-elle.

Elle passa au dernier rapport.

Après avoir chargé le wagon, Charley avait averti les autorités de Des Moines de surveiller son arrivée. Comme pour la précédente cargaison, le strict minimum de paperasse était mystérieusement apparu : une facture d'origine indéterminable stipulant que les barils devaient être déchargés à l'entrepôt de Des Moines.

Charley s'était aventuré à poser deux questions importantes à Earl DeLorenzo, priant pour que ce dernier y réponde. DeLorenzo avait répondu aux deux. La première était : est-ce que ce job se reproduirait ? La réponse avait été oui. DeLorenzo ne pouvait pas répondre précisément à la seconde, mais probablement dans un mois environ.

Les déductions et hypothèses de Russell allaient jusque-là. Quelque part à Baltimore ou dans les environs, on déblayait une quantité considérable de terre. Cette terre était saturée de déchets chimiques hautement toxiques. C'était de la merde en barre et, pour une raison ou une autre, « on » tenait absolument à envoyer cette terre viciée au diable vauvert, aussi loin que possible de Baltimore. Et « on » avait à cœur de le faire discrètement. La prochaine étape pour Charley Russell consistait à localiser l'origine des déchets toxiques. Qui que ce fût, le – ou les – propriétaire(s) du terrain ainsi déblayé et entassé dans les tambours… serai(en)t le but de la prochaine visite du détective Charley Russell. C'était la clef. À qui appartenait cette merde ?

Le dossier s'arrêtait là. Si l'expression « fin abrupte » vous vient à l'esprit, inutile d'essayer de la repousser. Kate et moi étions plongés dans la lecture de l'enquête de Charley sur les déchets toxiques, apparemment à deux doigts d'en découvrir l'origine avec lui... quand tout à coup, plus rien. Et on savait tous les deux pourquoi.

Pan.

Nous gardions le silence. Il n'y avait rien à dire, au sens propre. Les rapports s'arrêtaient de manière brutale et définitive. Je voulus tendre le bras vers Kate, mais je n'osai pas.

Soudain, elle rouvrit le dossier et commença à le feuilleter furieusement.

— Quelque chose ne colle pas.

Elle saisit une liasse de rapports et commença à les comparer.

— Comment ça ?

— Regarde, dit-elle, haletante. Regarde bien. Les dates. On s'est fait la réflexion tout à l'heure : Charley était incroyablement méthodique. Toutes les semaines, religieusement, il remplissait un rapport sommaire. Certains sont intermédiaires, mais quoi qu'il arrive, il rédigeait toujours un rapport, chaque semaine. Le même jour, le mercredi.

Je regardai les papiers : en effet.

— Et ?

— Et ça ! répondit-elle agitée. J'ai... Charley a été tué un vendredi. Tu penses bien que je n'oublierai jamais cette date : le vendredi dix-huit novembre. Or, regarde le dernier rapport. La date. Elle donnait de grands coups dessus, du bout du doigt. Mercredi neuf novembre.

— Oui, et ? Tous ses rapports sont du mercredi.

— Exactement. Mais alors, où est le seize novembre ? Mercredi seize ? Il n'y est pas. C'est le seul mercredi absent. Ce n'est pas mon Charley, ça. Ça ne ressemble pas à notre bon vieux détective Russell. Un coup d'œil à ce dossier suffit pour s'en rendre compte. Trois mois entiers de rapports remplis tous les mercredis, et soudain...

Elle tendit les mains, les paumes tournées au plafond :

— Hitch, Charley *a rédigé* un rapport le mercredi seize. J'en mettrais ma tête à couper. Deux jours plus tard, il retournait à l'entrepôt. Il a écrit un rapport, Hitch. À coup sûr. Et vu les développements de l'enquête exposés ici, je mettrais aussi ma main au feu que je sais ce qu'il y avait dedans.

— L'emplacement.

— L'emplacement. L'origine de cette putain de bouillasse douteuse dont quelqu'un tenait à tout prix à se débarrasser. Il l'a trouvé. Charley a découvert la source de cette merde. Il l'a consigné dans ce dossier. Et ce rapport manque. Quelqu'un l'a pris.

— Mais qui ? Et quitte à poser des questions primaires, j'ajoutai : Et pourquoi ?

Kate avait rassemblé tous les rapports et les fourrait dans le dossier. Ses yeux étaient en feu.

— Quelqu'un a pris peur. Quelqu'un a paniqué. Je saurai qui. En rapportant le dossier demain, je verrai qui l'a emprunté le dernier. Je vais mettre la main sur celui qui a piqué ce rapport. Ils doivent se croire à l'abri, maintenant, mais je vais leur refoutre une trouille mortelle.

Elle eut alors un geste splendide : elle laissa tomber le dossier et shoota dedans. Un tir parfait. Il s'envola dans les airs, les pages s'égaillant dans toute la pièce.

— Je vais trouver qui c'est.

Kate resta chez moi pour la nuit. En se glissant entre mes draps et moi, elle avait la souplesse d'une huître.

Je fus réveillé au milieu de la nuit par quelqu'un qui me léchait le visage. Ce n'était pas Kate : c'était Alcatraz. J'ouvris les yeux. Le joyeux jappement de mon chien occupait tout l'espace. J'allais marmonner « qu'est-ce qu'il y a, mon vieux ? » quand j'entendis la porte d'entrée se fermer. Alcatraz tourna la tête et l'une de ses oreilles me fouetta le visage. Il y a des chiens qui donnent l'alerte quand quelqu'un entre chez vous. Le mien m'avertit quand les gens partent.

Je me levai tant bien que mal, allai jusqu'à la porte et l'ouvris. J'entendis claquer celle d'en bas. Kate était déjà hors de l'immeuble. J'ai dévalé l'escalier. Alcatraz était sur mes talons. Quand j'ai déboulé sur le trottoir, celui-ci était désert. Elle pouvait avoir tourné aussi bien à gauche qu'à droite. La pâleur de la lune n'éclairait guère ma lanterne.

Dans la maison voisine, une lumière s'alluma ; un visage apparut à la fenêtre. Alcatraz émit un gros *ouaf* inspiré. Je baissai les yeux sur moi-même. J'étais phosphorescent. Et complètement à poil. Alcatraz aboya encore. Un second visage apparut à la fenêtre. Apparemment, je valais le coup d'œil, pâleur de la lune ou pas. Et alors, qu'est-ce qu'ils en savent, mes voisins ? Peut-être que je sors *toujours* mon chien de gouttière faire son petit tour nocturne en tenue d'Adam.

Bombant le torse, je fis un élégant demi-tour.

— Au pied !

À ma grande surprise, Alcatraz obéit docilement.

Épaules droites, tête haute, yeux rivés sur la porte d'entrée… homme et chien rentrèrent dans leurs pénates.

Chapitre 25

Jeff Simons était dans un état grave mais stable. La rumeur disait qu'il avait fait une crise cardiaque. Les médias rapportaient que le cher journaliste avait tourné de l'œil pendant qu'il lavait sa voiture devant chez lui. Sa fragilité cardiaque, diagnostiquée plusieurs mois auparavant, n'avait pas été révélée au grand public. Les médecins avaient conseillé à Simons d'éviter toute activité fatigante. Est-ce que laver sa voiture est considéré comme une activité fatigante ? Bonne question. J'imagine qu'on peut le faire doucement, tranquillement, en y passant toute la journée.

De toute façon, le débat est vain : Helen Simons a dit la vérité vraie à Billie. L'infarctus s'est produit alors que le vieux journaliste s'échinait à faire toucher du doigt un point précis à sa jeune protégée de Cleveland, Mimi Wigg. Il se trouve qu'à ce moment-là, il s'y échinait précisément dans le lit de cette dernière. C'est elle qui avait appelé le samu. Le scénario de la voiture avait été combiné à la hâte par la direction de la chaîne et diffusé illico. Re-visionnez le bulletin spécial de Mlle Wigg, vous verrez qu'il lui manque une boucle d'oreille et que son brushing laisse à désirer, ce qui ne lui ressemble pas du tout. Sans parler du chemisier boutonné de travers. Ni Simons ni Mimi Wigg ne sont mariés. À cet égard, les activités libidineuses de deux adultes célibataires ne regardent donc qu'eux. Mais ça risquait de faire mauvais genre. Les détracteurs de l'ascension rapide de Mimi Wigg pourraient même trouver ça légèrement calculateur. Voire, si Simons passait l'arme à gauche… criminel.

On était dimanche, j'avais une répétition l'après-midi. Plusieurs fois, j'essayai de joindre Kate par téléphone. Plusieurs fois, j'échouai. Je partis pour le théâtre.

Depuis qu'il m'avait octroyé le casque colonial et la drôle de moustache et qu'il avait accordé à Michael Goldfarb et Libby Maslin leur kippa filiationnelle, Gil croulait sous les exigences personnelles des autres membres de la troupe. Le type qui jouait Howie Newsome, le laitier de *Notre petite ville*, avait amené son pitbull à la répétition et voulait l'intégrer au spectacle. La serveuse interprétant Rebecca insistait pour jongler avec des fruits sur l'avant-scène pendant les changements de décor. L'homme que Gil avait choisi pour faire le père d'Emily – un serrurier prétentieux de Lutherville – faisait le forcing pour obtenir un rôle muet à sa fille de onze ans, une enfant à la coupe au bol et pesant au bas mot ses deux cents livres. « Pourquoi est-ce que mon personnage n'aurait pas une autre fille ? On la met à la table de la cuisine et on lui donne un truc à manger. Pas besoin qu'elle parle. » Je craignis que Gil n'objectât que cette pauvre créature était déjà plus large que la table. Mais ses piques s'étaient émoussées sous la mitraille de suggestions et de demandes. Il ne répondit rien.

Frances Lamm, ex-habitante de Long Island et ex-mangeuse de viande, s'essayait au rôle de Mme Gibbs. Mme Lamm se trouvait soudain puissamment embarrassée par le passage où Mme Gibbs jette du grain à ses poules. Elle expliqua à Gil qu'on pourrait peut-être profiter de la pièce pour défendre la culture maraîchère plutôt que le massacre d'innocents poulets comme réponse à nos besoins nutritifs. «Le texte dit *poulets*», avait répondu Gil d'un ton las après le plaidoyer de Mme Lamm. À quoi elle avait rétorqué: «Vous êtes le metteur en scène, bon sang de bois! Est-ce que M. Wilder va vous tuer si vous transformez ses poulets en belles tomates gorgées de soleil? »

Mme Lamm insista tant et plus. Les poulets furent éliminés. Elle eut ses tomates.

Comme je l'ai dit, je me tenais aussi loin de cet océan de démence qu'on peut espérer l'être sur la minuscule scène du Gypsy. Julia était toujours absente et personne ne semblait savoir où elle était cachée. L'infâme serrurier enfonça un chapeau de paille sur la tête de sa chère mouflette et la traîna jusqu'à Gil.

— Emily, fit-il hargneusement.

Gil beugla:

— Non!

— Et pourquoi non?

Un instant, Gil sembla sur le point de se désintégrer. Puis il se leva d'un bond et fit mine d'ôter majestueusement un châle de ses épaules – ou mieux, une cape… ou peut-être était-ce son ultime parcelle de santé mentale…

— Parce que c'est *moi* qui joue Emily!

Dans le petit théâtre, les mouches se mirent à voler avec un bruit assourdissant. Elles s'engouffraient dans les bouches bées. Même l'infâme serrurier fut momentanément réduit au silence. Sa fifille pachydermique arborait un sourire jusque-là. Qui eût dit que c'était si drôle, le théâtre? Gil n'avait certainement pas prévu ça, mais avec ce simple coup d'éclat, il venait de reprendre en main la mise en scène de la pièce. Le feu éteint se ralluma dans ses yeux; sa tête pivota lentement, brûlant légèrement tout un chacun au passage de son regard. Le premier à oser s'exprimer fut Michael Goldfarb. Kippa à la main, comme un suppliant, il fit un pas hésitant vers Gil.

— T… toi, Emily ?

Le serrurier trouva enfin sa voix.

— Tu vas jouer ma *fille* ? Mais… mais tu es un *homme* !

— Personne ici n'a entendu parler de casting alternatif ? aboya Gil. C'était sa voix «concept». Il l'avait retrouvée. C'est courant à New York. Je pense que nous, les *ploucs*, on peut arriver à s'ouvrir un petit peu, non ?

Il ne bluffait pas. Je le voyais clairement depuis mon perchoir derrière le lutrin. Gil Vance était en exploration.

— Mais tu es un *homme* ! gémit à nouveau le serrurier.

— Exact, dit Gil.

Il attrapa la fillette et lui ôta son chapeau de paille d'une chiquenaude.

— Et le laitier est maintenant une femme.

Il désigna l'homme au pitbull.

— Tu n'es plus le laitier. Peu importe ce que tu fais, tu n'es plus le laitier. C'est elle. Autre chose ?

La question était destinée à l'ensemble de la troupe. Personne ne pipa. Après avoir jeté à ses comédiens un nouveau regard triomphant, Gil frappa dans ses mains. Par-dessus la tête. Façon flamenco.

— Bien. Allons-y.

Chacun rejoignit prestement et silencieusement sa place. Libby Maslin était au bord des larmes. Betty l'accessoiriste farfouillait déjà dans son bric-à-brac à la recherche de perruques, ronchonnant dans sa barbe.

Je n'attendis pas le signal. Je tapai un grand coup sur mon lutrin avec le pointeur et démarrai. «*La ville s'appelle Grover's Corners. Elle se trouve dans le New Hampshire, juste de l'autre côté de la frontière avec le Massachusetts. Latitude : quarante-deux degrés et quarante minutes…*»

Pas de message de Kate quand je rentrai chez moi. Elle ne répondait toujours pas au téléphone, ni au bureau ni chez elle. Je devais m'occuper d'une veillée, ça me ferait au moins passer le temps en attendant de ses nouvelles. Le défunt était un quinquagénaire du nom de Harvey Sprinkle. Je sais, c'est un drôle de nom [30]. Il est encore plus drôle quand on sait que ce monsieur l'avait apparemment pris à cœur au cours de sa vie, au point d'épouser trois femmes auxquelles il avait fait un total de neuf enfants. Comme si ça ne suffisait pas – et apparemment, c'était le cas – le vieil emmerdeur avait agrémenté chacun de ses mariages de liaisons extra-conjugales, pondant exactement un enfant par maîtresse, soit trois Sprinkle illégitimes. Double total : douze rejetons Sprinkle, trois femmes et trois maîtresses. Sacrée petite famille. Visiblement, le prolifique M. Sprinkle avait gardé un contact actif avec l'ensemble de ces sous-groupes, car tous étaient au courant de son décès prématuré (crise cardiaque, ça n'étonnera personne) et tous étaient venus à la veillée. Pour celle-là, évidemment, on avait ouvert la cloison : d'un bout à l'autre, le double Salon fourmillait de Sprinkle, de semi-Sprinkle et d'ex-Sprinkle.

Lorsque la foule commença enfin à refluer, je pus m'esquiver dans mon bureau. La loupiote du répondeur clignotait furieusement. Le premier message était du vendeur de cercueils du Nebraska qui me courait après pour que j'essaie de nouveaux modèles. J'appuyai sur avance rapide. Le suivant était de Kate. Au moins trois syllabes.

— *Hitch. C'est Kruk.*

— Kruk ?

Je rembobinai et réécoutai le message. Peut-être qu'elle avait dit « truc », mais ça n'aurait eu aucun sens.

La deuxième fois, elle disait toujours *Kruk*.

Sauf que ça n'avait aucun sens non plus.

---

30. *Ndt.* En anglais, *to sprinkle* veut dire « asperger, arroser ».

À peine avais-je raccroché le téléphone qu'il sonna. Je bondis sur le combiné.

— Bonjour !

— *Bonjour mon chou. Comment ça va ?* [31]

— Jules ! Enfin, mais tu étais où ?

— *Ici et là.*

— En anglais, s'il te plaît.

— Par-ci par-là. Surtout par-là.

— Je vois.

— Tu ne me demandes pas où c'est, « là » ?

— Julia, je ne suis vraiment pas d'humeur pour tes devinettes.

— Tut tut. *Mon Dieu.* Serions-nous d'humeur de *pissoir* ?

— D'accord. Où ?

— Tu te souviens de notre lune de miel ?

— Vaguement. J'étais habillé en gris, tu n'étais pas habillée du tout.

— Eh bien c'est là que j'étais.

— Tu es allée à Paris ? Qu'est-ce que tu es allée foutre à Paris ?

Elle répondit sur un ton faussement naïf :

— Si tu venais jouer avec moi, je te raconterais tout.

— Jules…

— Oh, d'accord, espèce de goujat. J'espérais que tu dirais : « Julia, ma chérie, c'est fantastique que tu sois de retour. Allons nous soûler et tu me raconteras ton aventure. »

— J'attends un coup de fil, dis-je. Me sentant légèrement idiot, j'ajoutai : C'est important.

À cet instant précis, on frappa à ma fenêtre. Je levai les yeux et distinguai, au travers du store, quelqu'un qui tapotait au carreau.

---

31. *Ndt.* Italiques suivantes : en français dans le texte.

Julia était en train de dire :

— Ce que tu es beau dans ce costume…

J'allai à la fenêtre et levai le store. C'était Julia. Coiffée d'un béret airelle, elle tenait à son oreille un minuscule téléphone. Elle me fit un petit signe de la main.

— Juste un petit verre ?

— Qu'est-ce qui est arrivé à tes cheveux ?

Julia et moi étions à l'Admiral Fell Inn. Julia raffole de leur martini.

— Tu aimes ?

— Tu ressembles à Louise Brooks.

— Un homme vraiment merveilleux aurait dit : « J'adooore ta coupe ! »

— Ça ne va pas te manquer, de tripoter tes nattes et tes boucles ?

— Je me suis déjà surprise à jouer avec des mèches fantômes, mais je m'y fais.

— Tu les as fait couper à Paris ?

— Oui. Trois cents dollars. C'est indécent, hein ?

C'était une coupe au carré. Frange et pattes effilées en V.

— Ça aurait coûté combien, à Baltimore ?

— À Baltimore, je ne l'aurais pas fait. C'est un souvenir de mon séjour.

— Il me semble qu'on trouve des thermomètres en forme de Tour Eiffel pour un peu moins de trois cents dollars.

— Gaffe, Hitchcock, tu commences à me rappeler pourquoi on a divorcé.

— Julia. J'adooore ta nouvelle coupe. Ça te fait les seins encore plus gros.

Julia se tourna vers notre serveur, qui venait d'arriver avec nos verres.

— Cet homme essaie de me séduire, dit-elle en battant outrageusement des cils. Et il le fait *très* bien.

Julia et moi bûmes des martinis et nous laissâmes

emporter. Elle me demanda des nouvelles de *Notre petite ville*.

— Gil m'a laissé plusieurs messages bizarres, dit-elle en gobant une olive.

— « Bizarre » est le mot juste. Il t'a retiré ton rôle.

— Je sais. Ça m'afflige tellement que j'en danserais. Dois-je entendre par ses gloussements que c'est *lui* qui va jouer Emily ?

— C'est un concept, Julia. Tu comprends ?

Elle éclata de rire.

— Je dis : génial ! Gil va apporter un nouveau souffle au rôle.

— Julia, Gil apporte un *pénis* au rôle.

Elle me raconta Paris. J'avais déjà deviné qui avait financé cette virée impromptue : Peter Morgan.

— C'est venu comme une envie de pisser, dit Julia en faisant rouler dans sa bouche l'olive de son martini. Peter et moi dînions chez Marconis. Il venait de me vanter leurs célèbres ris de veau, et il n'y en avait plus. Aucune importance. Mais Peter s'en est vexé.

— Vexé parce qu'un restaurant n'a plus de glandes de veau ?

— Je sais. J'aurais dû réagir tout de suite, mais non. Une chose en entraînant une autre, avant que j'aie pu crier au fou, j'attendais un 747 à destination de Paris en sirotant du champagne pendant que mon petit copain millionnaire me massait les pieds.

Je les connais, ses massages de pieds.

— Épargne-moi les détails charnels.

— Ce que tu peux être rabat-joie !

Elle sourit au serveur qui nous apportait une nouvelle tournée.

— Je dois quand même t'avouer que je me suis plus amusée à Paris pendant notre lune de miel que cette fois-ci. Pas que je sois snob, mais trop d'argent émousse le plaisir. On a d'abord créché au Ritz, qui est finalement très ennuyeux. J'ai fini par convaincre Peter de loger dans le Marais, mais ça ne lui plaisait pas et ça se voyait.

— Trop bohème?

— Ce n'est pas du tout bohème. Je ne sais pas quel était son problème. On a eu une souris dans notre chambre et il est monté sur ses grands chevaux à cause de ça. Attends, pour une *souris*! J'étais penchée à la fenêtre, j'admirais la place des Vosges. Peter prenait un bain en râlant. Baignoire trop petite, pas assez d'eau, je ne sais plus. Évidemment, ce n'était pas le Ritz... Soudain, la souris est apparue sur le rebord de la fenêtre, juste à côté de moi. Son nez était tout frétillant. Je te jure, Hitch, elle observait la place, elle aussi. Comme si elle voulait savoir ce que je regardais. C'était trop mignon. Ah, ces souris françaises... Et tout à coup, Peter sort en trombe de la salle de bains et la fouette à coups de serviette. Il l'a fait tomber du rebord, la pauvre. Elle a atterri dans la rue.

Elle but une gorgée de martini.

— Ça a été le début de la fin.

Julia poursuivit dans le même style. C'est une conteuse hors pair. Je la suivis le long des ruelles et des culs-de-sac de ses multiples aventures.

— Ce n'est pas mon prince, soupira-t-elle enfin. Ce serait plutôt un roi, et je n'ai pas besoin de ça. C'était sympa le temps que ça a duré, mais c'est toujours pareil: quand on voyage avec quelqu'un, on apprend ce qu'on a besoin de savoir. Peter est autoritaire et égocentrique. Et tu es bien placé pour le savoir: on ne peut pas être deux comme ça dans le couple.

J'éclatai de rire. Julia fronça les sourcils.

— Réponds-moi quand même, si tu veux bien. Les mecs ne me plaquent jamais. C'est toujours moi qui les largue. Pourquoi il faut toujours que ce soit moi qui me tape le sale boulot?

— Tu es trop belle et trop sexy pour qu'un homme te jette. On préfère souffrir en silence.

— C'est gentil. Elle saisit une tresse inexistante. Et merde… En plus, on n'a même pas mangé les fameux ris de veau prétendument à l'origine de cette petite virée en amoureux.

Julia passa à la partie rupture. Elle me dit qu'après une remarque acerbe de trop, elle avait dit ses quatre vérités à Peter devant un groupe d'artistes de rue avec lesquels elle essayait de discuter.

— Je l'ai fait en français, pour qu'ils entendent aussi. Peter est parti en coup de vent, il est retourné au Ritz.

— Tu as dû rentrer à pied ?

— J'avais mon billet de retour. J'ai offert du champagne à tout l'avion. Aux frais de Peter.

— Brave fille.

Elle battit des cils à nouveau :

— C'est la vie…

Au sortir du restaurant, j'ai raccompagné Julia chez elle. Un homme visitait la galerie. Un mètre vingt de large au bas mot, il se tenait devant une grande toile figurant un sandwich. Julia se rua sur le comptoir où Sue la Chinoise lui tendit un Polaroïd. Julia prit une photo. Lorsque le type se retourna en entendant le *vrrrr* de l'appareil, Julia l'avait déjà redirigé sur moi. Elle le baissa, affectant une moue exagérée :

— Pourquoi tu ne souris plus sur les photos ?

Chapitre 26

Après avoir déposé Julia, j'envisageais de me rendre directement chez Kate, mais m'avisant qu'à l'heure qu'il était, Alcatraz devait en être à tirer à pile ou face pour décider dans quel coin de mon appartement il allait pisser, je rentrai ventre à terre et l'emmenai déposer ses petits cadeaux dans le quartier. De retour à la maison, j'attrapai le téléphone et composai le numéro de Kate. Répondeur. *Bonjour, vous êtes chez Kate Zabriskie, je ne peux pas vous répondre pour le moment…* La sonnette retentit. J'allai à la porte avec le téléphone. *…alors laissez-moi votre message et votre numéro et je vous rappellerai.* J'ouvris la porte en même temps que résonnait le bip. Kate était devant moi. Je bredouillai au téléphone :

— Je te rappelle plus tard.

Kate passa devant moi pour entrer dans l'appartement. Je ne refermai pas la porte assez vite : le nuage noir qui la suivait eut le temps de se faufiler aussi. Je la rejoignis au salon. Elle était déjà affalée sur le canapé et remontait les manches de son ample sweat.

— Tu me sers un verre et je te raconte une histoire.

— Kruk ?

Elle laissa échapper un rire perçant. Presque un jappement.

— Ouais, Kruk. Ce foutu vieux John Kruk.

Dans mon armoire à liqueurs, qui sert aussi d'armoire à beurre de cacahouète et à biscuits apéritif, je pris une bouteille de Jack et deux verres. Kate tapotait de la main à côté d'elle sur le canapé.

— Ici, assis.

Avant que j'arrive, Alcatraz avait déjà bondi.

— Comment tu fais ça ?

Kate ne répondit pas. Elle grattait le cou d'Alcatraz. De l'autre main, elle désigna le fauteuil.

— Là, assis.

Je servis deux verres et m'exécutai. On pouvait jouer à deux, à ce jeu-là :

— Parle.

Le 18 novembre, John Kruk était juste devant l'entrée de l'entrepôt de Sparrows Point lorsqu'il entendit un bref échange de coups de feu à l'intérieur. Kruk et son binôme, Kate Zabriskie, avaient répondu à un appel radio urgent – *agent blessé* – et filé à toute berzingue à l'adresse communiquée par le standard. Ils avaient trouvé le détective Mike Connolly à l'entrée du hangar, essayant d'étancher le sang qui s'écoulait de sa cuisse droite. Kruk étant arrivé près de lui le premier, il s'était arrêté pour l'aider pendant que Kate Zabriskie pénétrait dans le bâtiment.

Un flic bien entraîné, et donc *a fortiori* s'il est doué de bons instincts, sait prendre ses repères en fonction du silence. L'agent Zabriskie tira son flingue, activa ses vibrisses et s'enfonça dans l'obscurité d'un pas régulier et prudent. Elle prit un couloir, passa des portes battantes, traversa une pièce pleine d'outillages indéterminés, en ressortit par d'autres portes battantes, longea un bureau vitré et un quai de chargement et tourna pour déboucher dans une pièce aussi vaste qu'un hangar à avion. Un échafaudage métallique courait jusqu'au plafond, à une vingtaine de mètres du sol.

C'est là que Kate avait trouvé le détective Lou Bowman, planté comme un piquet contre une énorme caisse et tenant fermement son arme de service à hauteur d'oreille. Bowman était tendu. Son partenaire avait été touché. Là, dans la pénombre de cet entrepôt, il y avait deux hommes, deux hommes armés qui se savaient acculés au pire. D'après Kate, Bowman n'avait jamais beaucoup souri, de toute façon. Surtout aux femmes flics. Si jamais il avait considéré l'arrivée de Kate Zabriskie comme une cavalerie salvatrice, du moins ne l'avait-il pas montré.

Pour la suite, il existe deux versions. Selon celle qui est de loin la plus répandue (et la plus fictive), le détective Charley Russell, se trouvant incognito dans l'entrepôt dans le cadre de son enquête, émergea de derrière une pile de caisses, se dévoilant à Zabriskie et Bowman. C'est alors qu'on avait défouraillé (si vous me passez l'expression) depuis quelque part dans les hauteurs du noir écheveau de l'échafaudage. Russell s'écroula. Au moment où Kate Zabriskie virait sur elle-même pour faire face au tireur, un second coup retentit. Celui-ci la frôla à l'épaule gauche. Kate appuya sur la gâchette. Le gangster, Earl DeLorenzo, tomba. Mort. Kate avait offert à l'assassin de son mari un sursis de trois secondes avant de l'abattre. Dans cette version, il sera ensuite établi que la couverture de Charley Russell était éventée et que c'était pour cette raison que DeLorenzo l'avait abattu. Fin.

La seconde version des faits est parfaitement identique à la première jusqu'au point où le détective Russell sort de derrière les caisses. Comme dans la version précédente, il y a aussi canardage. Mais cette fois, il provient de l'arme de service de l'agent Katherine Zabriskie, réaction instinctive à l'apparition d'un homme coiffé d'un chapeau et levant une main armée. Un second coup résonne dans l'entrepôt et touche l'épaule gauche de Kate Zabriskie. Puis deux coups rapides quand le détective chevronné Lou Bowman tire sur la silhouette en mouvement. Le premier coup manque Earl DeLorenzo. Le second l'abat.

Réalité et fiction. Qui s'entrechoquent, se mêlent, se plaquent, s'enchevêtrent et déferlent de l'entrepôt en un assourdissant raz-de-marée. Assurément, le détective Zabriskie avait été emportée par ce raz-de-marée. Et assurément, lorsqu'il se fut calmé, elle s'était retrouvée sur un rivage qu'elle ne connaissait qu'en partie. Veuve. Héroïne. Menteuse. Un mois et quelques plus tard, Kate Zabriskie découvrirait littéralement un autre rivage, un vrai rivage : une plage mexicaine. Elle regarderait les vagues fluer et refluer à l'infini. Elle aurait l'impression que son mari n'avait jamais vraiment existé, pas dans le monde réel. Charley ressemblerait à une idée que Kate se serait enfoncée dans le crâne, une idée qu'elle pourrait utiliser aussi bien pour son plaisir que pour exorciser sa honte. Et puis elle trouverait là-bas d'autres moyens de se sentir minable. Et la marée apporterait un homme élégant et brutal qui la prendrait dans ses bras et la punirait juste comme il faut, merci. Dans la version numéro deux, le meurtre de Charley Russell par sa propre épouse ne restait pas impuni. Pas vraiment. Pas le moins du monde.

John Kruk jouait un rôle mineur dans les deux versions de l'histoire. Dans l'une comme dans l'autre, il aidait à poser un garrot sur la jambe blessée du détective Connolly. Dans l'une comme dans l'autre, il entendait les coups de feu et se précipitait à l'intérieur pour trouver deux corps morts et un troisième légèrement blessé. Dans quelque version que vous choisissiez, Kate Zabriskie est déjà penchée sur la forme inerte de son mari, sanglotant sur sa poitrine, ses larmes se mêlant à son sang.

Le lendemain matin même, Kruk était convoqué au bureau du commissaire divisionnaire Stuart en compagnie de Lou Bowman et du détective Mike Connolly – à béquilles – afin de discuter franchement, de réarranger franchement les faits, de réécrire franchement la vérité. Stuart était grave et ferme. Rien de bon ne pouvait sortir de cet événement, expliqua-t-il, s'il venait à être exposé dans sa forme actuelle : l'agent Zabriskie – qui avait déjà perdu beaucoup trop – y perdait. Le service y perdait. D'une certaine manière, ajouta-t-il calmement, la ville de Baltimore y perdait aussi. Permettre à la triste réalité des faits de virevolter en gros titres agressifs à la une des journaux et d'infecter les médias télévisés n'aiderait ni à servir ni à protéger.

On présenta alors à Kruk et aux autres une version alternative des événements qui cadrait avec la version numéro un. Qui *créait* la version numéro un. Stuart attendait le coroner légiste d'ici une heure. Il l'informerait lui-même du calibre de la balle qui avait tué le détective Russell. Comme par hasard, ce calibre correspondrait à celui du revolver arraché à la main d'Earl DeLorenzo. Quant à ce dernier, il avait été tué par une balle de la police. Inutile de jouer au plus fin pour lui. Cette balle, signifia-t-on à Kruk et aux autres, provenait de l'arme de service de l'agent Zabriskie, et non de celle de Lou Bowman. Un léger ajustement, rien de plus. Puis Stuart les mit en garde. Tout propos, en *quelque circonstance que ce fût* – au distributeur de boissons du service, dans les bars du coin ou même dans l'intimité de leur propre chambre – tout propos laissant entendre que les faits ne s'étaient pas déroulés exactement comme l'indiquait le scénario qu'on venait de leur exposer, leur garantit-il calmement, entraînerait des représailles rapides et regrettables. « Continuons comme avant. Continuons à servir et protéger, plutôt que d'exposer et de détruire. Est-ce qu'on ne peut pas vivre avec ça ? » Aucun n'avait dit non. Stuart les avait alors renvoyés, sauf Lou Bowman avec qui il dit avoir besoin de discuter un peu en privé. Kruk et les autres supposèrent que le patron avait besoin de revoir des choses en tête-à-tête avec le détective. Après tout, Bowman était sur le point de perdre une étoile. Sa réaction rapide et efficace sous le feu de l'ennemi allait être passée sous silence et rester sans récompense. Stuart lui devait bien quelques instants en privé.

Kruk n'aima pas ça. Pas une seconde. Il ne le dit à personne, et surtout pas à Kate, à qui il ne parla que brièvement lors de l'enterrement de son mari. Il n'aima pas ce qu'il vit dans ses yeux à ce moment-là. Le scénario «tout le monde gagne» d'Alan Stuart ne tenait pas du tout compte de Kate Zabriskie. Elle avait l'air au plus mal. Elle avait l'air hantée. Pas la moindre victoire, de ce côté-là.

— Kruk est un bon détective, dit Kate en finissant son verre et en me faisant signe de le remplir. Chez un bon détective, la tête fonctionne naturellement comme un tamis. Les images et les indices s'y déversent jour et nuit. On ne le fait pas exprès, ça se fait tout seul. C'est comme ça qu'on finit par résoudre une enquête. Tu tamises et re-tamises et re-re-tamises. En restant à l'affût de la pépite. Elle est toujours là, quelque part. Il suffit d'emmagasiner assez d'informations puis d'apprendre à rester vigilant. Ce bon vieux Johnny a gardé le bon œil ouvert, sur ce coup-là.

L'image de Kate Zabriskie en pleurs, arc-boutée sur son mari dont la vie, littéralement, s'écoulait, n'était apparemment pas de taille à traverser le tamis de Kruk. Elle ne passait pas. Certes, ça fait froid dans le dos. Mais Kruk se rejouait la scène sans arrêt, et il n'en comprenait pas la raison. Ce n'était même pas qu'il choisissait d'y penser. Simplement, l'image n'arrêtait pas de s'imposer et roulait bruyamment dans le tamis de son cerveau. Et la conclusion à laquelle il finit par aboutir était simple : il y avait trop de putain de sang. La mare autour du corps de Charley Russell avait grossi très vite. Les larmes de Kate, aussi torrentielles qu'elles fussent, n'avaient aucune chance de concurrencer tout ce sang. *Tout ce sang*.

— J'ai vu Kruk cet après-midi, dit Kate. Au café du musée.

Kruk avait expliqué à Kate comment il avait suivi les directives d'Alan Stuart à la lettre. Il n'avait parlé à personne des événements de ce soir-là à Sparrows Point, sauf pour débiter la version qui – d'après Stuart – était la meilleure pour tout le monde. Mais il avait été incapable d'effacer de sa mémoire la vision de Kate pleurant sur son mari agonisant. Le sang. Kruk avait alors pris une décision délicate. Il avait combiné une rencontre fortuite avec le coroner et s'était embarqué dans une innocente conversation avec lui. Ça revenait à violer les recommandations d'Alan Stuart concernant l'affaire Russell, mais Kruk avait réussi à la mener de telle manière que pas une fois, il n'avait éveillé les soupçons du coroner. Et il avait ainsi eu confirmation de ce qu'il en était venu à soupçonner.

Le corps de Charley Russell avait été transpercé par deux balles. Pas une. Deux.

Kate fit une pause pour me laisser avaler l'info. Et aussi, je crois, parce que c'était la première fois qu'elle racontait ça à haute voix.

— Deux balles ? dis-je.

Elle acquiesça et agita deux doigts dans l'air.

— *Uno. Dos.* [32]

Deux balles avaient touché Charley Russell. Et Kate savait très bien qu'elle n'en avait tiré qu'une.

— Si un autre coup a été tiré, il l'a été exactement au même moment. Je ne l'ai même pas entendu. Ou peut-

_____

32. *Ndt*. En espagnol dans le texte.

être que si. Je ne sais pas. Je me suis repassé cette scène des milliers de fois, elle devient de plus en plus surréaliste.

Kruk avait pressenti l'existence d'une deuxième balle avant même d'en avoir eu confirmation par le coroner. Et à un flic qui a quinze ans de métier, il ne faut pas des années pour aboutir, par élimination, aux deux seules personnes susceptibles d'avoir tiré cet autre coup : Lou Bowman ou Earl DeLorenzo.

Kate m'expliqua qu'elle avait à peine pu croire ce qu'elle entendait – et c'est un doux euphémisme. Toute cette fiction qui la consumait depuis près de six mois... était en partie vraie depuis le début. Le mensonge d'Alan Stuart, qu'Earl DeLorenzo avait tué Charley... finalement, ce n'était pas de la fiction. Vérité et mensonge étaient entrés en collision et maintenant, ils ne faisaient plus qu'un. La plaisanterie était bien cruelle. Une ironie qui touche droit au cœur.

— Kruk a dû le voir sur mon visage. Je n'ai pas la moindre idée de la tête que je faisais quand il m'a raconté tout ça, mais tout à coup, il a eu un geste très peu krukesque. Il a tendu la main par-dessus la table et l'a posée sur mon bras : «Attends, Kate, tu interprètes de travers, là» il m'a dit. Le coroner avait confirmé qu'il y avait bien deux balles dans Charley, et ajoutant qu'il était surpris que je ne me souvienne que d'avoir tiré un seul coup.

— Mais c'est le cas.

— Oui, je le sais. Et Kruk le sait. Après sa conversation avec le coroner, il est allé vérifier le rapport balistique sur mon arme de service. Et sur celle de Lou Bowman.

— Celle de Bowman ?

— Le premier coup de Bowman n'a pas manqué DeLorenzo. Il l'a eu du premier coup. Bowman est un tireur hors pair. Il vise mieux que personne dans le service. Et... il pourrait tirer presque en même temps que quelqu'un d'autre.

— Qu'est-ce que tu veux dire ?

— L'autre balle que le médecin légiste a trouvé dans Charley… Enfin, les *deux* balles, ce sera plus clair… Aucune des deux n'était du calibre de l'arme de DeLorenzo. Elles étaient toutes les deux du même calibre que la mienne. Que mon arme de service. Deux balles de flic.

— Mais, je…

— Elle venait de l'arme de Bowman, reprit-elle froidement. C'est Lou Bowman qui a tué mon mari.

Kate se leva du canapé comme un reptile. Liquides, ses pieds et ses jambes glissèrent de sous elle, atteignirent le sol, et le reste de son corps la suivit sans effort. Sans un regard vers moi, elle finit son verre cul-sec puis entra dans la cuisine. Deux secondes plus tard, un fracas retentit. Je bondis de mon fauteuil.

Debout sur le carrelage blanc de ma cuisine, Kate avait l'air de se demander où elle se trouvait. Le verre était éparpillé en mille morceaux dans toute la pièce. Kate haletait. Des larmes lui montèrent aux yeux tandis que le sang affluait dans son visage hâve et l'agitait de reflets cramoisis.

Le hurlement était horrible. Les jurons qui suivirent furent plus supportables. Elle se jeta contre ma poitrine et pleura en hurlant.

Enfin, je la reconduisis au salon et l'assis à côté de moi sur le canapé où elle pleura, pleura, pleura toutes les larmes de ses yeux noisette. Soudain, j'aperçus un gros éclat de verre dépassant de sa voûte plantaire. Je l'arrachai. Elle ne s'en rendit même pas compte. Le téléphone sonna, je laissai le répondeur faire son office. C'était Julia, qui délivra son message sous la forme d'un limerick [33]. Kate pleurait toujours. Le genre de larmes qui, fabriquées longtemps à l'avance – très, très

---

33. *Ndt.* Petite pièce en vers d'un comique absurde, à la mode en Angleterre après 1900.

longtemps, dans certains cas –, sont mises en bouteille et conservées pour plus tard. Kate en avait une bonne réserve. Et je crois qu'elle avait décidé – ou qu'on avait décidé pour elle – de la vider enfin. Il était temps. Balayons tout ça.

Il fallut bien une heure pour que Kate se tarît. Elle m'offrit ce regard qui faisait concurrence à la plus triste des expressions les plus tristes d'Alcatraz.

— Il est temps de te coucher, mon petit canari rose, dis-je doucement. Cette journée a assez duré.

Elle obéit. Je la déshabillai et la mis dans mon lit. Elle s'endormit en moins de cinq minutes. Je n'avais pas fini d'éteindre toutes les lumières pour aller la rejoindre qu'elle dormait déjà. Et je ne doutais pas un instant que ce fût d'un sommeil très, très profond.

Chapitre 27

Il paraît que le diable se cache dans les détails. Je faisais de l'omelette. Nettoyez et grattez des champignons, faites-les revenir avec des oignons coupés en dés et des lamelles de poivron rouge, saupoudrez d'une pincée de sel et de poivre… réservez. Versez vos œufs déjà battus (ici, petit ingrédient secret : de l'aneth) dans la poêle. Ajoutez les champignons, les oignons et les poivrons sur un tiers de l'omelette, parsemez le tout de gruyère râpé, laissez cuire à couvert pendant une minute et demie puis, au moyen de deux spatules, roulez la préparation et aplatissez-la. Couvrez à nouveau une trentaine de secondes. Glissez les spatules de part et d'autre de la création pour la porter dans une assiette, feignez de la décorer d'un brin de persil, chantez comme un idiot qui se prend pour un chef italien en déposant l'assiette devant la femme à nouveau vêtue d'une de vos chemises à boutons qui lui donne à nouveau l'air terriblement sexy, malgré ses yeux bouffis. Dites-lui qu'elle est belle à croquer, mais qu'on va commencer par l'omelette.

Le diable ? Où ça ?

Le petit-déjeuner se passa presque intégralement sans aborder la révélation de la veille au soir. Je fis du café, servis du jus de fruit, ouvris un nouveau pot de confiture de gingembre et éventrai deux muffins à la fourchette. Kate ne toucha pas aux dernières bouchées de son omelette. Alcatraz lui tendit la patte pour lui signifier qu'il la finirait volontiers. Notre comédie domestique s'achevait.

— Je crois que tu as une question, dit Kate en emportant son café dans le salon.

Je la suivis. Assise par terre, contre le mur, la tête à peu près au niveau de la plante verte posée sur le rebord de la baie vitrée, elle se curait un ongle avec un autre. Sa tasse était par terre, entre ses jambes. Je me glissai sur le canapé. Kate s'adressa à sa tasse :

— Tu veux savoir si Lou Bowman a tiré sur Charley par erreur, comme moi. Tu veux savoir si deux flics entraînés peuvent faire la même erreur fatale au même moment. Tu veux savoir si c'est une pure coïncidence que Bowman ait reculé de quelques pas, de sorte qu'il était pratiquement derrière moi quand il a tiré sur Charley, et que son coup soit parti presque exactement en même temps que le mien. Voilà ce que tu veux savoir, pas vrai ?

— Oui.

— La réponse est non.

Kate saisit sa tasse. Elle avait enfin l'air un peu plus fraîche. Tant mieux. Elle avait retrouvé son visage de détective, même à moitié nue dans une chemise d'homme et assise par terre avec ses adorables jambes écartées.

— Lou Bowman a abattu mon mari volontairement. Il savait que c'était lui. Il a tiré pour le descendre. Il a assassiné mon mari.

— Pourquoi ?

Kate reposa la tasse.

— Si on essayait de le découvrir ?

Chapitre 28

— Ne dis rien.

— Comment ça, « ne dis rien » ? Regarde-moi ça, c'est navrant. C'est une insulte.

— Tiens, prends le mien. Je n'en veux pas, de toute façon.

— Là n'est pas la question. La question est que c'est ridicule. Depuis quand ils font ça ?

— Qu'est-ce que ça peut faire ? Je parie que tu vas le trouver dégueulasse, de toute façon. Alors essaie de voir les choses comme ça : on ne te donne que moitié de raisons de te plaindre.

Je regardai le demi-sandwich qui était dans ma main. D'une certaine façon, Kate avait raison. Maigre tranche de pain, deux fois rien d'un pâté rosâtre et une pauvre feuille de salade : pourquoi donc aurais-je voulu les deux moitiés d'un sandwich pareil ? Aucun risque que je mange celle qu'on m'avait offerte en montant dans l'avion.

— Je suis sûr qu'en première classe, on ne leur donne pas un *demi*-sandwich.

— Il n'y a pas de première classe, observa Kate. C'est une ligne économique. Désignant le triangle blanchâtre dans ma main : C'est un déjeuner économique.

Je saisis le mini-sachet de cacahouètes qui accompagnait le demi-sandwich.

— Sachant que ces trucs-là sont toujours à moitié pleins, tu crois qu'il y a quelque chose dedans, là ?

— Hitch, tu n'es pas ici pour manger.

— Ni pour me faire insulter. Quelque part dans cet avion, il y a la deuxième moitié de mon sandwich. Je partage un sandwich et je ne sais même pas avec qui.

— Tu n'as qu'à faire comme si c'était avec moi.

— Et après, ils font quoi ? Ils nous annoncent au micro qu'ils nous débarquent à mi-chemin de notre destination ? Ou que les réservoirs ne sont qu'à moitié remplis ? Ou que l'un des deux moteurs ne fonctionne pas ?

Kate soupira.

— Ou qu'il n'y a pas de copilote ?

— Oui ! Exactement.

J'agitai mon coin de sandwich.

— Ça pourrait bien n'être que le début. Peut-être que le personnel de bord n'a suivi qu'une demi-formation et que la compagnie les a embauchés pour un demi-salaire.

Le signal « ceinture de sécurité » s'alluma (sans le *ding* qui l'accompagne habituellement, remarquai-je). L'avion s'éloignait de l'aérogare.

— Est-ce qu'au moins, ils nous donnent les deux moitiés de cette putain de ceinture de sécurité ? demandai-je en me tortillant dans mon siège à la recherche de la lanière. Regarde ! Je n'ai que la partie femelle ! J'en levai deux. J'en ai deux ! Il n'y a que des boucles !

— Hitch, c'est ta ceinture et celle du siège d'à côté. Allez, arrête.

Une hôtesse vint se pencher dangereusement près de mes genoux pour libérer la deuxième moitié de sous mon popotin.

— Attachez-vous, dit-elle joyeusement avant de poursuivre son chemin dans l'allée. C'est alors que Kate vit que je transpirais comme un malade.

— Hitch, dit-elle empreinte d'une affection sincère, tu as peur de l'avion, c'est ça ?

Je me mordis la lèvre inférieure et serrai ma ceinture au maximum. Je lui donnai la réponse commune à tous ceux de ma confrérie :

— Non. J'ai peur qu'il s'écrase.

D'une certaine manière, j'avais raison. À propos de débarquer à mi-chemin. Kate et moi arrivâmes à Boston sur notre ligne économique, puis nous avons loué une voiture pour continuer notre excursion.

— Tu connais Boston ? demanda Kate alors que je conduisais la voiture hors de l'aéroport. Devant nous, deux panneaux indiquaient : « Boston, file de gauche » et « Points North, file de droite ».

— Non, répondis-je.

— Dommage. Prends à droite.

Il y a bien longtemps, les gens qui ont construit les routes dans la région de Boston ont résolu les dilemmes routiers en inventant le rond-point. Sous couvert d'un moyen efficace pour permettre aux automobilistes de prendre la direction de leur choix à une intersection, le rond-point est en réalité une vilaine plaisanterie plongeant le non-initié (par exemple, Hitchcock Sewell) au milieu d'un angoissant amalgame de véhicules en orbite autour du point central, toute fuite rendue impossible par l'afflux régulier d'autres véhicules dans le cercle. Deux fois, je me retrouvai coincé dans ce piège. La première, je suis mort de vieillesse. La seconde, j'ai réalisé quelques tours désespérés puis j'ai décidé de risquer le tout pour le tout en braquant d'un coup, pied au plancher et main collée au klaxon, comme tout le monde semblait le faire.

Une carte partiellement dépliée sur les genoux, Kate suivait notre progression du bout du doigt. Lorsque nous eûmes dépassé Boston et sa vaste périphérie, et après nos nombreux petits flirts avec l'anarchie dans les ronds-points, la circulation se fit plus clairsemée et nous nous sommes fixés sur une large route à deux voies, bordée de pins, allant vers le nord. Le ciel s'ouvrait à nous en un immense V bleu et blanc. Des panneaux prévenant du passage de cerfs apparurent, les distances entre les sorties augmentèrent et l'air qui s'engouffrait par ma vitre se fit de plus en plus piquant, bien que nous ne fussions qu'en mai, mai, le joli mois de mai. Peut-être que j'aurais dû prévoir un pull.

C'était suite à la petite discussion que Kate avait eue avec John Kruk à propos du rapport manquant que nous faisions route vers le coin en haut à droite des États-Unis.

Oui, John Kruk avait emprunté le dossier de l'enquête de Charley Russell. Mais si on l'en croyait – et Kate m'assurait que Kruk était, à tout le moins, un parangon de franchise – ce n'était pas lui qui avait subtilisé le dernier rapport du dossier. Cette pièce n'était déjà plus là lorsque Kruk l'avait emprunté. Pendant notre horrible trajet en avion, Kate m'avait répété l'explication de son collègue.

Avant même sa rencontre intentionnellement fortuite avec le coroner, plusieurs semaines après la mort de Russell, Kruk avait observé que Loterie Lou faisait son boulot par-dessus la jambe, comme il l'avait dit à Kate. Après la mort de Charley Russell et le maquillage des circonstances, Bowman avait été chargé de l'affaire du faux étiquetage « gel de silice ». Évidemment, il ne pouvait être question que Bowman poursuivît l'enquête du détective Russell en sous-marin. Indépendamment même de l'âge et de la circonférence de Bowman – qui ne lui permettaient pas de passer inaperçu au milieu de tous les jeunes gaillards solides qui chargent et déchargent les wagons de marchandises – toute action clandestine était totalement compromise. Bowman avait donc repris l'enquête depuis son bureau, et pour autant que John Kruk ait pu l'observer, le vieux détective chevronné n'y consacrait qu'une heure et des poussières par jour, peut-être même pas. C'est vrai, un bon détective n'est jamais heureux d'avoir pour partenaires un téléphone et un bureau. Mais parfois, il faut bien.

Bientôt, le bruit avait commencé à courir que l'enquête ne tenait pas debout. Des rumeurs comme quoi Charley Russell se serait servi dans la caisse avaient également commencé à circuler – bien que l'origine de la fuite demeurât un petit mystère en soi – et la conclusion inavouée de tout ça était que l'affaire des fausses étiquettes « gel de silice » était en train de devenir un non-événement, une enquête emmerdante sur un délit qui n'avait pratiquement pas fait de victime. Bowman ne montrait manifestement aucun enthousiasme à découvrir le pot aux roses. Kate dit qu'il y a toujours des affaires qui dégénèrent ainsi, finissant au service « On s'en fout ». C'est là que l'enquête de Lou Bowman avait fini par atterrir lorsque la tante de ce dernier avait cassé sa pipe à point nommé, le mettant à la tête d'un héritage assez coquet pour lui permettre de quitter la police. Apparemment, l'enquête irrésolue ne lui pèserait pas trop sur la conscience pendant sa retraite anticipée.

Kruk trouvait que toute l'affaire puait. Dès le départ, il s'était repassé les événements de cette nuit de novembre, et il n'aimait pas ce qu'il y voyait. Ainsi, après sa petite discussion avec le coroner, lorsque non seulement son intuition au sujet des deux balles fut confirmée, mais encore lorsqu'il découvrit l'autre pépite, à savoir que l'une des deux balles provenait sans doute de l'arme de Lou Bowman, Kruk avait commencé à mieux saisir l'origine de la puanteur. Observant le je-m'en-foutisme de Bowman vis-à-vis de l'enquête de feu le détective Russell, il en avait peu à peu conçu l'idée que Loterie Lou travaillait à cacher quelque chose. Quelque chose qui dépassait encore son rôle dans l'assassinat de Charley Russell.

Et puis, le navire portant la dépouille de la tante défunte arriva. Le détective donna sa démission et s'envola.

Kruk ouvrit sa petite enquête personnelle. Il commença à fouiner. Avant d'avoir soulevé le moindre seau de boue, il trouva la première pièce du puzzle. L'histoire de Bowman se révéla si pitoyablement mal foutue que Kruk s'émerveilla même qu'il eût l'audace de répandre un tel bobard. Il n'y avait pas de tante fortunée. Il n'y avait personne de fortuné. Le clan Bowman était rigoureusement prolétaire, pas le moindre riche parmi eux. Lou Bowman était voué à hériter des dettes que sa mère malade avait elle-même héritées de son époux décédé. Rien de plus. Encore dix ans dans la police et Loterie Lou touchait sa retraite complète, avec laquelle il aurait pu venir à bout, petit à petit, de cette triste hoirie.

C'est à ce moment-là que Kruk avait sorti le dossier de l'enquête de Charley Russell sur le faux étiquetage. Il avait examiné ces mêmes rapports que Kate et moi avions étudiés. Comme nous, il avait remarqué que Charley Russell était à deux doigts de découvrir d'où provenaient tous ces fûts de déchets toxiques. Et comme nous, il avait soupçonné que le dernier rapport de Charley avait été subtilisé. Kruk savait fort bien qui était la dernière personne à avoir été en possession de ce dossier. Lou Bowman. Si rapport manquant il y avait, Lou Bowman en était le détenteur.

Tout ceci nous ramène donc à notre petite voiture de location filant le long d'une deux voies relativement tranquille dans le coin en haut à droite de nos États-Unis. Kate et moi allions dans le Maine. Kate voulait ce rapport. Elle voulait aussi voir le cul de Lou Bowman chauffer à blanc. Je voulais l'aider ; j'avais en quelque sorte commencé à m'attacher à la dame. Aider sa copine à choper le mec qui a zigouillé son mari, ça fait partie de ces petits riens pas totalement inutiles pour vous valoir une place de choix dans son cœur. On peut assurément appeler ça un beau geste.

Kruk avait contacté un ami à lui, un détective privé de Boston. Sur ses propres deniers, il lui avait offert quelques jours de vacances dans le Maine – «la terre vacancière d'Amérique», comme je le lisais à présent sur les véhicules qui m'entouraient – où il pourrait s'il le souhaitait visiter les phares ou admirer la relation perpétuellement passionnelle entre le glacial Atlantique et la côte escarpée du Maine, pourvu qu'il gardât l'œil ouvert sur les allées et venues d'un certain Lou Bowman, depuis peu propriétaire d'une maison, depuis peu propriétaire d'un 4x4, depuis peu propriétaire d'un bateau et depuis peu heureux pré-retraité. Le privé fila Bowman et rédigea un rapport détaillé de toutes de ses activités : ses courses alimentaires, ses soirées au bar du coin, ses nombreuses sorties de pêche, sa progression rapide jusque dans le lit d'une femme à l'air teigneux répondant au doux nom de Molly et travaillant chez NAPA, pièces détachées automobiles... Kate avait le rapport du privé avec elle. Bowman était assez insignifiant, en fin de compte. Un flic à la retraite qui profite de son temps libre et de ses loisirs, de ses loisirs et de son temps libre, du matin au soir et du soir au matin... comme la marée. Après ces deux semaines, le privé rentra à Boston et l'on eût pu croire que l'histoire s'arrêtait là. Mais un mois plus tard, Kruk le renvoya dans le Maine. Il avait étudié son rapport, s'était habitué au rythme général des activités de Bowman. Il voulait maintenant que son ami compile deux nouvelles semaines de vie bowmanienne, pour comparaison. Kruk cherchait une anomalie, ou un schéma répétitif, ou... il ne savait pas exactement ce qu'il cherchait, mais il espérait le reconnaître en le voyant. C'est comme ça que ça marche : en tamisant la merde. Et apparemment, Kruk avait trouvé ce qu'il voulait. Ou du moins, en partie.

Ce qu'il avait trouvé, c'était une visite chez NAPA pièces détachées qui ne se limitait pas à se flairer du groin avec Molly-la-teigne. Au cours de cette visite-là, Lou Bowman récupérait un petit paquet livré par Federal Express. Kruk n'aurait peut-être accordé aucune importance particulière à la chose si, après avoir récupéré le colis, Lou Bowman n'avait pas filé directement à la banque du coin. De retour chez lui, il n'avait pas non plus bricolé sa Jeep, qui était probablement sous garantie de toute façon. Alors, pourquoi ce colis était-il livré dans un magasin de pièces autos ? Et pourquoi le déposait-il directement à la banque ? Là-haut, si loin, dans le Maine… le gros poisson puait toujours autant.

En entrant dans le Maine, Kate me fit un petit récapitulatif sur Lou Bowman. Elle tenait en particulier à ce que je sois un petit peu au courant de sa conception du meurtre. Puisque au moins l'un de ses plans impliquait un tête-à-tête entre lui et moi, mieux valait que je sache où je mettrais les pieds.

Lou Bowman avait de nombreux titres attestant de ses aptitudes au maniement des armes à feu en tous genres : habitué du champ de tir ; membre de la NRA[34] ; en hiver, le dos de sa veste à carreaux noirs et rouges arborait une vignette qui le présentait comme tueur patenté d'animaux sans défense. Au cours de sa carrière dans la police, Bowman était également responsable de la mort violente de trois membres de la caste criminelle. Deux avaient été abattus pendant qu'ils commettaient leur délit. Le troisième semblait avoir rencontré sa mort parce qu'il regardait le détective Bowman de travers en portant à ses lèvres un téléphone mobile – dont Bow-

---

34. *Ndt*. NRA : *National Rifle Association*, Association nationale des porteurs d'armes à feu.

man affirma qu'il l'avait pris pour une arme. Pourquoi ce type aurait voulu chuchoter quelque chose à son arme avant de tirer sur un flic, la question était apparemment restée sans réponse.

Certains officiers de police doivent surmonter un traumatisme après avoir tué un autre être humain dans l'exercice de leurs fonctions. Une personne humaine, vivante (ou morte), en chair et en os, ça n'a plus rien à voir avec un leurre au cœur de carton. Manifestement, Lou Bowman n'avait jamais été de ces flics-là. Tuer quelqu'un ne bousillait pas sa journée. Il dormait sur ses deux oreilles. Kate tenait à ce que je connaisse ce détail sur la personnalité de Lou Bowman.

La petite ville – ou petit village – que Lou Bowman avait choisi pour y passer sa retraite était un coin pittoresque de la côte nommé Heayhauge. Non, moi non plus, je ne sais pas comment ça se prononce. Certains habitants du coin l'ont dit pour moi pendant mon séjour, mais honnêtement, j'avais déjà bien du mal à comprendre comment ils articulaient « Bob », alors… Ce que je peux vous proposer de plus proche, phonétiquement, c'est « Hi-hôô ». Voilà. Hi-hôô, Maine.

Heayhauge est né de la pêche et s'est développé par la pêche, grâce à une brèche dans la côte ménageant à cet endroit un large port naturel en forme de larme. La partie commerciale du village a poussé en grappe autour de la partie bombée de l'anse. C'est là que les bateaux de pêche sont amarrés, le long de quais assez larges pour permettre le déchargement des poissons et des homards que les pêcheurs rapportent. Un peu partout, on trouve des caisses de bois empilées et éparpillées. Et des chiens (éparpillés, pas empilés). Je croyais que c'était plutôt les chats qui migraient vers les quais – c'est comme ça à Baltimore. Mais le Maine, c'est le pays des chiens. Alcatraz pourrait peut-être intégrer Heayhauge, Maine, à ses projets de retraite. Enfin, s'il arrive un jour à pratiquer une activité qu'il puisse arrêter pour partir en retraite, évidemment.

À cause de la centralisation progressive de l'industrie halieutique, ou bien à force de ponctionner toujours plus les bancs de poissons et de homards du littoral, les villages comme Heayhauge ont dû commencer à se diversifier. La diversification ou la mort. Son âge d'or de pêcherie «fourmillante» depuis longtemps révolu, sa flotte de pêche atrophiée partage aujourd'hui le port avec différentes sociétés qui emmènent à la journée des clients payants pêcher pour le plaisir, ainsi qu'avec les nombreux voiliers et yachts de riches vacanciers ou des citoyens les plus nantis de la ville. Juste à côté des quais, un hôtel occupe le front de mer. Restaurant sur l'eau et pédalos mis à disposition de la clientèle pour aller se coller dans les pattes des plus gros bateaux. Et puis, comme partout de nos jours sur la moindre flaque d'eau, des scooters des mers bourdonnent à droite à gauche, tels des moucherons surdimensionnés et très bruyants. En gros, Heayhauge a conclu un arrangement avec le diable, relativement commun dans les endroits pittoresques que la seule mono-industrie qui les a fait naître ne suffit plus à entretenir. Comme nous tous, ils ont recours à leur beauté quand ils peuvent. Le long des digues et la rue principale du village se sont peuplés de cafés et de boutiques que les vieux loups de mer d'origine du patelin auraient trouvés parfaitement grotesques. On y vend des abat-jour en papier et des bijoux que pas un autochtone n'a les moyens d'acheter (ni n'aurait trouvé la moindre occasion de porter dans le coin), d'innombrables variétés de savons, assez de bougies parfumées pour éclairer tout un bal wiccan [35], des

---

35. *Ndt.* La Wicca (de *witch* : sorcière) est un culte païen fondé par Gerald Gardner dans les années 1950 en Angleterre, basé sur la tradition celte et accordant une place prépondérante à la magie

vêtements chics, du café hors de prix importé de Seattle et tout le toutim. Le village « fourmille » toujours. Simplement, l'effervescence d'aujourd'hui est moins due au cliquettement des chaînes d'amarrage sur les quais qu'à celui des pièces sonnantes et trébuchantes des touristes dans les tiroirs-caisses.

Tout cela, Kate et moi l'avons saisi depuis l'intérieur de notre voiture de location, que nous avions arrêtée devant le pont-levis métallique qui traverse la brèche naturelle de la côte. Nous jouissions d'une vue splendide : le majestueux Atlantique à notre droite, le port et les quais à notre gauche et derrière nous. Le privé de Kruk avait noté ce point de vue dans son rapport. On ne faisait rien de nouveau, là.

La raison pour laquelle nous restions dans la voiture était simple : Kate ne pouvait pas risquer d'être repérée par Lou Bowman. Pour s'en assurer, avant d'entrer en ville, Kate avait enroulé une écharpe autour de sa tête et chaussé des lunettes noires en forme d'œil de chat. À mes yeux, elle passait aussi inaperçue qu'une star de cinéma italienne essayant de passer inaperçue.

— Je suis polonaise, me rappela-t-elle lorsque je fis la comparaison.

— Mais dans cet accoutrement, tu fais italienne. Tu ressembles à Gina Lollobrigida.

— Alors c'est un bon déguisement.

Nous sommes restés dans la voiture de location une bonne demi-heure, à nous faire notre impression sur Heayhauge. Comme je l'ai dit, la crique du port est en forme de bulbe, de larme. Sur la rive opposée, de l'autre côté du village, à peut-être cinq cents mètres de là où nous étions garés, la terre monte en pente raide. À vrai dire, je n'aurais pas dû dire « terre », mais « roche ».

_____

« blanche ». Elle est principalement répandue en Grande-Bretagne et aux États-Unis.

C'est une petite falaise, en fait, hérissée çà et là d'affleurements désordonnés d'herbe dure et de pins étiques. Au sommet de cette falaise, Kate et moi avons dénombré sept maisons. Des résidences cossues, de deux ou trois étages, avec soit une grande véranda soit une terrasse en bois – soit, dans certains cas, les deux – qui offrait sans aucun doute une vue spectaculaire du port de Heayhauge et du majestueux Atlantique au-delà. Chacune des habitations était reliée à la rive en contrebas par un long escalier abrupt, la moitié d'entre elles semblant bénéficier d'une petite plage privée. Toutes ces villas disposaient soit d'un canot à moteur, soit d'un voilier.

Kate scrutait cet horizon avec une paire de jumelles, petites mais puissantes.

— Là-bas ! dit-elle en désignant un point de sa main libre. Elle me passa les jumelles et me guida dans la bonne direction. Le rivage s'incurvait en un large cercle. Un bref instant, les jumelles trouvèrent une fille maigre en maillot de bain en train de se raser les jambes sur l'une des terrasses de bois. D'un doigt, Kate fit descendre les jumelles jusqu'au niveau de l'eau.

Il était là. Exactement comme l'avait rapporté le détective de Kruk. La preuve au moins que Lou Bowman avait un semblant de sens. de l'humour, même tordu. Le bateau de Bowman, un trente-deux pieds, oscillait sur les eaux, mouillé à sa plage privée. Le nom du bateau s'affichait en lettres majuscules rouges et grasses : *Peine de mort*.

J'abaissai les jumelles. Kate avait ôté ses lunettes Gina Lollobrigida. Elle en tapotait les branches contre ses dents.

— C'est un putain de fils de pute de provocateur de merde ou quoi ?

Je crois qu'elle avait assez bien résumé le propos.

Nous prîmes une chambre à l'hôtel du front de mer. Nous avions de la chance d'être arrivés avant la saison, où les tarifs et le taux d'occupation monteraient en flèche. Nous demandâmes une chambre avec vue sur le port et vîmes notre désir exaucé. Kate redoublait de nervosité depuis l'instant même où elle était sortie de la voiture. Il semblait peu probable que Lou Bowman traîne dans le hall de l'hôtel, mais Kate n'en était pas moins angoissée. Je suis sûr que son anxiété visible nourrit l'imagination du réceptionniste boutonneux. Cette dame *crevait d'impatience* de se retrouver dans sa chambre. Eh beh ! Je nous enregistrai en tant que M. et Mme Frank Sinatra, fis un clin d'œil et payai cash.

— Vous avez droit à une heure de pédalo gratuite, monsieur… – il consulta son registre – M. Sinatra. Il rougit, puis pouffa. Vous et Mme *Sinatra* pouvez en profiter quand vous le désirerez avant le coucher du soleil.

Kate et moi étions assis sur le petit balcon quand nous avons aperçu Lou Bowman pour la première fois. Il descendait le long escalier abrupt qui courait de sa maison au ponton en contrebas. Kate le vit la première. Elle saisit les jumelles sur la petite table de verre pour regarder.

— Enculé en vue par bâbord avant.

Elle me tendit les jumelles.

Il était là. Le jumeau malfaisant de Tony Bennett. Peau tannée par le soleil. Polo bleu. Pantalon de toile. Le genre de type qui passe inaperçu dans la rue, à moins qu'il ne pointe un flingue sur vous. Dans ce cas, peut-être qu'on le remarque.

Je regardai notre proie arriver en bas de l'escalier et préparer son bateau pour une sortie.

— Il sort le bateau, dis-je. Je baissai les jumelles et regardai mon adorable copine détective : On va chez lui ?

Kate agita la tête.

— Pas à l'intérieur. Pas encore. C'est trop risqué. On

ne sait pas combien de temps il va être parti. On n'a même pas été en voiture jusqu'à sa maison. Il faut d'abord réduire les inconnues au maximum. Il pourrait y avoir un chien.

— Les chiens t'aiment bien.

— Les chiens dont le propriétaire m'aime bien m'aiment bien.

— Je n'ai jamais dit que je t'aimais bien.

Kate me fit signe de lui repasser les jumelles. Pendant qu'elle épiait Lou Bowman, je l'épiais, elle. Ça me laisse toujours comme deux ronds de flanc : un beau jour, quelqu'un débarque dans votre vie, venu de nulle part, et en ce qui ne représente finalement qu'un rien de temps, vous voilà assis avec elle sur le balcon d'un hôtel dans le Maine, en train de faire des plans pour fracturer la porte d'un nouveau riche de l'autre côté de la baie. Kate avait roulé ses cheveux en chignon et ça tenait, par ce mystérieux talent propre aux femmes. Elle était tout cou et jambes et bras, élancée et crispée. Son froid profil d'impératrice restait inexplicablement sexy alors qu'elle regardait dans les jumelles, la bouche entrouverte. Elle avait les orteils partiellement enroulés autour de la balustrade métallique du petit balcon. J'aurais aimé avoir un appareil photo. J'étais assis à côté, en boxer et tee-shirt des Orioles.

— Habille-toi, dit-elle soudain, comme se méprenant sur mes pensées.

— Déshabille-toi.

Kate me lança un tss-tss.

— Je crois que tout ce bon air vous tape sur le système, M. Sewell.

— Ce sera Frankie boy [36], pour vous. Et oui, j'adore l'air d'ici. Je désignai la pièce de la tête. Je l'aime encore plus à l'intérieur. Allusion-allusion.

---

36. *Ndt.* L'un des surnoms affectueux donnés à Frank Sinatra.

— On n'a pas fait tout ce trajet pour flemmarder au lit, répondit Kate en se levant.

— Qui parle de flemmarder ?

— Hitch ! piailla-t-elle. On n'est pas en vacances, bordel !

Elle ouvrit la porte-fenêtre et entra dans la chambre. Quelques secondes plus tard, je recevais ma chemise par voie aérienne.

En pleine tronche.

Nous avons pris la route principale, qui traverse la ville et sinue jusqu'au sommet de la falaise que Bowman partageait avec ses voisins. Les maisons n'étaient pas spectaculaires, du moins pas dans le sens d'une opulence outrancière et m'as-tu-vu. Elles l'étaient d'abord et avant tout pour la vue dont elles jouissaient depuis leur éminence rocheuse. En montant lentement la route tortueuse, Kate et moi aperçûmes le panorama par intermittence, le long littoral gentiment incurvé, la cascade de roches, les rochers en contrebas où les vagues s'éclataient en cadence, créant de véritables petits feux d'artifices d'embruns. Et bien sûr, derrière tout ça, l'océan vert-de-gris et l'immense demi-globe du ciel.

Après avoir repéré la maison de Lou Bowman et nous être garés au bout de son allée, Kate et moi avons pu jouir d'une vue supplémentaire, celle de la crique en forme de larme, le village carte-postale et la petite armada de voiliers et de véliplanchistes. Des voiles de toutes les couleurs oscillaient de-ci de-là au gré du vent – ou du moins en attente du vent, car la journée était exceptionnellement immobile.

— Il s'est offert un sacré panorama, observai-je.

— Avec le sang de mon mari.

Bon. D'accord. Visite touristique terminée. Kate avait peut-être raison, je respirais trop de bon air d'un seul coup. On n'était pas venus admirer le paysage et batifoler. Kate portait un fardeau terrible et j'étais là pour essayer de l'aider à s'en débarrasser.

On a examiné la bicoque. Il n'y avait pas de chien, c'était toujours ça de pris. Je remarquai bien une tortue-boîte au bas de l'escalier menant à la cuisine, mais elle ne me sembla pas représenter une trop grande menace. Kate monta sur la terrasse de bois à l'arrière de la maison et en conclut que les voisins ne pouvaient rien voir au travers des arbres qui ceinturaient la propriété. Elle colla son petit nez sexy à la porte vitrée : elle cherchait – entre autres – à voir si la résidence était sous alarme. Autant qu'elle pût le dire, non.

— Qu'est-ce que tu vois ? demandai-je en la rejoignant.

— Le bordel habituel du mâle célibataire.

Nous fîmes le tour du bâtiment. Kate désigna une rangée de trois fenêtres étroites au niveau du sol, derrière un massif mal entretenu.

— Qu'est-ce que tu en penses ?

— Qu'un bon coup de sécateur s'impose.

— Les soupiraux, petit malin. Tu crois que je peux m'y faufiler ?

— C'est un peu juste.

— Mais faisable.

— Pourquoi par là ? Il y a plein de grandes fenêtres dans cette maison. Il est obligatoire de faire l'anguille pour fricfraquer ?

— Je suppose que toutes les fenêtres sont fermées. Mais si je devais fracturer l'un de ces soupiraux, il est fort probable que Bowman ne s'en rende pas compte avant quelques jours.

— Qu'est-ce que ça peut faire, qu'il s'en rende compte ou non ?

— Je ne veux pas qu'il voie tout de suite que quel-qu'un s'est introduit chez lui. On n'est pas dans un film, Hitch. Je ne vais pas entrer, aller dans son bureau, trouver ce que je cherche et ressortir avec au bout d'un quart d'heure. Enfin, peut-être que si. Mais peut-être que non. Peut-être que j'aurai besoin de revenir.

— Alors comment on fait ? Tu te glisses par le soupirail et tu viens m'ouvrir de l'intérieur ?

— Tu ne seras pas avec moi.

— Ah non ? Tu veux dire que je suis juste venu pour la balade ?

— Non. Tu vas commencer par te dégoter un accent. Il faut que Baltimore disparaisse de ta voix.

Les accents, je sais faire. La question était : pourquoi ?

— Pourquoi ?

— Bowman ne doit pas deviner que tu es de Baltimore.

— Quand, exactement, il ne doit pas le deviner ?

— Quand je serai chez lui, que tu seras là où il est, et que tu l'enverras voir ailleurs si nécessaire.

— Je vois, dis-je, bien que ce ne fût pas le cas – pas tout à fait. Tu veux que je m'interpose ?

— Uniquement si c'est indispensable. Je ne veux pas que Bowman rentre chez lui pendant que je farfouille dans ses affaires. Tu devras faire en sorte qu'il reste à l'écart. On fixera un délai. Je me sentirai complètement libre jusqu'à telle heure prédéfinie, puis je m'en irai. Ton boulot sera de le retenir jusqu'à ce moment-là.

Première nouvelle.

— Tu as réfléchi à la manière dont je ferai ça ?

Kate me lança un large sourire. De ceux qui vous font gloups.

— J'espère que tu as apporté ta fausse moustache. Tu pars en mission sous-marine, mon grand.

Chapitre 29

Si un jour, on vous parlait d'un bistrot de quartier tout là-haut là-haut dans le Maine nommé le Moose Run Inn [37], vous l'imagineriez probablement situé peu ou prou à proximité d'une rivière, d'une crique ou de quelque autre voie aquatique baptisée Moose Run, non ? Moi, oui.

Est-ce que vous vous attendriez à trouver une espèce de bâtisse en bois ornée, à l'extérieur, du corps d'un orignal adulte (tout sauf la tête), le reste de la bête (la tête, donc) se dressant sur le mur intérieur juste au dessus du flipper du *Frelon vert* ? Ils sont un peu tarés, dans le Maine, je vous jure ; j'ai dans l'idée que ce n'est pas un hasard si on les a tous planqués dans un recoin du pays.

Je fricotai plutôt pas mal avec le flipper du *Frelon vert*. Et ce, malgré la distraction assez considérable qu'offrait la tête d'orignal plantée juste au-dessus dans le mur. Qui qu'il fût, celui qui avait empaillé ce truc lui avait collé un calot bleu et l'autre marron. Dans le même esprit, d'autres rigolos l'avaient affublé d'un nez en plastique rouge sur le museau, d'une casquette de chasseur en tissu écossais gaiement posée de travers entre ses deux énormes bois, d'une cigarette éteinte qui pendouillait à ses babines et, pour parachever l'outrage,

---

37. *Ndt.* L'auberge de la rivière de l'orignal.

d'un long collier de douilles vides autour de son large cou. Si les animaux morts pouvaient le faire, celui-ci aurait sans aucun doute maudit le jour où il était passé par ici.

J'étais plutôt doué pour frapper et secouer le vieux flipper. J'avais droit à dix secondes du *Vol du bourdon* à chaque fois que j'arrivais à placer la boule dans le nid du frelon vert au centre du tableau. Pour ma première mission incognito, je portais des jeans Lee, un tee-shirt blanc, simple mais élégant, relevé par une grosse chemise de flanelle assez voyante (à carreaux, déboutonnée, sans pli) et une casquette de baseball vert sapin. V'là l'gars, putain.

Après avoir lu et relu les rapports détaillés des activités quotidiennes de l'ex-officier de police de Baltimore Lou Bowman réalisés par le détective privé de Boston pour le compte de John Kruk, Kate et moi nous étions convaincus que ce type était tout sauf routinier. Ses journées étaient exaspérantes d'imprévisibilité. Parfois, il dormait tard, parfois non. Parfois il allait pêcher au large. Parfois il s'asseyait sur son ponton de bois avec un pack de bières et une boîte de cigares. Bowman pouvait tout aussi bien passer l'après-midi entière à trifouiller son bateau que partir en vadrouille pour la journée en 4x4. Il était à la retraite. Il pouvait faire absolument tout ce qui lui chantait. Et c'était à peu près la même chose pour ses soirées.

Mais le privé avait repéré un événement régulier : une visite hebdomadaire au Moose Run Inn le lundi soir, en compagnie de Molly-la-teigne de chez NAPA pièces autos. Apparemment, le lundi était le soir où Molly-la-teigne libérait ses cheveux. Pour elle, s'amuser à Heayhauge, c'était passer la soirée à boire de la vodka parfumée au Moose Run Inn et après, parfois, aller batifoler dans le foin avec l'ancien officier de police de Baltimore Lou Bowman. Parfois chez lui, parfois chez elle.

C'était à cause de ce «parfois» que je me retrouvais ce lundi-là en pleine étreinte amoureuse avec le flipper du *Frelon vert* sous le regard vairon et esseulé de l'orignal salement malmené là-haut dans le mur.

Kate et moi avions surveillé Lou Bowman depuis les fenêtres de notre chambre d'hôtel. Vers dix-neuf heures trente, il était monté dans son 4x4 et avait reculé dans l'allée. Kate et moi avions tué une vingtaine de minutes avant de sauter dans notre voiture de location et de passer tranquillement devant le Moose Run Inn. En voyant le 4x4 de Bowman sur le parking, on s'était regardé en levant le pouce d'un air sinistre. J'avais déposé Kate devant chez Bowman. Avant que j'aie pu lui souhaiter bonne chance, elle avait disparu.

Si Dieu était avec nous, Kate s'introduirait chez Bowman et tomberait directement sur le rapport manquant que celui-ci, elle en était convaincue, détenait toujours. Il traînerait sur la table de la cuisine, éclairé d'un spot céleste doré. Mais si Dieu s'était endormi à la barre – ou, tout simplement, n'était pas très attentif à ce qui se passait dans le Maine – alors Kate aurait besoin de plusieurs heures pour écumer et fouiller les lieux. C'est là que j'intervenais. Vingt-trois heures, c'était la limite absolue qu'on avait fixée avant que Kate ne doive impérativement sortir son cul de chez ce type. Mon job était de m'assurer que Lou Bowman ne quittait pas le bistrot avant vingt-trois heures. S'il fallait pour ça le tacler *manu militari* – j'espérais que non – eh bien, je devrais le faire. Kate avait précisé que si jamais elle sortait avant l'heure dite, elle passerait un coup de fil au bar et demanderait au barman d'appeler un faux nom : ce serait le signal que je n'avais pas à tacler Lou Bowman ou à lui faire un croche-pied ou à essayer de l'empêcher de partir par tous les moyens. J'avais suggéré le nom de Harvey Sprinkle, le semeur prolifique récemment enterré par mes soins.

— Ce n'est pas un peu débile, comme nom ?

Je lui rappelai que je n'avais pas à répondre. Juste à l'entendre.

Mais maintenant que j'étais là, à jouer au flipper du *Frelon vert*, je me repentais de ne pas avoir choisi un nom plus conventionnel. Le barman n'avait pas l'air du genre qui hésite à raccrocher au nez s'il croit qu'on lui fait un canular téléphonique. Il n'avait pas du tout l'air, non plus, du genre à tenir le téléphone contre sa poitrine en criant « Hé, y a un Harvey Sprinkle, ici ? »

Surtout qu'on n'était que quatre dans le bar, pour l'instant. Lou Bowman, Molly-la-teigne, une poivrote blond-décoloré et moi-même. Ce n'était franchement *pas* la fête au Moose Run.

C'est la fausse blonde qui m'inquiétait. Peut-être un beau brin de fille à un âge moins avancé, elle frôlait maintenant la limite supérieure de la quarantaine et elle était clairement entrée dans la phase d'entretien lourd de son corps. Ses joues étaient d'un rose artificiel, ses paupières d'un bleu artificiel, ses sourcils d'un brun artificiel et ses lèvres plissées d'un rouge artificiel. La palette complète, pour tenter de ressusciter ce que Jeunesse et Nature lui avaient un jour offert à l'œil. Ses cheveux décolorés, aux racines noires comme du charbon, tombaient en mèches négligées sur ses épaules. Elle portait une minijupe de cuir moulante coupe dix-huit ans et une chemise blanche unie taille dix ans. Dans une main, une cigarette se consumait toute seule ; l'autre tenait un verre. Les yeux de la femme scrutaient l'obscurité du bar à la manière du faisceau fatigué d'un vieux phare usé.

À mon entrée au Moose Run, j'avais accidentellement croisé son regard – le seul qui se fût donné la peine de se lever – et été balayé par ce double faisceau. Avant d'avoir pu détourner les yeux, elle avait esquissé un sourire offensif et basculé son verre moitié plein / moitié vide dans ma direction d'un air de provocation éhonté. Ma vision périphérique avait aperçu Lou Bowman et Molly-la-teigne qui se disputaient à une table près du comptoir. Ils ne remarquèrent pas mon entrée. Voyant le flipper sous la tête de l'orignal, je m'y étais précipité en priant pour que Dieu balance quelques pièces dans ma poche. Ce qu'Il fit (ou avait fait). Voilà comment je me trouvais là, dos à la salle, frappant l'appareil comme un malade pour me donner une contenance. Je sentais le regard peinturluré de la femme qui forait bon gré mal gré des trous dans mon dos.

Les pièces de vingt-cinq cents ont une fin. Et je ne suis qu'un homme. À la cinquième boule de la énième partie, j'ai raté un coup facile. Je savais très bien, en plongeant la main dans ma poche, que c'était la dèche. Quelques pièces de un et cinq cents roulaient entre mes doigts, mais c'était la fin. Je me retournai lentement. La blonde avait toujours les yeux rivés sur moi. Elle me gratifia d'un large sourire aviné et agita une cigarette non allumée devant son visage, comme un métronome déréglé. Sa voix traversa la pièce quasi-déserte sur des vapeurs de gin.

— Z'avez du feu ?

Lou Bowman pouffa à mon passage devant sa table. Molly-la-teigne lui tapa sur la main.

— Vous ressemblez à quelqu'un ? À qui vous ressemblez ?

Ce devait bien être la septième fois que Carol me posait cette question. Les premières fois, j'avais commis l'erreur de croire qu'elle avait une réponse sur le bout de la langue. Mais non. J'ai compris assez vite que c'était sa manière à elle de me dire à qui *elle* ressemblait. Ou croyait ressembler.

— Vous voyez, cette fille dans M. A. S. H. qui embrasse tout le monde ?

— Lèvres-en-feu.

— Voilà, elle. Je lui ressemble.

Okay. D'accord.

— Vous vous souvenez de Jayne Mansfield ? Elle jouait dans un western. Vous voyez qui c'est ? Je lui ressemble aussi. Un autre verre ?

Carol s'arsouillait au gin. Je m'en tenais à la bière et elle me traitait de femmelette pour ça. Je lui racontai que la dernière fois que j'avais touché à un alcool fort, j'avais tué cinq personnes. Elle éclata de rire. Elle trouvait ça hilarant.

— Moi, je tue des gens tous les jours. Mais ils ne le savent pas.

Elle pointa un doigt en forme de pistolet sur Lou Bowman et tira. Elle avait raison : il ne s'en rendit même pas compte.

Elle me demanda d'où venait mon accent, qui était encore en cours de perfectionnement.

— Vous venez d'où ?

Je bus une gorgée de bière.

— De l'Idaho.

— Tout le monde parle comme vous, dans l'Idaho ?

— Je parle comment ?

— Comme une *femmelette*.

Un certain nombre de gens étaient enfin venus s'échouer dans le bar. Quelques-uns d'entre eux – principalement les hommes – nous regardaient du coin de l'œil avec un soulagement indubitable. Du sang neuf au Moose Run. Carol me tenait un putain de discours corporel. Elle tenait à ce que je voie ses jambes et elle tenait à ce qu'elles effleurent fortuitement les miennes toutes les deux-trois minutes. Je m'étais installé à sa droite, afin de voir derrière elle et de garder l'œil sur Lou Bowman. Lui et son amie semblaient plongés dans une discussion à couteaux tirés à propos de... je n'arrivais pas à savoir quoi.

— Qu'est-ce vous faites comme boulot, Bob ?

J'avais donné un nom facile à retenir.

— Essayez de deviner.

Derrière Carol, Lou Bowman tapa soudain violemment du poing sur la table. Je l'entendis gueuler : « Arrête tes conneries ! ».

— VRP chaussure, disait Carol.

— Pardon ?

— J'ai dit VRP chaussure. Votre boulot.

Je suis quasiment sûr que le mot « chaussure » était arrivé là par accident, mais je n'allais pas chipoter.

— Eh ben, vous êtes drôlement maligne. C'est exactement ça.

Carol sourit et hoqueta en même temps. En arrière-plan, Molly-la-teigne collait une gifle à Bowman, qui lui montra allégrement son médius levé.

— Demandez-moi ce que je fais, bafouilla Carol. Les doigts de sa main droite jouaient à nouveau avec les boutons de ma chemise. Je les avais déjà repoussés une bonne douzaine de fois, mais à présent, elle avait l'air de s'en servir pour se stabiliser. Son tangage s'était considérablement accru pendant les cinq dernières minutes.

J'accédai à sa demande :

— Carol, qu'est-ce que vous faites ?

Elle m'offrit un sourire supérieur et bascula en avant comme pour murmurer la réponse à mon oreille. Je la rattrapai par les épaules pour l'empêcher de tomber. Ce qu'elle fit était, au mieux, un aparté théâtral ; assez fort pour que même l'orignal empaillé à l'autre bout de la pièce pût l'entendre.

— Je *baise* les VRP chaussure.

Juste à ce moment-là, les choses se précipitèrent. Quel qu'en eût été le sujet, la dispute de Molly et Bowman était à son comble. Molly-la-teigne ne jeta pas son verre sur Lou Bowman. Mais elle lui en balança le contenu à la figure. Immédiatement, le bras de Bowman fusa au-dessus de la table et il la gifla – pas une, mais deux fois – puis se leva d'un bond. Je me levai aussi. Ou plutôt, je me laissai glisser au bas de mon tabouret de bar. Résultat : Carol continua à basculer en avant. Elle atterrit lourdement par terre avec un bruit sec et sourd. Je me baissai et la tirai d'un coup sec pour l'asseoir contre le comptoir. Elle avait les paupières entrouvertes et ses lèvres essayaient de former un mot – je crois que c'était «femmelette». Elle respirait. Je n'avais pas besoin d'en savoir plus.

Je levai les yeux pour voir Lou Bowman se diriger vers la porte du bar. Il était à mi-chemin de la sortie. Molly était juste derrière lui. Je regardai ma montre. Il n'était que neuf heures et demie. Et merde.

— J'ai été enchanté, Carol, marmonnai-je à la hâte avant de filer vers la porte.

— Hé ! Le barman pointait un doigt sur nos verres : c'est Rockefeller qui va passer régler ou quoi ?

Je tirai une poignée de billets de ma poche et en lançai deux de vingt sur le bar, puis bondis vers la porte.

— Hé, c'est pas tant que *ça* !

— Vous lui appellerez un taxi avec le reste.

Le barman éclata de rire.

— Elle a pas besoin de taxi. Elle habite à l'étage.

J'étais à la porte. J'arrêtai ma main sur le bouton et me retournai.

— Elle *quoi* ?

— C'est la propriétaire du rade. Ma patronne. Il se pencha loin par-dessus le bar pour voir Carol assise par terre dans le coma : Ça va, patronne ?

Je me précipitai dehors. Debout devant son 4x4, Lou Bowman invectivait Molly-la-teigne, qui répliquait du tac au tac et avec autant de hargne. Couple charmant, vraiment.

— Salaud !

— Arrête tes conneries.

— Non, *toi*, arrête !

— Moi, c'est déjà fait !

— Qu'est-ce que ça veut dire ?

— À ton avis, connasse ?

— Espèce de salaud !

Je voyais bien que la conversation était assez limitée. Bowman ouvrit d'un coup sec la portière de sa super bagnole.

— Retourne au bar ! ordonna-t-il à son amie.

— Va te faire foutre !

C'est là qu'il l'a frappée. Il a fait un pas et lui a foutu une raclée. Une sorte de prise de karaté amateur sur le côté de la tête. Mais puissante.

— Hé ! Je courus vers eux. Aucun des deux ne semblait particulièrement content de me voir. Je m'adressai à Molly :

— Ça va ?

— On t'a sonné, connard ? grogna Bowman.

Il me dévisagea avec une moue méprisante. En m'avançant, je pensais : *Aux genoux, tacle-le au niveau des genoux*.

— Ne la touchez pas, dis-je.

— Occupe-toi de ton cul. Bowman pointa un doigt sur sa copine : Je t'appelle.

— Pas la peine ! lui cria Molly tandis qu'il montait dans sa Jeep. T'emmerde surtout pas !

Bowman claqua la portière et mit le moteur en route.

— Attendez ! Je fis un pas – littéralement – devant le véhicule et levai les mains. Arrêtez !

— Dégage de mon putain de chemin ! mugit Bowman en faisant ronfler le moteur.

Molly confirma.

— Vous feriez mieux de bouger, mec. Il vous passerait dessus sans hésiter. C'est une vraie tête de nœud.

La tête de nœud démarra. Je m'écartai d'un bond.

Bowman sortit avec fracas du parking, chassant les graviers sur son passage. J'en reçus un gros au tibia.

— Salaud ! postillonna Molly-la-teigne, pas pour la première fois. Elle regarda d'un air renfrogné la poussière qui retombait, puis se tourna vers moi.

— Merci.

Je n'avais pas le temps de papoter. Je boitai jusqu'à ma voiture et y montai. Juste comme je tournais la clef, la porte côté passager s'ouvrit pour laisser entrer... nulle autre que la propriétaire du Moose Run Inn, fraîchement relevée du sol de son bar.

— Qu'est-ce que vous foutez là ? Descendez !

Carol murmurait :

— 'Zoindair. Allezy.

Je n'avais pas le temps d'argumenter avec elle. Et il ne me semblait pas très poli de rouvrir la porte et de l'éjecter sur les graviers.

— Oh, purée...

Je démarrai et passai devant Molly-la-teigne en chassant moi aussi mes petits cailloux. Molly avait l'air moins teigne à ce moment-là, et plus confuse.

— Où est le feu ? marmonna Carol alors que j'accélérais à l'entrée de la route principale. Puis elle tomba dans les pommes.

Le 4x4 de Bowman apparut à l'horizon. Il se dirigeait décidément vers chez lui. Je poussai la voiture de location à quatre-vingt-quinze kilomètres/heure sur la route étroite, limitée à cinquante. Je réduisais l'intervalle, tout en essayant désespérément d'échafauder un plan qui empêcherait Bowman d'arriver chez lui pour y découvrir son ancienne collègue en train de fureter dans toutes ses affaires. Étant donné son humeur présente, il était particulièrement peu probable que sa réaction serait calme et raisonnée. Et la pensée que cet ex-flic gardait certainement un flingue à portée de main n'améliorait en rien le tableau.

À mesure que je me rapprochais, je précisais mon plan. Il n'était pas génial, mais je le mis en œuvre quand même. Pied au plancher, je déboîtai à gauche et commençai à doubler la Jeep. Bowman roulait lui-même assez vite, mais j'étais plus rapide encore. J'allais le doubler facilement, lorsqu'il m'aperçut et commença à accélérer. Au même moment, une camionnette rouge apparut sur la route, filant dans ma direction… arrivant directement sur moi. Si je voulais doubler Bowman, je devais me rabattre immédiatement dans l'intervalle qui ne cessait de se réduire. Mon plan – et je me rendis soudain compte qu'il était complètement idiot – était de freiner une fois que j'étais devant la Jeep, pour la forcer à emboutir l'arrière de ma voiture. Ne prévoyant aucune mort sérieuse, j'imaginais que je pouvais le retenir un bon moment sur le bas-côté par une querelle sur nos torts respectifs. Idiot, comme plan, non ? Et avec l'arrivée de cette camionnette, j'avais maintenant environ une virgule de zéro seconde pour l'appliquer.

C'est à ce moment précis que Dieu est apparu. Pas de buisson ardent, pas de charpentier aux pieds nus… Il s'est manifesté sous la forme de Carol la radasse du Moose. La tête glissant sur le côté de l'appuie-tête, ses yeux s'ouvrirent tout à coup (l'un plus que l'autre). La camionnette était presque sur moi. J'entendais son klaxon beugler.

Carol éructa :

— Tu t'appelles Sprinkle ?

Je pesai sur le frein et me glissai derrière la Jeep de Bowman… juste au moment où la camionnette passait en un éclair. J'aperçus un chauffeur hurlant.

— Vous avez dit quoi ? hurlai-je en continuant à ralentir.

— Y a eu un appel au bar, marmonna-t-elle. Sprinkle quelque-chose. Quelqu'un qui cherchait Sprinkle. C'est toi ?

J'avais levé mon pied de la pédale.

— Oui ! criai-je. Ma voix était remplie d'une excitation que Carol ne pouvait évidemment pas comprendre. Sprinkle, c'est moi ! Je stoppai.

Carol me regarda en louchant.

— Tu sais… Tu ressembles à quelqu'un.

Chapitre 30

— C'est qui, ta copine ?

— Carol. Monte.

Kate grimpa sur le siège arrière. J'étais passé lentement devant la maison de Bowman et l'avais rattrapée alors qu'elle redescendait à pied au village. Elle ferma la portière.

— Elle est morte ?

Je démarrai et continuai la descente.

— Elle est ivre morte. C'est une longue histoire.

— M'enfin, Hitch. Ça ne fait que deux heures, l'histoire ne peut pas être si longue que ça.

— C'est la propriétaire du troquet. Elle avait besoin d'air. Ne t'inquiète pas pour elle. Raconte-moi. Comment ça s'est passé ? Tu l'as trouvé ?

Kate se renfonça dans son siège.

— C'est une longue histoire.

Oh-oh, elle est de mauvais poil, pensai-je. Mais, dans le rétroviseur, je vis qu'elle avait le sourire jusqu'aux oreilles.

— Je ne l'ai pas trouvé, dit-elle à mon reflet. Mais je crois que j'ai trouvé autre chose. En fait, j'en suis même sûre.

— Allez, raconte.

— On devrait peut-être déposer ta copine avant. Comment elle s'appelle, déjà ?

— Carol.

Kate passa la tête entre les deux sièges avant pour examiner plus précisément la situation. Carol était affalée sur son siège comme une poupée de chiffon détrempée par l'alcool.

— Waouh.

Juste à ce moment-là, Carol s'anima. Les paupières lourdes se levèrent. Elle n'eut pas l'air particulièrement étonnée de voir un nouveau visage. Une femme comme Carol doit finir par être habituée aux surprises, à force.

— Je m'appelle Carol.

— Bonjour, Carol. Moi, c'est Kate.

Carol déplaça ses faisceaux sur moi. Un sourire approximatif s'étala sur son visage.

— Ce putain de Bob Sprinkle. Vous le connaissez ? demanda-t-elle à Kate.

Kate était hilare :

— Oh oui, Bob est un grand ami.

Carol déclara solennellement :

— Il a tué cinq personnes.

Kate me tapota l'épaule, espiègle.

— Bob, tu ne m'avais pas dit que c'était cinq !

— Je voulais te surprendre.

— Où on va ? Carol semblait tout à coup prendre conscience qu'elle se trouvait dans une voiture et que la voiture roulait. Une main hésitante alla se poser sur le tableau de bord. Oui, il est bien vrai.

— Excellente question. Où voulez-vous aller, Carol ? Vous voulez rentrer au Moose ?

— Beuh… aux chhhiottes le Moose.

Kate se recula dans son siège.

— Je crois que ça veut dire non.

Carol baissa sa vitre et se pencha dehors, l'air lui battant la figure. Elle ferma les yeux et je crus qu'elle était retombée dans les pommes. Mais elle dit :

— Je crois que tu vas être malade.

Elle se trompait un peu, mais j'avais saisi l'idée. Je m'arrêtai immédiatement. Carol bascula la tête par la fenêtre et fit sa petite affaire. Nous n'étions plus très loin de la ville, sur la boucle à flanc de colline qui surplombe le port. Le petit village nous offrait, à Kate et à moi, un joli paysage à regarder pendant que la femme sur le siège passager avant vomissait comme un matelot débutant.

— J'ai trouvé des relevés bancaires, annonça Kate tout à coup. Tous les seize du mois, Bowman dépose cinq mille dollars sur son compte. *Tous les mois.*

— Ça te donne des infos ?

— Tu m'étonnes, John. Ce type n'a pas de tante morte, exactement comme me l'a dit Kruk, mais il arrive à avoir une grande maison, un bateau, une Jeep, et il touche cinq mille par mois d'on ne sait où. Quelqu'un lui verse une allocation mensuelle. Pourquoi ?

Je lui fis écho :

— Pourquoi ?

Depuis le siège passager, Carol grogna en continuant à se purger.

— C'est un pot-de-vin, je suis catégorique, dit Kate. Bowman n'avait aucune raison de tuer Charley. Aucune raison personnelle, je veux dire. Toute cette histoire, la maison avec vue, la soi-disant tante morte de Bowman, tout ça… c'était quelqu'un qui le payait pour tuer Charley. Voilà ce qui s'est passé. C'était un contrat, et je suis passée par là par hasard. Bowman touche cinq mille dollars par mois sans rien foutre en plus de la somme, quelle qu'elle soit, qu'il a touchée pour venir s'installer ici. Pour tuer Charley. Si j'avais pu trouver ce rapport, on aurait découvert à qui appartient le terrain et qui tenait à ce point à faire taire Charley.

— Mais tu n'as pas trouvé le rapport.

— Non, mais j'ai trouvé les relevés de banque. Qui que ce soit, ledit propriétaire envoie de l'argent à Bowman tous les mois. Si ta petite copine pouvait arrêter de gerber pour qu'on rentre à l'hôtel, on pourrait relire le rapport du privé pour voir quel jour Bowman reçoit son colis FedEx. Ses dépôts sont réglés comme du papier à musique et je parie qu'il reçoit le colis le même jour. Le seize de chaque mois. Et tu sais pourquoi je *sais* qu'on va se le faire, cet enculé ? Parce qu'aujourd'hui, on est le quinze, ajouta-t-elle d'un ton triomphant. On est là juste au bon moment pour voir Bowman récupérer son pot-de-vin. Dieu est avec nous.

La déclaration de Kate fut ponctuée par une manifestation enthousiaste de notre copine du siège avant. C'était la gerbe finale. Carol rapporta son attention à l'intérieur du véhicule. Lorsque ses phares se posèrent sur moi, je détectai une nouvelle stabilité évidente.

— Bob, dit-elle d'une voix rauque. Il me faut du café.

Le nom de famille de Carol était Shipley, des Shipley de Heayhauge, rien que ça. La mère de Carol avait été maire de Heayhauge, dans le temps, avant le débarquement des touristes. Son père était propriétaire du Moose Run Inn. Et maintenant – par souci de symétrie, peut-être – Roger, le frère de Carol, était maire et c'était elle qui tenait le Moose.

— J'étais pas faite pour la politique, nous raconta Carol en avalant son café-lifting. Puis, amère : Vous savez, ces tee-shirts imprimés «*Tout ce que j'ai eu, c'est ce tee-shirt nul* » ? C'est moi. Ma mère a dirigé cette ville et tout ce que j'ai eu, c'est ce bar nul.

On buvait notre caoua au restaurant de l'hôtel, dehors, sur le ponton. Soirée sans nuages. De là où nous étions assis, on pouvait voir la maison de Lou Bowman sur la falaise. Les lumières étaient allumées. Le monstre était chez lui. Kate n'arrêtait pas de jeter des coups d'œil là-haut.

— Mon frère me déteste, poursuivait Carol. Et je le

lui rends bien, d'ailleurs. Il est en train de faire de cette ville un repaire de femmelettes.

Je m'attendais à ce qu'elle envoie cette pique à mon intention, mais apparemment, elle avait oublié qu'elle m'avait persiflé de ce qualificatif à peine quelques heures plus tôt.

— C'était une jolie petite ville, quand ma mère la dirigeait. Pas d'étrangers.

— Et maintenant, vous êtes obligés de supporter des gens comme nous ?

Carol sembla ne pas entendre.

— Vous me trouvez grave, hein, tous les deux ? Eh ben, vous avez raison. Tous les jours, je me bourre la gueule et je sais même pas pourquoi.

Kate demanda :

— Vous n'avez jamais songé à partir ? Vous seriez peut-être plus heureuse ailleurs ?

Carol secoua sa tête blond-décoloré.

— Tout le monde me connaît, ici. Tout le monde ne m'aime pas, mais au moins ils me connaissent.

— C'est si bien que ça ?

Carol rumina ces mots quelques instants

— Ce n'est peut-être plus si bien que ça, non. Je suis sans doute en train de me dessécher, ici, non ?

Kate me lança des éclairs : *Ne réponds pas*.

— Vous avez été mariée, Carol ? demanda Kate. Je sais, ça ne me regarde pas, mais…

— Pas de problème. Oui, j'ai été mariée. Putain, je suis l'Elizabeth Taylor du coin. J'ai été mariée trois fois. Quatre, en fait, mais y en a un qui compte pas.

— Pourquoi ça ? demandai-je.

— Aucun intérêt, dit Carol d'un air sombre. Et définitif.

Maintenant qu'elle n'avait plus de vues sur moi, Carol ne s'intéressait plus du tout à ma petite personne. Pas plus qu'à celle de Kate. À l'évidence, le sujet de conversation qui la fascinait le plus, c'était elle-même. À mesure qu'elle dessoûlait, remplaçant peu à peu les cellules de gin par des cellules de caféine, elle ressassait sa vie à Heayhauge, Maine. Le thème principal de ses variations, je l'avais déjà entendu au Moose : les hommes sont de la merde. À quoi elle ajoutait que les femmes plus jeunes et plus jolies qu'elle étaient aussi assez énervantes. Malgré cela, elle était parfaitement civile envers Kate, qui était pourtant les deux. Et Kate se montrait très engageante avec Mlle Shipley, lui renvoyant toutes les balles nécessaires pour l'encourager à parler… bien que ce ne fût pas indispensable. J'assistais en direct à du tissage de liens féminins. Ou du moins le croyais-je.

Dans sa logorrhée, Carol admit qu'elle était nulle avec les chiffres et que, bien que propriétaire d'une gargote assez prisée, elle était lourdement endettée. En plus de ça, elle avait dû fermer le Moose à deux reprises l'année passée, à chaque fois dix jours d'affilée, pour avoir servi de l'alcool à des mineurs.

— Des jeunes en mob, dit-elle en haussant les épaules. Je vois un tatouage, je sers un verre. Dites que je suis vieux-jeu.

Carol rendait son maire de frère responsable de ses problèmes. Elle était convaincue que c'était lui qui avait demandé au shérif d'envoyer les jeunes en mob, juste pour pouvoir choper sa sœur.

— Il jouit de me voir dans la merde, qu'est-ce que vous voulez que je vous dise.

Conclusion : Carol était une femme d'affaires ratée et côté vie privée, c'était le bordel.

— Je n'ai même pas de voiture, poursuivit-elle. La banque l'a saisie l'hiver dernier. Vous savez pas à quel point il peut faire froid, ici, en hiver. Putain, on n'a pas envie de tout faire à pied. J'ai quarante-six ans, bordel, et me voilà obligée de faire du stop pour bouger mon cul. Excuse ma vulgarité, Bob.

— Jurez donc, charretier, dis-je.

Carol se tourna vers Kate :

— Il est marrant.

Kate ne confirma pas. Son esprit – je le voyais – avait dérivé ailleurs. Et je savais à peu près où. Quelques minutes encore de la fascinante autobiographie de Carol, et Kate finit par intervenir :

— Carol, écoutez. Qu'est-ce que vous diriez de gagner de l'argent ? Très vite ?

Carol la lorgna d'un air soupçonneux.

— Je fais pas dans la déviation sexuelle.

— Non, rien de cet ordre. Promis. C'est un peu compliqué à expliquer… mais qu'est-ce que vous diriez de vous faire cinq mille dollars ?

— Je pourrais leur trouver une petite place dans mon budget.

— Je ne vois qu'un seul problème, dit Kate : il faudrait que vous preniez quelques jours de vacances. Tout de suite. Pour votre propre sécurité.

— C'est illégal ? Ou juste dangereux ?

— Ce n'est pas vraiment illégal, dit Kate. C'est… dans une zone d'ombre, en fait. Mais oui, ça pourrait être dangereux. Je crois que vous seriez plus en sécurité si vous disparaissiez quelques semaines. Vous pourriez ?

Carol éructa un rire.

— La moitié du temps, je suis partie, de toute façon. Redevenant un instant – effrayant – l'alcoolo du Moose, Carol se pencha et colla son visage juste en face du mien : si ça se trouve, j'irai à *Tom-bouc-tou* !

Je me tournai vers Kate.

— À quoi tu penses, là ?

— Je crois que Carol mérite un break. Je crois qu'elle a besoin d'argent et qu'un petit séjour loin d'ici lui ferait du bien. Elle se tourna à nouveau vers Dame Shipley : Vous nous aiderez ?

— Hé, m'dame ! Pour cinq mille… ? Elle me désigna du doigt : Je danserais sur la tête de ce type.

Le plan de Kate était moins complexe qu'il n'y paraissait. La première condition était que Carol restât avec nous à l'hôtel. Ce bout-là était plus déconcertant que complexe. Comme je vous ai déjà décrit Carol, vous savez que ce n'est pas par méchanceté – mais par simple souci d'exactitude – si je dis que les mots «fille à hôtels» étaient gravés partout sur elle. Et maintenant qu'elle montait l'escalier entre les ubiquitaires M. et Mme Frank Sinatra… eh bien, les réceptionnistes ont leur imagination pour passer le temps, pas vrai ?

J'insistai pour prendre la paillasse et laisser les dames partager le paddock à deux places. Je prêtai une de mes chemises à Carol, prêt douloureux pour le vieux romantique que je suis. Elles gloussèrent ensemble comme de vraies gamines après l'extinction des feux.

Pour la suite du plan, Carol devait nous emmener au petit matin au drugstore du coin, qui avait un guichet Federal Express dans le fond. Nous prîmes un exemplaire de chacun des différents formats d'enveloppes. Et puis aussi un stylo, un paquet de papier de soie rose et un sac de plage en plastique, à grande ouverture et bandoulière, avec une illustration de *La Petite Sirène* de Disney gaufrée sur le côté. Notre arrêt suivant se fit à la quincaillerie Tru Value, où j'achetai un cutter. Le caissier rustique m'avertit de prendre garde en le manipulant.

— C'est drôlement coupant, vous savez ?

Euh, oui, je sais. C'est même de là que vient le nom.

On a aussi acheté une nouvelle casquette pour moi. Celle-ci affichait «Roadkill [38]» au-dessus de la vignette d'un hippy, faisant du stop au bord d'une route, glacé de peur face à des phares approchant.

Après tout ça, on passait à la partie complexe. Carol

---

38. *Ndt*. Cadavre d'animal tué sur la route.

nous a fait prendre la route menant au magasin NAPA pièces autos. Nous l'avons déposée à l'angle juste avant la boutique, armée du stylo et des enveloppes FedEx dans le sac *Petite Sirène*, puis sommes allés nous garer dans le parking d'à côté, qui desservait une pizzeria, une laverie automatique et un vidéo-club. Là, nous avons attendu. Un peu plus d'une heure après, on a vu arriver la camionnette Federal Express. Le type en short et chemise bleue FedEx en est descendu une enveloppe à la main et est entré chez NAPA.

— Pile à l'heure, dit Kate qui avait le rapport du privé sur les genoux. C'est parti, Bob.

Un ou deux détails me tracassaient un peu. D'abord, je craignais que l'empoignade dont j'avais été témoin la veille au soir entre Bowman et Molly-la-teigne ne contrarie leur petit arrangement FedEx mensuel. Là-dessus, Carol nous avait affirmé qu'ils se frittaient comme ça à longueur de temps. Ma seconde inquiétude concernait la partie du plan de Kate qui restait encore à mettre en œuvre. Sa réussite dépendait du fait que Lou Bowman prenne une auto-stoppeuse sur la route.

— S'il passait sans s'arrêter? avais-je demandé.

Nous étions tous les trois dans la chambre d'hôtel. J'avais posé ma question depuis ma paillasse, dans le noir, entre deux gloussements des sœurs prépubères.

— Il s'arrêtera, avait affirmé Carol.

— Comment tu peux en être sûre?

Le ton de sa réponse coupait court à toute autre conversation sur le sujet. Et à tout ricanement:

— Il l'a déjà fait.

L'enculé.

Environ une heure après le passage de FedEx, le 4x4 de Lou Bowman arriva dans le parking. Bowman descendit et entra dans le magasin. Il avait l'air aussi mauvais que la veille. C'est peut-être ça que Molly lui trouvait. Kate, qui avait déjà saisi le volant de notre

281

voiture de location, abaissa ses lunettes Lollobrigida sur son nez.

— C'est parti.

Elle démarra, sortit du parking, passa lentement devant NAPA et s'arrêta juste derrière la grosse Jeep de Bowman. Le véhicule était entre nous et le magasin. J'ouvris ma porte et bondis à l'extérieur. Accroupi, je plantai mon cutter tout neuf dans le pneu arrière droit de la Jeep. *C'est drôlement coupant, vous savez ?* Il me fallut donner quelques coups frénétiques avant que la lame ne pénétrât enfin, après quoi j'entaillai à toute berzingue le flanc du pneu.

— Monte ! cria soudain Kate.

En crabe, je retournai dans la voiture et fermai la portière. Je gardai la tête sous le niveau de la vitre pendant que Kate redémarrait en douceur.

— C'est bon, dit-elle en surveillant le rétro. Tu peux sortir.

Je me redressai et balançai le cutter par la fenêtre.

— Pourquoi tu as fait ça ?

Kate avait l'air embêtée.

— C'est comme ça qu'on fait, lui assurai-je.

Évidemment, comme Kate était déjà détective, elle ne fut pas particulièrement impressionnée par mes grands airs. Et ça se voyait.

En tournant au coin, Kate donna deux petits coups de klaxon secs. La sœur du maire de Heayhauge sortit de l'ombre d'un vieux chêne. Je ne pourrais pas le jurer, mais je crois bien qu'elle avait encore relevé sa mini-jupe de cuir sur ses cuisses. C'est une blonde éclatante, grosse poitrine et jambes interminables, qui alla se poster sur le bord de la route pour tendre le pouce. Je passai la main par la fenêtre, moi aussi avec le pouce levé, mais la manquai d'une trentaine de centimètres. Kate ralentit. Elle regardait toujours le rétroviseur.

— Bien… baisse-toi.

Je me retournai et aperçus la pose auto-stop de Carol. Jambes écartées, bras levé, tête en arrière. Elle avait raison. J'avais été stupide de douter que Bowman la prenne. Le plus conservateur des télévangélistes se serait arrêté. Je vis le 4x4 tourner au coin et ralentir.

— Baisse-toi ! siffla à nouveau Kate. Je m'exécutai. Il ne fallait pas risquer que Bowman m'identifie comme l'homme du bar. Quant à reconnaître la voiture, nous ne pouvions que compter sur sa banalité. La plupart des voitures de location ne ressemblent à rien, de toute façon et c'était le cas de la nôtre. Blanche. Quatre portes. ABS. Pas d'autoradio. Passe-partout. La route était étroite et sinueuse, sur ce tronçon. Aucun endroit où disparaître. Kate roulait à la vitesse autorisée, pas plus. L'idée était d'empêcher Bowman de se précipiter à la banque. Il devrait teuf-teufer aux cinquante-cinq kilomètres heure autorisés, comme tout le monde.

Sauf que, contrairement à tout le monde, son pneu arrière droit avait été tailladé par un croque-mort de Baltimore au moyen d'un beau cutter flambant neuf.

— Yesss ! cria soudain Kate.

— Il s'arrête ?

Elle était triomphante : il s'arrêtait.

Kate passa devant la banque de Lou Bowman et se gara en face, devant une cafétéria. Estimant qu'il faudrait au moins une demi-heure à Bowman pour changer son pneu, Kate et moi entrâmes dans la cafétéria. C'était un endroit récent, pas un vieux machin. Pas de photos de Cher ou de Steve & Edie sur les murs. Je commandai un café et la pétillante lycéenne qui se trouvait derrière le comptoir égrena en litanie les différents arômes de caféine que je pourrais désirer.

— Juste un café, dis-je, gentiment mais fermement. Un jus dans une tasse, ce sera très bien.

Le plan moins compliqué qu'il n'y paraissait était maintenant arrivé à sa phase finale. Tandis que Bowman suait à l'arrière de sa Jeep avec son cric et sa roue de secours, Carol devait sélectionner parmi les enveloppes FedEx achetées le matin celle qui était de la même taille que celle que Bowman venait de récupérer chez NAPA. Elle devait extraire l'étiquette d'expédition et copier toutes les informations sur celle de sa propre enveloppe. Kate avait insisté sur le «*tout*». «N'oublie aucun code ou numéro d'envoi. Recopie *tout*.» Carol devait ensuite remplir sa propre enveloppe de la quantité de papier de soie correspondant à l'épaisseur et au toucher de celle de Bowman, glisser l'étiquette d'expédition d'origine dans la pochette plastique de l'enveloppe remplie de papier, glisser le colis de Bowman dans son sac *Petite Sirène* et commencer à faire ses projets de vacances.

— Bowman fricote des trucs crapuleux, pas vrai? avait demandé Carol après avoir reçu les instructions de Kate.

Kate avait répondu :

— Il a tué mon mari.

— Oh, ma chérie, c'est *trop* crapuleux, ça. Tu veux que je lui colle un coup de pied dans les couilles, après avoir récupéré le magot?

Bien sûr que non. L'idée était au contraire de l'éloigner de Bowman aussi vite que possible. Après avoir débattu de la question, nous avions fini par rejeter l'idée que Carol plante Bowman là et continue à pied – ou en stop – pendant qu'il était occupé à changer sa roue. Il aurait pu ouvrir l'enveloppe, constater l'échange et courir après Carol… et à ce moment-là, il aurait probablement vu trop rouge pour lui laisser la moindre chance de coller un bon coup de pied dans ses bijoux de famille.

— De genou, plus exactement, s'était autocorrigée Carol. Il faut les laisser s'approcher, d'abord.

Kate et moi prîmes une table et gardâmes les yeux

rivés à la fenêtre. Nous voyions parfaitement la banque de l'autre côté de la rue. Dès l'instant où Bowman y serait entré, il faudrait faire vite.

— Ça te plaît, de jouer les détectives ? me demanda Kate pendant que nous étions assis, voûtés comme des vautours sur nos cafés.

— Sincèrement ? Je me sens vaguement hors-la-loi.

— Très perspicace, Hitch. Quand on joue avec les méchants, on est parfois contraint d'adopter leurs règles.

— Je suppose que c'est pour ça que certains flics retournent leur veste, hein ?

Je regrettai ces mots au moment même où je les prononçais. Kate fronça les sourcils.

— Je suis désolé, balbutiai-je. Je ne voulais pas dire que...

Trop tard. Kate regardait d'un air absent un trou dans sa tasse en carton.

— Je ne crois pas que Charley ait retourné sa veste, dit-elle doucement. C'est Alan qui a goupillé tout ça. Il y a vu la possibilité de me bousculer encore un peu plus et il a sauté dessus. Et il s'est démerdé pour me rattraper lui-même au vol.

Elle regardait par la fenêtre sans rien voir.

— Je suis faible, Hitch. Je suis sans doute la personne la plus faible que tu aies jamais connue.

— Voilà bien la chose la plus ridicule que j'aie jamais entendue. Tu te trompes au plus haut point, Kate. Tu es l'une des personnes les plus *fortes* que j'aie jamais connue. Et l'une des plus jolies, ajoutai-je.

— Alors tu ne me connais pas.

Elle but une gorgée de son café, puis me regarda :

— Tu me trouves vraiment jolie, Hitch ?

— C'est bien une question de femme, ça !

— Une question de femme peu sûre d'elle. Hitch... Tu n'imagines pas ce que c'est que d'avoir une enfance comme la mienne. Je sais, je sais, je ne suis pas la seule et des tas de gens vivent pire encore, mais *je m'en fous*. Mon père… Cet enfoiré m'a foutu les jetons, Hitch. J'ai grandi en rêvant d'un brave homme pour remplacer ce sale type, mais en doutant qu'un brave homme veuille jamais de moi. C'est une vieille histoire, je sais. J'étais plus habituée aux sales types alors c'est vers eux que j'allais, blablabla. C'était le monde que je connaissais, et je savais où était ma place. Rencontrer Charley, ça a été… il était meilleur qu'aucun des hommes que j'avais rencontrés avant. Notre histoire était une belle histoire. Et soudain, vlan. *C'est pas pour toi*. Retour aux sales types. Retour aux Alan. Retour aux Guy Fellows. Retour au jeu que je connaissais le mieux.

Les yeux de Kate s'étaient mouillés de larmes, qu'elle refusait rageusement de laisser sortir. Elle avait fini son café et avait écrasé en boule sa tasse en carton. Bordel. Comment en était-on venus à cette conversation ? Elle regardait à nouveau par la fenêtre. Mais je ne crois pas qu'elle vît quoi que ce fût.

— Et moi alors ? demandai-je. Je ne suis pas un si mauvais bougre, non ? Et ça a l'air de pas trop mal marcher, entre nous.

Kate lâcha la fenêtre et posa les yeux sur moi. Elle avait l'air extraordinairement triste.

— Tu es quelqu'un de bien, Hitch. Elle réussit à émettre un petit rire. Je garde mes réserves quant à ton boulot, mais globalement, tu es un chic type.

— Tu vois ? Ton cas n'est pas si désespéré que tu le dis.

Elle fit une seule ligne de ses lèvres et me lança son regard franc et triste.

— Nous, ça ne compte pas. C'est trop neuf.

— Bon Dieu, Kate. Ton putain de verre est à moitié vide, c'est ça ? Si tu avais un peu confiance, là ?

— Hitch, en ce qui me concerne, je n'ai même pas de putain de verre.

J'allais contester, quand nous nous sommes soudain rendus compte que le soleil avait disparu. Et pas à cause d'un nuage qui passait par là : un grand car blanc et vert était venu se garer juste devant notre fenêtre. Apparemment, c'était un arrêt pour les passagers. Le chauffeur – qui ressemblait à Boris Elstine – descendit pesamment du véhicule et ouvrit d'un coup sec l'une des soutes à bagages latérales. Les nouveaux venus récupérèrent leurs valises et baluchons. M. Eltsine claqua la soute, discuta brièvement avec une jeune femme tenant un bloc-notes, puis remonta dans sa cabine. Plusieurs passagers montèrent dans le bus et Eltsine ferma la portière. Le ronflement caractéristique du démarrage d'un bus résonna jusqu'à l'intérieur de la cafétéria. Un petit nuage de fumée grise s'exhalait du pot d'échappement.

Une femme arrivait en courant vers la cafétéria, depuis l'autre côté de la rue. Sur ses hauts talons, elle balançait des bras comme une folle pour se donner le maximum de vitesse. Elle avait le visage grand ouvert en un hurlement silencieux. Le 4x4 de Bowman était garé devant la banque. C'était Carol.

— Putain de merde ! Allons-y !

Kate et moi sommes sortis en flèche de la cafétéria. La grande lycéenne a ânonné un « Merci-revenez-quand-vous-voudrez-bonne-journée » alors que nous déboulions au pas de course sur le trottoir. Carol était à bout de souffle.

— Je l'ai ! hurla-t-elle en agitant une enveloppe FedEx. Puis, à moi : il est vert de rage pour la roue.

— Parfait, dit Kate. On se tire.

On s'est empilés dans la voiture de location. Je conduisais. Je nous faufilai hors du port de la ville.

— Tu as besoin de passer prendre des affaires ? demanda Kate en se tournant vers le siège arrière. Il faudrait faire vite.

Je jetai un œil dans le rétro. Carol avait arraché l'enveloppe FedEx et zyeutait l'intérieur. Je regardai la route, puis à nouveau le rétro. Où je fus accueilli par un grand sourire.

— Les enfants… Mes affaires sont prêtes !

Chapitre 31

Ç'aurait été sympa si l'étiquette de l'enveloppe FedEx nous avait donné le nom et l'adresse exacts de l'expéditeur. Merde, des indications précises pour y arriver et sous quel lit il fallait regarder au cas où le gars se planquerait auraient été les bienvenues aussi.

Kate m'avait prévenu de ne pas en attendre trop.

— L'enveloppe n'est même pas envoyée directement à Bowman. Son nom ne sera certainement pas dessus. Et si Bowman a pris ce genre de précaution, tu peux parier que l'expéditeur aussi.

L'étiquette n'indiquait qu'une boîte postale et un code. Le code postal était 21030.

— C'est le code de Hunt Valley, un coin perdu du comté de Baltimore, dit Kate.

Je manœuvrais notre voiture de location sur un de ces foutus ronds-points. J'avais déjà raté deux fois la sortie pour Boston ; elle se repointait.

— La zone industrielle ?

— Ouaip. Tu sais, c'était un peu le pays des cowboys, ce coin-là. Et maintenant… c'est comme si on avait bazardé une bombe atomique au milieu d'un pré à vaches, et voilà : des centaines d'hectares de bureaux.

Je réussis à prendre l'embranchement.

— Pâturage, dis-je.

— Quoi ?

— Pâturage. Tu as dit « pré à vaches ».

— On s'en fout, tu chipotes.

— Ça s'appelle un pâturage.

À l'arrière, Carol aboya :

— Lâche-nous, Bob. T'es un putain de culto ou quoi ?

Je jetai un œil dans le rétroviseur.

— Je suis croque-mort.

Kate ajouta :

— Et moi, détective de police.

Carol explosa de rire.

— Et moi je suis prof à la fac, ah ah ah ! Et je ne sais même pas comment on joue à ce jeu-là.

Elle se renfonça dans son siège pour compter son fric… une fois de plus. Elle pensait peut-être que ça se multipliait en multipliant les comptages. Dans le rétro, je vis ses lèvres bouger en comptant. Ce qui est bizarre, c'est que le fric s'était *effectivement* multiplié. Pas depuis la première fois que Carol avait compté, non, mais par rapport et ce que Kate et moi attendions. D'après les relevés bancaires que Kate avait trouvé en fouinant chez Bowman, on s'attendait à ce que l'enveloppe FedEx contienne cinq mille dollars. Mais lorsque Carol avait annoncé la couleur après son premier décompte, le magot s'élevait à huit mille. Kate et moi n'avions aucune explication à cette augmentation.

D'une certaine manière, nous avions tous voulu rester pour voir Lou Bowman se précipiter hors de la banque en détresse et fureur. Je l'imaginais parfaitement déchirer rageusement l'enveloppe FedEx et son contenu de papier de soie rose.

— Il va shooter dans le premier chien qu'il verra, avais-je prédit.

— Il va tabasser le premier qui le regarde de travers, avait supposé Kate.

La prédiction de Carol était plus grave :

— Il va se précipiter au Moose.

Cette dernière prédiction nous avait poussés à démarrer pour que Carol puisse appeler son barman afin de le prévenir qu'il était possible qu'un client énervé soit en route pour le bar. En remontant dans la voiture, Carol nous avait annoncé :

— J'ai dit à Mike de garder la fourche à portée de main, au cas où.

— Vous avez une *fourche* derrière le bar ? Je n'en revenais pas. C'est légal ?

— Hé, Bob, je dirige un local où les gens s'entassent dans une pièce sombre pour se bourrer la gueule. Si je dois leur donner un petit coup de fourche de temps en temps histoire qu'ils se tiennent tranquilles, vas-y, colle-moi un procès.

Après quelques minutes de quasi-silence (je dis «quasi» parce que j'entendais le froissement de billets de cent dollars en train d'être comptés sur le siège arrière… encore une fois), Carol remit sa déclaration à jour :

— Pardon. Je dirige*ais* un bar.

Kate se retourna d'un coup.

— Tu ne reviendras pas ?

Carol agita une poignée de dollars sous son nez.

— Pas dans cette vie, ma chérie.

Carol vint avec nous à Baltimore. Elle n'avait jamais pris l'avion avant, et c'est peut-être pour ça qu'elle ne comprenait pas qu'elle était censée avoir, comme moi, les mains moites et du mal à respirer dans cette boîte de conserve rikiki. Je lui offris mon demi-sandwich pour compléter le sien. Elle colla les deux parties ensemble et réussit à rendre la chose suggestive.

— Je suis une petite cochonne, pas vrai, Bob ? dit-elle en rigolant.

Un orage retarda notre atterrissage. Chouette… Kate expliqua à Carol que nous allions tourner en rond jusqu'à ce que l'orage se calme.

— Et si on tombe en panne d'essence ?

Kate adressa sa réponse à mon visage verdâtre.

— On risque de faire un joli plongeon. Tu ne crois pas, Bob ?

Nous atterrîmes. Carol sortit de l'avion en envisageant de devenir hôtesse de l'air. Débordant de toute sorte de projets pour sa nouvelle vie, elle s'accrochait à son enveloppe FedEx comme à un bébé flambant neuf.

Tout au bout d'une langue de terre qui longe la côte Est du port de Fells Point se trouve un grand bâtiment de briques : un ancien entrepôt, qui a été converti en une résidence chérote et un hôtel prétentieux. Les pièces sont spacieuses, éclaboussées de lumière et joliment décorées de photos de clippers, cartes nautiques et autres choses du même genre. Personnellement, pour le prix, je ne suis pas sûr que j'aurais envie de surplomber un port aux trois-quarts industriel… mais bon, ce n'était pas moi qui achetais. C'était Carol. C'est là que nous l'installâmes. Kate avait proposé à Carol de loger chez elle, mais l'ancienne propriétaire du Moose Run Inn, à Heayhauge dans le Maine, avait envie de flamber un peu.

— Je veux un endroit où je peux décrocher mon téléphone et qu'un beau gars débarque aussi sec avec un chariot, comme on voit dans les films.

— Ah, tu les aimes, ces chariots ! avais-je plaisanté.

Nous l'installâmes dans son nouveau garni temporaire puis Kate et elle filèrent lécher les vitrines de vêtements. Je n'étais pas sûr de pouvoir supporter Carol dans autre chose que sa minijupe cuir, mais apparemment, je n'aurais pas le choix.

Le soleil levait le camp au moment où je laissai les filles à leurs furetages et m'en retournai aux pompes funèbres. Je n'avais été absent que deux jours, mais comme vous vous en douterez peut-être, les gens ne

292

s'arrêtent pas de mourir. Tante Billie était contente de me voir.

— Mauvaise nouvelle, Hitchcock, m'annonça-t-elle. Jeffrey Simons est décédé. Je viens juste de raccrocher avec Helen. Elle veut qu'on s'occupe de ses funérailles.

— Ça va être médiatisé. Une cérémonie à deux salons.

— C'est sûr. On va faire le plein.

Pendant que Billie s'organisait pour récupérer le corps de Jeff Simons, je courus chez moi prendre une douche et me changer. J'allumai la télé, juste à temps pour attraper Mimi Wigg au vol, qui s'installait déjà toute seule au bureau de présentateur.

— C'est une institution qui a quitté le navire, aujourd'hui.

J'éteignis.

À mon bureau, notre répondeur était déjà saturé par des gens qui voulaient des détails sur l'enterrement du journaliste. J'avais aussi un message éploré de Tony Marino, qui offrait de jouer gratuitement de sa corne-muse pour les funérailles de Jeff Simons. *Écoute*, disait la voix de Tony, et un chant funèbre chevrota dans le petit haut-parleur de l'appareil. Il me fallut un moment pour reconnaître de quoi il s'agissait. C'était le générique du JT de Simons, ralenti, aplani.

Il y avait une demi-douzaine d'autres messages, dont plusieurs de Hutch. Le premier me demandait de le rappeler au plus vite. Les autres disaient la même chose, mais avec beaucoup plus d'urgence. *Putain de merde, t'es passé où ?* Il y en avait aussi un de Gil Vance, me tançant pour avoir raté la dernière répétition et me rappelant qu'il y avait une dernière séance pour le dernier acte le soir même. Apparemment, Gil n'avait pas encore réussi à comprendre que, puisque je *lirais* mon texte, je n'étais vraiment pas indispensable à toutes ses répétitions. Certes, vu la vitesse à laquelle il ouvrait de nouveaux territoires à grands coups de sa machette conceptuelle, peut-être valait-il mieux que je me tienne au courant des derniers revirements, ou bien je risquais de me pointer le soir de la première pour découvrir que finalement, tout le bazar se déroule à Beyrouth.

Le dernier message était de Julia.

— Hitchenstein. J'ai besoin de ton avis sur quelque chose. Peter m'a demandée en mariage. Ses millions, sa résidence, tout le tintouin. Est-ce qu'on peut imaginer ça ? Qu'est-ce que tu en penses ? J'adorerais avoir ton avis, mon petit sucre. Appelle-moi. Dieu sait que tu as mon numéro. Comme personne d'autre ne l'a.

Je la rappelai sur-le-champ. Elle répondit à la quatrième sonnerie.

— C'est moi, dis-je.

— Oh, Hitch. Écoute, euh… Je ne peux pas te parler, là.

— Mais je viens d'avoir ton message.

— Pas maintenant, Hitch.

— Julia, je crois que…

— *Hitch !*

— Ah, il est là ?

— Dans la salle de bains.

— J'interromps quelque chose ?

— Ça te regarde ?

— Je croyais que vous aviez rompu à Paris.

— Moi aussi. Mais il est revenu en rampant et en se traitant de merde et m'a dit que j'avais totalement raison et qu'il avait complètement tort. J'adore quand les hommes parlent comme ça.

— Je t'en prie, Jules. Il n'a dit ça que pour retourner dans ton lit.

— Il faut croire que ça a marché.

Elle dut soudain mettre la main sur le combiné, car je n'entendis plus qu'une voix embrouillée. Puis elle revint, nette et dégoulinante d'hypocrisie.

294

— Votre magazine m'a l'air très bien, ma chère. Mais qui a le temps de lire, ces temps-ci ? Enfin, merci quand même.

Clic.

Je poursuivis ma tâche et rattrapai certaines des parties les moins passionnantes de mon boulot. Je me décidai enfin à appeler l'opiniâtre représentant en cercueils d'Omaha, espérant tomber sur son répondeur pour n'avoir qu'à lui laisser un message. Mais il était encore là. Je lui dis de m'envoyer de la documentation sur ses derniers modèles.

— Je l'ai déjà fait, dit-il d'un ton déçu.

Ah oui, en effet. Au moment même où nous parlions, j'avais ladite documentation sous les yeux.

— Ça a dû se perdre dans le courrier, dis-je. Renvoie-la-moi.

Puis j'entrepris de lui expliquer ce qui ne m'intéressait *pas*, en m'inspirant des spécifications et des prix indiqués sur les papiers que j'avais devant moi. Je l'entendais pratiquement s'essouffler et perdre haleine, là-bas, à Omaha.

— Ça me fait toujours plaisir de discuter avec toi, Chet, conclus-je.

En raccrochant, j'entendis sa voix, fluette et métallique :

— Je m'appelle Curt.

Clic.

J'appelai Hutch. Une boîte vocale m'envoya sur son bip et quelques minutes plus tard, mon téléphone sonnait. La liaison était merdique. Il appelait d'un mobile.

— M'enfin, tu étais où ? J'ai essayé de te joindre je ne sais combien de fois.

— Désolé. Mon mobile est au garage pour réparations.

Hutch n'était pas du tout d'humeur à blaguer.

— On peut se voir ? Il faut que je te parle.

— Et ce que tu fais là, c'est quoi ? Du tricot ?

— Face à face.

— Tu m'as l'air sérieux, Hutch.

— Oui. Et je n'ai que très peu de temps.

À ce moment même, un fracas gigantesque résonna dans le combiné.

— Hutch, m'enfin, où tu es ?

— À Curtis Bay. Il y a un grand... Tu vas adorer ça, Hitch. C'est une usine de traitement par pyrolyse. Tu sais ce que c'est ? Ça transforme les déchets en énergie. Comme le fumier, en gros. C'est un prototype. Le sénateur Stillman a marché sur toute sorte de pieds et botté toute sorte de culs dans le corps législatif pour obtenir ce truc pour l'État. Des tonnes de briques fédérales. Bref. On coupe le ruban demain, en grande pompe. Opération photos pour Alan. Je suis en train d'organiser tout ça. Mais bon, alors, on peut se voir ? Je veux dire, tout de suite ?

Il me fixa un lieu et une heure. Je les notai au verso d'une enveloppe et raccrochai. Vingt heures, devant le Washington Monument de Baltimore. J'avais à peine besoin de le noter. Surtout qu'il était déjà dix-neuf heures trente.

Hutch avait omis de préciser ce que « devant » veut dire quand il s'agit d'une structure circulaire. J'arrivai par le sud. Je repérai Hutch à l'ouest. La route qui contourne le monument est faite de bris de glace mêlés à l'asphalte. Glassphalt, ça s'appelle. Quand la lumière touche cette chose sous un certain angle, ça scintille.

Hutch me fit traverser la rue rutilante pour rejoindre un petit parc. Tout en marchant, je tendis le doigt par-dessus mon épaule, en direction du monument derrière nous.

— Jusqu'à il y a environ cinq ans, c'était la voix de ma mère qui était sur la cassette de la petite salle historique, là.

— Qu'est-ce qui s'est passé, il y a cinq ans ?

— Ils ont tout rénové et fait réenregistrer la cassette par quelqu'un d'autre.

— C'est débile. Comme si l'histoire avait changé.

— Hutch, on voit les choses de la même manière.

Nous prîmes place sur un banc. Il y avait une petite statue devant nous. Un sanglier dévorant un loup. La statue était intitulée *Courage*. Franchement, je trouve que *Carnage* eût mieux convenu. Hutch ne prêtait aucune attention à la statue.

— Hitch, il faut qu'on cause.

— C'est ce que tu m'as dit au téléphone. Qu'est-ce qui se passe ? Ça a des relents de clandestinité. Pourquoi on ne s'est pas retrouvés dans un restaurant ou dans un bar, tout simplement ? Ou bien la caisse spéciale de ton candidat est déjà à sec ?

— Mon candidat a les poches profondes, ce n'est pas un problème. Je voulais simplement te parler dans un endroit… c'est plus sûr ici.

— Plus sûr ? Hutch, qu'est-ce qui se passe ? C'est *vraiment* secret.

— Tu es dans la merde, mon ami, me répondit-il simplement.

Les bras croisés, il s'appuyait au dossier du banc, les jambes étendues. Comme une planche. Ses yeux se perdaient à mi-distance.

— Dans une merde de chez merde, ajouta-t-il.

— Mais encore ?

— Alan.

— *Ton* Alan ?

— Alan croit que tu es impliqué dans le meurtre de Guy Fellows.

Alors ça, c'était la meilleure ! Alan Stuart *me* croyait impliqué ? J'avais la putain de même impression à son endroit. J'allais le dire à Hutch, mais il n'avait pas terminé.

— À quel point tu connais Kate Zabriskie ? Il rectifia : À quel point tu *crois* la connaître ?

— Je ne suis pas sûr qu'on puisse vraiment répondre à une question posée de cette manière.

— Tu sais qu'Alan et Kate Zabriskie sont amants ?

Hutch s'ébroua de son regard vide et planta ses yeux dans les miens. À l'évidence, il croyait lâcher une bombe.

— *Étaient* amants, corrigeai-je. Elle m'a tout raconté, oui.

— Elle t'a tout raconté ?

Je haussai les épaules.

— C'est subjectif aussi, je suppose. Mais elle m'en a raconté beaucoup. Le bon, la brute et le truand. Et ton patron ne jouait pas vraiment le rôle du bon. Elle m'a parlé du Mexique.

— Du Mexique ?

— Comment Stuart a fait quinze cents kilomètres pour coucher encore un peu avec elle, la plaquer et la tabasser légèrement, pour faire bonne mesure.

— Et tu la crois ? Hitch, tu la connais à peine.

— Je marche au feeling.

Hutch fronça les sourcils.

— Elle est sur l'affaire Guy Fellows.

Je lui dis que ce n'était pas franchement un scoop.

— Tu n'as jamais pensé que votre liaison pouvait faire partie de son enquête ? demanda Hutch.

J'éclatai de rire. Hutch n'apprécia pas, mais c'était plus fort que moi.

— Je t'en prie, Hutch. Sors de ta cambrousse. Kate aurait une *liaison* avec moi parce que je suis soupçonné de meurtre ? Qu'est-ce que c'est que cette histoire débile ?

Alors même que ces mots franchissaient mes lèvres, mon cœur rata quelques battements. Kate *avait* eu une aventure avec quelqu'un – Fellows – dans le cadre d'une enquête criminelle. En fin de compte, qui était le gros naïf, dans l'histoire ? Hutch sortait quelque chose de son sac. J'ajoutai :

— Et de toute façon, pourquoi j'aurais tué Guy Fellows ? Pour attirer la clientèle ?

— Tu as été vu en train de te battre avec Fellows au cimetière, il y a… deux semaines ? Quelque chose comme ça ?

— J'ai passé tout ça en revue avec le détective Kruk.

— Je sais. Et juste après, on lui a retiré l'affaire pour la confier à Kate.

— Politique interne, marmonnai-je. Qu'est-ce que tout ça a à voir avec moi ?

— Hé, pas la peine de tuer le messager, okay ? Je te connais mieux qu'Alan. Je ne crois pas que tu sois un assassin, Hitch, pas plus que moi.

Maigre consolation, en l'occurrence. Hutch laissa tomber une grande enveloppe de kraft sur mes genoux.

— Guy Fellows faisait chanter Alan. Il avait un complice. J'ai cru que c'était cette femme que tu as enterrée. Alan et moi l'avons cru tous les deux.

— Carolyn James.

— Voilà, elle. Mais juste après, quelqu'un trucide Guy Fellows et quelques jours plus tard… ça.

Il désignait l'enveloppe, que je saisis. Je savais ce que j'allais y trouver.

— Qu'est-ce que c'est ?

— La raison pour laquelle Alan Stuart est ton plus grand fan.

— Il croit que c'est moi qui les lui ai envoyées ?

Hutch plissa les yeux et je m'aperçus immédiatement de mon erreur.

— Quoi donc, Hitch ? Tu n'as pas encore ouvert l'enveloppe.

Je me ressaisis rapidement.

— Tu viens de dire que Fellows faisait chanter Stuart. Donc… laisse-moi deviner…

Je tirai deux magnifiques grandes photos brillantes de l'enveloppe.

— Oh, si je m'attendais ! Des photos cochonnes de Grace Kelly. Incroyable.

— Tout n'est pas matière à rire, Hitch.

Je reglissai les photos dans l'enveloppe et la lui tendis.

— Je sais. Mais le futur gouverneur du Maryland prend un petit croque-mort de Fells Point sans prétention pour un assassin et un maître-chanteur. Soit c'est une grosse blague, soit quelqu'un s'est planté dans sa conclusion.

Hutch remit l'enveloppe dans son sac. À environ trois mètres, un unijambiste clopinait vers nous. Il tenait en équilibre grâce à une unique béquille. Ses pantalons étaient défaits et il était nu-pieds. Une serviette blanche crasseuse était enroulée en haut de la béquille en guise de rembourrage. Hutch se leva du banc.

— Il faut que j'y aille. Dîner de collecte de fonds.

— Mince alors, et je n'ai pas été invité ?

— Mille dollars l'assiette.

— Mince alors, et je viens de me souvenir que j'étais pris ?

L'unijambiste était arrivé jusqu'à nous. Il agita une tasse à café en carton devant Hutch. Les rares pièces qui étaient au fond résonnaient tristement. Hutch plongea dans sa poche, en tira un billet de vingt dollars et le déposa dans la sébile. Il me regarda :

— Je ne suis pas un monstre sans cœur.

Le mendiant continua son chemin.

— Hitch, je ne sais vraiment pas ce qui se passe, là. Je crois que tu t'es trouvé au mauvais endroit au mauvais moment. Point. J'ai essayé d'en convaincre Alan, mais il n'est pas précisément raisonnable au sujet de toute cette affaire. *Quelqu'un* le tient par les couilles. Il voit rouge. Je voulais juste t'avertir, en tant qu'ami, d'être prudent.

Je me dis que parfois, la ligne entre avertissement et menace est extrêmement mince. Je me détestais de le sentir comme ça, mais impossible de me défaire de l'idée que mon copain de l'état-major politique se déplaçait habilement le long de cette ligne.

Je me levai.

— Passe une bonne soirée, Hutch. Sauce bien ton assiette, surtout.

J'appelai Kate et lui donnai rendez-vous sur son répondeur au Screaming Oyster. Je ne parlai pas de mon entrevue avec Hutch. Pas au téléphone. Je voulais voir sa réaction quand elle apprendrait que ses efforts pour que le chantage continue semblaient porter leurs fruits. Je voulais aussi entendre de sa bouche ce qu'elle comptait faire ensuite. Je n'avais pas encore précisément décidé, parmi les soupçons de Hutch, ceux dont je lui ferais part. J'étais certain qu'il se trompait en prétendant que Kate et Stuart étaient toujours amants. De même qu'en suggérant que Kate se jouait de moi comme on joue du violon.

J'avais encore un mot doux sur le pare-brise. Je couche avec une flic, bordel de merde. Ça ne devrait pas me débarrasser de ces emmerdes-là ? Je le glissai dans la boîte à gants pour tenir compagnie aux autres.

Je passai par les nouveaux appartements temporaires de Carol pour voir comment elle s'installait. Elle m'ouvrit la porte avec un chapeau de paille, des pantalons pattes d'eph blancs et un tee-shirt sans col, rayé bleu et blanc, avec des manches trois-quart. En d'autres termes, elle était habillée comme un gondolier vénitien.

— Tu aimes mes orteils ? me demanda-t-elle.

Elle était nu-pieds, les orteils vernis comme des confettis.

— Combien ça coûte, ça ?

Elle s'esclaffa.

— Huit mille dollars. Je suis raide.

Nous partîmes pour le Screaming Oyster. Kate nous y attendait. Carol jeta un regard circulaire sur le bar obscur. Un frisson la parcourut.

— Bon sang, j'ai le mal du pays. Putain de merde.

Elle alla chercher un verre au comptoir puis dériva jusqu'au coin fléchettes. Librairie-Bill et vidéo-Al étaient là. À se disputer, comme d'habitude. Je regardai Carol prendre une fléchette à chacun d'entre eux, se tourner vers la cible et viser.

Kate avait trouvé un nom : Epoch Ltd.

— Je suis allée à la poste de Hunt Valley cet après-midi et j'ai étalé mon insigne un peu partout. Il a fallu que je raconte des salades pour expliquer pourquoi un détective municipal venait mettre son nez hors de la commune. Mais j'ai fini par obtenir ce que je cherchais. La boîte postale de l'enveloppe FedEx de Bowman appartient à une entité nommée Epoch Ltd. Ce sont eux qui lui envoient le fric.

— Qui peut bien être cet Epoch Ltd., nom de Dieu ? Ou plutôt, quoi ?

— Je ne sais pas. La poste n'avait pas d'adresse. Ou n'arrivait pas à la trouver. Ils n'avaient même pas de numéro de téléphone. J'ai essayé les renseignements, mais ils n'ont rien.

Je réfléchis à la question pendant une minute.

— Bon, quoi que soit cet Epoch, le siège doit être à Hunt Valley, non ? Dans un de ces immeubles de bureaux.

Kate acquiesça :

— C'est sûr, mais tu te rends compte du nombre de bâtiments qu'il y a là-bas ? Et du nombre d'entreprises différentes dans chacun d'entre eux ?

— Tu ne crois pas qu'on pourrait juste aller d'un immeuble à l'autre et examiner la liste par étage de chacun ?

Kate fit non de la tête :

— Il y a des centaines de bâtiments.

— Et alors ? On se sépare. On fait une sorte de plan et on prend chacun une section par jour. On peut peut-être demander à Carol de nous aider.

— On n'a pas tant de temps que ça.

— Pourquoi ?

— Bowman. Bowman ne va pas rester les bras croisés dans le Maine assis sur son papier de soie rose. En lui piquant son fric, on a déclenché le compte à rebours. Bowman va comprendre que Carol n'a pas fouillé dans son enveloppe FedEx *par hasard* et ne s'est pas *par hasard* trouvée avoir sur elle un paquet de papier de soie rose. Il comprendra qu'il n'a pas crevé *par hasard* après avoir *par hasard* pris Carol en stop.

— Tu veux dire qu'il ne croit pas au hasard ?

— Pas à celui-là. N'oublie pas, Hitch : ce type a été détective pendant quinze ans. Il est formé à se méfier. En particulier des coïncidences.

— J'adore les coïncidences.

— Raison pour laquelle tu ferais un détective minable. Hitch, comprends ça : Bowman sait déjà qu'il a quelqu'un sur le dos. Il sait que quelqu'un a manigancé de le soulager de cette enveloppe. Et il va savoir que Carol n'a pas agi toute seule. Je veux dire… regarde.

Carol embrassait la pointe d'une fléchette pour lui porter chance. Elle retenait toute l'attention de Bill et d'Al, qui avaient momentanément cessé de se chamailler.

Kate poursuivit :

— Bowman était un bon détective. Il va se souvenir que tu as dragué Carol au bar.

— Je ne draguais pas…

— Et il va obligatoirement se souvenir de ta petite plaisanterie avec la voiture, quand tu as essayé de lui barrer la route. Il va recoller les morceaux. Après quoi, il va fureter dans les hôtels du coin à la recherche de quelque chose de bizarre. Les détectives font ce genre de travail préliminaire dans leur sommeil. Et je suis désolée d'avoir à le dire, mais M. et Mme Frank Sinatra sur un registre d'hôtel, ça sonne franchement pas net. Je n'aurais pas dû te laisser faire ça. Je n'ai pas réfléchi.

— Sois sérieuse, Kate. Ce type ne peut pas remonter jusqu'à nous.

— Tu as noté le numéro d'immatriculation de la voiture, quand on a signé le registre ?

— Oui, mais…

— Et à Boston, tu n'as pas payé la location par carte de crédit ?

— Ça ne veut pas forcément dire…

— Tu commences à voir où je veux en venir ?

— Évidemment. Mais…

— Hitch, on n'a pas le temps d'aller déambuler d'un immeuble à l'autre à Hunt Valley à la recherche d'une Epoch dans une botte de foin. Lou Bowman a tué mon mari. Il sait qu'on en a après lui. Ça fait de lui une bête traquée, Hitch. Si tu crois…

Un cri fendit l'air. C'était Carol. L'espace d'une fraction de seconde, je crus qu'elle avait mis dans le mille. Mais ce n'était pas ce genre de cri-là. En fait, c'était le genre de cri qu'on pousse quand un gros balaise qu'on vient de carotter de huit mille dollars tout là-haut dans le Maine ouvre violemment la porte du bar de Baltimore dans lequel on lance innocemment des fléchettes.

Kate eut juste le temps de marmonner un « merde ! » avant de plonger sous la table.

Loterie Lou était de retour.

Chapitre 32

Je crois que j'ai déjà décrit l'agencement général du SOS. Deux caractéristiques topographiques sont pertinentes pour comprendre ce qui s'est produit dans les trente secondes suivant l'entrée de Lou Bowman. La première est la porte noire du fond du bar, celle qui donne directement sur le port. La seconde est le vieux canot qui pendouille à des chaînes attachées au plafond, plein à craquer d'années et d'années de canettes vides.

Je n'ai pas parlé d'une troisième caractéristique. À l'époque, ça semblait totalement sans importance. Le téléphone. À l'extrémité du comptoir. Près de la porte obscure. Je l'évoque à présent pour la raison suivante : à peu près au même moment où Carol aperçut Lou Bowman à l'entrée et émit son cri si impressionnant, ce téléphone sonna. Sally décrocha. C'était pour moi.

— Hitchcock ! appela Sally. Kate venait à l'instant de disparaître sous la table, elle aussi. Par pur réflexe, je me levai en entendant Sally m'appeler et me dirigeai vers le comptoir. C'est ce qui a attiré l'attention de Bowman. C'est ce qui l'a stoppé dans sa course vers Carol et incité à dévier... vers moi.

— Fils de *pute* !

Il parlait de moi.

Comme j'étais plus près du bout du comptoir que lui, et que j'ai de toute façon de plus longues jambes, j'atteignis le téléphone en cinq enjambées. Bowman avait tout le bar à traverser. Il n'y arriva jamais.

L'héroïne du moment fut Edie Velvet. Je ne l'avais même pas remarquée – c'est ce qui ce produit quand quelqu'un fait partie des meubles d'un lieu : cette personne finit par sembler aussi innocente que… euh, qu'un meuble. Lou Bowman avait les yeux injectés de sang. Edie était en train de vider la fin de sa canette dans son verre quand le taureau de corrida chargea derrière elle. J'atteignis le bar et, comme sous l'effet d'un inexplicable pilotage automatique, pris tranquillement le combiné des mains de Sally…

Edie jeta sa canette vide dans le vieux canot rouillé suspendu au-dessus du bar.

— Allô ?

— Hitchcock ?

C'était tante Billie.

— Oui.

— Hitchcock, un homme est passé, il te cherchait. J'ai dit qu'il te trouverait peut-être au Screaming Oyster. Mais maintenant…

Je n'entendis jamais la suite. Ce que Sally redoutait depuis si longtemps que nous avions tous cessé même de l'entendre… se produisit. En un éclair. Je me souviens d'avoir vu deux petites explosions de plâtre au plafond, au niveau des fixations des chaînes retenant le canot. Puis ça n'a plus été que du bruit.

CRAC !

Le canot chuta en partie sur le bar, en partie sur Edie et en partie sur Lou Bowman, qui venait de dépasser le tabouret d'Edie. La vieille embarcation vola en éclats en atterrissant par terre ; des centaines et des centaines de bouteilles et de canettes – et quelques autres objets intéressants – *explosèrent* dans les airs, plus de douze ans d'obus fusant dans toutes les directions. Je reçus une bouteille sur le crâne et une à la bouche. Sally moulinait des bras comme une folle, essayant de passer entre les canettes diluviennes qui se précipitaient sur elle. Certains clients évitèrent l'attaque directe, mais beaucoup furent emportés par l'élan des autres qui bondissaient pour s'éloigner de l'explosion. Quelque chose de semblable à un raz-de-marée les fit tous s'accroupir. Je vis Carol se mettre à couvert.

Edie Velvet et Lou Bowman avaient reçu le plus gros de la charge. Ils étaient tous deux étendus par terre, à moitié enterrés sous des débris de bois et les centaines de canettes vides. Je vous accorde environ trois secondes pour visualiser le tableau, car c'est à peu près le temps qu'il a fallu avant que Bowman commence à remuer. Son nez saignait et il avait une entaille à l'arcade sourcilière gauche ; sa bouche était en sang aussi. Littéralement, il était abreuvé de sang. Et je voyais bien qu'il en voulait plus encore. Il voulait *le mien*.

J'agis sans réfléchir, sans doute aidé par le fait d'avoir assisté pendant des années aux rapides mobilisations de Sally.

— Sally ! criai-je. La porte !

Et Sally sut exactement ce que je voulais dire.

Alors que je me frayais un chemin au milieu des canettes et des bouteilles qui recouvraient à moitié Bowman et Edie, Sally sortait de derrière le comptoir et ouvrait la porte noire d'un coup sec. Flap, flap, flap, faisait le port.

J'attrapai Bowman d'une main par le col et de l'autre par la ceinture. Bowman essayait de se relever – glissant et roulant sur les débris –, ce qui ne fit que le propulser jusqu'à la porte. Je l'y aidai. Nous nous précipitâmes tous deux, moi dans le rôle de celui qui pousse le bobsleigh en début de piste, lui dans le rôle du bobsleigh. Voilà comment, trente secondes après son entrée au Screaming Oyster, j'ai littéralement foutu ce salaud de Bowman à la porte.

Hélas, nous n'avions pas le temps de savourer l'instant.

— Kate ! Carol ! On met les bouts !

Kate était déjà ressortie de sous la table. Carol s'extirpait de la marée humaine.

— Magne !

En me frayant un chemin au milieu des bouteilles, du bois et des canettes, je m'arrêtai un instant pour regarder Edie. Elle n'avait pas encore bougé.

— Filez ! cria Sally. Je me retournai pour la voir planter une chaussure replète sur le front de Bowman et le repousser dans l'eau.

Kate, Carol et moi nous précipitâmes hors du bar. Respirant à grandes goulées, je réussis à hoqueter :

— Suivez-moi !

Elles me suivirent. Nous traversâmes rapidement le square et fûmes bientôt à la galerie de Julia. Elle était fermée. Je regardai les fenêtres de l'étage. Pas de lumière.

— Et merde !

Puis je me souvins : répétition.

— Venez !

Une minute plus tard, nous étions tous en sécurité au Gypsy Theater.

— Eh bien, eh bien… nous commencions à nous poser des questions, dit la voix de Gil quelque part dans le théâtre.

La scène était éclairée. Côté jardin, une douzaine de comédiens amateurs étaient assis sur des chaises pliantes, les mains sur les genoux, le regard fixe comme de la pierre. J'avais déjà vu ce regard, ou du moins celui que les amateurs tentaient de jouer. Ils faisaient les morts. Bêtement, Gil avait disposé les chaises par paires, séparées par une petite allée. On aurait dit qu'ils étaient assis dans un bus. Postée à l'avant, à la place d'Emily qui, dans cet agencement débile, donnait l'impression d'être celle du chauffeur du bus, trônait notre chère Sue la Chinoise. Sue ne jouait pas la morte ; elle jouait la morte d'ennui. En l'occurrence donc, elle ne jouait sans doute pas. Côté cour se tenait le reste de la troupe, les vivants, s'accrochant à leurs parapluies noirs ouverts. Le serrurier de Lutherville était debout à ma place au lutrin. Il portait mon casque colonial.

— Nous pensions tous que vous nous aviez oubliés, M. Sewell, dit Gil. Ravi que vous ayez pu vous joindre à nous.

Je le distinguais à présent, assis au milieu de l'orchestre. Il abritait ses yeux de la main. Pure affectation : en regardant dans notre direction, il ne pouvait avoir aucune lumière dans l'œil.

— Qui as-tu donc amené avec toi ?

— Deux corps de plus.

Gil était enchanté.

— Parfait. Vivants ou morts ?

Je consultai Kate et Carol du regard. À l'unisson, elles haussèrent les épaules.

Malgré toute l'agitation précédente, Carol sombra dans le sommeil pendant la répétition. Gil l'ayant placée dans l'un des sièges des morts, ça ne fit pas une grande différence. Depuis mon poste au lutrin, je voyais battre ses paupières et son menton commencer à piquer du nez. Je croisai le regard de Kate, absolument superbe dans un rôle d'endeuillée ; elle avait l'air profondément troublée, sombre et magnifique sous son parapluie.

Gil vint ensuite me complimenter sur mes deux nouvelles recrues.

— Où tu les as dégotées, Hitchcock ?

Je lui dis, très sérieusement :

— Entre un rocher et un coin mort.

J'appelai un taxi. Chapeaux – empruntés aux costumes du théâtre – enfoncés au maximum sur la tête, Kate, Carol et moi avons bondi dans la voiture et indiqué au chauffeur de nous emmener aux nouveaux appartements temporaires de Carol. Pour l'heure, c'était notre seul lieu sûr.

Carol reprit des forces pendant la courte course en taxi pour rentrer chez elle, puis se rendormit comme une masse sur son grand… double… sur son lit familial. Kate se chargea de la déshabiller et m'appela pour l'aider à la glisser sous les draps.

Kate et moi devions réfléchir. Ce que nous fîmes dans le salon. Comme Kate l'avait prévu – presque à la seconde – Lou Bowman avait clairement bandé tous ses muscles d'enquêteur après la découverte du papier de soie rose là où de fringants billets verts auraient dû se trouver. Bien que Kate m'eût expliqué pas à pas le processus grâce auquel l'ancien détective était arrivé jusqu'à mes nom et adresse, j'étais encore puissamment impressionné.

— Il a dû avoir 20 à l'école de détectives.

— Simple routine, m'assura Kate.

Ce qu'impliquait le retour mouvementé de Bowman à Baltimore était évident. Malheureusement. Ça remettait les pieds sur terre plus vite que le café que j'avais descendu d'un trait au SOS.

— Il veut me tuer.

Si j'avais espéré que Kate rejette ma conclusion, j'aurais été doublement déçu :

— En ce moment, je dirais que le seul et unique but de Lou est de te descendre.

Je lui fis une grimace.

— N'hésite pas à ajouter une zone d'ombre si tu veux.

— Je suis désolée de t'avoir entraîné dans tout ça. Je n'aurais pas dû le permettre.

— Tu ne m'y as pas entraîné. J'ai insisté. Tu te souviens ?

— Même. J'aurais dû dire non.

— Mais je suis si foutrement irrésistible, que veux-tu que je te dise.

— Tu es surtout dans une merde de chez merde, mon chou.

Il me semblait que j'avais récemment entendu exactement la même chose. Le sourire s'effaça instantanément de mon visage.

Kate essayait de recoller tous les morceaux. Elle faisait les cent pas sur la moquette. Nu-pieds, comme rechargeant ses accus à l'électricité statique de la moumoute en rayonne. Je restai assis, inconfortablement perché sur l'accoudoir d'un faux Eames en cuir.

— Le point positif, si Lou arrive à rester rationnel, c'est qu'il va vouloir savoir comment tu as bien pu être au courant de ses livraisons FedEx. Je suis sûre qu'il ne l'avait pas crié sur les toits à Heayhauge.

— Sa copine savait, lui rappelai-je.

Kate secoua la tête.

— Non. Elle savait qu'il recevait des colis, ça ne veut pas dire qu'elle savait ce qu'il y avait dedans. Et je suis sûre qu'elle ne savait pas non plus pourquoi. Mais ça n'a pas vraiment d'importance. La question, pour Lou, c'est *qui* tu peux bien être. Il connaît Carol et je suis sûre qu'il pense qu'elle ne sait à peu près rien de tout ça. Tu t'es servi d'elle pour t'emparer du fric et c'est à peu près là que s'arrête son rôle. Mais toi... une fois que Bowman a eu ton nom et a vu que tu venais de Baltimore, tu peux être sûr que les sonnettes d'alarme se sont mises en route. C'est pour ça qu'il a débarqué si vite. Il sait que tu sais quelque chose. Ce qu'il ne sait pas, c'est *ce que* tu sais.

— Tu veux dire, ce que je ne sais pas.

— Pareil. Mais tu vois, notre avantage, là, c'est que Bowman ne peut pas savoir quelle part de vérité tu as apprise. Pour l'instant, il doit supputer que tu sais tout... ou le craindre. Il ne peut que supposer que tu

311

connais toute l'histoire. Quelle qu'elle soit. C'est-à-dire, que tu sais ce qui se passe avec Epoch Ltd. et qu'ils le paient pour avoir tué Charley.

— Mais je ne sais rien de tout ça. Et toi non plus. Ce ne sont que des hypothèses.

— Hé, *moi*, j'ai eu 20 à l'école de détectives, d'accord ? Je sais que j'ai raison. Quoi que ce soit, Epoch a confortablement installé ce type au frais là-haut dans ce Maine de carte postale et lui recharge les poches tous les mois depuis. Pourquoi ? Bowman a fait un boulot pour eux. C'est aussi simple que ça.

— Alors pourquoi ne pas lui verser une grosse somme d'un seul coup ? Pourquoi lui donner au compte-goutte, comme ça, tous les mois ?

— J'ai réfléchi à ça, dit Kate. Elle s'arrêta devant la porte-fenêtre coulissante et regarda dans la nuit. J'ai au moins deux suppositions.

— Balance-m'en une.

— L'une est que c'est comme ça qu'on fait, pour des questions d'assurance.

— D'assurance ? Tu ne veux pas dire assurance assurance ?

Kate faisait toujours face à la fenêtre. Son reflet me regardait.

— Non. Je veux dire, pour s'assurer que Bowman la boucle. Imagine qu'il reçoive une grosse somme d'un coup et la dépense immédiatement. Il viendrait demander plus et ils seraient obligés d'obtempérer. Mais comme ça, c'est beaucoup plus malin. Ils lui balancent un gros nonosse, un gros magot en liquide, mais pas tout à fait assez pour le restant de ses jours. Après quoi ils saupoudrent les cinq mille par mois. C'est la sousoupe. Il ne va pas cracher dedans.

— La deuxième hypothèse ?

— Pas aussi intéressante. Mais peut-être vraie. Un gros versement, ça se voit. Ça figure quelque part sur

les registres. Qui que soit cet Epoch Ltd., ils ne pouvaient probablement pas risquer ce genre de dépense
non justifiée. Mais cinq mille, c'est du pipi de chat. De
la petite monnaie.

— Donc, d'après toi, c'est une société assez prospère.

— Est-ce que tu veux entendre ma troisième idée ?

— Est-ce que le pape est catholique ?

Kate fit volte-face :

— Lou Bowman est sous contrat.

— Sous contrat ?

— Ouaip. N'oublions pas ce qu'on sait. Lou Bowman
a tué un collègue, puis a été payé et envoyé au vert.
Dans ma profession, on appelle ça un... tu notes ? Un
tueur à gages.

— Merci, professeur.

— Je vous en prie. Bien, on devrait donc arrêter de
voir Bowman comme un flic ripou ou un flic corrompu
ou un flic tout court. Ça obscurcit les choses. Lou Bowman est un tueur à gages. C'était sa profession quand il
a quitté la ville. Un tueur. Tu paies le prix, il tue pour
toi.

— Tu ne crois pas que c'était un coup ponctuel ?

— Je n'en ai pas la moindre idée, Hitch. Tout ce que
je dis, c'est qu'on ne doit pas oublier ça : ce type a tué
pour de l'argent. Il touche du fric tous les mois. Je crois
qu'ils l'ont mis dans une position où il est leur gros bras
quand il leur en faut un. En fait, maintenant que j'y
pense, c'est marrant.

— Fais-moi marrer aussi, s'il te plaît.

— Réfléchis. Il peut les siffler, ils peuvent le siffler.
C'est comme deux personnes qui se crient : « Pas un
geste ! » en pointant chacun un flingue sur l'autre.

— *Règlement de comptes à OK Corral.*

— Exactement. Mais j'ai dans l'idée qu'Epoch Ltd. a
très nettement le dessus. Qui qu'ils soient, ils pourraient
sans doute laisser pourrir Bowman au bout d'une corde

s'il fallait en arriver là. C'est lui qui a tiré. Et ils ont visiblement été assez loin pour cacher qu'ils étaient impliqués. D'après moi, l'alliance est particulièrement inconfortable. Bowman est payé pour fermer sa grande gueule ainsi que pour se rendre disponible au cas où ils auraient encore besoin de lui. Voilà ce que je veux dire par «être sous contrat». Écoute, Hitch, on s'est axés sur le fait que Lou Bowman avait tué Charley. Rien ne nous indique qu'il n'avait pas déjà fait ce genre de chose. Je t'ai déjà dit à quel point ce type a la gâchette facile.

— Retour à la case départ, alors, dis-je.

— À la case départ ?

Je me laissai tomber dans ma chaise. Tout à coup, jouer au détective ne me plaisait plus trop. Je voulais juste avoir cette jolie fille et être un héros, pas tout ce bazar. Je voulais recommencer à enterrer des gens qui étaient morts parce que leur heure était venue.

— Moi vivant, Lou Bowman ne quittera pas la ville. J'éclatai d'un rire jaune. J'imagine que je devrais prévenir Billie de faire de la place.

Kate ne répondit pas tout de suite. Elle s'approcha de moi et s'agenouilla à côté de ma chaise. Ses yeux s'ouvrirent en grand, pénétrants. Je m'arrimai à eux et nous exécutâmes une sorte de valse visuelle. De la fumée commença à sortir. Les lèvres charnues de Kate s'entrouvrirent.

Et puis après, euh...

À la fin, à bout de souffle, j'ouvris les yeux et regardai par la porte-fenêtre. Dans la nuit, le port était magnifique. La lumière sur les mâts des voiliers, la lueur rose de la promenade. Même la noirceur d'encre de l'eau était impressionnante ; comme un subtil tesson tombé du ciel nocturne. Le grésillement rougeâtre du néon «Domino Sugar» embrasait silencieusement l'océan. Tout était follement beau.

Mais quand Kate finit par bouger, quand ses jambes

glissèrent pour quitter les miennes et qu'elle se détacha de moi... quand, posant sa main sur ma poitrine, elle murmura dans le noir «Oh, Hitch, sois prudent», mon Instant Parfait retomba. Le peu de lumière qui entrait dans la pièce miroitait sur la peau moite de Kate et roula littéralement au bas de ses joues avec ses larmes.

Elle le murmura à nouveau, la voix délicieusement rauque. «Sois prudent.» Puis se leva, traversa la pièce – vision absolue – et disparut aux toilettes.

Je me sentais comme un condamné à qui l'on vient d'offrir sa dernière cigarette.

Chapitre 33

Kate et moi discutâmes de la situation le lendemain matin au petit-déjeuner.

— On ne peut pas le faire arrêter ? Putain, tu ne peux pas l'arrêter, *toi* ?

— Pour quel motif ?

— Meurtre ? Et forte suspicion d'intention d'en commettre d'autres.

— Où est la preuve ?

— Pour le meurtre ? Il y a le rapport du médecin légiste. *Deux* balles. Deux balles d'armes de service. Qu'est-ce que tu dis de ça ?

— Qui peut dire qu'elles ne viennent pas toutes les deux de mon arme ? Bowman et moi utilisons le même calibre.

— Oui, mais c'est faux. Tu n'as tiré qu'une fois.

— Hitch, j'ai laissé mon flingue pour suivre Charley à l'hôpital. Sur le conseil de Bowman. C'était une preuve sur les lieux du crime. Il a très bien pu sortir avec et tirer une autre balle. Le rapport balistique fait état de deux balles. Et je ne peux pas le justifier. Le fait est que je ne peux pas faire endosser la mort de Charley à Bowman. Je n'ai aucun mobile pour l'arrêter. En supposant qu'il me laisserait l'approcher d'assez près.

— Tu crois qu'il te tuerait ?

— Qu'est-ce qu'il faut que je fasse pour t'ouvrir les yeux ?

Kate était frustrée. Ça se voyait au massacre qu'elle faisait en beurrant sa tartine.

— Bowman est désespéré. Sa chance a tourné. Il n'a plus rien à perdre, maintenant. Son arrangement avec Epoch Ltd. a été découvert. Tu lui as chouré cinq mille dollars… non, huit mille. Et ensuite ? Soit tu en veux encore plus, soit tu comptes le dénoncer.

— Oui ! C'est ça ! Dénonçons-le. On déballe tout et on se casse.

— On ne sait pas encore tout. C'est ça le problème, Hitch. Il faut qu'on déniche cet Epoch. Et je crois que j'ai trouvé une solution. C'est assez simple, en fait. Pas la peine d'avoir fait l'école de police pour y penser.

Bon. Je les connaissais, ses «assez simple».

— Les impôts. Epoch Ltd. doit forcément remplir des déclarations quelque part.

— S'ils sont réglos, oui. Mais s'ils ne le sont pas, Kate ? Je veux dire, tout ce qu'on sait d'eux c'est qu'apparemment, ils envoient à un tueur à gages un gros paquet de thunes tous les mois. Alors, jusqu'où respectent-ils les règles ?

— Non, la bonne question, c'est : à quel point sont-ils malins ? Si l'entité Epoch Ltd. existe bel et bien, ils seraient débiles de ne pas remplir de déclarations. Regarde les choses en face, Hitch. Par rapport au fisc, toi et moi, on n'est que deux moustiques énervants. S'ils ne veulent pas avoir d'ennuis, ils doivent absolument garder le nez propre face à l'administration fiscale. Tu peux en être sûr.

— Qu'est-ce que tu vas faire, alors ?

— Quelques recherches. Il doit bien y avoir quelqu'un au commissariat qui a ses entrées au fisc. Ou qui a rendu un service à charge de revanche. Je devrais pouvoir gratter assez loin pour trouver quelque chose. Elle me gratifia de son plus beau sourire artificiel. N'oublie pas, Hitch. Je suis une professionnelle. En attendant, je te suggère de ne pas trop montrer ta vilaine tête.

Gentille fille.

— Et toi ? Bowman sait qu'il y avait une Mme Sinatra. Il aura eu une description. Bossue. Rabougrie. Verrue au bout du nez. Tu ne crois pas qu'il t'a identifiée comme ma complice, complice ?

— J'en suis sûre. Mais je ne pense pas qu'il se précipite si vite sur moi.

— Tu n'es pas cohérente. S'il est en danger à cause de moi, il l'est à cause de toi.

Kate posa son toast.

— Tout ira bien pour moi. C'est pour toi que j'ai peur.

Elle tendit le bras par-dessus la table et me prit la main. Sa manche trempa dans le reste de jaune de son œuf, mais elle n'y prêta pas attention. Quelle femme. Son regard était suppliant.

— Hitch, je t'en prie, fais-moi plaisir. Reste tranquille. Vois ce que tu peux faire pour éviter d'être descendu par ce type. Je crois que tu me manquerais.

— C'est presque la plus gentille chose qu'on m'ait jamais dite.

Elle serra plus fort.

— Je le dis sérieusement.

Nous nous rejoignîmes au-dessus de la table pour un baiser-baveux-du-lendemain. Position dans laquelle Carol nous trouva quand elle se traîna dans la cuisine.

— Bob, t'es en train de te mettre de l'œuf partout sur les mains.

Edie était morte. Sally alla chercher au grenier une couronne de fleurs en plastique qu'elle drapa d'une étoffe noire et accrocha à l'entrée du bar. Naturellement, Billie et moi nous chargerions des funérailles. Ce qui posait un certain problème logistique. Le corps de Jeff Simons nous avait été envoyé par l'hôpital Hopkins et nous briquions activement le pont pour la foule d'admirateurs qui commençait déjà à venir saluer le journaliste. Dans ces conditions, où est-ce qu'on allait bien pouvoir mettre Edie ? À la télé, Jeff Simons semblait être un brave type et tout, et je savais de première main que sa mère était une adorable petite vieille, mais je me serais maudit si j'avais baissé les bras et relégué les dernières heures d'Edie sur terre au second plan à cause de l'enterrement d'une star. La vieille fille ne méritait certes pas ça.

Je m'occupai d'Edie. Le rapport du médecin légiste indiquait que les coups fatals qu'elle avait reçus à la tête avaient été causés par des «objets multiples, lisses et contondants». Ce qui, en jargon médico-légal, veut dire canettes de bière. Malgré plusieurs coupures au visage, elle n'était pas défigurée au point de ne pouvoir être présentée à tous ses copains et connaissances.

Je ne souhaite la mort prématurée de personne, mais je dois reconnaître que j'étais heureux d'avoir quelque chose sur quoi passer mon énergie. Les préparatifs des funérailles d'Edie et de Jeff Simons me permettaient d'oublier un moment le fait, plutôt dégrisant, que quelque part dans la nature, un ex-flic enragé souhaitait apparemment me rencontrer pour un entretien aussi bref que définitif.

— Encore des fleurs, annonça Billie en ouvrant la porte.

— Bonjour, Mam' Sewell. J'ai encore des fleurs, j'les mets où ?

C'était Fred, le livreur de fleurs. On le connaît depuis des lustres. On l'appelle Fred Fleurs. Je n'ai aucune idée de son vrai nom. Billie était obligée de marcher à la seule reconnaissance vocale ; elle ne voyait qu'une paire de jambes filiformes dans un pantalon vert et deux bras maigrelets qui serraient une composition florale digne d'un gagnant à Pimlico.

— N'importe où, Fred. Merci.

Le bouquet sur pattes entra d'un pas chancelant dans le Salon Un. Un instant plus tard, Fred en ressortit.

Je voyais tout ça depuis mon bureau. Ma porte était ouverte : a) parce que je suis du genre accueillant ; et b) parce qu'il me semblait que si Lou Bowman venait me rendre visite, ce pouvait être une bonne idée de le savoir au plus vite. Je dois l'admettre, la vue de Fred traversant le couloir complètement caché derrière le bouquet de fleurs m'a retourné l'estomac. Et si Lou Bowman avait l'idée de faire ça ? Si une montagne de fleurs débarquait en crabe par la porte d'entrée, dégainait soudain une arme et se mettait à me tirer dessus ? L'image me gênait à plus d'un titre.

Je traversai le couloir pour voir comment les choses avançaient. Billie et moi avions déjà ouvert la cloison. Le deux-pièces-en-une était engorgé de fleurs. Quelque part en ville, un petit malin avait saisi au bond l'occasion de se faire du pognon en trafiquant des vases de terre cuite en forme de téléviseur. Ce type avait dû réussir à faire passer le mot rapidement – ils y arrivent toujours, ceux-là – car nous en avions déjà près de deux douzaines de cette sorte, certains contenant des fleurs coupées, d'autres des plantes en pot. Tous arboraient, collée sur le devant, une photo de Jeff Simons. Sa photo publicitaire. Avant le lifting. Il y avait peut-être dix ans. Son épi avait l'air d'un petit point d'interrogation.

J'avais demandé à Fred s'il savait d'où venaient les petites télés en terre cuite. Il me répondit que non.

Billie vint me retrouver.

— On dirait un enterrement.

Billie adore cette blague.

— Qu'est-ce qu'on va faire, pour Edie ? me lamentai-je.

À ce moment même, Edie se trouvait au sous-sol en compagnie de Jeff Simons.

— Il va falloir repousser d'une journée, mon chéri. Il n'y a pas d'autre solution.

Elle avait raison, évidemment. Un seul coup d'œil au salon débordant de fleurs et à la collection croissante de vases-télés en terre cuite suffisait à le confirmer. Mais j'avais du mal à avaler l'arête, voilà tout. Elle me restait en travers de la gorge.

— Edie mérite mieux que d'attendre son tour au sous-sol.

Billie me quitta pour se promener au milieu des fleurs. Je savais à quoi elle pensait. J'y pensais aussi. L'enterrement de mes parents. Un événement à deux salons qui avait dévalisé la plupart des fleuristes et attiré les grosses légumes de la ville.

Billie plongea la tête dans un bouquet et inspira profondément. Elle se retourna vers moi.

— J'ai une idée. Tu vas me dire ce que tu en penses.

Nous remontâmes Jeff Simons du sous-sol juste avant midi et l'installâmes comme il se doit. Sa mère était venue nous donner un coup de main. Elle se livra à quelques gestes maternels sur la cravate de son fils et brossa d'invisibles particules blanches sur son blazer bleu. S'apprêtant à réajuster l'épi caractéristique de Jeff, elle retira brusquement sa main à l'instant où elle le toucha. En s'inspirant du cliché promotionnel, Billie avait laqué l'épi jusqu'à plusieurs centimètres de… bref, il était dur comme du granite. Mais le résultat était très bien.

Malgré le raz-de-marée de fleurs et de téléviseurs en terre cuite, nous n'attendions pas vraiment foule pour la veillée de l'après-midi. Il s'agirait principalement de la famille, des collègues et des amis proches. Une affluence confortable, sans aucun doute, mais pas de l'étoffe de l'émeute. Ça, ce serait pour l'enterrement lui-même, que la chaîne prévoyait de couvrir en direct.

Apparemment, ils n'arrêtaient pas d'en parler dans leurs programmes. Ben tiens… C'est à l'écran qu'avait vécu Simons et c'est à l'écran que tout le monde le connaissait. Un enterrement télévisé, c'était adapté. Débile, mais adapté. Le vrai peuple viendrait pour l'enterrement. Les caméras attirent les gens comme des mouches. Et nul n'ignore par quoi les mouches sont attirées.

Billie m'assura qu'elle pouvait s'occuper seule du gros de la veillée de Simons. Elle me libéra pour que j'aille m'occuper d'Edie, ce à quoi je m'attelai immédiatement.

Tony Marino me fut d'une aide précieuse. Il fit le tour des magasins de spiritueux du quartier et récupéra plusieurs dizaines de cartons. Je me procurai des sacs poubelle résistants et deux brosses à récurer. Sally nous accueillit à la porte du SOS. Elle avait les yeux flous et bouffis. Je voyais bien qu'elle était très affectée. Comme je l'ai dit, Edie faisait partie des meubles de l'Oyster. Un meuble en moins, ça fait un gros trou.

Sally nous fit entrer et Tony et moi nous mîmes immédiatement à la tâche : jeter les bouteilles dans les caisses et fourrer toutes les canettes dans les sacs poubelle. Au passage, on est aussi tombés sur quelques objets intéressants qui avaient atterri dans le canot au cours de toutes ces longues années. Par exemple, un portefeuille appartenant à un certain Asthon Trice III, qui contenait son permis de conduire, un billet d'entrée au musée de la pornographie d'Indianapolis et la photo d'un bel éphèbe à la moue badine brandissant une boule de bowling dans laquelle avait été plantée une longue bougie rouge. Anniversaire, apparemment. Sally cala la photo dans le cadre du miroir du bar. Parmi les détritus, on a également trouvé plusieurs casquettes et chapeaux, un casque de pompier que personne ne put expliquer, un soutien-gorge léopard, une paire de béquilles, un transistor à modulation d'amplitude, un autocollant de campagne «*Nixon's the One* [39]» (hop, sur le miroir, à côté du jeune M. Trice), un numéro de *Look*, quelques boutons décoratifs pour les pompes à bière, un collier de chien hérissé de clous (je suggérai à Sally de le passer au cou de son vieux mari si sexy) et une édition brochée de *Guerre et Paix*, déchirée en deux moitiés parfaites.

Tony et moi avons halé bouteilles et canettes jusqu'au trottoir, où les trolls des rues les feraient disparaître pour récupérer la consigne. Le plus gros des éclats de bois regroupés, nous les avons jetés directement dans le port. Belle fin pour un canot. J'écoutais mon répondeur toutes les demi-heures environ. J'attendais avec impatience des nouvelles de Kate. Jusque-là, pas d'appel.

Une grande partie du canot était restée intacte : la proue et une section d'environ un mètre quatre-vingts du bordage tribord. Tony et moi avons calé cette partie du canot à hauteur contre le mur du fond du bar. Puis nous sommes allés chercher Edie. Je l'avais installée dans un de nos cercueils dont le couvercle peut s'enlever intégralement. On a chargé la boîte dans le corbillard pour l'emporter au Screaming Oyster. Là, après l'avoir précautionneusement installé dans les vestiges du canot, j'ai ôté le couvercle du cercueil. Edie était très belle.

C'est Billie qui avait eu cette idée – une idée absolument géniale. Edie était un pilier du SOS. Elle y avait vécu. Elle y était morte. Sally avait fait passer le mot comme quoi son dernier hommage lui serait rendu ici : la veillée d'Edie se tiendrait le soir même au Screaming Oyster Saloon. Consommations aux frais de la maison. Âmes sensibles, s'abstenir.

---

39. *Ndt*. Nixon est notre homme.

Chapitre 34

À mon retour du Screaming Oyster, le nombre de télés en terre cuite avait franchi le seuil des quarante. Billie avait appris qu'elles coûtaient – sans les fleurs, attention – la modique somme de vingt-cinq dollars. Je vous fais le calcul : le petit malin qui fourguait ces trucs-là venait déjà de se faire mille dollars. Alors même que j'aboutissais à ce chiffre, il monta à mille vingt-cinq avec l'arrivée d'une jeune femme éplorée portant elle aussi sa petite contribution au sépulcre. Entre deux sanglots, elle expliqua à Billie – qui ne lui avait rien demandé – qu'elle avait grandi avec Jeff Simons. Évidemment, elle ne l'avait jamais rencontré en chair et en os. Mais au vingtième siècle, on peut officiellement « grandir avec » un parfait inconnu, l'aimer, le haïr, devenir froid et indifférent envers lui, se réconcilier, rire et pleurer avec lui, et même assister à son enterrement... sans jamais le rencontrer. Ça fout les jetons, non ?

Billie me dit n'avoir vu aucun homme trapu entrer en flèche par la porte en brandissant un bouquet de fleurs et un pistolet étincelant. En réalité, je n'avais pas mis Billie au courant de l'épée de Damoclès qui pesait sur ma vie. Je ne vois pas l'intérêt d'être alarmiste, à moins d'aimer attirer l'attention sur soi. Puisque ma chère tante ne pouvait rien faire pour me protéger, pourquoi l'affoler ? J'essayai à plusieurs reprises le numéro de

Kate au commissariat, mais tout ce que j'obtins fut le message disant que le détective Zabriskie était absent.

Fred arriva avec une nouvelle cargaison de fleurs. C'est alors que je remarquai la voiture de police garée de l'autre côté de la rue. Je rembobinai le film dans ma tête et me rendis compte qu'elle était déjà là à mon retour du SOS. Pendant que Fred portait les fleurs à l'intérieur, je traversai la rue et donnai de petits coups sur la fenêtre passager. Je me penchai pour jeter un œil à l'intérieur du véhicule. Un jeune type tout maigre, la casquette réglementaire repoussée sur l'arrière du crâne, était assis au volant et frottait la couche argentée d'un ticket de loterie à gratter. Le siège d'à côté était jonché de plusieurs dizaines de tickets perdants. J'avais l'impression de le connaître.

— Salut, dis-je.

— Bonjour.

— Ça mord ?

Le policier termina de gratter, souffla sur la poussière argentée et loucha sur le petit rectangle fatidique.

— J'ai gagné un autre ticket.

Il désigna les cadavres sur le siège passager.

— La moitié de ceux-là, c'est pareil.

Il saisit un nouveau ticket d'une pile sur le tableau de bord et se pencha pour me le tendre.

— Tenez. Voyons si la chance est avec vous.

Je grattai le bristol du bout de l'ongle.

— Dites-moi, il y a une raison pour que vous soyez garé ici ? Je veux dire, à part d'essayer de gagner le gros lot ? Vous surveillez les pompes funèbres ?

— Je surveille tout. C'est mon boulot.

Je me demandai si être assis dans sa voiture de patrouille à gratter des tickets de loterie entrait dans le cadre de « faire son boulot », mais je laissai passer.

— Vous avez bien compris ma question.

— Oui, monsieur. Je surveille les pompes funèbres.

— C'est le détective Zabriskie qui vous a envoyé ici ?

— Zabriskie ? Euh, non, m'sieur. J'ai été envoyé par le détective Kruk.

— Kruk ?

— Oui, m'sieur.

Je me souvenais maintenant où j'avais vu ce type. Au Country Club. C'était celui qui conduisait la voiture de Kruk le jour où ils ont retrouvé Guy Fellows étreignant son couteau.

— Est-ce que le détective Kruk vous a dit précisément sur quoi vous deviez garder l'œil ?

Je fus tenté de dire sur *qui*, mais me retins.

— Tout mouvement suspect.

— C'est tout ce qu'il a dit ?

— Il n'avait pas besoin d'en dire plus, m'sieur.

Un vrai petit malin, ce gosse.

— Sans vouloir vous donner de conseils ou quoi que ce soit, toute sorte de gens sont allés et venus aujourd'hui, avec des fleurs et que sais-je encore. Je... je me demandais juste, qu'est-ce que vous trouveriez suspect ?

— Je trouverais suspect que quelqu'un venant par ici s'arrête en voyant ma voiture de service et fasse demi-tour. Je trouverais ça terriblement suspect.

— Vous le poursuivriez ?

— J'en prendrais note.

J'avais gratté la carte sans regarder. Je soufflai sur les copeaux argentés. Jackpot ! Cinq millions de dollars ! Non, j'exagère. J'avais gagné un soda gratuit. Je jetai la carte sur le siège de la voiture.

— Eh ben ! Ça doit être votre jour de chance !

Je ne peux pas dire que je me sentais ultra-chanceux.

— Vous connaissez un type nommé Lou Bowman ?

— Lou Bowman ? Bien sûr. Enfin, on n'est pas proches, mais oui, je sais qui c'est. Je lui ai parlé deux ou trois fois. Vous savez, avant la mort de sa tante qui lui a laissé tout ce pognon.

Oui. Sa tante. Tante Epoch.

— Alors si, admettons, vous voyiez Lou Bowman passer dans la rue, là, vous trouveriez ça suspect ?

— Suspect ?

— Vous prendriez note ?

— Eh bien, je pense que oui. Lou est dans le Maine. Il a une grande maison sur la plage. Et un grand voilier.

C'est une maison de taille correcte, elle est sur une falaise qui surplombe un port et le voilier est un bateau à moteur… mais n'ergotons pas.

— Donc, vous seriez étonné de le voir ici. Est-ce que vous sortiriez de la voiture pour lui dire bonjour ?

— Si je voyais Loterie Lou ? Sûr, que je lui dirais bonjour. Il s'esclaffa : Je lui demanderais de bénir toutes ces saloperies de tickets qui restent. On sait jamais.

— Merci, monsieur l'agent. Je vous laisse faire votre travail.

Alors que je sortais la tête de la fenêtre, le policier sursauta.

— Hé ! Montrant le coin de la rue : Regardez !

Je regardai, mais ne vis rien d'inhabituel.

Le jeune flic fronça les sourcils, puis haussa les épaules.

— Eh ben ! Pouvoir de suggestion, je suppose. L'espace d'une seconde, j'ai cru voir Lou Bowman. Un type a débouché à l'angle, là-bas. Vous ne l'avez pas vu ? Il a fait demi-tour.

— Il a fait demi-tour en voyant votre voiture ? C'est suspect ?

— C'est clair. J'ai pris note.

Je rentrai aux pompes funèbres. Dites-moi, sincèrement, j'aurais dû me sentir plus en sécurité, après ça ?

Je croisai Fred qui sortait.

— Ces télés commencent à me filer les foies, me dit-il.

J'acquiesçai. S'il n'y avait que ça…

À la fin de l'après-midi, je commençai à m'inquiéter. Aucune nouvelle de Kate. J'avais déjà laissé plusieurs messages chez elle et au bureau.

J'appelai Julia. Elle répondit à la quatrième sonnerie. Elle me dit que sa mère l'avait informée de la veillée du soir pour Edie et qu'on se verrait là-bas.

— Tu ne peux pas parler, là ?

— Je suis occupée, Hitch.

Il y avait quelque chose dans sa voix.

— Il est encore là ?

— Oui.

— Vous êtes encore en train de baiser ?

— Exactement, mon chou.

— Pendant qu'on parle ?

— Pratiquement.

— Ferais-je partie du triolisme téléphonique ?

— Oui, si tu étais invité, dit gentiment Julia.

Clic.

Je ne tenais pas en place. J'appelai Hutch. Pas là. Je demandai à parler à sa boîte vocale et laissai le message suivant :

— Salut, Hutch, c'est Hitch. J'ai réfléchi à tout ça et j'ai décidé que ton pseudo-avertissement amical et tes insinuations sur Kate me couraient sur le haricot. Je me suis beaucoup attaché à elle et je crois que tu devrais atterrir un peu. Le type que tu essaies d'aider à devenir gouverneur est un enculé qui profite des gens et trompe allégrement sa femme, qui se trouve aussi être une vraie marie-couche-toi-là. Tout ça peut être prouvé et tu le sais très bien. Quant à tes insinuations à propos de Kate, elles sont totalement infondées et tu le sais aussi. Ce n'est pas elle qui essaie de me manipuler comme une marionnette. C'est toi. Tu fraies avec la corruption, Hutch, et si tu n'y fais pas gaffe, ça va finir par déteindre sur toi. Si ce n'est déjà fait. Oh, et je sais pourquoi tu es si sûr que je n'ai strictement rien à voir avec le meurtre de Guy Fellows. C'est parce que tu *connais* le coupable. Tu ne le connais que trop bien, pas vrai ? Pratiquement comme si tu l'avais vu de tes propres yeux. Tu as choisi une bien jolie carrière, mon pote. J'espère que tu t'éclates. La bise à ta femme.

C'est dingue la tribune que peut devenir une boîte vocale. C'était une putain de tirade. Je ne crois pas que j'aurais réussi à la débiter comme ça face à Hutch. C'était un coup bas, et alors ? Hutch le méritait. Ça commençait à bien faire.

J'étais tranquillement assis à me féliciter de mon morceau de bravoure quand le téléphone sonna. Je faillis en tomber de mon fauteuil. Je pensais que c'était Hutch, qui me rappelait pour me dire que je pouvais aller au diable de ce pas.

C'était Kate.

— Kate ! Où tu es ?

— Dans une cabine.

— Viens.

— Je ne peux pas. Je dois vérifier deux-trois petites choses. Et voir quelqu'un.

— Vérifie ici. Ou dis-moi où tu es. Je te rejoins et on fait ça ensemble.

— Je ne peux pas. Je t'appelle dès que possible. Mais écoute ça : j'ai trouvé des choses sur Epoch Ltd. L'image est en train de se développer, Hitch. Et quelle image !

— Raconte-moi.

— Je dois creuser encore un peu. Je t'appelle. Promis.

— Je t'en prie, Kate, donne-moi quelque chose. Qui est sur la photo ? Qu'est-ce que tu as trouvé sur Epoch ? Donne-moi un os à ronger.

— Okay, Hitch. Ronge ça : Grace Kelly.

— Amanda Stuart ?

— Exact. Membre en bonne et due forme du conseil d'administration d'Epoch Ltd.

— Mais…

— Hitch, je dois vraiment y aller.

— Non ! Kate, je…

Putain de clic.

Je dus remiser cette maigre information dans ma poche pour plus tard. Je pris une douche, me rasai, passai un pantalon un peu froissé, une chemise en jean, une cravate et une veste de sport que tante Billie avait un jour décrite comme un tweed chico-miteux. Je remplis un sac poubelle avec des fleurs de la collection de Jeff Simons. Le défilé des télés en terre cuite s'était enfin tari.

— Cet endroit est un vrai cauchemar, commenta Billie pendant que je bourrais le sac poubelle de fleurs. Elle avait raison. Selon comment on les voyait, les fleurs qui dépassaient des télés en terre cuite avaient l'air soit de petites antennes de réception, soit de pousser directement de la tête du journaliste mort.

Je finis de remplir mon sac. Billie m'assura de nouveau qu'elle pouvait se débrouiller toute seule pour un moment. Je l'embrassai sur le front, chargeai mon barda sur l'épaule et pris la direction du port. En partant, je remarquai que ma garde policière avait disparu. J'imagine que Kruk ne pouvait pas faire faire des heures sup au jeunot. Je marchai d'un bon pas, sans trop m'éloigner des habitations.

Chapitre 35

Je montrai fièrement mon chargement. Sally me planta un gros bisou baveux sur la joue.

— Des fleurs ! Oh Hitchcock, c'est parfait !

Elle me prit le sac des mains et le vida directement sur le sol.

— Edie aurait adoré.

À la grande surprise de personne, Sally se révéla une hôtesse parfaite pour la veillée. La nouvelle du trépas d'Edie et du canot s'était propagée rapidement, ainsi que celle que la soirée serait aux frais de la maison. Le bar s'emplit en un rien de temps. Sally servait à tour de bras. Pour l'occasion, certains habitués du SOS avaient fait quelques efforts de présentation. Vidéo-Al et Librairie-Bill étaient là, nœud-pap pour Bill, cravate pour Al. Ils se tenaient auprès d'Edie – chacun à un bout du cercueil – et se disputaient. Dans l'ensemble, les pans de chemise étaient rentrés dans les pantalons, le rouge à lèvres brillait par sa présence massive et une ambiance bonhomme réussit à s'installer dans la pièce. Environ une heure après moi, une femme entra dans le bar, toute de noir vêtue, jusqu'au voile qui masquait son visage. Si approprié qu'il fût, son ensemble contrastait vivement avec les tenues plus détendues des joyeux convives venus pleurer Edie. La femme vint droit sur moi et râla :

331

— J'ai acheté ça exprès. Tu m'as dit que c'était une veillée, mais ça me paraît foutrement décontracté.

Chère Carol.

— Tu es superbe, dis-je.

Elle releva la voilette pour que je puisse voir son visage.

— Appelle-moi la Veuve Noire, dit-elle en clignant de l'œil. Puis elle laissa retomber son voile et se glissa sur un tabouret avec la fluidité de celle qui a fait ça plus de la moitié de sa vie.

Sally avait fait savoir au Cat's Eye, un pub de Thames Street, qu'elle tiendrait une veillée à l'ancienne. Elle avait réussi à leur extorquer un jeune violoneux et un type au visage parcheminé qui jouait du flûteau comme un dieu. Ce dernier portait un bandeau sur l'œil. En regardant de près, on pouvait se rendre compte qu'il le passait régulièrement d'un œil à l'autre. Sally en personne ouvrit le bal. Elle remonta sa grande jupe et se lança dans une sorte de quadrille mêlé de bourrée qui menaça de faire tomber l'invitée d'honneur. Au milieu de la danse, Frank s'éloigna discrètement du bar pour rejoindre Edie. Il leva solennellement son verre vers elle. Je ne pourrais le jurer, mais, à moins qu'il n'eût reçu une poussière dans l'œil pile à ce moment-là, je crois bien que le petit scintillement que j'y aperçus était une authentique larme.

Au milieu de tout ce brouhaha de danses et de discussions, Julia se pointa. Debout dans l'encadrement de la porte, elle regarda la foule. Elle portait une salopette blanche et une écharpe citron vert et, comme d'habitude, elle était super canon. Plein de trucs sur les yeux. Plein de rouge à lèvres. Elle croisa mon regard depuis l'autre bout de la salle et m'envoya un baiser à la Marilyn Monroe. Et là, Peter Morgan apparut derrière elle.

Il couvrit toute la scène d'un seul regard. Pas de doute là-dessus, le fils du fils d'un millionnaire s'encanaillait.

Les types comme Peter Morgan ne fréquentent pas les Screaming Oysters. Morgan portait un costume de lin et des mocassins à cinq mille dollars. Il était resplendissant.

Julia et son millionnaire se dirigèrent vers le comptoir. Je regardai Julia parler à son père, qui secoua la tête plusieurs fois puis tendit la main par-dessus le bar pour serrer celle de Morgan. Morgan lui donna une de ces putains de poignées de mains à deux mains. Je sentis le *grrr* monter en moi. J'abhorrais ces poignées de mains-là. Le millionnaire fit signe à Frank de lui donner une bouteille de champagne.

J'étais en train de discuter avec Tony Marino, qui me parlait de la pêche hauturière au large des îles Orcades, au nord de l'Écosse. Évidemment, Tony n'avait jamais été pêcher en haute mer au large des îles Orcades au nord de l'Écosse. Il se contentait de recycler un monologue qu'il avait jadis entendu dans un bar d'Inverness. Et Tony n'est pas Jack London. Je ne sentais pas vraiment les embruns. Je ne suais pas sang et eau à tirer les filets. Je n'étais pas glacé jusqu'aux os et je n'avais pas le mal du pays. Quand Tony vit Julia qui nous regardait depuis l'autre bout du bar, il éteignit son documentaire sur les mers du Nord.

— Va la rejoindre, me murmura-t-il gentiment. Pauvre homme. Un vrai franchisé de l'amour perdu.

Je rejoignis le comptoir et saluai les tourtereaux.

— Bonsoir, m'sieur-dame. Je peux vous montrer votre table ?

— Bonsoir, Hitch, dit Julia. Je crois que tu connais Peter.

Qui avait déjà la main tendue.

— Peter Morgan, annonça-t-il.

— Frank Sinatra, dis-je.

Nous nous serrâmes la louche. D'une seule main. Bien. Julia m'observait attentivement.

— Vous êtes mort, vous savez, dit Morgan, entrant dans ma pantalonnade.

— Je sais bien. Un instant, je suis un poivrot misogyne de Hoboken [40] et l'instant d'après... – je claquai des doigts – je roucoule pour les anges.

Morgan gloussa.

— Je l'ai rencontré, une fois. Aux Bermudes. Croyez-le ou non, il lavait lui-même sa voiture dans l'allée de sa propriété. Une Mercedes 280 L.

— Fichtre, Frank était un vrai homme du peuple, pas vrai ?

Le radar de Julia saisit immédiatement. Elle s'avança pour m'empêcher de continuer :

— Peter n'est pas un homme du peuple, Hitch. Il est millionnaire. Mais malgré le fardeau de sa richesse, c'est quelqu'un de bien.

— Je n'ai rien dit, dis-je.

— Tu es un chien du quartier sur son territoire, mon chou. Et je suis sûre que tu as bu. Je suis prête à te botter le coccyx, s'il le faut.

Peter Morgan suivait ce match de ping-pong d'un air amusé. Avec beaucoup trop de charme, il dit à Julia tout en me regardant :

— Je lui collerai un coup de pied si je dois le faire, chérie.

— Je suis plus grand que vous, lui rappelai-je. En souriant.

— Ce que c'est mignon, les garçons. Julia se tourna vers Morgan : Peter, je vais annoncer notre nouvelle à Hitchcock.

— Je t'en prie.

Julia se tourna vers moi. Une rare rougeur lui monta aux joues.

---

40. *Ndt*. Ville de naissance de Frank Sinatra, dans le New Jersey.

— Hitch, Peter et moi allons nous marier. Ses yeux brillaient de malice. Je vais être riche.

Morgan avait réussi à déboucher le champagne.

— Vous trinquerez bien avec nous ? Il fit un signe à Frank : un autre verre !

Je me demande même s'il n'a pas claqué des doigts. *Fais gaffe. Ce ne sont pas des domestiques, là. Ce type est ton futur beau-père, gars.* Pendant que Morgan récupérait le verre, je pus accrocher le regard de Julia. Je roulai des yeux. Les siens me lancèrent une comète ardente. Elle disait : « sois sympa ». Elle s'écrasa juste derrière mon épaule.

Morgan me tendit une flûte pleine de bulles et nous levâmes tous trois nos verres. Si jamais il disait « à nous », je n'étais pas sûr de ma réaction. Heureusement, ce ne fut pas le cas. Il se montra plus fin que ça.

— À Julia Finney, véritable don de Dieu pour quelques hommes très chanceux.

Vache. J'aurais peut-être pu ergoter sur sa définition de « quelques », mais pour la concision, le compliment et la fausse modestie, c'était un petit bijou de toast. Julia rougit à nouveau quand nos verres s'entrechoquèrent. Je savais qu'elle était ennuyée de rougir devant moi. Rare moment de trouble pour Lady J.

Nous bûmes. Nous nous laissâmes aller au chatouillement des bulles. C'est ça qui est marrant, avec le champagne. Tout le monde ne le sait pas, mais ce vin a débuté sa carrière comme un échec, une foirade, une récolte ratée de raisin de Champagne. Il a été immédiatement rejeté comme cousin inférieur de la noble famille des vins français. Le champagne, à l'origine, était une déception en bonne et due forme – tous ces gargouillis et pétillements – renvoyée sans hésitation aux palais incultes de la classe rurale. Mettez ça sur le compte des grands maîtres de la manipulation si le soda des vins a fini par être élevé au rang de Rolls-Royce.

Julia et Peter Morgan se faisaient ostensiblement les yeux doux. Sacré revirement. Une semaine auparavant, les deux tourtereaux américains s'étaient égosillés en chantant dans le gai «Pârrrisss». Je crevais d'envie de savoir comment il l'avait regagnée à lui. Je commençai mon enquête d'une manière si subtile que c'en était presque totalement transversal.

— Vous saviez qu'à l'origine, le champagne était considéré comme un échec cuisant et qu'il a d'abord été abandonné aux classes inférieures comme de la piquette?

— C'était une récolte ratée, répondit Morgan.

— C'est moi qui te l'ai appris, me rappela Julia.

D'accord, d'accord. Levons le voile de la subtilité.

— Comment avez-vous réussi à la récupérer, Peter? Julia m'a dit que votre comportement à Paris l'avait rebutée au-delà de l'imaginable.

— Il exagère, dit Julia.

Morgan me répondit franchement:

— J'avais beaucoup de choses en tête, pendant ce voyage. J'ai fait le con.

— Vous faites toujours le con quand vous avez beaucoup de choses en tête?

Julia intervint:

— Hitch, c'est *toi* qui joues au con, là.

— J'essaie simplement de m'intéresser au futur bien-être de mon épouse passée. M'adressant à Morgan: Vous comprenez?

Julia pouffa.

— Hitch, je suis étonnée de te voir pisser sur les arbres comme ça. Je dois avouer que j'en suis flattée.

Morgan prit la parole:

— Julia est pile le genre de femme dont j'ai besoin pour me rappeler de ne pas faire le con. Il tinga son verre de picrate pétillant pour cul-terreux contre celui de Julia: Elle m'aide à garder du recul.

— C'est marrant, j'ai toujours trouvé qu'elle avait exactement l'effet inverse. Puisque j'étais en mode interview, je me tournai vers la dame elle-même et lui posai la question : Et toi, qu'est-ce que tu espères de cette union ?

— Tout son argent, son immense propriété. Et sa chipolata plaquée-or.

Je baissai la tête.

— Hélas, je n'ai jamais pu lui offrir que de l'étain.

Je voyais bien que Peter Morgan ne faisait que feindre de trouver tout ça parfaitement hilarant. C'est là une vérité absolue : les gens deviennent nerveux quand leur fiancé(e) et son ex se mettent à badiner ouvertement à propos de sexe. Nous fîmes tous trois dévier la conversation. Julia voulut savoir ce qui était arrivé au canot. Je leur servis une version abrégée, omettant l'ex-détective de police assassin qui était à quelques secondes d'infliger de sérieux dommages corporels à mon humble personne suite au fait que j'avais participé à crever la bulle dans laquelle il était engraissé tous les mois de cinq mille dollars – maintenant huit – par une organisation au conseil d'administration de laquelle siégeait justement une femme qui se trouvait comme par hasard être la sœur jumelle du seul homme dans le bar qui pouvait sans mentir se dire millionnaire. Ç'eût été une belle boulette. Au lieu de cela, je leur racontai simplement qu'Edie avait jeté sa bouteille vide et que le canot s'était écrasé sur elle. Morgan voulut savoir si Frank et Sally allaient être tenus pour responsables.

— Edie était une amie, expliqua Julia au millionnaire. Les amis ne poursuivent pas les amis en justice.

— Surtout quand ils sont morts, ajoutai-je.

Julia fit tourner son doigt sur le pourtour du verre de Peter.

— Si je puis me permettre, tu es un peu trop procédurier, Peter. C'est l'une des choses que je compte changer chez toi.

Morgan pouffa :

— Les femmes veulent toujours changer quelque chose chez leur homme.

— Julia n'a jamais essayé de changer quoi que ce soit chez moi, fanfaronnai-je. J'étais parfait.

— Alors pourquoi vous avez divorcé ?

Je m'en remis à Julia.

— Dis-lui.

— J'étais plus parfaite que lui.

Un certain écœurement commençait à s'immiscer. Ce n'était pas de la jalousie. C'était juste que tous les trois, on était en train de devenir trop sympas. Trop potes. Je me saisis du volant de notre conversation et braquai abruptement dans une autre direction.

— Votre sœur est la femme d'Alan Stuart, non ?

Un instant, Morgan eut l'air perplexe. Mais il se ressaisit rapidement.

— Exact.

— Sœur jumelle, non ?

— Encore exact.

— Lequel de vous est né le premier ?

— Amanda. Cinq minutes et demie avant moi.

— Cinq minutes et demie. Et qu'est-ce que vous faisiez, pendant tout ce temps ?

Petit sourire affecté :

— Je finissais mes bagages.

Pas mal. Même si je suis sûr qu'il l'avait déjà sortie.

— Vous ne vous ressemblez pas tant que ça.

— Chez les jumeaux de sexe différent, c'est fréquent. Nous ne sommes pas identiques. Hétérozygotes.

Julia grogna.

— Je déteste les conversations reproductives.

— Votre sœur et Stuart sont mariés depuis combien de temps ? demandai-je.

— Oh, je ne sais plus. Attendez. Onze ans ? Peut-être dix.

— Elle s'est mariée jeune.

— Possible. Je crois qu'elle avait vingt ans. C'est jeune, vingt ans ?

Julia répondit à cette question :

— De plus en plus.

— Et ils n'ont jamais eu d'enfants ?

— Amanda et Alan ? Non. Amanda ne peut pas en avoir. Elle a quelque chose qui ne marche pas, les médecins lui ont dit cash de ne pas y compter.

— Stuart le savait quand il l'a épousée ?

Julia me regardait comme si j'étais fou.

— Ne réponds pas, Peter.

Morgan l'ignora.

— Je ne crois pas qu'il l'ait su, dit-il froidement.

Il ne cherchait plus à présent à masquer son déplaisir croissant, soit à propos du sujet, soit à propos du mensonge égoïste de sa sœur. Je n'étais pas sûr.

— Ce n'est pas très chic de sa part, dis-je.

— Quand on connaît Amanda, on s'habitue à ce genre de chose.

— Je ne connais pas Amanda.

Même si j'ai vu son cul sans taches de rousseur.

— C'est la mauvaise jumelle, dit Morgan en éclatant de rire, mais d'un rire plat et peu convaincant.

Julia me lançait maintenant des signaux oculaires comme une folle, mais j'y restais hermétique, volontairement. Et elle le savait très bien.

J'insistai.

— J'ai vu votre sœur, il y a à peu près une semaine, au Country Club. Là, je romançai : Elle jouait au tennis.

Julia bondit subitement :

— Qu'est-ce que tu foutais là-bas ?

— J'allais voir un certain Rudy. C'est le jardinier en chef. On avait évoqué l'idée qu'il s'occupe du cimetière de Greenmount. C'était un rendez-vous professionnel. J'ai vu votre sœur sur le court. Elle s'entraînait avec le prof du club. Il lui donnait des conseils pour améliorer son revers.

— Amanda a un très bon revers, remarqua sèchement Morgan.

— Il a dû faire du bon boulot avec elle, alors.

— Amanda a toujours eu un bon revers. On avait un court à nous, quand on était petits. Amanda a toujours eu l'esprit de compétition.

— Et puis, ça lui permet de montrer ses jolies jambes. Julia s'interposa.

— Oui, oui, assurées par la Lloyd's de Londres. Écoutez, les gars, croyez-le ou non, je ne supporte plus toute cette testostérone. Continuez donc à vous balancer des coups de batte pendant que je vais discuter avec ma mère.

En partant, elle me lança encore un signal visuel. Je crois qu'il voulait dire : *Calme le jeu*.

Nous étions tout seuls, maintenant. D'homme à homme.

— Détectai-je un intérêt prononcé à l'égard de ma sœur ? me demanda Morgan à peine Julia fut-elle hors de portée.

— C'était juste pour bavarder.

— Elle est *mariée*, n'oubliez pas.

— Je sais, oui. Au futur gouverneur du Maryland, qui plus est.

Morgan toucha le comptoir du plat de la main.

Intéressant.

— Pourquoi vous avez fait ça ? Vous ne croyez pas que c'est du tout cuit pour votre beau-frère ? Il ne va pas enterrer Spencer Davis ?

— Je croyais que c'était votre métier à vous, d'enterrer les gens.

— Vous ne m'avez pas répondu.

— Pour l'instant, en effet, les sondages sont pour lui. Mais vous savez, en politique… rien n'est gagné tant qu'on n'a pas gagné.

— La Palice président.

— C'est ça, oui…

Morgan ne faisait plus guère d'efforts pour déguiser la lassitude que je lui inspirais. Je tendis mon verre vide. Morgan me le remplit à ras-bord.

— Vous pensez que le commissaire divisionnaire Stuart peut avoir une faiblesse ?

— Je n'ai pas dit ça.

— Mais il pourrait se produire quelque chose qui renverse l'élection en faveur de Davis ?

— En théorie, bien sûr. C'est possible.

— Mais en pratique ? Il y a quelque chose de concret qui pourrait le faire trébucher ?

— Je n'en ai pas la moindre idée. Pourquoi ces questions ?

— Vous êtes son beau-frère. Vous contribuez financièrement à sa campagne. J'imagine qu'avec tout ça, vous connaissez des choses de l'intérieur. Et puis, il se trouve que je suis ami avec le gourou de sa campagne et la dernière fois que je l'ai vu, il avait l'air un peu inquiet aussi. Je me demande juste s'il est inquiet pour les mêmes raisons que vous.

— Qui a dit que j'étais inquiet ?

— Vous avez touché du bois.

— On n'est jamais trop sûr, non ?

— Je ne sais pas. Non ?

Il aboya :

— Qu'est-ce que ça veut dire, bordel ?

Bingo. Je tirai sur la corde. Mon homme remonta dans le filet.

— Vous saviez que le prof de tennis de votre sœur avait été assassiné ?

— Évidemment, que je le sais. C'est horrible.

— Vous le connaissiez ?

— Je suis un membre actif du club. Je sais qui c'était.

— C'est bizarre que votre sœur ait pris des leçons de

tennis, non ? Je veux dire, puisqu'elle avait déjà un revers de la mort.

De la mort. Ça m'avait échappé.

— Si vous répondiez d'abord à *ma* question ? gronda Morgan.

— Excusez-moi. Vous pouvez la répéter ?

— Qu'est-ce que ça veut dire, tout ça ?

— C'est un sujet de conversation comme un autre.

— Pas très intéressant.

— Ah bon ? Je suis désolé. Pour moi, si. Une femme splendide qui prend des cours de tennis dont elle n'a pas vraiment besoin auprès d'un mec qu'on retrouve assassiné ? La femme splendide est mariée à un homme puissant qui brigue le poste de gouverneur et semble imbattable sauf quand on discute avec son directeur de campagne et son bailleur de fonds, qui se trouve également être son beau-frère ? Je veux dire, ce n'est pas grand-chose. Mais je suis un vrai politicomane. En politique, tout semble si beau et si séduisant que je ne peux pas m'en empêcher.

— Vous devriez peut-être essayer. Vous parlez de personnes réelles, là, pas de personnages de roman.

Je posai mon verre sur le comptoir.

— Est-ce que vous avez une idée de qui a tué Guy Fellows ?

— Non. Peut-être ma sœur, avec son revers de la mort.

— C'était un couteau.

Le millionnaire soupira.

— Bon sang. Comme vous voudrez.

— Vous croyez qu'elle en est capable ? demandai-je sans le moindre détour. Je veux dire, on est entre nous, on papote. Deux mecs qui taillent une bavette, rien de plus.

Morgan posa son verre sur le comptoir à côté du mien.

— Écoutez : je crois qu'Amanda est capable de tout

quand elle y est décidée. Mais laissez-moi vous dire un petit quelque chose à son sujet. Elle n'a pas tué Guy Fellows. Surtout si c'était un crime passionnel. Ma sœur ne connaît pas la passion. C'est son vilain petit secret, même si, quand on la connaît, ce n'est plus vraiment un secret. Amanda est la reine des glaces. Vous insinuez qu'elle couchait avec Fellows. Peut-être. Si oui, ce n'est pas comme ça que vous me choquerez. Mais je peux vous garantir que si c'était le cas, ça ne voulait absolument rien dire pour elle. Elle n'aurait eu aucune raison de le tuer. Elle s'en fout éperdument.

— Ça fait longtemps qu'elle vous a engagé comme agent publicitaire ?

Morgan soupira à nouveau.

— Vous m'avez forcé à le dire, vieux. Je ne fais que la défendre.

— Défense intéressante : « trop froide pour tuer ».

— C'est à prendre ou à laisser. La vérité, c'est que je m'en tape un peu.

Il prit la bouteille et remplit son verre.

— Bon, je vais aller discuter avec ma future belle-mère. Ça a été... eh bien, on peut dire qu'on a discuté, pas vrai ?

— Comme de vieux compères, acquiesçai-je. Il commença à s'éloigner.

— Oh, une dernière question. Si vous permettez.

Il s'arrêta. Il n'avait pas l'air particulièrement enthousiaste.

— Vous connaissez une société du nom d'Epoch Ltd. ?

Il connaissait. Je voyais avec certitude qu'il connaissait. Enfin, sa sœur faisait partie du conseil d'administration, bon Dieu ! Kate m'avait au moins donné ça à ruminer.

Mais il mentit. Il secoua lentement la tête, comme s'il y réfléchissait vraiment.

— Non. Vraiment, non. Excusez-moi.

Et il partit charmer les grands jupons de Sally.

Mais il avait menti.

Juste à ce moment-là, la porte battante s'ouvrit et Tony Marino fit son apparition – je ne l'avais pas vu s'éclipser – en grand apparat écossais : kilt, ceinture velue, chapeau, tout le tralala. Il entra en jouant. L'acoustique du bar était stupéfiante. *Amazing Grace* emplit la moindre molécule d'air disponible pendant ce que je crois fermement être l'interprétation la plus passionnée et la plus ressentie que Tony eût jamais livrée. Il avança solennellement, au pas de l'oie, traversa la pièce jusqu'à Edie, front haut, pressant son sac, étranglant ses tuyaux. Il chialait comme un môme. Je n'avais jamais vu plus noble spectacle.

Chapitre 36

Ma tête sonnait.

Non. C'était le téléphone.

Correction.

Ma tête, elle, me lançait. Le son de tam-tam lointains se mêla à tout ça alors que je tâtonnais à la recherche du combiné sur ma table de nuit. Je le trouvai, l'approchai et émis un son dedans, quelque chose entre le gémissement et le grognement.

C'était Kate. Elle était en colère. Elle cria :

— Tu ne m'as pas rappelée !

Le battement des tam-tam augmenta. Pas si lointains que ça. Ils étaient dans ma tête. Je retrouvai ma voix, suffisamment pour coasser :

— Dans mon pays, on dit bonjour.

— Bien. Bonjour. Tu n'as pas eu mon message ?

Le répondeur clignotait d'un air accusateur.

— Je n'ai pas écouté mes messages. Kate, je suis désolé, je… je ne me souviens pas de m'être mis au lit. J'ai dû avoir une absence.

En me regardant, je vis que je portais toujours ma chemise de soirée et ma cravate (desserrée, Dieu merci), à quoi s'ajoutaient un slip boxer et aux pieds, une paire de chaussettes en Thermolactyl orange que je laisse généralement hiberner au fond du tiroir pendant la saison chaude. J'ignore totalement comment elles ont réussi à en ressortir et à se glisser sur mes pieds.

— Tu t'es trop amusé à la veillée d'Edie, hein ? dit Kate d'un ton narquois.

Une scène de la veille était en train de se préciser dans mon esprit. Thames Street. Tard dans la soirée. Une procession. Le cercueil d'Edie porté en cortège. Les vestiges du canot jetés dans le port. Je me redressai d'un coup dans mon lit.

— Merde !

Ce qui attira l'attention d'Alcatraz. Il leva la tête du sol et laissa échapper un ouaf.

— Quoi, qu'est-ce qui s'est passé ? Ça va ? Kate avait la voix sincèrement inquiète.

Le souvenir me revenait par bribes. Heureusement, la bribe suivante contenait l'arrivée du cercueil d'Edie aux pompes funèbres en un seul morceau.

— Ça va. J'ai juste cru un instant… Peu importe.

Les tam-tam résonnaient encore plus fort, maintenant. Ils voulaient vraiment sortir. Alcatraz aboya à nouveau – il voulait vraiment sortir, lui aussi. Les premiers mots de Kate m'échappèrent.

— …a vraiment bardé. Je ne veux pas que tu t'inquiètes pour moi.

— Qu'est-ce que tu as dit ? Kate, excuse-moi, j'ai…

— Je n'ai pas le temps d'entrer dans les détails maintenant. Hitch, je suis désolée pour… pour tout. Je t'avais dit que je ne voulais pas t'entraîner dans cette histoire. Excuse-moi.

Je m'assis dans mon lit.

— Une minute. De quoi parles-tu, Kate ? Attends une seconde. Ça y est, je suis réveillé. Il faut que tu me dises ce qui se passe. Je suis désolé de ne pas avoir écouté ton message. Qu'est-ce que tu as découvert, hier ? Qu'est-ce que c'est que cette histoire avec

Amanda Stuart et Epoch ? J'ai croisé Peter Morgan hier soir et il a fait comme si il n'avait jamais entendu parler d'Epoch Ltd. Il mentait.

Il y eut un blanc.

— Tu as croisé Peter Morgan ?

— Oui. Julia l'a emmené à la veillée.

Kate ne répondit pas. Un moment, je crus qu'elle avait raccroché.

— Tu es toujours là ? Kate ?

— Je suis là, Hitch. Je veux que tu sois très prudent, d'accord ? Je t'en prie. Ne t'inquiète pas pour moi. Rends-moi juste un service. Sors de tout ça. Fais demi-tour et tire-toi. Quoi qu'il arrive.

— De quoi tu parles ? Qu'est-ce qui va arriver ?

— Rien. Ne t'inquiète pas.

— Kate, dis-moi de quoi tu parles.

Elle répondit avec un flottement dans la voix.

— Je suis fatiguée, Hitch. Je suis vraiment... je suis fatiguée.

— Kate. Tu pleures ?

Cette fois, je n'entendis rien, mais c'est parce qu'elle avait *effectivement* raccroché.

Je composai immédiatement son numéro, mais ne tombai que sur son répondeur. Peut-être était-elle assise à côté à écouter, je ne sais pas. Je ne laissai pas de message. J'envoyai mes jambes par-dessus le bord du lit. Quel moment minable pour se sentir minable. Je n'avais pas la moindre idée de quoi parlait Kate. Quand il arrivera *quoi* ? Pourquoi me disait-elle de me tirer ? Me tirer de quoi ? D'elle ? Je n'avais que des questions. Et pour toute réponse, le battement des tam-tam.

Je touchai le parquet, sans bruit, avec mes pieds orange. Alcatraz ne bougea pas d'un poil ; je dus lui passer par-dessus. Je trouvai des aspirines dans la salle de bains et les avalai sans eau. Puis je me débarrassai de mes vêtements et traînai ma carcasse sous la douche, où je restai jusqu'après épuisement de l'eau chaude. Douloureux, mais efficace. J'émergeai de la douche nettement plus vivant qu'en y entrant. Et si je pouvais plonger la tête dans un seau de café, je serais un Hitch flambant neuf.

J'enfilai mon costume anthracite, une chemise blanche et une cravate bordeaux. C'est clair, je n'étais pas du tout d'humeur à me rendre à un enterrement. Mais je ne pouvais pas y échapper. J'accrochai la laisse au collier d'Alcatraz et nous nous dirigeâmes ensemble vers les pompes funèbres. Alcatraz fit ses ablutions en chemin. Il monta directement à l'étage, chez Billie, bondit sur la peau de mouton qu'elle garde pour lui dans le coin de son salon, se laissa tomber sur la moumoute, bâilla et s'installa pour la matinée.

Sam avait déjà amené le corbillard. Le hayon était ouvert et prêt à avaler sa proie. Sam était adossé au véhicule, la tête levée vers le soleil.

— Bonjour, Sam. Prêt à vrombir ?

— Vroum, vroum.

— Alors viens.

Billie prenait le thé avec Mme Simons.

— Je suis désolée pour Edie, me dit Mme Simons lorsque j'entrai avec Sam. Je jetai un œil sur les deux cercueils au fond de la pièce. Apparemment, c'est là qu'on avait garé Edie la veille au soir, après la veillée.

— Une tasse de thé, les garçons ?

— Je ne crois pas, Billie. Il faut qu'on y aille.

Mme Simons laissa échapper un soupir.

— Ça va être un vrai zoo, au cimetière, non ?

Je fis mine de lui tirer dessus. *Bien vu, miss.*

Billie aida Mme Simons à choisir les fleurs qu'elle voulait mettre sur le cercueil, ainsi que celles qu'elle utiliserait pour décorer la tombe. Je partis en avance pour les emporter au cimetière. J'avais demandé aux gars de Greenmount d'installer le dais le plus grand qu'ils avaient, et il me semblait que deux douzaines de chaises pliantes n'étaient pas de trop pour l'occasion. Après avoir disposé les fleurs autour de la tombe, je vis que j'avais encore un peu de temps avant d'être attendu aux pompes funèbres. Je déviai vers le nord et, cinq minutes plus tard, j'étais debout devant une pierre tombale marquée «Sewell». Je m'agenouillai pour arracher quelques mauvaises herbes autour de la tombe et des trois petites stèles identifiant mon père, ma mère et ma petite sœur qui n'a jamais vu le jour.

Mes parents m'ont rendu très heureux, tant qu'ils étaient en vie. Et bien que ma sœur n'ait jamais eu la chance de me charmer, j'ai toujours présumé qu'elle aurait été la plus fantastique des sœurs. Je sais que j'avais attendu son arrivée avec impatience. Je me souviens qu'en plaisantant, mon père et moi avions dit que nous utiliserions le nouveau-né comme ballon de football pendant au moins quelques mois, jusqu'à ce qu'elle soit trop grande pour ça. La réaction de ma mère avait été que certaines personnes – notamment, un certain Sewell et son fils – ne seraient jamais trop grands pour servir de ballons de football eux aussi, et que si on osait ne serait-ce que tenter de pratiquer ce sport national américain avec son tout nouveau bébé, elle se ferait une joie de pratiquer le sport national italien avec nous deux.

«Je vous botterrrai lé coul», avait-elle déclaré. Ce que bien sûr elle n'avait jamais eu l'occasion de faire.

Je donnai quelques tapes affectueuses à la pierre et me relevai.

— Nouveau locataire à l'approche, annonçai-je à la famille Sewell. Film à onze heures. Je vous aime. Faut que j'y aille.

En retournant à ma voiture, cependant, je ne pensais déjà plus à ma famille disparue. Je pensais à Kate. J'étais inquiet. Je me demandais si je n'avais pas sous-estimé les pressions auxquelles elle était soumise. Même si Kate découvrait que c'était bien la balle de Bowman qui avait tué son mari – et cette proposition dépendait toujours d'un grand « si » – elle lui avait quand même tiré dessus, elle aussi.

Elle avait connu ce traumatisme et vivait avec ce tourment depuis maintenant six mois. Six mois pendant lesquels elle avait en outre été poussée d'abord à avoir une liaison avec son patron, ensuite à coucher avec un maître-chanteur patenté. Quelqu'un avait tué le maître-chanteur. Peut-être Stuart. Et maintenant, toutes ces révélations à propos de Lou Bowman et d'Epoch Ltd.... Kate était en train de régler pas mal de comptes. Elle était sous pression de toutes parts. Et toutes semblaient arriver de pleine face. Pas étonnant que Kate fût si cassante au téléphone. Et si fragile. Bordel, si seulement je savais où elle était ou comment la joindre !

Ne t'inquiète pas. Existait-il mots plus inutiles ?

En montant dans ma Quedalle, je repensai à une autre chose que Kate avait dite. *Tire-toi.* Je démarrai le moteur puis restai là, mes mains agrippées au volant. Kate coupait les ponts. Au cours des vingt-quatre dernières heures, nos contacts s'étaient soudain trouvés rognés à deux coups de fils plutôt abrupts. Elle s'éloignait de moi, pour une raison ou une autre. Est-ce que les choses allaient trop vite pour elle ? Trop et trop vite, ce genre de truc ? Je l'imaginais parfaitement comme ces gens incapables de se laisser aller à profiter d'un bon moment. Ça les effraie ; ils se disent immédiatement qu'ils ne le méritent pas ou que ça va s'arrêter bientôt alors pourquoi ne pas tout balancer eux-mêmes tout de suite et c'est réglé. À l'évidence, la vie de Kate reflétait le schéma « je ne le mérite pas ».

Elle reflétait également la mentalité du héros. Celui qui s'expose aux coups pour sauver les autres. Je passai les portes du cimetière de Greenmount et me dirigeai vers l'est par North Avenue, paradoxe réalisable. Je m'arrêtai à un feu rouge. Peut-être que je psychotais. Peut-être que *je* souffrais du complexe déplacé du héros. Peut-être que *je* commençais à flipper à propos de notre relation. À coup sûr, si j'orientais la bonne vieille loupe du docteur Freud sur ce bon vieil Hitchcock Sewell, j'aurais matière à en écrire tout un essai. C'est facile de nager en eaux claires ; rien à voir quand il s'agit de naviguer dans un marécage.

Je tournai à droite sur Broadway. J'essayais de me convaincre de me détendre. Que Kate et moi nous retrouverions en moins de temps qu'il ne faut pour le dire et que je pourrais verser toutes ces craintes imbéciles dans la benne à craintes imbéciles...

Ça ne marchait pas. Il y avait *vraiment* quelque chose qui ne tournait pas rond. Je le sentais.

Je passai l'hôpital Johns Hopkins à gauche, où mes parents et ma sœur avaient été déclarés morts et où j'étais né. Le centre-ville était à un kilomètre et demi à ma droite. Devant et derrière moi... le reste du monde.

Parfois, il faut prendre conscience de l'endroit où on est.

Aux pompes funèbres, tout était prêt. Les invités avaient déjà commencé à arriver. Billie s'occupa de l'entrée ; je me postai juste derrière les portes du salon funéraire, serrant des mains et distribuant des programmes. Nous avions disposé les chaises en un croissant de lune aussi grand que la pièce le permettait, avec une grande allée au milieu. L'équipe télé avait assez de place au fond pour couvrir l'événement. La veille, ils étaient venus accrocher quelques lampes, principalement à l'avant, là où se trouvait le cercueil. Elles étaient déjà allumées. Elles brillaient du feu de l'enfer.

Je devais découvrir plus tard qu'outre le message de Kate que je n'avais pas écouté, il y en avait quelques autres au bureau que j'avais aussi omis d'ouïr. Aussi fus-je pris totalement au dépourvu par l'arrivée des deux principaux prétendants au poste de gouverneur du Maryland et de leur cour. Ils arrivèrent à cinq minutes l'un de l'autre.

Spencer Davis se pointa le premier. Je venais juste de récupérer une pile de livrets. J'étais en train d'en fourrer un dans la main de quelqu'un lorsque ladite main s'agita, prit la mienne et la serra fermement.

— Bonjour.

Il était là. Le candidat. Bien qu'il eût atténué son sourire gigawatt pour la circonstance, il n'en restait pas moins un fringant jeune libéral. Il faisait à peu près ma taille et même avec les cheveux bien plaqués sur le crâne, sa coupe paraissait encore enfantine. Ça lui donnait un air malicieux, malgré la gravité qu'il affichait à ce moment-là.

— Hitchcock Sewell.

— Puis-je vous présenter ma femme ?

Ben oui, pourquoi pas ? Il me présenta une femme agréable, un tantinet timide me sembla-t-il, mais luttant vaillamment contre. Elle avait le pourtour des yeux assombri, ce qui faisait penser – malheureusement – à un raton laveur. Coupés aux épaules, ses cheveux noirs étaient tissés de toute une toile d'araignée de gris prématuré. Je n'avais aucune difficulté à imaginer Mme Davis pendant ses années de fac : vêtements amples, pas de soutien-gorge, pas de chaussures, distribuant des tracts de protestation contre Dieu sait quoi, fumant beaucoup d'herbe, peignant des fleurs sur la joue de son petit ami, ouvrant d'un geste vif la porte coulissante d'un Combi VW pour s'entasser dedans avec ses camarades. En d'autres termes, une jeunesse légèrement rebelle, avec beaucoup plus de courage activiste que je n'en voyais à présent dans la femme dont la main de hamster glissait déjà hors de la mienne.

Quelqu'un qui serait capable de lire l'avenir d'une personne rien qu'en lui serrant la main pourrait gagner des millions de dollars. Il y a eu un film là-dessus. Lire son passé de la même manière, quelque part, c'est plus un «truc» de croque-mort.

Le candidat et sa femme trouvèrent des places non loin du premier rang. Le coordinateur de campagne de Davis, un Monsieur La Tristesse prénommé Bill, entra en flèche dans la pièce et me dit qu'il m'avait laissé plusieurs messages urgents pour me prévenir que Spencer Davis assisterait à l'enterrement.

— En quoi était-ce urgent? voulus-je savoir.

Je lui montrai M. et Mme Davis, assis, lisant leur livret.

— Il a l'air de se débrouiller très bien.

— Je... enfin... les caméras... Je...

— Je vois, dis-je. Tout va bien, alors?

Coordinateur Bill ne savait pas trop quoi dire.

Tante Billie et moi avions posé des cartons «Réservé» sur une douzaine de chaises les plus proches de l'avant. Mme Simons en occuperait une, bien entendu. Jeff était fils unique, ainsi que célibataire. Le facteur famille ne jouerait pas un grand rôle aujourd'hui.

— Pour qui sont ces places réservées? demanda Bill. Ou plus exactement, exigea-t-il de savoir.

— Météo, sport, actualités et divertissements, répondis-je. Et service abonnés. Peut-être même la fille qui tire la loterie.

Bill avait l'air déconcerté :

— Quoi?

— Ses collègues. Vous pourriez avancer un peu? Vous bloquez la porte.

Bill obéit. À l'évidence, la disposition n'était pas à son goût. Les spots télévisuels n'atteignaient pas son poulain.

Certains desdits collègues de feu le présentateur du journal étaient à présent en train d'arriver. Des gens de télé. Je détectai une pointe de malaise chez certains d'entre eux. Ces gens-là sont habitués à sourire dès qu'ils sont en public ; un sourire généralement collé à la superglue. Mais là, c'était un enterrement. Il fallait qu'ils arborent leur tête d'enterrement. Meurtres en série. Tornades assassines. Le lamentable échec des Orioles en soixante-dix-neuf alors qu'ils menaient par trois points… *trois points !* et n'ont pas réussi à l'emporter. Je menai les visages troublés vers les chaises qui leur étaient réservées. Mimi Wigg était parmi eux, bien entendu. Sa peau était… allez, sincèrement : cadavéreuse. Terne et brillante à la fois. Je lui tendis un livret et l'invitai à s'installer à l'avant.

Tout à coup, je me retrouvai face à face avec une blonde étourdissante. La dernière fois que je l'avais vue, elle n'était pas tout à fait en tenue d'enterrement.

Tel un pic des Rocheuses, Alan Stuart surgit derrière sa femme. Sommet enneigé et tout le tintouin.

— M. Sewell, c'est bien ça ? Mon directeur de campagne m'a parlé de vous. Il posa une grande main sur l'épaule de sa femme. Je ne crois pas que vous connaissiez ma femme ?

Je pris la main tendue. Pas de « truc » de croque-mort, cette fois. Inutile. Fille de millionnaire. Mauvaise et froide. C'est pas dur, ça ?

— Comment allez-vous, Mme Stuart ?

— Bonjour, M. Sewell. Enchantée de faire votre connaissance.

Pur effet de ma fierté léonine ou bien avais-je détecté un petit éclair lumineux dans ses yeux bleus de glace ? Cette dame me faisait-elle de l'œil avec son mari juste derrière ? Par-dessus la tête de sa femme, Alan Stuart m'offrit une sorte de sourire intime, presque comme pour dire : « Je sais ce qu'elle vient de faire. Elle le fait tout le temps. Vous n'avez qu'à laisser couler. »

Ce que je fis.

— Vous connaissiez bien M. Simons? demandai-je.

Question d'usage dans le métier. Je me rendis compte que mes mains étaient moites.

Amanda Stuart répondit :

— Oui. Il soutenait Alan. Impartial à l'écran, évidemment. Jeffrey avait du tact.

— J'ai vu votre frère hier soir, dis-je, changeant rapidement de sujet.

Arquage d'un sourcil.

— Ah?

— Oui. Il sort avec mon ex-femme. Que je vois toujours. Enfin, pas de la même manière, bien entendu.

Une brèche s'ouvrit dans la glace : Lady Stuart fronça les sourcils.

— M. Sewell plaisante, Amanda, dit soudain Stuart. Il tendit la main et serra gaillardement la mienne. Peut-être pourrions-nous discuter après l'enterrement.

Ce n'était pas vraiment une proposition. C'était un ordre poliment exprimé. On *va* discuter.

Stuart désigna les premiers rangs.

— Ces places sont réservées?

— Oui.

— Bien, merci.

Alan Stuart m'égratigna. Sa femme me poignarda d'une arme blanche, bien profond, pile entre les deux yeux. Et ils s'en furent. Charmant couple.

Coordinateur Bill commença à s'agiter en voyant Alan et Amanda Stuart se glisser sur deux des sièges réservés, juste à côté du reporter sportif préféré du public. La minicam enregistrait tout. Coordinateur Bill se faufila jusqu'à moi.

— Qu'est-ce que ça veut dire?! J'exige que Spencer siège dans la section VIP!

— Il n'y a pas de section VIP. Ces chaises sont réservées à la famille et aux amis proches.

— Alan Stuart n'était pas un ami de Jeff Simons. Ils se détestaient.

— Ce n'est pas moi qui l'ai mis là. Il s'est servi tout seul.

— Sale connard arrogant !

Coordinateur Bill partit en coup de vent. Je me demandai s'il parlait de moi.

La salle se remplit. Comme Billie l'avait prévu, nous fûmes débordés. Beaucoup de gens étaient visiblement des fans, pas des amis ni de la famille. Un certain nombre d'entre eux étreignaient des photos de feu Jeff Simons. Un peu tard pour les autographes. J'accompagnai M\ :sup:`me` Simons à sa place. Au moment où nous entrions dans l'allée, elle s'arrêta soudain pour exécuter une petite révérence religieuse. Je manquai lui marcher dessus.

En repartant vers le fond du salon, je croisai le regard d'Alan Stuart. Sévère et mécontent. Je me souvins de ce que Hutch m'avait dit dans le parc du Washington Monument. Que Stuart voie toujours Kate ou non – et j'étais sûr et certain que non – il n'en restait pas moins possessif à l'excès. Au minimum, c'était ma liaison avec Kate qui me valait cette rogne. Je suppose que ça ne lui suffisait pas, de pouvoir exhiber la bombe sexuelle pleine aux as assise à côté de lui. Certes, si je devais en croire Hutch, Stuart me soupçonnait également d'essayer de le faire chanter et de détruire sa carrière, sans parler de meurtre. Je déviai ma route et m'approchai du rang où Spencer Davis et sa parfaite épouse sans chichis étaient assis en silence et – je vous jure – se tenaient la main.

— M. Davis, Madame, voulez-vous vous installer à des places, euh… plus en vue ? Je ne voulais pas que vous soyez relégués à l'arrière comme ça.

Davis regarda vers… bon, d'accord, vers la « section VIP ». Alan Stuart nous observait. Parfait.

— C'est gentil, M. Sewell. Mais je crois que ces spots incommoderaient Beth. Nous sommes très bien, ici.

Impulsivement, je lui pris la main pour la serrer. Il répondit en me tapotant chaleureusement le bras.

— Merci quand même.

Je dus lutter pour ne pas adopter la démarche fiérote de l'Artaban moyen en remontant l'allée. Et toc ! J'ai Kate Zabriskie et *en plus*, je fais pote avec ton adversaire. Je repoussai ma testostérone d'un revers de l'épaule et retournai au fond de la pièce.

Hutch était là. Il bavassait avec l'équipe de télévision et ne remarqua ma présence qu'après que le prêtre eût pris place derrière le cercueil, reçu mon assentiment de la tête et commencé son laïus. Alors, il s'approcha de moi et se pencha à mon oreille, tout chuchotements.

— J'ai eu ton message. Tu te goures complètement.

— La vérité blesse ?

— Tu fais complètement fausse route, sur ce coup-là.

— Qu'est-ce qui t'arrive ? Deux platitudes pour le prix d'une ?

— Alan va t'enterrer, Hutch. Tu as mal choisi tes ennemis.

— Tu sais ce que j'ai appris, Hutch ? On ne choisit pas ses ennemis. Ils se pointent, c'est tout.

Hutch me regarda.

— Faut qu'on cause.

Il s'éloigna pour retourner à ses activités d'attaché de presse. Hutch *et* Alan Stuart. Qu'est-ce qu'ils mijotaient ? M'entraîner dans l'arrière-cour et me tabasser ? Je pourrais peut-être les faire patienter jusqu'au retour de Lou Bowman ? Comme ça, tout le monde pourrait s'y mettre en même temps.

Je recentrai mon attention sur le prêtre, qui expliquait à une pleine salle d'adultes que Jeff Simons reposerait dorénavant avec les agneaux et les lions. Le paradis comme un zoo pour enfants. Mais qui donc peut inventer tout ça ?

Plusieurs panégyriques étaient prévus au programme. Évidemment, celui de Mimi Wigg était le plus attendu. Si j'avais espéré que la journaliste de poche nous régale des détails des dernières extases terrestres de Simons, j'aurais été déçu. Au lieu de ça, la présentatrice à tête démesurée nous offrit de mignonnes anecdotes sur les coulisses de son défunt collègue. La minicam filmait tout. Je compris qu'en réalité, le maquillage cadavéreux que j'avais remarqué sur Mimi Wigg à son arrivée était sa peinture télé.

Mimi Wigg avait choisi pour son éloge le style enjoué qui leur avait si bien réussi, à Jeff et elle, pendant qu'ils avaient partagé l'antenne. À ma grande surprise, en plein milieu de ses heureux souvenirs de Jeff, la mini-journaliste improvisa. Elle se baissa pour saisir une télé en terre-cuite – d'où émergeaient des marguerites jaunes – et posa cette saleté sur le cercueil. Soudain, ce fut Jeff et Mimi à nouveau réunis, pour la dernière fois. La minicam s'en reput : un plan inestimable, facile, incontestablement vulgaire… bref, de la grande télé.

Mon admiration tiédasse du culot de la lillipujournaliste à grosse tête fut soudain interrompue par la stridulation d'un criquet, que je ne reconnus comme une sonnerie de téléphone mobile qu'en voyant Hutch arracher le bidule en plastique de la housse accrochée à sa ceinture. L'appel fut bref et visiblement troublant. Des nuages menaçants se rassemblèrent à une vitesse étonnante. Hutch cracha quelques mots, puis raccrocha. Immédiatement après, il composa un autre numéro et scruta l'avant de la salle. Je suivis son regard. Alan Stuart eut un petit sursaut, mit la main dans sa veste et en tira quelque chose qu'il regarda. De ma place, je ne voyais pas ce que c'était, mais il devait s'agir d'un bip, car il se tourna à demi sur sa chaise et trouva le regard de Hutch. Il murmura quelque chose à sa femme, se leva et prit l'allée centrale. L'espace d'un instant, Mimi Wigg perdit sa contenance. Mais en professionnelle chevronnée qu'elle était, elle réussit à transformer l'interruption en une pause théâtrale. Elle embrassa la foule du regard avec un sourire mielleux.

— Jeff aimait tellement faire des reportages sur les zoos. Il était *merveilleux* avec les animaux... absolument génial...

Alan Stuart arriva à toute berzingue au fond de la pièce. Hutch était déjà dans une autre conversation téléphonique. J'entendis une autre stridulation et vis l'un des journalistes assis à l'avant décrocher son portable. Quoi, j'aurais dû confisquer tous les mobiles à l'entrée ? Mimi Wigg laissa passer un nouveau silence, puis poursuivit avec une tension accrue dans la voix. Je crois qu'elle se rendait compte qu'elle était en train de rater quelque chose. Elle voulait en finir. Salut, Jeff, contente de t'avoir connu, faut que je file.

Alan Stuart fit signe à Hutch de raccrocher. Il lui donna exactement une seconde avant de lui arracher le téléphone des mains et de fermer le clapet. Hutch se pencha vers lui et lui parla en chuchotant. Son patron ne répondit pas de même :

— *Merde !*

Des têtes se tournèrent. Stuart s'en foutait. Les spectateurs amassés dans le hall d'entrée poussaient en avant pour apercevoir Mimi Wigg. Stuart et Hutch étaient déjà à la porte, essayant de fendre la foule compacte pour sortir. Je m'avançai.

— Que se passe-t-il ?

— C'est ce putain de Lou Bowman ! cria Hutch.

Lou Bowman ? Mon sang se glaça.

— Quoi donc, Lou Bowman ?

Alan Stuart perdit patience. Il fonça dans la masse et

commença à pousser les gens. Les électeurs reculèrent. Hutch lui emboîta le pas. Pendant que Stuart et lui avançaient tête baissée, il brailla par-dessus son épaule :

— On lui a tiré dessus !

Chapitre 37

Lou Bowman était dans un état critique à l'hôpital Union Memorial. Sa chambre était sous surveillance policière.

Alors, pourquoi je ne me sentais pas en sécurité ?

En termes de nouvelles, ça n'en aurait peut-être pas été une bien grande, sauf l'identité du tireur présumé.

Kate Zabriskie.

J'avais mes obligations. C'était un trop gros enterrement pour le refiler à Billie toute seule. Nous attendions plus de monde encore au cimetière et je ne pouvais tout simplement pas m'y dérober. Nous avons achevé les festivités du Salon deux-en-un. Les collègues de Simons – plus un oncle qui avait l'air bien parti pour être mon prochain client – chargèrent le cercueil sur l'épaule et l'emmenèrent jusqu'au corbillard qui l'attendait. Sam était impatient de rencontrer Mimi Wigg mais, malheureusement pour lui, la lillipujournaliste partit vers la gauche quand le cercueil bifurqua à droite. Sans aucun doute, on la rappelait à la chaîne pour traiter l'attentat à la vie de l'ex-détective de police Lou Bowman. J'avais empoigné le journaliste dont le téléphone avait sonné pendant la cérémonie. C'est lui qui m'avait dit que Kate était recherchée, en relation avec les événements.

Dehors, Spencer Davis et sa femme vinrent me trouver.

— Que se passe-t-il ?

— Quelqu'un s'est fait tirer dessus.

— Qui ?

— Un dénommé Lou Bowman. C'était...

— Je sais qui c'était, m'interrompit Davis. Il semblait terriblement remué. Ils ont un suspect ?

Je ne voulais pas dire qui.

— Pas en détention, dis-je.

Davis m'envoya alors au tapis. Sa douce et pacifique épouse ne cilla même pas.

— C'est Kate Zabriskie ?

Silence, les enfants, renvoyez-moi me coucher... Comment diable avait-il trouvé *ce nom-là* ?

Davis entendit ma question tacite. Probablement en voyant ma bouche bée.

— J'ai vu le détective Zabriskie hier soir, expliqua-t-il. Je n'ai pas de temps à perdre.

— Vous avez vu Kate ?

— Hier soir. Elle a appelé à mon bureau en fin de journée, disant que c'était urgent et qu'elle devait me voir tout de suite. Entre autres, elle avait, euh... quelque chose qu'elle pensait qu'il fallait que je voie.

À ce moment précis, Amanda Stuart passa juste à côté sans même un regard pour nous et monta dans une voiture noire.

Spencer Davis me regarda, puis regarda sa montre.

— Écoutez, M. Sewell, pourrais-je vous demander de me rendre un service ? Il va falloir que je retourne au bureau pour m'occuper de ça. Je suis très ennuyé de partir au beau milieu d'un enterrement.

J'allais observer qu'Alan Stuart n'avait exprimé aucun embarras particulier à devoir partir tôt, mais laissai couler.

— Pourriez-vous accompagner Beth au cimetière ?

Il se tourna vers sa femme :

— Tu veux bien me représenter ?

Elle acquiesça.

— Parfait. Merci.

Davis posa un baiser sur la joue de sa femme, puis se tourna vers moi et me serra à nouveau l'épaule. Apparemment, c'était son truc.

— Merci, M. Sewell. Mlle Zabriskie m'a dit combien vous l'aviez aidée. J'apprécie beaucoup. Sachez que mes services feront tout leur possible pour l'assister dans cette affaire. Mais avant tout, il faut la retrouver saine et sauve. Savez-vous où elle a pu aller? Un endroit auquel personne d'autre n'aurait pensé?

Là, comme ça, non. Ou peut-être que si, mais j'avais l'esprit un peu handicapé, à ce moment-là.

— Non, je ne vois pas.

— Si vous pensez à quelque chose, appelez-moi sur ma ligne directe. Beth vous donnera mon numéro personnel. Ne vous inquiétez de rien, M. Sewell. Nous allons régler tout ça.

Il pétrit une fois encore mon épaule puis fit un signe à Coordinateur Bill. Tous deux montèrent dans une voiture. Bill me lança un regard hostile juste avant de fermer la porte. Je notai mentalement d'ôter le signe «détestez-moi» qui devait avoir été collé sur ma veste.

Le cercueil était dans le corbillard. Sam referma le hayon.

— C'est bon, patron.

Je tendis mon bras à Beth Davis.

— On y va?

J'étais un peu anxieux, au cimetière. Comme prévu, l'affluence fut considérable – au point de piétiner les tombes avoisinantes. La mésaventure de l'ex-détective Lou Bowman avait privé la liste d'invités de quelques-unes de ses huiles. Mais les fans de Jeff Simons furent remarquables. J'installai Beth Davis sous le dais, juste derrière Mme Simons. Amanda Stuart avait disparu. Apparemment, elle n'avait pas ressenti le besoin de

363

représenter son mari au cimetière. Je présentai Beth à Mme Simons. La plus jeune offrit à la plus vieille des condoléances des plus touchantes.

— Voulez-vous que je vous dépose quelque part ? demandai-je à Beth Davis lorsque la cérémonie fut terminée.

Elle regarda sa montre.

— Normalement, je sers à la soupe populaire de Cherry Hill. Mais il est un peu tard. Quoique, j'imagine que je peux toujours donner un coup de main pour la vaisselle.

— Vous êtes bénévole à la soupe populaire ?

— Le mardi et le jeudi.

— Vous plaisantez ?

— Il y a beaucoup de personnes âgées dans ce quartier. Qui ne touchent qu'une retraite ridicule. Pourquoi ?

— Oh, comme ça.

J'aurais volontiers conduit la citoyenne dévouée jusqu'au bout du monde, mais elle me soutint que l'angle Calvert et Lombard ferait très bien l'affaire.

— Vous allez prendre le bus ?

— Oui.

Dites, combien de fois on a le droit de voter ?

De retour au bureau, je bondis sur le téléphone qui sonnait quand je passais la porte.

— M. Sewell, détective Kruk.

— Détective Kruk, bonjour.

— Vous allez bien ? Vous avez l'air hors d'haleine.

— Oui. Les deux. Je… qu'est-ce qu'il y a, détective ? Qu'est-ce qui se passe ? Je contournai le bureau et me laissai tomber dans mon fauteuil. Que puis-je faire pour vous ?

— Me dire où trouver le détective Zabriskie.

Ce n'était pas vraiment formulé comme une question.

— Malheureusement, je ne peux pas. J'aimerais bien.

— Vous êtes au courant de ce qui s'est passé.

— J'ai entendu dire qu'on avait tiré sur Lou Bowman.

— C'est exact.

— Comment va-t-il ?

— Il est toujours en salle d'op. Apparemment, il a été touché cinq fois.

Cinq fois ?

— Si vous savez où on peut trouver le détective Zabriskie, M. Sewell, vous avez l'obligation légale de me le communiquer. De toute façon, ça vaut mieux pour elle. J'espère que vous avez l'intention de coopérer.

— N'essayez pas de m'intimider, détective. Je vous l'ai dit, je ne sais pas où elle est. Et j'aimerais le savoir.

— J'aimerais aussi que vous le sachiez.

— Vous pouvez me dire ce qui s'est passé ?

— L'enquête est en cours.

— Alors dites-moi pourquoi vous soupçonnez Kate.

Évidemment, je connaissais déjà la réponse. Et je supposais que Kruk savait que je savais. Sa réponse me surprit.

— Nous avons un témoin oculaire.

— Hein ?

— Elle dit qu'elle vous connaît. Voulez-vous parler avec elle ? Elle est dans pièce d'à côté, attendez.

Le téléphone se tut. Et vingt secondes plus tard, qui devait prendre la ligne, sinon ma chère ex-femme à moi ?

— Hitch ? Hé, mec, je dois avouer que ta copine est super douée avec sa pétoire, là.

— Julia, qu'est-ce que c'est que ce bordel ? Kruk m'a parlé d'un témoin oculaire. Tu as… ?

— Longue histoire, Hitch. La police refuse que j'en parle à qui que ce soit, pour l'instant.

— On l'emmerde, la police ! Qu'est-ce qui s'est passé ? Comment tu as pu y assister ? C'était où ? Elle va bien ?

J'aurais pu continuer comme ça tout l'après-midi.

— Le détective va raccrocher pour moi si je commence à te raconter. Il me surveille, là. Elle baissa la voix. Il a une sacrée tignasse, ce type, hein ?

— Écoute, Jules, tu ne peux pas te tirer et m'appeler d'une cabine ? Ou venir ? Il faut que je sache ce qui se passe.

— Je suis avec Peter.

— Il était là aussi ?

La vache. Et moi qui étais ici, à enterrer un journaliste mort, pendant que tout se passait ailleurs.

— On est chez Peter. C'est ici que c'est arrivé. J'entendis une main venir étouffer le combiné et les voix embrouillées de Julia et de Kruk au loin. Ce que je réussis à comprendre venait de Julia. *« Qu'est-ce que ça peut bien foutre ? »* Elle revint en ligne.

— Il faut que j'y aille, Hitch. Je crois que ta copine est dans de sales draps. Puis, s'adressant à Kruk : C'est pas un putain de secret, ça, non ? Puis de nouveau à moi : Il faut que je te laisse. L'anti-Kojak est tout vert.

La voix de Kruk résonna soudain.

— J'arrive. Ne bougez pas.

Il raccrocha.

Ne bougez pas. Où est-ce que j'aurais été ? Je repoussai les papiers et tambourinai sur mon bureau en essayant de faire le tri dans les derniers rebondissements. Kate avait tiré sur Lou Bowman et l'avait grièvement blessé, chez Peter Morgan. Comment ? Qui avait provoqué qui ? Est-ce que Lou Bowman avait suivi Kate et essayé de la tuer ? Ou bien était-ce Kate qui avait pourchassé l'homme qui avait tué son mari pour de l'argent ? J'espérais contre tout espoir que c'était la première solution, que Kate avait tiré sur Lou Bowman en légitime défense. Mais je fus traversé d'un frisson lorsque, sans le vouloir, j'imaginai Kate quelque part par-là, le flingue qu'elle tenait fermement des deux mains tressautant alors qu'elle tirait un... deux...

trois... quatre... bordel, *cinq* coups. Alors même que j'essayais de chasser cette image de mon esprit, je connus la vérité. Les coups de feu tirés contre Lou Bowman ne *pouvaient pas* relever de la légitime défense. Si ç'avait été le cas, pourquoi Kate ne s'était-elle pas immédiatement rendue à la police ? Pourquoi était-elle toujours en cavale ? Et pourquoi tant de balles ? Non. Le moment était venu que Lou Bowman paie son crime. Je le voyais dans la scène qui m'était apparue. C'était l'heure du talion.

Et Julia y avait assisté. Comment ? Est-ce que la fusillade avait eu lieu *dans* la résidence de Morgan ? Est-ce que Julia regardait à la fenêtre par hasard, juste au bon moment pour assister à l'horrible scène qui se déroulait sur la pelouse devant l'entrée ? Et puis d'abord, que faisaient Kate et Bowman chez Morgan ?

Je pouvais répondre à cette dernière question. À peu près. Epoch Ltd. Je me rappelais le visage glacial de Peter Morgan, la veille au soir, quand j'avais évoqué le nom de la société au conseil d'administration de laquelle siégeait sa super salope de sœur. Il avait menti en disant n'en avoir jamais entendu parler. Pourquoi ?

J'appelai les renseignements et demandai à la voix mécanique le numéro d'Epoch Ltd. Une voix humaine reprit la communication pour me dire qu'ils n'avaient rien à ce nom.

— Il y a un *Epoch Livres* et un *Epoch Consultants*.

Je demandai les coordonnées des seconds. L'adresse était en centre-ville, pas à Hunt Valley. J'appelai quand même. Une voix très gentille répondit très gentiment à mes questions.

— Nous sommes un cabinet de chasseurs de têtes.

Oh.

— Vous n'auriez pas des bureaux à Hunt Valley ?

— Non, monsieur, mais nous y réalisons beaucoup de placements.

— Vous n'auriez pas une boîte postale là-bas, par hasard ?

C'était complètement débile. Je perdais mon temps. Il était évident que Kate avait balayé ce coin-là jusqu'au seuil de leur porte.

— Non, monsieur. Pas que je sache.

— Est-ce que le nom d'Amanda Stuart vous dit quelque chose ?

— Non, monsieur.

Je raccrochai et scrutai désespérément les murs de mon bureau. Auquel grimperais-je en premier ? Je ne pouvais pas rester là les bras croisés. Il fallait que je réfléchisse. Epoch Ltd. D'accord. Quelles que soient les autres affaires que cette entreprise prétendait traiter, l'une de ses activités mensuelles consistait à payer Lou Bowman pour avoir tué un collègue. Amanda Stuart siégeait au conseil d'administration d'Epoch. Amanda Stuart était la sœur de Peter Morgan. Bowman avait été blessé par Kate chez Peter Morgan. Je devais donc supposer que Morgan connaissait Bowman. Je repensai à la petite planque pépère de Bowman là-haut à Heayhauge. Et à son bateau. Sa Jeep flambant neuve. Un sacré paquet de versements, tout ça. Epoch Ltd. avait à l'évidence les poches bien pleines. Et je commençais à avoir ma petite idée sur la personne qui pouvait bien les remplir.

Je décidai de rappeler les renseignements. Le numéro privé de Peter Morgan n'était sans doute pas dans l'annuaire, mais ça valait le coup d'essayer. Il fallait que j'arrive à parler à Julia. Je voulais qu'elle sorte de chez lui.

Le téléphone sonna à la seconde où je le touchais. Je décrochai brusquement.

— Bob ?

— Non, excusez-moi, vous avez dû faire un... Carol ?

— Salut, Bob, ça boume ?

Je n'ai jamais vraiment su ce qu'on était censé répondre à cette question.

— Autant que faire se peut, dis-je prudemment.

— Peut-être bien que tu as envie de passer me voir, Bob.

Peut-être bien que j'avais envie de faire la roue à poil dans les rues de Baltimore au milieu d'un orage impromptu ?

— Je ne crois pas, Carol.

Elle insista.

— Peut-être bien que tu veux y réfléchir à deux fois. Peut-être bien que c'est la seule et unique chose dont tu aies envie, tout de suite maintenant. Peut-être même que c'est important. *Peut-être* que j'ai quelqu'un qui veut te voir.

Peut-être bien que je commençais à saisir le message. Kate.

— Peut-être bien que j'arrive, dis-je.

— Peut-être bien que c'est une bonne idée.

Clic.

Pas de peut-être. Elle avait catégoriquement raccroché.

Je volai comme le vent. Deux pâtés de maison et au bout de la jetée.

— Carol Shipley, demandai-je hors d'haleine au réceptionniste. Elle m'attend.

Il appuya sur un bouton de l'interphone.

— Votre nom ?

Sans hésitation :

— Bob.

Le type plongea pour parler dans l'interphone.

— Il y a un Bob qui vous demande, Mlle Shipley.

La voix de Carol grésilla dans le minuscule haut-parleur.

— Faites-le monter.

J'étais déjà dans la cage d'escalier. Trop stressé pour

l'ascenseur. Je montai façon Groucho Marx, ventre à terre et à grands pas, trois ou quatre marches à la fois. Très efficace.

Carol m'attendait à la porte, l'air sombre.

Kate était assise sur le sofa. Elle leva la tête au moment où je m'arrêtais, vacillant. Presque tout en elle était plus noir que d'habitude : ses cheveux, ses yeux, même sa bouche. Je finis par comprendre que c'était par contraste avec sa peau, blanche comme un œuf.

— Bonjour, Hitch.

C'est alors que je remarquai qu'elle serrait son bras gauche, au niveau de l'épaule. Elle portait un tee-shirt et des jeans. Sous sa main, une bande de gaze rose tenait maladroitement sous un sparadrap.

Je m'approchai du sofa et m'assis à ses côtés, avec précaution, comme si Kate était une porcelaine sur un guéridon branlant. Elle était en train de perdre le combat qu'elle menait pour repousser la terreur de ses yeux. Bref concours de regards. Elle parla la première, en un murmure rauque.

— Il est mort ?

Je secouai lentement la tête.

— Il est au bloc opératoire. J'ai parlé avec Kruk.

— Kruk ?

— Il m'a appelé. Il te cherche.

— Tu lui as dit où j'étais ? sa voix était incroyablement fluette.

— Je ne savais pas où tu étais. Carol a appelé après lui.

Kate ferma les yeux et s'enfonça dans le canapé. Elle resta comme ça pendant une vingtaine de secondes. Je commençais à croire qu'elle s'était endormie quand ses yeux se rouvrirent et qu'elle me regarda à nouveau.

— C'est lui qui a tiré le premier, dit-elle, toujours dans ce même murmure rauque.

— Ne t'en fais pas, on en parlera plus tard. Tu dois voir un médecin.

Elle fit non de la tête.

— Je vais bien.

Je montrai la gaze rose.

— C'est du sang, ça, Kate. Nous les humains, on a besoin de garder ce truc à l'intérieur de notre corps.

— Je vais bien, répéta-t-elle.

Carol se tenait debout près de la porte de la cuisine.

— Tu vois ce que je veux dire ? Une vraie chieuse.

Ces mots tirèrent à Kate un léger sourire. Dans le port, un remorqueur émit un puissant *BLAAA !* Il était assez loin, mais Kate sursauta tout de même – puis se crispa.

— Montre-moi ça, dis-je.

— Hitch, tu n'es pas médecin. Pourquoi tu veux voir ? C'est une blessure par balle. Ça fait super mal. Ça ne va pas me tuer.

— Bien, dis-je en tapant des mains sur mes cuisses. Alors, les filles ? On va bouffer en ville ?

— Ne le prends pas comme ça.

— Alors ne sois pas si butée. Tu ne peux pas rester là avec une balle dans le bras.

— Je n'ai pas de balle dans le bras. Elle n'a fait que traverser.

Elle m'a obligé à le dire.

— Tu chipotes.

Nous gardâmes tous trois le silence un moment. Moment que je rompis en tendant la main pour dégager les cheveux du visage de Kate. Je les coinçai derrière son oreille. Enfin, j'essayai. La moitié retomba tout de suite. Les grands yeux noisette de Kate m'observaient attentivement.

— Il te faut des oreilles plus grandes, ma chérie, dis-je.

Tout à coup, sa tête fut contre ma poitrine et elle sanglotait. Tant mieux. Je lui caressai le dos.

— Tout va bien, dis-je. Continue comme ça. Tout va bien se passer.

Carol sortit discrètement de la pièce et nous laissa seuls. Nous restâmes ainsi enlacés. Kate murmura «je suis désolée» plusieurs millions de fois. Je n'essayai pas de l'arrêter. Il était temps que ça sorte. Je remarquai l'arme bleu argent de Kate posée sur un magazine au bord de la table basse. La couverture du magazine présentait la photo d'une actrice célèbre avec sa fille de six ou sept ans. L'arme pointait sur l'enfant. Moyen, comme montage.

Les sanglots de Kate se calmèrent enfin et elle se détacha de ma poitrine. Nous étions œil à œil, nez à nez. Au bout d'une autre minute, Kate renifla ses larmes et finit par trouver un sourire maladroit.

— Eh ben, hein ?

J'embrassai l'un après l'autre ses yeux mouillés.

— Okay, petite fille folâtre, dis-je. Est-ce qu'il est temps de raconter une histoire à tonton Sewell ?

Kate acquiesça.

— On boit un verre ?

Devant mon hésitation, elle ajouta :

— Putain de bordel de s'il te plaît ? Mon bras me crucifie. Ça me fera du bien.

J'appelai Carol. Elle passa la tête par la porte. Elle avait tout écouté.

— J'appelle la réception.

— Bourbon, dit Kate.

Pleurer lui avait fait du bien. En attendant l'arrivée de la bouteille de bourbon sur un chariot étincelant, Kate commença. D'abord par sa lecture attentive des dossiers fiscaux d'Epoch Ltd. Elle dit qu'en plus d'Amanda Stuart, deux autres noms figuraient au conseil d'administration. Elle dit aussi que la société n'avait jamais été particulièrement active. D'après ce qu'elle avait pu reconstituer, Epoch Ltd. était née plusieurs années auparavant pour réaliser en tout et pour tout deux transactions : achat, puis revente, d'un bout de terrain. Rien de transcendant. Là où ça devenait intéressant, c'était en voyant à quel point ils avaient rentabilisé leur investissement. Entre le moment où le conseil d'administration d'Epoch avait accepté d'acheter ce lopin de terre et l'année suivante, quand ils s'en étaient débarrassés, leurs poches collectives avaient engrangé la modique somme de dix millions de dollars.

Carol et moi répétâmes en chœur :

— Dix millions de dollars ?

— Exactement. Trois personnes. Un gâteau de dix millions.

— Qui étaient les deux autres ? demandai-je.

— Je doute que tu aies jamais entendu leurs noms. Mitchell Tucker et Joe Pappas.

Elle avait raison. Ça ne me disait rien.

— Qui c'est ?

— Mitchell Tucker. Avocat. Insignifiant, si ce n'est qu'il se trouve être le gendre de Harlan Stillman.

— Stillman, le sénateur ?

— Oui. Le mari de la fille du vieux gentilhomme. Moyen facile et rapide pour que le nom de Stillman reste en dehors du tableau tout en étant totalement de la partie.

— Et Joe Pappas ?

— Avocat également. Diplômé de la faculté de droit de Virginie. Tu as déjà été à Charlottesville ? Ils ont un campus magnifique, là-bas. C'est Thomas Jefferson qui a fondé l'Université. Il reste encore une bonne douzaine des vieux quartiers d'esclaves de l'époque, sur le campus. De petites cabanes transformées en logements pour les étudiants de troisième et quatrième année. Considérées comme résidences de prestige.

— Et l'oscar de l'ironie est décerné à…

— Devine avec qui Joe Pappas a partagé sa case, quand il était étudiant là-bas ?

— Étonne-moi.

— Alan Stuart.

— *Notre* Alan Stuart ?

Kate fit oui de la tête.

— Joe Pappas va se présenter au poste de gouverneur-adjoint dans une semaine.

Elle grimaça.

— Qu'est-ce qu'il fout, ce whisky ?

Comme répondant au signal, on frappa à la porte. Carol alla ouvrir. Un groom s'avança. Carol ne le laissa mettre qu'un pied dans la pièce, prit la bouteille et lui tendit un pourboire. Elle vint poser la bouteille près de nous, sur la table basse, à côté du flingue de Kate.

— Je vais chercher des verres.

Elle se dirigeait vers la cuisine lorsqu'on refrappa à la porte.

— Qu'est-ce que c'est encore ? marmonna-t-elle en ouvrant.

Je suppose que nous nous attendions tous à voir le groom. Je suppose donc que nous fûmes tous surpris lorsque, au lieu de lui, ce fut le détective John Kruk qui entra. Il remarqua à peine Carol en passant sous son nez pour entrer dans le salon.

— Bonjour, John, dit Kate.

Il fit un simple signe de tête, laconique, puis commença à lui lire ses droits. J'avais l'impression qu'à côté de moi, Kate fondait. Pourtant, quand je la regardai, elle était assise raide comme un i, écoutant de toute son attention la litanie de Kruk. Lorsque celui-ci eût terminé et demanda à Kate si elle comprenait ce qu'il venait de lui expliquer, elle leva le menton.

— De quoi suis-je accusée, John ? Attaque à main armée ?

— Plus maintenant. On m'a appelé pendant que je venais ici. Tu es arrêtée pour meurtre. Bowman est mort.

Kate se leva. Je me levai avec elle. C'était comme si

nous étions mus par les mêmes ficelles. Sauf que Kate en avait une paire supplémentaire, de ficelles. Qui avait commencé à la mouvoir à l'instant où Kruk avait prononcé le mot « mort ». Elle tirait sur les côtés de sa bouche. Et ça donnait à son visage un indubitable sourire d'indubitable satisfaction.

Kruk le vit aussi, clair comme de l'eau de roche. Il leva un sourcil.

— Charley, dit simplement Kate.

Kruk acquiesça. Il rabaissa son sourcil et emmena Kate Zabriskie en détention provisoire.

Chapitre 38

Le lendemain matin, le commissaire divisionnaire Alan Stuart chargea son directeur de campagne, Joel Hutchinson, de faire une déclaration. Pour «des raisons personnelles et professionnelles», lisait Hutch, la main tremblant littéralement, cramponnée à son texte, «le commissaire divisionnaire Stuart se retirait de la course électorale.» Hutch répondit au déluge de questions d'une façon qui ne lui ressemblait pas du tout: «Sans commentaires». Sa petite improvisation personnelle tint en un ânonnement anodin sur, ouvrez les guillemets, des considérations familiales, fermez les guillemets.

Deux jours après le forfait de Stuart, les lecteurs du *Baltimore Sunpapers* purent approfondir leurs propres «considérations» sur la famille d'Alan Stuart, et tout particulièrement sur Mme Alan Stuart, dont la photo graveleuse apparut juste au-dessus du pli du journal: les bras croisés sur la poitrine, elle fumait une cigarette au lit, le visage flouté d'un homme qui n'était évidemment pas son mari reposant sur ses cuisses vigoureuses. Il y eut quelque confusion, causée par les deux portraits qui illustraient l'article dans les pages intérieures. Il s'agissait de photos d'archives des défunts policiers Charley Russell et Lou Bowman. À défaut de lire l'article en entier, on pouvait avoir l'impression que l'un de ces deux visages était celui de l'homme qui utilisait la cuisse d'Amanda Stuart comme oreiller sur la première page. La tête de la fliquesse Kate Zabriskie apparut plus tard et enfin, Guy Fellows, en cliché ressemblant à une pub pour Crapule Belle-Gueule Inc. Pas étonnant que le grand public fût dérouté : tout était balancé en vrac dans le mixeur.

Parmi toutes ces photos, ma préférée en était une d'Amanda Stuart : elle descend d'une voiture et, ne passant pas inaperçue malgré ses lunettes de soleil, s'en prend au photographe. Ses lèvres sont retroussées comme un chien errant enragé et son brushing parfait est… euh, loin d'être parfait. J'avais un faible particulier pour cette photo, d'une part parce que c'était un cliché pas du tout sexy de la jeune femme et d'autre part, parce que j'avais plaisir à imaginer Alan Stuart confronté à ce genre de colère de façon – je l'espérais – quotidienne. Les Stuart étaient enfin virés de leur limousine dorée. Et la boue qui s'étalait devant la portière leur arrivait aux genoux.

Et ne cessait de monter.

Peter Morgan y entra aussi – et coula. Quatre jours après l'arrestation de Kate pour le meurtre de Lou Bowman, Julia m'appela pour me dire qu'elle avait rompu pour de bon avec Morgan.

— Je n'aime pas le mode de vie de l'autre moitié, me dit-elle.

Je lui rappelai que les Peter Morgan et les Amanda Stuart du monde n'étaient pas exactement l'autre moitié. Plutôt l'autre un-milliardième.

— Peu importe. Leur merde pue quand même.

Près de trois ans auparavant, Peter Morgan s'était arrangé pour qu'un lopin de terre sans valeur appartenant à une société ferroviaire soit vendu à une société nommée Epoch Ltd. La société ferroviaire avait acquis le terrain – site d'une usine de chromage depuis longtemps désaffectée – des décennies auparavant, avec le projet de s'étendre aux terrains attenants. Les plans d'expansion avaient avorté. Sans doute, les administrateurs de la société de chemins de fer ne pouvaient pas imaginer, lors de la vente, que le sénateur Harlan Stillman exercerait pendant les deux années suivantes une telle pression pour décrocher le contrat fédéral de la magnifique usine de traitement par pyrolyse (leur usine de recyclage de merde) et la faire construire ici, à Charm City. Ni que le gouvernement chercherait un terrain industriel adéquat sur lequel la bâtir. Bon, peut-être que les administrateurs ne le savaient pas, mais il semble à présent tout à fait clair que Peter Morgan, lui, avait eu vent du projet. Ainsi que son beau-frère, Alan Stuart. Le terrain fut donc vendu à Epoch Ltd. pour trois francs six sous. Évidemment, l'une des raisons de ce prix ridicule, c'était que celui-ci était encore jonché de centaines de fûts de déchets chimiques datant de l'époque de l'usine de chromage, dont beaucoup fuyaient et polluaient la terre de leur fange toxique. C'est ainsi qu'Epoch Ltd. acheta tout ça pour une bouchée de pain. Peter Morgan s'arrangea discrètement pour qu'un des entrepôts ferroviaires soit mis à disposition pour stocker les barils de déchets. De fausses étiquettes « gel de silice » furent collées sur les barils, ces derniers chargés dans un wagon et expédiés dans le Midwest. Et oh, surprise ! quand le gouvernement se mit à chercher un endroit où bâtir son usine, où croyez-vous que le sénateur Stillman ait orienté son attention ? Sur un terrain appartenant à une société dirigée en partie par son propre gendre et par la femme de l'homme que le sénateur Stillman espérait voir à la tête de l'État d'ici quelques années ?

À votre avis ?

Vous commencez peut-être à comprendre pourquoi tout ça était un peu déroutant pour le lecteur moyen du *Sunpapers*. Quel rapport entre un tas de fûts de déchets chimiques, une usine de recyclage, et les photos licencieuses de la femme d'un commissaire divisionnaire de police en situation délicate ? De prime abord, rien. Mais pour ceux qui ont tout lu jusqu'au bout, les pièces du puzzle ont fini par s'emboîter.

Le plan avait été concocté par Alan Stuart et son pote politique, le sénateur Stillman. Une arnaque bien foutue. En poussant Peter Morgan à négocier la vente du terrain et en installant sa propre femme au conseil d'administration de la toute jeune Epoch Ltd., Stuart pouvait faire dévier plusieurs millions de dollars de bénéfices nets jusque dans sa poche. Il en allait de même pour le sénateur Stillman, via son gendre, Joe Pappas.

Mais voilà qu'un beau jour, parfaitement ordinaire par ailleurs, le déraillement d'un train là-bas dans l'Indiana fit tomber d'un wagon plusieurs douzaines de barils faussement étiquetés, déclenchant des événements qui menaçaient de révéler au grand jour tous ces gains mal acquis. Des événements qui, à terme, risquaient de zigouiller plusieurs carrières politiques en herbe et une autre déjà vénérable et épanouie. Les vies politiques de Stuart, Stillman et Pappas, seraient tout simplement anéanties. C'est le pouvoir que détenait le détective Charley Russell à mesure qu'il s'approchait de l'origine des barils de déchets. Le pauvre homme n'a probablement même pas vécu assez longtemps pour en prendre conscience. C'est ce pouvoir qui lui valut d'être assassiné. Alan Stuart y veilla. L'accord passé avec Lou Bowman comprenait un bakchich de cinq mille dollars et une allocation à vie de cinq autres mille tous les mois, cash, livrés par Federal Express dans le magasin NAPA pièces détachées de son choix. Le fait que, cette nuit fatidique à Sparrows Point, Kate Zabriskie avait usé de son arme de service sur son propre époux juste au moment où Lou Bowman le visait lui-même n'avait fait qu'édulcorer le contrat crapuleux. Pour tout le monde sauf Kate, s'entend.

Question: pourquoi, alors, l'enveloppe FedEx de Bowman que Carol avait ouverte à Heayhauge contenait-elle huit mille dollars au lieu des cinq mille habituels?

Réponse: l'inflation du prix du meurtre. Kate m'expliqua tout ça le jour de sa libération sous caution: elle et Spencer Davis avaient tout reconstitué le soir où elle était allée le voir à son bureau pour lui donner la vidéo d'Amanda Stuart et Guy Fellows. Les cinq mille dollars que Lou Bowman recevait en billets intraçables étaient bien plus qu'un simple suivi de versement pour que Bowman tienne sa langue sur le meurtre de Charley Russell. Ils servaient également, comme Kate en avait émis l'hypothèse, à le garder sous contrat. Bowman avait tué pour de l'argent. Peut-être l'avait-il déjà fait avant Charley Russell. C'était un ripou agréé; on pouvait l'acheter. Ou du moins, le louer.

Et d'après Kate, c'était ce qu'Alan Stuart avait fait. Peu de temps après l'apparition au courrier des photos salaces de sa femme, Alan Stuart avait fait venir Loterie Lou de sa maison de Heayhauge et l'avait orienté sur Guy Fellows. Tout le monde savait que Lou Bowman avait été en ville cette semaine-là. Moi-même, je l'avais vu. Kate et Spencer Davis en étaient arrivés à la conclusion que Stuart avait dû assaisonner le pot-de-vin pour inciter Lou Bowman à tuer Fellows. Trois mille de plus par mois, ça fait trente-six mille de mieux par an, pas tout à fait le genre de salaire de misère auquel un détective de la police peut espérer arriver en fin de carrière. Kate et Davis avaient ensuite spéculé qu'après avoir tué Fellows, Bowman avait trouvé la vidéo mais ne l'avait pas livrée à Stuart. Il l'avait gardée pour lui. Assurance.

Le soir même où ils s'étaient vus, le procureur Davis avait actionné les rouages nécessaires pour organiser une fouille du domicile de Lou Bowman là-haut sur la falaise. Kate lui avait dit de préciser aux policiers de

Heayhauge d'être particulièrement vigilants sur toute vidéo de Walt Disney. Évidemment, parmi les quelques cassettes de la petite collection de Bowman, ils avaient trouvé une copie de *Fantasia*. Ou du moins, une cassette dans la boîte de *Fantasia*. Mais il n'y avait pas de petits Mickeys sur la vidéo. Pas d'apprenti sorcier balayant un déluge. Les vedettes en étaient Amanda Stuart et feu Guy Fellows. Ils faisaient un certain nombre de choses, certes, mais ne balayaient pas les déluges. La cassette était un fait décisif.

Une confession eût été bienvenue. Mais Kate avait tiré cinq balles sur Bowman devant chez Morgan. Et Bowman n'avait jamais repris connaissance.

Justice tardive… mais justice définitive.

Chapitre 39

En fin de compte, ce fut Julia qui rendit à Kate sa liberté. En tant qu'unique témoin oculaire de la rencontre entre Kate et Bowman, la reconstitution des faits dépendait sérieusement de ses dires. Et sa relation des faits cadrait avec ce que Kate m'avait dit chez Carol. Bowman avait tiré le premier. Non seulement il avait tiré le premier, mais il avait touché Kate au bras. La balle avait traversé son biceps.

La volée de retour de Kate avait, elle, transpercé la joue de Bowman, son poumon droit, son rein gauche, sa gorge et son cœur. Sacrée tireuse, ma copine.

On demanda à Julia si, à son avis, Bowman avait été calmé par l'une de ces balles en particulier. La question visait à essayer de déterminer si le détective Zabriskie avait fait preuve d'excès de force dans sa légitime défense en tirant sur Lou Bowman. Julia me dit qu'elle avait éclaté de rire à cette question. Incapable de se retenir.

— S'il a été *calmé* par *une* de ces balles en particulier ? Je vous en prie ! Je leur ai dit que chaque balle semblait le calmer un peu plus que la précédente. Je veux dire... *m'enfin !* Si c'était un excès de force ? De l'acharnement meurtrier ? Tu m'étonnes !

Kate fut libérée. Le bureau du procureur – Spencer

Davis – compila toutes les informations et déclara que le détective Kate Zabriskie avait tiré sur Lou Bowman en légitime défense. Le rapport recommandait aussi un congé payé exceptionnel de trente jours pour le détective Zabriskie. Kate fit mieux que ça : elle leur remit sa démission.

Elle rompit également avec moi. Elle refusa de m'expliquer son raisonnement, à part pour dire qu'elle avait besoin de couper les ponts avec tout et tout le monde. Je protestai.

— Ne repousse pas les gens qui tiennent à toi. Repousse les salauds et ceux qui veulent se servir de toi.

Nous étions au SOS. Kate avait été libérée un peu plus tôt dans la journée.

— J'ai besoin de temps pour réfléchir.

— Alors réfléchis ! Réfléchis tant que tu veux, Kate. Je t'en prie. Ce n'est pas moi qui vais t'en empêcher. Pourquoi tu ne prendrais pas un congé exceptionnel de trente jours de moi ? De tout le monde. Va quelque part dans le désert, à un endroit où il n'y ait que toi et du sable et rien d'autre sur des centaines de kilomètres à la ronde. Prends soixante jours. Prends autant de temps que tu en as besoin, Kate. Et *après*, tu décideras. Ne commence pas à claquer les portes *maintenant*.

Personnellement, je trouvais que c'était un assez bon conseil. Mais quand j'eus terminé, Kate se leva, se pencha pour m'embrasser doucement sur la bouche, puis sortit du Screaming Oyster... en laissant claquer la porte derrière elle.

Spencer Davis n'avait guère le temps de mener sa campagne. Mais bon, son seul adversaire sérieux était hors-course. En fait, son seul adversaire sérieux avait été mis aux arrêts une semaine après l'enterrement de Jeff Simons, et officiellement accusé de complicité de meurtre dans les affaires Charley Russell et Guy Fellows. Peter Morgan fut également accusé de complicité de meurtre et d'obstruction à la justice. À vrai dire, les accusations d'obstruction à la justice se distribuaient comme des pancakes dans le sous-sol d'une église. Le procès contre Morgan et les braves gens d'Epoch promettait d'être particulièrement inextricable. Le sénateur Stillman serait mis en examen pour ses manœuvres autour du petit bout de terrain sale, ainsi qu'Alan Stuart pour son rôle dans toute l'arnaque Epoch. Un joli bazar, pas à tortiller. Le genre de bazar qui me rend heureux de ne faire qu'enterrer les gens, et non de les poursuivre devant un tribunal. En comparaison, mon boulot, c'est du gâteau.

Alan Stuart niait tout. Aucune preuve directe ne le reliait aux meurtres de Guy Fellows ou de Charley Russell ; aucune preuve directe ne l'impliquait dans les versements mensuels à Lou Bowman. Il protesta devant la presse qu'il était persécuté parce que sa femme s'était révélée une traînée. Cette bonne vieille tactique de défense. Toujours gagnante. Tout le monde l'adore.

Amanda Stuart restait cloîtrée chez elle. Libéré sous caution, Alan Stuart s'installa dans son appartement de Bolton Hill. Un petit malin du *Sunpapers* fit remarquer que les fenêtres du rez-de-chaussée de la nouvelle piaule de Stuart avaient des barreaux. Spencer Davis saisit l'information au vol et déclara que Stuart avait bien raison de s'entraîner aux barreaux au plus vite, citation qui fut reprise moult fois par la suite. Bon sang, ce que le vainqueur en nous aime à pavoiser. Je ne sais pas comment Beth Davis dormit cette nuit-là ; j'avais l'impression que son mari avait dorénavant perdu toute capacité à éteindre son sourire gigawatt. Il lui montait jusqu'aux oreilles pratiquement à chaque fois que je le voyais aux infos.

Hutch fit également l'objet d'une enquête, mais fut lavé de tout soupçon. Il n'était au courant de rien au sujet du terrain. Et, bien sûr, il n'avait pas poignardé Guy Fellows. Une bonne demi-douzaine de fois, je décrochai mon téléphone pour l'appeler, mais toujours je le raccrochai avant d'avoir fini de composer le numéro. Un congé exceptionnel de cette amitié-là ne me semblait pas malvenu.

La vie continua. D'autres gens moururent. Je mettais mon costume sombre et mon visage triste et j'aidais leurs proches à leur dire adieu. Parfois, on me demande si ça ne finit pas par taper sur le système, d'être si souvent en contact avec les morts. Je ne sais pas. J'ai toujours trouvé que c'était un bon boulot. Je rencontre plein de gens, nombre desquels me vouent une reconnaissance insensée pour ce que je fais pour eux. Ça me permet d'observer la valse des comportements humains, parfois un menuet, parfois même un petit pogo, après quoi on me tend de gros chèques pour la peine que j'ai prise. Et puis aussi, je sors beaucoup. Entre les morts, je suis libre comme l'air. Mais si jamais j'ai envie de discuter en grignotant des amuse-gueules, je peux assister à un cocktail quasiment tous les jours.

D'accord, je sais bien ce que veut dire cette question, au fond. Tous ces morts. Vivre au pays de l'Adieu. Je ne sais pas ce que je peux répondre à ça. Peut-être que, juste par souci d'équilibre, un type comme moi devrait épouser une pédiatre. Ou mieux encore, une sage-femme. Le croque-mort et la sage-femme. Ça fait titre de mauvaise série télé, non ? Ma sage-femme courrait à toute heure du jour et de la nuit pour mettre au monde de nouvelles vies tandis que je passerais mes journées à refermer les couvercles de cercueil.

Un feuilleton comme ça ne tiendrait pas une saison. Ou peut-être que si. Mais je peux vous assurer que moi, je ne le regarderais pas.

Et puis de toute façon, ce n'était pas une sage-femme, que je voulais. C'était une ex-détective de police traumatisée aux cheveux noirs et aux jolies jambes longues. Traitez-moi de taré, je ne vous dirai rien.

Chapitre 40

Julia disait qu'elle avait besoin de se distraire. Ne le répétez à personne, mais j'ai comme l'impression qu'elle avait surtout besoin de remonter s'asseoir sur son piédestal en laissant pendouiller nonchalamment ses jambes. Elle voulait le pucelage Michael Goldfarb. Sous ses airs de fofolle, Julia n'est pas insensible et peut être blessée. Le fiasco Peter Morgan l'avait laissée un peu vexée, un peu en colère et un peu honteuse. Elle s'était fourvoyée. Pour se redresser, plusieurs avenues s'offraient à elle. Déflorer un puceau semblait la plus facile. Et la plus amusante.

Gil Vance fut transporté de joie lorsque Julia revint dans *Notre petite ville*. Sue la Chinoise n'avait pas fait l'affaire pour jouer Emily. Sa conception kabuki du rôle de l'adolescente bavarde avait épuisé les autres acteurs. Face à une Emily si maussade qu'elle en était presque hostile, ils avaient fini par ignorer purement et simplement le personnage et essayer de raccommoder leurs scènes par des causeries improvisées entre eux ou, parfois, en s'adressant directement au public. Une semaine avant la première, plusieurs membres de la direction du théâtre avaient assisté à une répétition générale. À la fin de la répétition, deux d'entre eux étaient sur la scène, jouant des morts pour le tableau final, un autre avait donné sa démission à effet immédiat et le dernier flirtait en coulisses avec la costumière. Le spectacle continuait.

Cette répétition avait été l'adieu aux planches de Sue la Chinoise. À la fin, elle était allée voir Gil pour lui suggérer une modification de dernière minute au script : au lieu de mourir de causes naturelles comme Thornton Wilder l'avait écrit, elle trouvait qu'Emily devrait se tuer. Elle argua que ce geste décisif correspondait mieux au personnage. Le tout, en monosyllabes. Le regard que le metteur en scène lui lança en réponse indiquait que, peut-être, il irait jusqu'à envisager que toute la population de Grover's Corners lapide la triste Emily jusqu'à ce que mort s'ensuive. Mais Gil se contint.

— C'est un peu tard pour le suicide, dit-il. Puis il ajouta : Mais j'y réfléchirai.

Et je suis sûr qu'il l'a fait.

Peu importe. Le lendemain, à la galerie, Julia discuta avec Sue et le changement d'Emily fut topé là. Professionnellement parlant, Gil fut enchanté du retour de Julia. Personnellement, il vit assez vite qu'il ne ferait pas le poids contre mon ex-femme face à Michael Goldfarb. Quand Julia apparut ce soir-là pour la répétition, Michael Goldfarb était plus que jamais son petit chien. Julia n'aurait aucun mal à le mettre en laisse. Assis. Parle. Demande. Couché… Il obéirait à la voix de sa maîtresse.

Quand nous parlâmes de *mon* fiasco, Julia fut aussi tendre qu'elle peut l'être.

— Je suis désolée, pour Kate, Hitch. Toute cette histoire est un putain de gâchis, pas vrai ?

Je ne pouvais qu'être d'accord avec elle.

— Elle reviendra peut-être, dit-elle pleine d'espoir. Elle a vu plus que son compte de sales types. Elle sait que tu es quelqu'un de bien. Laisse-lui du temps.

Je demandai à Julia de m'expliquer plus en détail ce qui s'était passé chez Peter Morgan.

— Qu'est-ce que Kate t'a dit?

— Presque rien. Qu'elle était allée là-bas pour confronter Morgan sur son rôle dans le meurtre commandité de son mari. Qu'après avoir vu le nom de sa sœur au conseil d'administration d'Epoch, elle était allée directement chez Morgan. Que Bowman était devant la porte d'entrée quand elle était arrivée et que quand elle était descendue de sa voiture, il lui avait tiré dessus. Et qu'elle avait riposté.

Julia ajouta simplement:

— C'est ce qui s'est passé.

— Tu étais à la porte?

— Je passais devant quand Bowman a frappé. Je lui ai ouvert juste au moment où Kate sortait de sa voiture.

— Kate lui a dit quelque chose avant qu'il lui tire dessus?

Julia prit mes lunettes Teddy Roosevelt sur le lutrin. Ses yeux rivés aux miens, elle entrouvrit les lèvres et souffla très méthodiquement sur chaque verre, puis tira sur un coin de ma chemise et les frotta. Elle me rendit les lunettes.

— Tu veux savoir?

— C'est pour ça que je te pose la question.

— Oui. Elle a dit quelque chose. Elle a crié un truc, « Hé, enculé! », je crois.

— Je vois.

Silence. Sur scène, un morceau de décor tomba. Je crois que c'était l'église.

Julia demanda enfin:

— D'autres questions?

— Juste deux.

Je regardais le noir du plafond. Il m'était plus facile de visualiser la scène là-haut.

— Est-ce que Kate avait déjà dégainé, quand elle l'a interpellé?

— Son flingue pointait droit sur lui.

— Je vois.

— Quelle était l'autre question ?

Je chaussai les lunettes. Ce n'était pas du verre lisse, mais la correction était très faible. Je voyais parfaitement, tout semblait juste très plat. Même le corps délicieux de Julia donnait l'impression que je pouvais le glisser sous mon bras comme un portrait en carton et partir avec.

— Mon autre question était : est-ce que tu as raconté ça à la police ? Que Kate était sortie de sa voiture et qu'elle pointait son flingue sur Bowman avant qu'il ait eu le temps de dire « bouh » ? Qu'elle l'a provoqué. Que c'est *lui* qui a tiré en légitime défense ? Tu leur as dit ça ?

Julia se mordit la lèvre inférieure pour se consulter.

— Il me semble me souvenir que j'ai omis ce détail.

— Rappelle-moi de t'offrir un verre un de ces jours.

— Inutile de me remercier, Hitch. Je n'ai pas aimé la façon dont ce type m'a regardée quand j'ai ouvert la porte.

— Oui, enfin bon… Je ne crois pas que ce soit pour ça que Kate lui a tiré dessus.

Julia leva les sourcils.

— Hitch, tu as déjà vu Kate tenir une arme ?

Je lui répondis que non. Elle roula des yeux :

— Waouh !

Je n'ai eu aucune nouvelle de Kate pendant toute la semaine suivante. J'ai laissé plusieurs messages sur son répondeur et une fois, je suis même allé jusqu'à chez elle en voiture, mais il n'y avait aucune lumière aux fenêtres. Kate avait dû suivre mon conseil et quitter la ville quelque temps. Son nom et sa photo étaient à nouveau dans les journaux et à la télé. Où qu'elle soit, tout plutôt que Baltimore devait lui sembler sympa.

Les instructions finales de Gil à la troupe de *Notre petite ville* le soir de la première se présentèrent ainsi :

— Je veux remercier chacun d'entre vous pour l'enthousiasme que vous avez montré à explorer les profondeurs de cette pièce magnifique. Et maintenant, défoncez-vous tous. Hitchock est votre régisseur. C'est votre pilote. C'est votre dieu. Hitch, je m'en remets à toi pour tout. Si jamais tu as l'impression que l'un des acteurs dérape – ou *invente* du texte – tu y vas. Tu parles. Tout le monde a bien compris ? Pas de soliloques improvisés, ce soir. Ce n'est pas le théâtre d'Improvisation, c'est le théâtre Gypsy. Vous êtes des acteurs Gypsy. Allez-y, prouvez-le !

Et parce que Gil est hargneux, et seul, et n'est qu'un homme après tout, il se tourna vers Michael Goldfarb, plongé dans la contemplation de ses doigts délicats.

— Ça vaut pour toi aussi !

J'écoutais à peine. J'étais préoccupé. Parmi les diverses fleurs et cartes de félicitations que j'avais reçues pour la première, il y avait un télégramme Western Union en papier bible. Envoyé de Las Vegas.

Hitch – je réfléchis toujours. J'aimerais pouvoir arrêter. Tu me manques. Merde pour la pièce. Love – Kate.

Je pris le télégramme avec moi sur scène et le collai sur le lutrin à côté de mon texte. À plusieurs reprises pendant la soirée, je manquai ma réplique parce que j'avais l'esprit ailleurs. Le message de Kate ne me laissait pas beaucoup de possibilités de déconstruction, mais j'essayai malgré tout. La seule partie réellement ambiguë était l'origine du télégramme. Las Vegas. Les éprouvettes de mon imagination bouillonnaient et fumaient à force d'essayer de comprendre ce que Kate pouvait bien foutre à Las Vegas. Quant au message lui-même, il était prudent mais plein d'espoir ; je ne pouvais rien en tirer de plus.

Comme je l'ai dit, je manquai quelques répliques à cause des trois cents coups d'œil que je jetai au télégramme. Je faillis également à la tâche d'Autorité Suprême que Gil m'avait confiée. Je les interrompis une fois, mais en règle générale, je restai debout là – l'air idiot dans mon casque colonial, mes montures métalliques et ma longue moustache – tandis que la troupe de *Notre petite ville* batifolait comme une compagnie de danse moderne débutante sur les cendres du Grover's Corners de Thornton Wilder.

Julia s'amusait comme une folle : elle avait attendu jusqu'à ce soir-là pour reconnaître l'existence même de Michael Goldfarb. Et pas seulement pour la reconnaître. Soudain, Michael était du pain et ma coquine ex-femme, du beurre chauffé à blanc. Bien que moins efficacement, les autres semblaient suivre la danse que menait Julia, et à la fin de la soirée on aurait presque cru qu'une attaque au gaz phéromone avait été lancée sur le bourg endormi. Les planches portaient une poignée de citoyens tout émoustillés, croyez-moi. À un moment, je baissai mes lunettes à monture métallique sur le bout de mon nez pour prendre toute la mesure du spectacle en gestation. *Notre petite ville* rencontre *Melrose Place*. Qu'il le veuille ou non, Gil Vance avait un putain de concept. Personnellement, je trouvais que ça marchait plutôt pas mal du tout.

Goldfarb et Julia apparurent à la fête de la troupe après environ une heure. Je l'appellerai dorénavant Goldfarb, au lieu de Michael, pour la bonne raison que quoi qu'il se soit passé entre le baisser de rideau final et leur arrivée à la galerie de Julia – où se déroulait la fête – cela avait à jamais métamorphosé le sombre jeune homme. Il flâna nonchalamment dans la galerie comme un taureau à grosses couilles fraîchement revenu de son Pâturage Idéal. Quant à Julia, son visage rayonnait autant que Times Square le soir de la Saint-Sylvestre. Nous échangeâmes quelques mots rapides, cryptiques. Moi d'abord.

— Piédestal ?
— Grave.

— Heureuse ?

— Youpi !

Une Libby Maslin pompette essaya de me conter fleurette. Raté. Ses fleurs ne m'intéressaient pas. Lorsque je m'esquivai – tôt – de la soirée, Libby était en train d'essuyer du vin sur la chemise d'un membre de la direction du théâtre, qui était déjà acculé au mur.

J'allai jusqu'à la jetée qui s'étend devant le Screaming Oyster. Arrivé au bout, je regardai au loin, par-delà l'eau d'encre. Le R était tombé du néon «Domino Sugar», de l'autre côté du port, ce qui lui donnait un air rigolo : «Domino Suga». À part ça, c'était le même bon vieux port que je connaissais comme le fond de mon cœur.

Mais quelque chose dans ce signe au néon altéré – même si peu – semblait faire écho à ce que je ressentais. Je me sentais agité. Pas dans mon assiette. Ou plutôt, pas en phase, comme s'il y avait un grain de sable quelque part. Cette impression que votre deuxième chaussure n'est pas encore tombée du ciel alors même que vous les avez toutes les deux sous les yeux posées devant vous, côte à côte. Elles sont là. Elles sont arrivées. Alors, où est le problème ?

Le problème commença à s'approcher de moi. En restant debout à regarder l'eau noire, j'avais cru me vider la tête, ne penser à rien de particulier. Et c'était peut-être le cas. Mais plus loin en dessous, l'image de cette deuxième chaussure qui était tombée avait dû se préciser peu à peu. Et ce faisant, la raison de mon agitation commençait à se préciser avec elle : ce n'était pas la bonne chaussure, putain. Elle n'était pas appariée à la première. La *bonne* deuxième chaussure n'était pas tombée du tout.

Et puis elle tomba. Pratiquement sur ma tête.

Kate m'avait dit qu'immédiatement après avoir appris le suicide de Carolyn James, elle était allée chez la jeune femme et avait trouvé sa copie de la vidéo trouduculière d'Amanda Stuart. L'hypothèse était que la personne qui avait tué Guy Fellows quelques jours plus tard – Lou Bowman – avait emporté la copie de Fellows, soit comme argument en vue d'une future négociation, soit simplement pour passer le temps en comptant le nombre de taches de rousseur sur le cul immaculé d'Amanda Stuart. Ça semblait parfaitement logique qu'un type comme Bowman pense à embarquer la cassette délictueuse après avoir tué Guy Fellows. Oublions jusqu'à l'ennui de ces longues nuits solitaires à Heayhauge quand Molly-la-teigne se montrait particulièrement chiante, pour ne considérer que la puissance que conférait à Bowman cette simple vidéo. D'autant plus qu'une fois qu'Alan Stuart avait annoncé sa candidature, la valeur de cette cassette avait dû encore augmenter. Était-il possible que les trois mille dollars supplémentaires par mois glissés dans l'enveloppe FedEx de Bowman fussent en réalité le résultat d'un chantage exercé par *Bowman* sur Stuart ? Chantage démarré lorsque Guy Fellows avait été forcé – à coups de couteau à dents – d'abandonner la partie ?

Non. Ça n'avait aucun sens. Nous avions déjà déterminé que le supplément donné à Bowman était le paiement du meurtre de Guy Fellows. Ceci étant, quelle était la valeur pratique de la vidéo ? En l'occurrence, les instructions d'Alan Stuart n'auraient-elles pas été de trouver la cassette après avoir tué Fellows et de la lui donner ? Bien sûr que si. Ça expliquerait aussi pourquoi Bowman avait utilisé un couteau et non une arme à feu pour tuer Fellows. Il avait besoin de temps pour chercher la vidéo, temps dont il n'aurait pas disposé si les voisins avaient appelé la police en entendant un coup de feu.

J'avais dû rester debout au bout de la jetée plus longtemps que je ne le croyais. Ou bien j'étais tellement perdu dans mes pensées que je n'avais pas remarqué le brouillard envahir le port. En sortant de mon propre brouillard, je vis le signe «Domino Suga» entouré d'un voile de brume rose. Je sentis la moiteur de ma peau sous la brume qui s'amarantait autour de moi. Des halos se formaient autour des lampadaires. Les lumières et les édifices les plus éloignés disparurent complètement. Ceux qui se trouvaient à mi-distance perdirent certains de leurs contours. Le ciel nocturne s'en était allé, remplacé par une couverture de nuages bas, aussi noirs et gris qu'une nonne en habit sale, si j'ose dire. Un grondement de tonnerre résonna au loin... puis un autre, pas aussi loin. En moins d'une minute, j'étais sous une pluie battante.

Et la deuxième chaussure tomba.

C'est Kate Zabriskie qui avait tué Guy Fellows. Pas Lou Bowman. Lou Bowman aurait emporté son propre couteau, il n'aurait pas compté en trouver un dans la cuisine de Fellows. Je ne suis pas détective, mais tuer avec un couteau de cuisine ne signe pas – du moins dans ce cas – le crime prémédité. Et encore moins le meurtre sur commande. Ça dénote un crime passionnel. Ou en légitime défense. Ou les deux.

Lorsque Kate avait tué Bowman, vu la manière dont Julia me l'avait décrit, ç'avait été les deux. Elle avait provoqué Bowman pour qu'il tire le premier. Le *premier* coup de Kate, alors, pouvait peut-être se qualifier de légitime défense. Mais les coups deux, trois, quatre et cinq? Transperçant le poumon, le rein, la gorge et enfin, le cœur de Bowman? Je vous en laisse seuls juges.

Ce n'était pas le couteau de cuisine, pourtant, qui m'avait mené à cette conclusion. C'était cette chaussure dépareillée. Mais je devrais arrêter de parler de chaussures, et parler plutôt de cassettes vidéo: celle que Kate avait subtilisée chez Carolyn James était cachée derrière la jaquette de *Pinocchio*. Celle de Bowman se trouvait aussi dans un Disney – *Fantasia*.

Mais ni Guy Fellows ni Carolyn James n'avaient caché la cassette de Carolyn dans la boîte de *Pinocchio*. Le soir où Kate me l'avait montrée, elle m'avait dit être l'auteur de ce camouflage simple mais efficace. Ç'avait été sa mesure de sécurité supplémentaire, une façon de celer la preuve aux yeux de tous.

Alors que les nuages nocturnes se déchargeaient sur moi, je vis comme tout s'était passé si simplement. Je ne pouvais pas reconstituer tout le scénario du meurtre en lui-même, évidemment, mais le reste ne m'apparaissait que trop nettement. Sachant jusqu'où Kate avait envisagé d'aller pour tirer Carolyn James des sales griffes de Guy Fellows – le projet échevelé d'organiser un faux enterrement – j'imaginais aisément que le suicide de Carolyn ne l'avait pas précisément ravie. Peut-être Fellows avait-il blagué à ce sujet et le sang de Kate n'avait fait qu'un tour ? Ou peut-être était-ce Fellows qui s'était énervé. Il aurait pu apprendre que Kate couchait avec lui sur l'ordre exprès d'Alan Stuart et s'en prendre à elle.

Ou bien Kate aurait-elle tout simplement vu rouge ? Aurait-elle vu en Guy Fellows toutes les brutes qui avaient abusé d'elle au fil des ans ? Son père ? Alan Stuart ? D'autres encore ? Planter un couteau dans le ventre de Guy Fellows était-il un acte d'héroïsme à retardement ? S'était-elle interposée entre le méchant vilain monsieur et la petite fille sans défense ? Et pour équilibrer les chances, avait-elle emporté un couteau avec elle ?

Et si, et si, et si… Peut-être, peut-être, peut-être…

— Ta mère ne t'a jamais dit de t'abriter quand il pleut ?

Un instant, je crus que c'était encore une des trop nombreuses voix qui criaient dans ma tête *Et si peut-*

396

être. Mais non. Je fis volte-face pour voir une silhouette portant un parapluie s'approcher de moi sur la jetée. C'était Kate. Elle s'arrêta à un peu plus d'un mètre. Son visage était caché par le parapluie.

— Je croyais que tu étais à Las Vegas.

— Non. Je suis juste passée par l'aéroport. Je t'ai envoyé le télégramme de là-bas ce matin avant de prendre l'avion pour rentrer. J'ai suivi ton conseil, Hitch. Je suis allée dans le désert. La Vallée de la Mort. Zabriskie Point.

— Oh, et tu as réussi à supporter tout ce symbolisme ?

— Tu es en colère.

— Exact : tu gardes ton parapluie pour toi.

Elle éloigna le parapluie et lui donna une légère poussée. Il amerrit la tête en bas.

— Tu as tué Guy Fellows.

Kate leva les yeux sur moi. Son expression était terriblement franche.

— Oui.

— C'était en légitime défense ?

— Tu le dis comme si tu ne me croyais pas.

— Tu ne m'as pas encore répondu.

— Oui, c'était en légitime défense. Comme je ne disais rien, elle ajouta : Il allait me tuer.

— Tu veux dire comme Bowman ?

Kate prit une profonde inspiration. Elle essuya un peu de pluie de ses yeux.

— Carolyn avait laissé une lettre à Guy. Elle m'en avait laissé une à moi aussi. Elle était si seule. Je… Elle m'avait écrit ce que je savais déjà. Que Guy l'avait entraînée dans une histoire de chantage et qu'elle était morte de peur. Littéralement, vu la suite. Elle ne comprenait pas pourquoi elle ne pouvait pas tout simplement quitter Guy et tout ce merdier. Mais le fait est qu'elle ne pouvait pas. Il la battait. Il la maltraitait. Mais elle était incapable de partir. Je peux la comprendre. Si je… le mot que Carolyn avait adressé à Guy disait à peu près la même chose. Que c'était – le suicide – le seul moyen qu'elle ait trouvé pour partir. Et elle parlait de moi, dans ce mot. Elle y disait que je savais tout ce qu'elle et Guy fricotaient.

— Mais enfin, pourquoi elle a fait ça ?

Kate haussa les épaules.

— C'est débile, hein ? J'imagine que c'était le mieux qu'elle puisse faire pour lui asséner un coup final. Une façon d'avoir le dernier mot. Qui sait ?

— Donc, il était en colère après toi.

Kate acquiesça :

— Très en colère.

— Qu'est-ce qui s'est passé ?

— Il m'a appelée, il avait besoin de me voir tout de suite. Il m'a dit ça sur un ton qui laissait penser qu'il était complètement bouleversé par le suicide de Carolyn. Il revenait tout juste de l'enterrement. Je suis allée chez lui. J'avais à peine passé la porte qu'il m'a tapée dessus. J'ai cru qu'il m'avait cassé le nez. Il était furieux. Il agitait devant moi le mot de Carolyn. « Pourquoi elle t'a raconté ça ? Qu'est-ce que c'est que ce bordel ? » Il ne m'a pas laissée le lire. Il m'a giflée puis m'a attrapée par les cheveux et m'a balancée hors de la cuisine.

— Charmant garçon.

— Hitch… il voyait rouge. C'était « putain de ci » et « enculée de putain de ça ». J'étais morte de trouille.

— Où est-ce qu'il t'a entraînée ?

— Là où son corps a été découvert. Dans le salon. Quand il m'a expédiée de la cuisine, j'ai vu un jeu de couteaux dans un pot en céramique sur le bar. J'ai pioché dedans à l'aveuglette et j'en ai attrapé un. Il ne m'a pas vue faire. Je ne savais même pas ce que j'avais pris. J'avais juste chopé le premier manche qui me tombait sous la main. Ça aurait très bien pu être un petit couteau éplucheur.

— Sauf que non.

Un grand sac pendait à l'épaule gauche de Kate. Sa main droite disparut dedans. Elle en ressortit avec un long couteau étroit. Manche noir. Dents de scie.

— Non. Ce n'était pas un couteau éplucheur.

Nous nous tînmes là un moment, la pluie se déversant tout autour de nous. Elle crépitait sur l'eau du port comme... eh bien, franchement ? Comme des balles. Du coin de l'œil, je vis que le parapluie de Kate avait penché de côté et prenait l'eau. Quelques secondes plus tard, il avait disparu sous la surface.

Je regardai le couteau dans la main de Kate. Sa lame luisait et dégoulinait de pluie.

— Il m'a traînée jusqu'au canapé. Il a attrapé le devant de ma robe. Je savais ce qu'il comptait faire. En toute honnêteté, je ne peux pas jurer que je savais qu'il me tuerait après, Hitch. Peut-être pas. Je ne sais pas ce qu'en penserait un jury. Mais ça n'avait pas d'importance. Il n'irait pas un pouce plus loin avec moi. Pas question. J'ai lancé le couteau et l'ai planté dans sa main au moment où il déchirait ma robe. Et je ne me suis pas arrêtée là. J'ai perdu la tête. Vois-moi comme un requin assoiffé de sang, je m'en fiche. Il ne me toucherait plus. J'en avais plus qu'assez. Je n'ai pas la moindre idée du nombre de coups que je lui ai portés. Il s'est affaibli assez vite et j'ai continué à frapper jusqu'à ce qu'il finisse par glisser à terre. Je... je n'ai pas regardé s'il était mort. J'ai pris le mot de Carolyn et trouvé la cassette. Elle était planquée au fond d'un tiroir du buffet.

— Pas très original.

— Qu'est-ce que tu veux que je te dise...

— Donc, Carolyn n'avait pas de cassette.

Kate secoua la tête :

— Non. Cette Assurance qui faisait si peur à Alan n'a jamais existé.

— Et ensuite, qu'est-ce que tu as fait ?

— J'ai couru. Il n'y avait que deux preuves matérielles qui puissent mener à moi. Ça... Elle serra le couteau dans sa main. Et l'autre est mon propre sang, quand Guy m'a frappée. Le médecin légiste en a relevé.

Elle me regarda dans les yeux et comprit ma question tacite.

— Comme ils disent... pièce disparue.

— Disparue. Je ne pouvais que secouer la tête, sur ce coup-là. Mais lui – indiquant le couteau : pourquoi il n'a pas disparu, lui ?

Kate fit tourner l'ustensile dans sa main.

— Je ne sais pas bien. Je suppose que ma culpabilité me travaille, malgré tout. On m'a formée à ce que le système soit l'arbitre ultime. J'imagine que... je ne sais pas. Peut-être que je me réservais la possibilité de me rendre.

— Bon, et Bowman dans tout ça ?

— Bowman ? Un coup de bol, rien de plus. Je suppose qu'il est venu en ville cette semaine-là pour secouer Alan, pour obtenir une petite augmentation. Les trois mille supplémentaires. L'annonce de la candidature d'Alan a dû faire réfléchir Bowman sur la valeur pécuniaire de son silence.

Mes propres conjectures étaient assez proches de ça.

— Alors quand on est allés dans le Maine... ?

— J'ai fait une copie de la cassette. Je l'ai mise dans la boîte de *Fantasia*. C'était une erreur, mais je ne l'ai compris que plus tard. J'ai planté cette vidéo chez Bowman quand on y est allés, quand je suis entrée chez lui. Puisque Bowman s'était rendu à Baltimore la même semaine où... où Guy avait été tué, ça me couvrait. Une fois que Kruk m'avait dit que Bowman avait tiré sur Charley, planquer la cassette chez lui me semblait... une bonne assurance.

Kate s'autorisa un rire amer.

— Quand j'ai découvert que c'était Alan qui avait demandé à Bowman de tuer Charley... Hitch, j'ai presque retrouvé la foi. Je les avais tous les deux dans ma ligne de mire. Alan et Bowman.

— Tu as tué Bowman pour l'empêcher de donner sa version des faits ? C'est ça ? Tu l'as buté pour l'empêcher de prouver qu'il n'avait pas descendu Guy Fellows ?

— J'ai tué Bowman en légitime défense.

— Bien. Mais encore.

— Il avait tué mon mari.

— Bien. Mais encore.

— Putain de bordel de merde, Hitch ! Mais encore *quoi* ? Guy Fellows pousse Carolyn James à la mort... à la *mort*, Hitch. Après ça, il m'agresse. De l'autre côté, Bowman a tué mon mari et voilà qu'il s'en prend à *toi*. Et maintenant, je dois me *justifier* ? J'en ai assez. J'en ai ras-le-cul de toute cette putain d'histoire.

— Et Alan Stuart est à l'origine de tout.

— Ce salaud a été arrêté.

— Tu es contente, tu as fait du bon boulot ?

— Tu m'étonnes, John.

Elle s'avança vers moi. À ce moment, le ciel s'éclaira comme une ampoule de flash. La peau de Kate semblait d'un bleu exsangue. Ses yeux étaient noirs et illisibles. L'éclair darda encore une fois et un reflet flasha sur le couteau. La main qui le tenait se levait tout en s'approchant de moi. La bouche de Kate forma les mots « *Je suis désolée...* », mais les mots eux-mêmes furent étouffés sous un grondement de tonnerre déchirant.

Elle me tendit le couteau.

Nous demeurâmes ainsi un moment, silencieux. La pluie tombait de plus en plus fort. Je n'aurais su dire si des larmes se mêlaient à la pluie sur les joues de Kate. Elle fouillait mon visage, à la recherche, je suppose, d'une indication de ce que je pensais, de ce que j'allais faire. Allais-je lui tendre le coude et redescendre la jetée en la tenant par le bras ? L'emmener en ville et la livrer – ainsi que le couteau – à John Kruk ? Hitch le civique.

Et si le couteau m'échappait des mains – oups – et s'abîmait lentement en vrille jusqu'au fond du port ? C'était si facile. Un petit coup de pouce – et du temps, et de la vase, et du silence – et toute la triste affaire sombrerait dans l'oubli de l'histoire.

Je regardai Kate. Ses yeux étaient vides. Solitaires. Elle purgeait déjà sa peine. Même si elle devait s'en tirer à bon compte pour les meurtres de Guy Fellows et de Lou Bowman, son cœur serait à jamais hanté. Alors qu'est-ce que ça pouvait bien faire, au fond ? Peut-être pouvais-je lui offrir ce qu'elle semblait chercher sans répit depuis le jour où elle avait sauté par-dessus son père pour se jeter dans les bras de son sauveur policier ? Peut-être pouvais-je faire le noble effort d'être le grand héros de Kate ?

Sauf qu'un « noble effort », face à un échec assuré, n'est pas noble du tout. C'est purement et simplement débile.

Ce que je ne suis pas.

Kate se tenait toujours au bout de la jetée, tête baissée, pendant que je descendais Thames Street vers le Dead End Saloon et un whisky de circonstance. Peut-être deux. Et une assiette de moules fumantes. Ben oui, pourquoi pas ? Je n'avais personne à enterrer, demain. Et aussi vrai que je m'appelle Hitchcock, j'avais quelque chose à enterrer, ce soir.

Je descendis la rue. Col remonté. La pluie dansait tout autour de moi. Tonnerre sourd et rythme vibrant de la musique battant dans les bars clandestins…

Le couteau était retourné dans la main de Kate.

Je lui souhaitais bonne chance.

Le croque-mort préfère la bière
Alvik, 2004

Le croque-mort à tombeau ouvert
Alvik, 2005

RÉALISATION : PAO ÉDITIONS DU SEUIL
S. N. FIRMIN-DIDOT AU MESNIL-SUR-L'ESTRÉE
DÉPÔT LÉGAL : JANVIER 2005. N° 78814 (71121)
IMPRIMÉ EN FRANCE

Collection Points